나는
치즈가
좋다

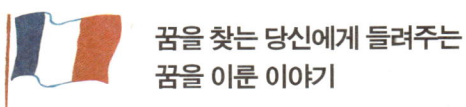

꿈을 찾는 당신에게 들려주는
꿈을 이룬 이야기

나는 치즈가 좋다

THE Cheese AND I

매트 페로즈 | 홍상현 옮김

이책

인생에서 자신에게 딱 맞는 직업을 찾는 일은 축복이자 선물이다. 진정으로 좋아하고 잘하는 일을 찾아 그곳에 열정을 불어넣을 수 있다는 것은 행운이고, 이런 행운을 누리는 사람들은 많지 않다. 생의 진정한 소명을 찾은 이들은 자연스럽게 일이 곧 배움이 되고 취미가 되는 경험을 하게 된다. 덕분에 일을 통한 경제 생활은 물론이고 배움을 통한 성장과 취미로서의 기쁨을 동시에 누리게 된다. 그런 의미에서 매트 페로즈의 여정은 그 자체로 많은 이들에게 영감을 불어넣어 준다. 그는 직업을 선택하는 길목에 서 있는 젊은이들에게, 치열한 직장 생활 끝에 삶의 반환점을 찾아 헤매는 중년들에게, 또 제2의 인생을 준비하는 노년들에게 밤하늘의 별처럼 귀감이 된다. 자신이 지금 이 순간 진정으로 원하는 것이 무엇인지 스스로에게 물어보는 것, 그리고 용기를 내어 새롭게 도전하는 것이 얼마나 아름다운 일인지! 많은 이들이 잘 알면서도 애써 덮어 두고 있는 그 반짝이는 사실 하나를 매트 페로즈는 조심스럽게 꺼내 들고 밤하늘에 띄워 별이 되게 하였다.

이 책은 꿈에 관한 이야기이자 치즈에 관한 이야기이기도 하다. 치즈는 기원전 중앙아시아에서 우연히 그 제조법이 발견된 이후로 수천 년의 긴 시간 동안 전 세계 거의 모든 지역에서 생산되어 왔다. 여러 세대를 통해 전파되어 오는 동안, 사람들은 치즈를 단순한 식품이 아닌 예술로 취급해 왔고, 치즈 제조법을 기술이 아닌 예술의 한 분야로 여겨 왔다. 그도 그럴 법한 것이 우유가 치즈로 변하는 과정은 매 순간 사람의 피땀 어린 정성이 요구되며, 특히 몇몇 치즈들의 정련 과정은 수년간 계속되는 고행과도 같기 때문이다. 굳은살이 빼곡하게 박힌 목장 주인의 거친 손과 치즈를 살아 있는 예술품으로 여기는 프로마제(fromager, 치즈 제조기술자)의 장인 정신 없이는 불가능한 일인 것이다. 이 과정을 통해 만들어진 치즈는 사람들의 식탁 위에 올라 맛이 되고 영양이 되고 기쁨이 되었다. 그중에서도 특히 프랑스 치즈는 천 가지가 넘는 다양한 종류와 높은 품질로 전 세계 사람들의 사랑을 받아 왔고, 치즈를 포함한 프랑스식 식사는 유네스코에 의해 세계무형문화유산으로 보호를 받고 있다. 이런 치즈의 여러 측면에 대해서 매트 페로즈는 자세히 설명하고 있다. 치즈를 잘 모르는 사람들과 치즈를 사랑하는 사람들 모두에게 이 책을 추천하는 이유이다.

많은 이들의 삶이 치즈의 종류처럼 다양하고 치즈의 풍미처럼 유혹적인 경험들로 가득하기를 기원하며, 그의 마음을 대신하여 독자들에게 마지막 말을 전하고 싶다. "Cheese is good for you".

소펙사 코리아 소장 정석영

브루노의 농장에서 나의 새로운 친구
가젯(Gadget)과 함께

염소와 함께 아침 산책

루베론의 농장으로 가는 길에 만난 멋진 녀석들

레 알 드 리옹에 있는 몽스 가게와 빛나는 치즈

황혼에 물든 리옹

레 알의 이벤트를 위해서 에티엔과 시식용 치즈를 준비하는 중

똠 데 보쥬 치즈에 조각 연습

생아옹르샤텔(Saint-Haon-le-Châtel)의 치즈 동굴에서

치즈 동굴 아래층에서의 행복했던 시간

압박의 시작! 치즈 대회 중에 수많은 플래시와 카메라 앞에서 플래터를 만드는 중

우승을 차지한 나의 치즈 플래터

우승을 축하해 주는 에르브와 에티엔

수상 발표 후 젠과 함께.
온몸이 치즈 범벅이었고
힘들었지만 행복했다.

2013 몽스의 리옹 팀, 왼쪽부터 사브리나, 베네딕트, 에티엔, 나, 빅터 그리고 세브린느

숟가락으로 떠먹기 좋은 바쉬랭 뒤 오두

콘웰 공작 부인인 카밀라 여사와의 만남. 2013년 5월 파리 영국 대사관에서
(Getty Images 제공)

대사관 연회를 위해서 준비한 내가 좋아하는 몇 가지 치즈들

차례

THE Cheese AND I

1장
쫄깃한 야생 농장

수수께끼 같은 브루노와 그의 염소떼들은 자그마한 건물들이 산 중턱에 옹기종기 들어선 '라 페흠 데 코메트(La Ferme des Courmettes)'에 살고 있었다. 여기가 바로 내가 앞으로 몇 주 동안 살게 될 집이었다. 코트 다쥐르(Côte d'Azur) 해안을 따라 앙상하고 척박해 보이는 산이 병풍처럼 서 있었고, 화창한 날이면 니스에서부터 카프 앙 티브까지 이어지는 아름다운 해변을 볼 수도 있는 곳이었다. 그곳에서 자신만의 지중해식 라이프 스타일을 즐기는 제트족(제트기를 타고 호화롭게 여행하는 사람들 – 옮긴이)들을 종종 마주치는 일이 있었지만, 다행스럽게도 피하자면 피할 수도 있었다. 물론 아무도 다니지 않는 험한 산길을 한 시간 반 가까이 걸어서 가까운 마을로 가야 하는 수고를 해야 하지만 말이다. 이곳의 3월 하늘은 영국에서는 보기 드문 짙은 푸른색이 아름답게 펼쳐져 있고, 한여름에도 농장의 초원을 뒤덮고 있는 풀들의 생기 넘치는 초록 물결이 가득했다. 농장으로 가는 길은 포장이 되지 않아 여기저기 움푹 파여 있었다. 먼지가 날리는 것은 둘째 치더라도 꼬불꼬불한 길 한쪽으로는 낭떠러지가 까마득하게 내려다보였다. 문제는 이 길을 지나는 누구도 속도를 줄이지 않고 운전을 하는 바람에 나는 가는 내내 손에 땀을 쥐고 가야 했다.

농장 주변은 자연보호구역의 일부였다. 그런데 키가 땅딸막하고 털복숭이인 보호구역 관리자는 염소들이 그곳의 나무나 빳빳한 덤불들을 건드리지 않을 것이라고 확신하고 있었다. 덕분에 브루노의 염소들은 자유롭게 주변의 풀을 뜯어 먹을 수 있었다. 그곳에는 어디에나 옹이투성이의 오크나무와 밤나무가 있었고, 물결이 일렁이는 듯한 언덕의 군데군데에는 돌무덤들과 작고 밝은 색을 뽐내는 꽃들과 야생 백리향이 자리잡고 있었다. 아무리 보아도 이보다 더 염소들이 좋아할 만한 환경이 어디에 또 있을까 싶었다.

브루노 가브리에(Bruno Gabelier)는 1995년에 이곳에 정착을 했다. 이 외딴 농가에는 방이 세 개밖에 없는데, 비좁은 데다가 가구도 몇 개 없었다. 그래도 따뜻하고 포근했다. 거실에는 푹신하고 편안한 소파가 있었고, 부엌에는 언제나 신선한 지역 농산물들이 있었다. 이곳의 푸드마일(농산물 등 식료품이 생산자 손을 떠나 소비자 식탁에 오르기까지의 이동 거리 – 옮긴이)은 아마도 한 손으로 잴 수 있을 것이다. 한편 절대로 호화롭다고 할 수는 없었지만, 밤이 되면 창을 통해 은은히 번지며 어두운 초원과 언덕을 비추는 불빛은 영혼의 충만함을 느끼게 했다. 집 안에서는 브루노가 보지도 않으면서 틀어 놓은 텔레비전 소리가 들렸다. 텔레비전에서는 종종 프랑스판 '가사를 잊어버리지 마세요(Don't Forget the Lyrics)'가 흘러나왔는데, 심드렁하게 집 안을 걸어다니는 고양이의 무시에도 불구하고 브루노는 열심히 따라 부르며 노래를 마치곤 했다. 건물 밖의 한쪽 벽을 따라 연결된 길고 낮은 염소 우리의 탄탄한 돌담들은 단지 건물로만 느끼는 것보다 훨씬 더 이 농가에 든든한 기반이 되고 있었다. 푹신하게 짚이 깔려 있는 우리 안에는 80마리 정도의 암컷 염소와 몇 마리의 수컷 그리고 30마리 정도의 어린 염소들이 살고 있었다. 바로 이 염소들이 브루노의 주 소득원이었다. 이 염소들은 대부분 알파인 샤모에지(Alpine Chamoisée)라는 종으로, 검은 반점과 하얀 얼룩이 있는 멋진 갈색 털을 지녔으며 질 좋은 젖을 제공한다. 이 녀석들은 대체로 잘 먹고, 건강하며 언제나 활력이 넘친다. 또한 호기심과 장난기가 많아서 절대로 어디 한군데, 특히나 내가 원하는 곳에 머물러 있는 법이 없었다.

✣

니스(Nice) 공항에 도착한 것은 2010년 3월 초 어느 날 오전 9시였다. 새벽 5시부터 개트윅(Gatwick) 공항에서 체크인을 하느라 잠을 설치고는 프레 타 망제(Pret A Manger)에서 먹은 베이컨에그 샌드위치와 라지 사이즈 밀크커피 한 잔이 배 속을 영 불편하게 했다. 이미 지칠 대로 지친 데다가 눈도 아프고 방향 감각조차 희미해졌다. 그렇긴 하지만 다행히도 여기가 영 낯선 공간으로 느껴지지만은 않았다. 몇 년 전 프랑스어를 배우느라 6개월 정도 엑상 프로방스(Aix-en-Provence) 지역에서 지낸 경험이 그라스(Grasse)-프랑스 향수의 본고장-로 가는 버스를 찾아내는 데 도움이 되었다. 이곳에서 나의 새로운 고용주이자 집주인인 브루노를 만나기로 했었다. 어쩌면 마지못해 허락한 것일 수도 있지만 브루노는 앞으로 4주 동안 자신과 함께 지내면서 농장 일도 돕고 치즈를 만드는 것도 배울 수 있도록 허락해 주었다.

이미 옷을 흠뻑 적셔버릴 만큼 비가 내리고 있었다. 곰팡이 냄새인지 오래된 튀김 요리 냄새인지 구분이 가지 않는 퀴퀴한 냄새가 배어 있는 버스 정류장에 앉아 버스를 기다리는 동안 지붕을 두들기는 빗소리를 들으면서 비가 어서 그치기만을 바라고 있었다. 정말이지 음산하게 추운 날씨였다. 지중해에 있지만 않았다면 이 우중충하고 우울한 궂은 날씨는 나를 영국으로 돌려보낼 수도 있었을 것이다.

어서 와, 야생은 처음이지…?

부족한 프랑스어에 의지해서 버스가 맞는 방향으로 가는지 확인하고 내 자리에 앉았다. 버스는 곧 꼬불꼬불한 시골길로 천천히 접어들었다. 브루노에게 지금 가고 있다고 문자를 보내고 완벽한, 특히나 동사 변형 같은 것이 틀리지 않은 프랑스어로 첫인상을 좋게 주고 싶다는 헛된 희망을 품고 나의 오랜 친구인 "문맥 속의 프랑스어 문법(French Grammar in Context)"을 펼쳤다.

브루노가 내게 보낸 간략한 이메일에서 내가 농장 일에 적합하지 않고 남부 프랑스의 야생에는 어울리지 않는 나약한 도시인일 것이라고 걱정하는 것을 느낄 수 있었다. 물론 그의 걱정이 완전히 틀린 것은 아니었다. 런던에서의 3년은 내 바지 치수를 점점 늘어나게 했고, 실내 클라이밍을 조금 한 것을 제외하고는 오랜 시간 동안 제대로 된 운동이라는 것을 해 본 기억이 없었다. 그래도 나는 좋은 인상을 주고 싶은 마음이 간절했고, 비록 최근에는 무기력하게 살아왔지만 어린 시절 데번셔(Devonshire)의 작은 농촌에서 내가 돼지와 실랑이하고 진흙밭과 성질 더러운 거위들을 참고 견뎠다는 자신감이 자리잡고 있었다. 내가 정장, 칵테일 그리고 딤섬만이 어울리는 사람은 아니라는 것을 증명할 수 있을 것이라 믿고 있었다.

그때 문득 내가 프랑스에 도착해서 시계를 맞추지 않은 것이 생각났다. 아! 가슴이 철렁 내려앉는 것 같았다. 영국 시간으로 오전 9시에 공항에 도착했으니, 프랑스 시간으로는 10시였다. 브루노에게 그라스에 오전 11시까지는 간다고 했는데, 이제 10분 밖에 남지 않았다. 그는 벌써 거기에서 기다리고 있을 텐데 난 아직도 한 시간은 더 가야 한다. 정말 끝내주는 첫인상이구나. 젠장!

엎드려 사과하는 심정으로 문자를 보낸 후에 그라스 버스 터미널에 겨우겨우 도착해 브루노를 찾았는데 어디에도 그는 보이지 않았다. 그를 기다리는 매 순간이 부끄러웠고, 무뚝뚝한 표정으로 그가 나타났을 때에는 그저 쥐구멍에라도 숨고 싶었다.

농장으로 가는 브루노의 차 안은 어색한 기운으로 가득 차 있었다. 브루노가 기꺼이 용서해 주지도 않았을뿐더러 나의 언어 이해력이 부족하기도 했다. 브루노는 무뚝뚝하고 진지한 농촌 사람이었다. 그리고 말수는 적지만 신중하게 단어를 선택하여 말하는 사람이었다. 튼튼한 팔뚝과 강렬한 악수는 동물향 애프터 셰이브처럼 그에게서 풍기는 강한 염소 냄새와 잘 어울렸다.

농장으로 나를 태우고 가는 길에 그는 그 지방의 역사와 그의 염소들에 대해서 이야기해 주었다. 다행스럽게도 나는 그가 이야기하는 대부분의 내용을 이미 알고 있었다. 사무실에서 일한 경험은 프랑스 시골의 많은 농부들과는 다르게 나의 구글 검색 능력을 정교하게 잘 다듬어 주었다. 브루노는 이미 온라인상에 많은 정보를 올려두었다. 그래서 나는 그의 거칠고 굴러가는 듯한 발음의 프랑스어에 잘 적응할 수 있었다. 또한 그는 재주가 많은 사람이었다. 염소지기 시인이라는 로맨틱한 이미지를 만들기 위해서 노력하고 있었다. 이미 두 권 이상의 시집을 발표했고, 그중 한 권에 수록된 여인의 누드 삽화는 꽤 인상적이었다. 그는 치즈 홍보에 시적인 문구를 사용하고 목자(牧者)시인이라는 직함을 이용했는데 충분히 수긍할 만했다.

브루노의 농장은 그의 영농 철학에 걸맞게 유기농으로 운영되었다. 그런데 그의 기준이 너무 엄격한 듯했다. 그는 어떻게 염소를 기르고 치즈를 만들어야 하는지에 대한 주관이 뚜렷했고, 그의 작업 방식과 기준은 유기농 라벨을 받는 조건보다 훨씬 까다로웠다.

사실 유기농 농장이라는 것이 내가 여기에 머물게 된 중요한 이유 중의 하나였다. 농장에 관한 정보는 우프(World Wide Opportunities on Organic Farms, WWOOF)라는 단체를 통해서 얻을 수 있었다. 이 단체는 유기농에 관심이 있는 사람들이 농장에서 숙식을 제공받으며 자원봉사를 할 수 있도록 도와주기 위해서 설립되었다.

브루노는 가능할 때면 언제나 두 명의 우퍼(우프 프로그램을 통해서 일을 하는 사람들 - 옮긴이)들을 고용하여 그와 함께 농장을 관리하며 치즈를 만들고, 근처의 도시나 마을로 나가 손님들과 레스토랑에 직접 치즈를 팔았다.

집에 도착할 즈음에 브루노는 또 다른 우퍼인 줄리앙(Julien)이 내가 정착하는 데에 도움을 줄 것이라고 말했다. 배낭을 어깨에 둘러매고 차에서 내리자 브루노는 시를 쓰는 농부만의 중요한 일이라도 있는지 차를 몰고는 빗속으로 사라져 버렸다.

캐나다에서 온 데스 메탈 밴드 드러머이자 언젠가 에코빌리지를 만들고 싶어 하는 줄리앙은 마치 증기 기관으로 작동할 것처럼 오래된 골동품으로 보이는 데스크톱 컴퓨터 키보드를 호난 듯 두드리고 있었다(나중에 컴퓨터를 고치려고 열어 보니 염소 털과 다른 종류의 털들로 안이 가득 차 있었고, 진공 청소기로 그 털들을 없애는 것만으로도 컴퓨터를 고치기에 충분했다). 그는 키가 크고 말랐으며 짙은 색의 숱이 많은 머리카락이 정리되지 않은 채로 마치 왕관처럼 머리 위에 얹혀 있었고, 작은 금속테 안경은 코 끝에 걸려 있었다. 그런 그의 첫인상은 마치 록스타나 농장 일에 열정이 있는 사람이라기보다는 책을 좋아하는 날카로운 도서관 사서 같았다. 그리고 말투가 빠른 편이었는데, 캐나다식의 프랑스어 발음은 알아듣기 힘들다기보다는 특이하게 들렸다. 고맙게도 그는 내가 정착하는 데 어려움이 없도록 이미 준비를 해 두었고, 잠시 동안 여행에 지친 내 뇌에 약간의 휴식을 주기 위해 강한 발음의 영어로 대화를 해 주었다. 난 진심으로 내 귀가 프랑스어에 다시 잘 적응하기를 바랐다. 행여나 그러지 못한다면, 앞으로 농장에서의 모든 일과는 정말 힘들고 지루한 시간으로 채워질 것이다.

농장에 줄리앙이 있다는 것이 내게는 큰 힘이 되었다. 치즈, 특히나 정제되지 않은 원유, 목축업 그리고 유기농에 관한 그의 열정은 거의 조절이 힘든 수준이었다. 그의 이상(理想)이 아마도 내 것보다는 조금 더 극단적일 수 있다 하더라도, 우리는 '치즈 사랑'이라는 같은 꿈을 꾸고 있었다. 덕분에 여기서 휴가를 보내기로 한 나의 선택이 잘한 결정이었다고 안도할 수 있게 되었다.

집 안에는 기분 좋은 연기 냄새와 함께 지친 심신을 포근하게 달래

주는 난롯불이 한쪽 구석의 벽난로에서 타오르고 있었고, 부엌의 냉장고에는 치즈가 많이 보관되어 있었다. 창문을 두드리는 빗소리는 작은 농가에 편안함을 더해 주었다. 전체적인 분위기가 전원적이며 소박하고, 아늑하기까지 해서 앞으로 4주를 보내기에 더없이 좋은 곳이 될 것 같았다. 잠시 후 줄리앙에게 내가 머물 방이 어디인지 내심 그가 위층에 있는 방을 보여주길 기대하며 물었다. 그는 늑대와 같이 약간 음흉한 웃음을 보이며 앞문을 열고는, 집의 뒤쪽으로 통하는 길을 걸어나가며 따라오라고 손짓했다.

어둠 속을 헤치고 도착한 곳은 커다란 나무 아래에 벽돌로 받쳐져 서 있는 오래된 트레일러였다. 바람에 삐걱거리는 소리도 나고, 녹슬고 오래된 것이 누구도 좋아하기는 어려워 보였다. 줄리앙이 문을 붙잡고 있다가 닫자 여기저기에서 빗물이 떨어졌다. 즐거운 우리 집에 오신 걸 환영합니다! 그는 나의 숙소를 채우고 있는 다양하고 안락한 편의 시설들(침대, 책상, 당장 무너져도 이상할 것 같지 않은 찬장, 그리고 전기선에 바로 연결되어 있는 소형 전기 히터 등)을 설명해 주었다. 그리고 따뜻한 본채로 돌아가며, 정리가 되는 대로 다시 오라고 했다.

트레일러는 춥고 습했으며, 천둥처럼 우르릉거리는 빗소리가 지붕을 두드렸다. 하지만 염소 헛간이 가까이 있어 빗속에서도 염소 소리를 들을 수 있었다. 염소들이 안 좋은 날씨 때문에 밖에 나가 놀지 못해서 짜증이 났는지 서로 팩팩거리면서 다투는 소리가 났고, 쿵쿵거리는 소리, 매애 우는 소리 그리고 딸랑거리며 염소들을 진정시키는 나지막한 종소리도 들을 수 있었다. 내가 여기 머물게 된 이유인 염소들과 이렇게 가까이 있을 수 있게 되어 오히려 기분이 좋아졌다.

갈아입을 옷가지들, 프랑스어 문법책 그리고 새로 산 우쿨렐레가 들어 있는 짐을 풀어 두고는 다시 농가 본채로 향했다. 여전히 브루노는 돌아오지 않았다. 그래서 나는 줄리앙에게 염소 헛간을 구경시켜 달라고 부탁을 했다.

염소들은 전혀 고분고분하지 않았다. 염소들을 이해하기 위해서는 꾸준한 관찰과 소통하기 위한 노력이 필요했다. 한 마리 한 마리가 각자 뚜렷이 구별되는 개성이 있고 나름대로 진화해 온 사회적 계급이 있었다. 정말 덥고 습하고 냄새 나는 염소 헛간으로 들어가는 것은 불량한 패거리들, 버릇없는 놈들, 약자를 괴롭히는 녀석들과 소심한 왕따들의 전쟁터 혹은 놀이터로 들어가는 것과 같았다.

브루노의 염소 헛간에 있는 몇 마리의 수컷들은 작은 우리에 갇혀 있었다. 수컷들은 사납게 생긴 데다가 덥수룩한 머리 앞에 툭 튀어나온 커다란 뿔을 갖고 있었다. 분명히 화나게 하고 싶은 동물은 아니었다. 수컷들은 겨울 동안에는 암컷과 친하게 지낼 수 있는 시간을 충분히 갖지 못하는 반면에, 여름에는 만남의 횟수가 확연히 늘어난다고 했다. 세 마리의 큰 수컷들이 80마리 이상의 암컷을 거느리고 매년 각각 12마리 이상의 새끼들에 아빠가 되었다.

염소 농장은 암컷들이 굴러가게 하는 것이 분명했다. 이곳에서 암컷들은 스타였고, 각자 이름이 있었다. 줄리앙은 정말 빠른 속도로 한 마리 한 마리의 이름을 줄줄이 말했다. 첫째 날 밤은 눈으로 구분하기가 쉽지 않았지만, 얼마 지나지 않아서 곧 눈에 들어오기 시작했고 점차 쉽게 구분할 수 있게 되었다. 그 헛간에 처음 들어갔을 때 나는 맨 뒤쪽에 난방용 조명이 따뜻하게 비추고 있던 우리에 시선을 빼앗겼다. 정말 예쁘고 심장을 녹일 만큼 귀엽지만 이미 부모들과 떨어져 자라는 몇 주밖에 안 된 새끼들이었다. 새끼들은 호기심이 가득한 눈으로 우리가 오자마자 뛰어다니기 시작했고, 먹을거리를 가져왔거나 밖에서 놀게 해 줄 것이라는 기대감에 애교를 부리며 울기 시작했다. 하지만 내가 아무것도 가져오지 않았는데도 새끼들은 옷, 신발 그리고 손가락을 따뜻하고 까칠까칠한 혀로 물고 빨아 대며 만족스러워했다.

✣

그날 저녁 식사는 상당히 조용했다. 줄리앙과 브루노는 우유 짜는 일과 염소 돌보는 일로 지쳐 있었고, 나는 여전히 빠른 프랑스어 대화를 따라가지 못하고 있었다. 톡 쏘는 맛의 신선한 치즈와 따뜻한 빵 몇 덩이를 조용히 앉아 편안하게 먹었다. 식사를 마치고 트레일러로 돌아가려고 할 때, 브루노는 라운지의 무너질 듯한 선반에 있는 책들 중 마음에 드는 것이 있으면 얼마든지 가져가 읽어도 된다고 했다. 그래서 영어로 된 염소 목축업 관련 책을 뽑아 들고 방으로 돌아갔다.

"혹시라도 밤에 화장실에 가게 되면 개들을 조심하는 게 좋을 거요."

소파로 가서 앉으면서 브루노가 충고했다.

"귀엽게 보이기는 하겠지만 애완용이라고 착각하면 안 돼요. 옆집의 크리스토퍼가 늑대로부터 양들을 보호하려고 키우는 거니까요."

"늑대가 있어요?"

혹시라도 내가 단어를 제대로 못 들었을까 봐 길게 늘여 다시 한 번 말했다.

"그럼요, '느으~윽대애~애.' 내일 아침 8시에 아침 우유를 짜러 가야 하니까 잘 자요."

늑대라. 끝내준다. 저녁을 먹고 나서 물을 한 잔 마신 것이 슬슬 후회가 되기 시작했다. 그날 밤에는 부디 커다란 개 떼든 그들의 친척이든 만날 일이 없기를 바랐다. 트레일러에 있는 침대 매트리스는 마치 과자처럼 딱딱했지만, 따뜻한 이불이 충분히 많아서 그 안에 파고드니 꽤 안락한 공간이 만들어졌다. 누워서 염소를 기르는 법에 대한 책을 펴 보는데 순간 웃음이 터졌다. 안쪽 표지에는 내가 자란 곳으로부터 약 10마일쯤 떨어진 곳에 있는 티버튼 공공 도서관(Tiverton Public Library)의 대출표가 희미하게 바랜 채 붙어 있었다. 생각지도 못한 고향 마을과의 인연은 내게 더욱 편안함을 주었다. 비록 혹시라도 트레일러 주변을 어슬렁거리는 늑대들의 소리가 나지 않을까 귀로는 밖에서 들리는 기척에 집중하면서도, 내일 농장에서 보낼 첫날을 생각하며 잠이 들었다.

2장

미식가라면 일생에 한 번은 프랑스

브루노의 농장으로 떠나 온 여행은 프랑스에서 좀 더 많은 시간을 보내고 싶다는 욕망에서 시작되었다. 시작은 여행이었지만 궁극적으로는 사람들이 어떻게 사는지, 정확히는 프랑스 사람들이 어떻게 사는지에 대한 궁금함이 여행 동기의 바탕이 되었다.

20대를 파리에서 지낸 부모님들 덕분에 어려서부터 프랑스에 대한 사랑이 내 가슴에 자리 잡았다. 내가 자라는 동안, '프랑스 음식'은 숭배의 대상처럼 여겨졌다. 프랑스에는 값싸고 맛있는 레스토랑이 코너를 돌 때마다 나온다(물론 어렸을 적에는 조금은 지루한 이야기들이었다)는 이야기는 흔한 레퍼토리였다. '영국 사람은 살기 위해 먹고, 프랑스 사람은 먹기 위해 산다'라는 격언은 특별한 비밀 스테이크 소스의 맛을 느끼기 위해서 사람들이 한 시간씩 줄을 서서 기다린다는 앙트르코트 레스토랑(Entrecôte restaurant)의 이야기와 함께 자주 들을 수 있었다.

내가 태어나기 이전에 어머니는 브루노의 농장과 그리 멀지 않은 프랑스 남부에 있는 그림같이 고풍스러운 마을 생폴드방스(Saint-Paul-de-Vence) 인근의 부유한 미술품 수집가의 집에서 개인 요리사로 여름마다 일을 했었다. 가정부 숙소에서 예쁜 눈을 가진 통통한 가정부 마리아(Maria)와 함께 살면서 식당 정원을 관리했다. 그리고 어머니에게는 어머니만을 위한 운전사까지 있었다. 거기서 수확한 농작물은 언제나 햇빛을 잘 쬐어서 놀랍도록 신선했다. 그 여름의 조리법이 적힌 노란색 노트는 보물처럼 소중하게 우리 집 부엌 선반에 모셔져 있다. 어린아이가 그런 종류의 요리와 거기에 담긴 의미에 대해서 감사함을 알리 만무했지만 나는 그 가치를 어느 정도 짐작할 수 있었다.

난 어렸을 때 까탈스러운 입맛으로 어머니를 거의 미치게 했다. 먹는 채소라고는 오직 당근과 콩밖에 없었고, 모든 종류의 소스는 거들떠보지도 않았다. 지금은 만약 내가 음식을 조금 덜 가렸다면, 더 멋진 요리들을 놓치지 않았을 텐데 하는 아쉬움이 있다. 나는 입맛 까다로운 나를 위해 쉽지 않은 요리를 준비하는 어머니의 융통성과 상상력에 영원히 감사할 수밖에 없다.

부모님들의 경험담을 통해 파리와 파리의 미식가들의 삶, 그리고 부유한 지중해 사람들의 식사에 대해 알게 되면서 그들의 프랑스 음식에 대한 깊은 존경심이 이해가 될 것 같았다.

음식은 언제나 우리 가족의 삶에 일부로서 중요했고 특히 음식의 원산지가 더욱 그랬다. 이것은 우리 어머니에게는 굉장히 중요했다. 어머니는 채식주의자였는데 직접 기른 '행복한 삶'을 살았던 동물들의 고기로 요리하면서부터 고기를 드시게 되었다. 내 기억으로는 우리 집 뒷마당에는 암탉이 있었고, 데번에 살 때에는 어머니가 적지 않은 양의 과일과 채소를 경작할 수 있는 작은 농장을 만들기도 했다. 그곳에서 우리는 돼지와 거위 같은 가축들을 키웠고, 짧은 기간이지만 우리는 도로시(Dorothy)라는 지독하게 다루기 힘들었던 염소를 키우기도 했다. 이 염소는 있어야 할 곳에 절대로 있지 않는 염소들 중에서도 단연 최고 수준이었다.

프랑스 맛보기

대학을 졸업할 즈음 직업을 구하기 전에 이력서에 뭔가 한 줄 더 쓸 것을 만들기 위해 남부 프랑스에서 프랑스어를 배우는 것은 어쩌면 당연하다고 느껴졌다. 이미 어려서부터 프랑스와 프랑스 음식이 나에게는 낯설지 않았으니까 말이다.

프랑스의 여러 마을들을 둘러보았는데 엑상 프로방스 지역은 금세 마음에 들었다. 이곳은 대학교 4년을 보낸 더럼(Durham)과 비슷한 크기의 지방 마을이었고 마을 인구 중 학생의 비율이 높은 편이었다. 두 마을의 한 가지 큰 차이는 바로 이곳의 축복받은 따뜻한 날씨였다. 아름답기는 하지만 추운 북부 영국 마을의 노천카페 문화와는 비교할 수가 없었다.

나는 곧 '외국인을 위한 프랑스어' 과정에 등록을 했다. 선생님들은 좋은 사람이었지만 수업이 체계적이지는 못했다. 그래도 그 시간이 내가 가장 즐겁게 공부했던 기간이 아니었나 싶다. 가능한 모든 수업을 다 들었고, 대화에도 적극적으로 참여했다. 종종 숙제를 필요 이상으로 많이 하기도 했고 벼락치기의 새로운 기준을 만들어 내기도 했다. 첫 달 동안은 확실히 엉망진창인 프랑스어 실력이 유창하게 늘지는 않았지만, 그래도 혓바닥이 심하게 꼬이거나 머릿속이 너무 복잡해지지 않고도 조금씩은 대화를 할 수 있는 수준이 되었다.

같은 반에 나보다 몇 살 어린 미국에서 온 교환학생 에릭(Eric)이 있다는 것은 정말 큰 행운이었다. 그는 정식 과정 이외에 소믈리에 과정도 공부하고 있었고 나와는 잘 맞았다. 우리 둘 모두 수업이 그렇게 빡빡하지는 않았고, 밤의 유흥을 즐기기에 충분한 시간이 있었다.

마을 한쪽에서 우리한테 꽤 잘 어울리는 바를 하나 찾았는데, 작기도 하거니와 장식도 어설프게 되어 있고 심지어 바텐더인 올리언(Aurelian)과 3명의 단골 프랑스 손님을 제외하고는 항상 텅 비어 있었다. 학생들의 주머니를 노리는 마을의 다른 상점들과의 경쟁에서 확실히 이 바는 뒤처져 있었다. 어쨌든 우리에게는 잘 맞는 곳이었고 단골이 되면서 몇몇 그 지역 친구들을 만들 수 있었다.

많은 시간과 돈을 그 바에 바쳤지만 상관없었다. 그저 다시 학생으로 산다는 것이 기분 좋았다. 사실 프랑스어를 배우기 위해서 프랑스에 산다는 것은 뭘 하든지 프랑스어를 사용하기만 하면 공부가 되는 것이다. 술을 잔뜩 마시고 취해서 쓸데없는 소리를 지껄일 때에도 발음을 교정할 수 있었고, 시끄럽고 정신없는 상황에서도 잘 알아들을 수 있도록 귀를 열고 듣는 것도 학교에서 배우지 못한 다양한 프랑스어 표현을 배우고 연습할 수 있는 공부의 일부였다.

심지어 주 중에도 종종 술을 마셨고, 프랑스 여자와 미국에서 온 여자들을 내가 알고 있는 다양한 노하우로 꼬시기 위한 노력을 마다하지 않았다.

또한 에릭은 나에게 와인을 사는 법에 대해서도 알려 주었다. 어느 와인 전문점에서 어떤 와인을 사야 하는지, 그리고 선반에 있는 아무 와인이나 마구잡이로 뽑아 드는 대신 어떻게 좋은 취향이 있음을 드러내고 상인들과 좋은 관계를 만들 수 있는지에 대한 것들도 알려 주었다.

한편, 그때까지만 해도 나는 전혀 요리라는 것을 할 줄 몰랐고, 내 대학 시절의 요리 경력이라고는 고기를 굽는 것과 슈퍼에서 파는 조리용 소스(대체로 크리미 페퍼맛)를 조금 더 하는 정도였다. 그리고 집에서는 부모님들이 언제나 요리하는 것을 즐기셔서 굳이 내가 요리를 해야 할 필요성을 느끼지 못했다.

그런데 당시에 만났던 여자 친구는 채식주의자였다.

채식주의는 정말 내가 어떻게 해 볼 도리가 없는 영역인 듯했다. 수년간 고기를 굽던 실력으로는 해 줄 수 있는 것이 없었고, 그 외에 다른 요리는 할 줄 아는 것이 없었다. 결국에는 소용돌이치는 크림 가운데에 코리엔더 잎을 띄운 셀러리 블루치즈 스프(스프는 슈퍼마켓에서 샀고, 마켓에서 산 치즈는 데울 때 다 부스러졌다)에 이어서 마켓에서 산 페스토를 섞은 스파게티(물론 슈퍼마켓에서 구입했다)를 준비했다.

최악이었지만, 부끄럽지 않으려면 요리를 배워야겠다는 교훈을 얻었다.

엑상 프로방스에서 쾌락에 빠져 있던 6개월 동안 더럼에서는 절대 하지 못했을 많은 일들을 했다. 특히나 수많은 강의들로 정리조차 제대로 되지 않았던 화학과 학생으로는 말이다. 그동안 프랑스어에 대한 자신감을 얻었고, "문맥 속의 프랑스어 문법"이라는 믿음직한 친구도 얻었다. 어느 날 저녁에는 둘이 함께 발코니에서, 한 병의 와인과 바게트 그리고 까망베르(Camenbert, 노르망디산 연성 치즈로 전 세계인들에게 가장 사랑받는 치즈-옮긴이)를 두고 과거 완료형에 대해, 다른 모든 문법의 기쁨에 대해 토론을 하면서 주차장 너머로 따뜻한 프로방스의 태양을 바라보기도 했다.

❖

영국으로 돌아와서 요리를 배우고 데번에서 지역 농산물을 사용하는 음식점을 찾으려고 노력했다. 데번은 시골 마을이었다. 생생한 초록이 넓게 펼쳐져 있고 가축들 역시 어디서나 볼 수 있으니 지역 음식을 파는 곳이 있을 것이라 기대했다.

부모님들은 새로운 요리에 대한 나의 이러한 열정을 지지했고, 최악이라 생각되는 내 요리들에 대해서도 꽤 후한 평가를 내려 주었다. 어느 정도 아버지의 도움을 받기는 했지만, 일요일마다 가족을 위한 요리를 담당하였고, 우리 가족의 요리책 모음을 읽고 요리 채널을 보기 시작했다.

그러나 만족스럽지는 못했다. 자영 소매점이 아예 없는 것으로 유명했던 엑스터(Exter)에서는 괜찮은 와인 혹은 치즈, 소시지, 심지어 신선한 채소나 지역에서 생산된 고기나 과일을 구하는 것도 거의 불가능했다. 크레디턴(Crediton) 농산물 직판장은 생기가 없는 곳이었다. 맛있는 소고기를 팔던(런던 브리지(London Bridge)에 있는 고급 버러 마켓(Borough Market)으로 떠나 버린) 상인을 제외하고는 거의 흥미로운 것을 찾을 수 없었다.

지금은 크레디턴 시내 중심가에 새로 생긴 좋은 치즈 가게가 있지만, 안타깝게도 내가 찾던 그때는 없었다.

우리 가족은 음식을 사랑했지만 레스토랑에 가는 것은 오래전에 포기했다. 비용적인 부분을 제외하더라도 근처에 어떠한 지역 음식점도 없다는 것이 우리를 지독히 우울하게 했다.

지역 사회가 운영하고 질 좋은 상품을 쉽게 구할 수 있었던 다채로운 프랑스의 시장들이 그리웠다. 시내 중심가 어디에나 있는 빵집과 페이스트리 가게, 와인 가게, 치즈 가게, 정육점 그리고 맛있는 음식을 저렴하게 팔던 수많은 레스토랑들이 그리웠다.

크레디턴의 테스코 익스프레스(Tesco Express)가 그런 음식들을 취급할 리가 전혀 없었지만 이제 충분히 새롭게 바뀔 때가 된 것 같다.

우프에 대해서는 히피 성향이 있는 음악가인 친구에게서 들어본 적이 있었다. 그는 명목상으로는 채소를 심거나 수확하는 방법과 유기농에 대해서 배우기 위해 프랑스에 몇 주 머물렀는데, 실상은 담배를 피우거나 수영장에서 보낸 시간이 더 많은 듯했다. 어쨌든 정말 좋은 일이라 생각됐다. 제대로 된 직업을 갖기 전에 약간의 시간이 있었고, 사회적으로 인정받을 만한 일을 하면서 프랑스어도 공부하고 새로운 경험도 할 겸 프랑스에서 잠깐이라도 지내고 싶었다.

프랑스 우프 리스트를 검색한 끝에, 서부 해안 중간쯤에 걸쳐 있는 푸아투샤랑트(Poitou-Charentes) 지방의 염소 농장을 포함해 몇 군데 흥미로운 농장들을 찾을 수 있었다. 최소 노동 시간이 길고, 의무 사항도 많고, 이른 아침부터 일을 시작해야 했지만, 좋은 경험이 될 것이라는 확신이 있었기에 별 생각 없이 머리부터 들이밀고 보았다.

지금 와서 고백하는데, 그때 나에게는 편안함을 추구하는 것이 우선이었다. 염소 농장보다는 영어가 자유롭고 따뜻한 코트 다쥐르에 있는 수확기의 올리브 농장을 선택했다. 나의 초점은 와인과 대화 그리고 맛 좋은 음식에 맞춰져 있었다.

2006년 10월, 커피콩을 잔뜩 챙겨 들고 니스 공항에 도착했다. 새로운 사람들을 만날 기대로 들떠 있었다. 파란 하늘에 태양은 따사롭게 빛나고 있었고, 바람이 야자수 사이를 부드럽게 지나가고 있었다. 이미 데번의 칙칙한 날씨는 저 멀리 잊혀져 갔다. 공항에서 구릿빛으로 그을린 피부와 깔끔한 머리에 잘 차려 입은 로버트(Robert)와 레슬리(Lesley)를 만났다. 모나코(Monaco) 번호판을 달고 있는 커다란 사륜구동차를 타고 농장으로 돌아가는 동안 그들은 나를 따뜻하게 맞이하여 주었다.

올리브 농장은 발본느(Valbonne) 외곽 지역에 있었다. 이 예쁘고 조용한 마을은 칸(Cannes)이나 안티베(Antibes)에서 그리 멀지 않은 내륙 지역에 있었다. 영국에서 부유한 사람들이 별장을 사기 위해서 많이 오는 곳이고, 이민을 오기도 하는 곳이다. 서점이나 술집과 같이 프랑스어를 제대로 하지 못하는 사람들을 위한 체험 학습장들 역시 많이 있었다.

집 앞까지 향기롭게 활짝 핀 보라색 라벤더가 늘어선 길을 막고 있던 자동문이 열렸다. 양쪽으로는 풀이 무성하고 넓은 테라스가 있고, 수십 년에 걸친 가지치기로 옹이 진 올리브 나무들이 사방으로 늘어서 있었다. 진한 녹색의 잎들과 특유의 울퉁불퉁한 회색의 나무 몸통은 파란 하늘과 대조되는 매력을 내뿜고 있었다.

몇몇 좋은 스포츠카를 포함해 이미 여러 대의 차들이 주차되어 있는 차고에 차를 주차했다. 로즈마리 숲은 어디에서나 볼 수 있었고, 자갈로 뒤덮인 넓은 마당의 경계를 따라서 다양한 초목들이 생동감을 불어넣고 있었다.

내가 쓰게 될 방은 5미터쯤 되는 지름의 원형으로 생긴 자그마하고 오래된 곡식 창고였고, 올리브 나무들 사이에 자리 잡고 있었다. 농가에서 조금 멀리 떨어져 있었지만 방은 편안했고 화장실을 포함한 편의 시설들도 잘 갖춰져 있었다.

농가 역시 크지는 않았지만 편안해 보였다. 로버트와 레슬리에게는 영국과 미국의 도시 생활에서 도피하기 위한 공간이었기에, 이 집은 주로 휴식과 친구들을 위해 음식 준비를 하는 장소로 쓰였다. 텔레비전이 없어서 저녁에 무엇을 먹을지에 대한 영원한 고민의 늪에 빠지지 않는 이상, 우리는 이야기를 하거나 책을 읽거나 혹은 스크래블(Scrabble)이라는 보드게임을 하곤 했다. 나는 그 규칙을 제대로 이해하기 위해 정말 많은 게임을 해야만 했다.

이곳에서도 음식은 꽤 중요한 생활의 일부였고 나 역시 음식 준비를 함께 했다. 신선한 재료를 사용하여 단출하게 요리하는 것이 가장 중요한 포인트였다. 마늘과 정문 앞에서 딴 로즈마리로 향을 낸 양고기가 주된 재료였고, 생강과 고추로 절인 오징어 요리도 종종 식탁에 올랐다. 보통은 건물 앞에 있는 바비큐 그릴에서 짧은 시간 안에 요리를 끝냈다. 그리고 요리에는 언제나 넉넉하게 치즈를 곁들였다.

부모님께서 가지고 계시던 요리책들보다 그 수는 조금 적었지만 나름대로 미친 듯이 요리책들을 탐닉했다. 일이 힘든 것도 아니었고 종종 오후 내내 주방에서 다양한 요리들을 실험해 볼 기회를 만끽할 수도 있었다. 홀렌다이즈 소스(hollandaise sauce, 달걀노른자, 버터, 레몬주스, 식초를 넣어 만든 네덜란드 소스-옮긴이)를 곁들인 첫 번째 에그 베네딕트(Eggs Benedict, 머핀에 햄이나 베이컨과 반숙한 달걀 프라이에 홀렌다이즈 소스를 얹은 요리-옮긴이)를 단순히 레몬을 첨가하는 방법이 아닌 가스트리크(gastrique) 방법(양파와 포도 식초로 풍부한 신맛을 만들어 내기 위해서 오랜 시간 익히는 방법)을 이용해서 만들어 보기도 했다. 아버지가 하던 방식대로 으깬 감자를 넣고 살짝 식힌 라구(ragout, 고기와 야채에 양념을 하여 끓인 음식-옮긴이) 스타일 고기 요리에 리치 치즈 소스를 첨가한 시골식 파이를 만들어 보기도 했고, 엑상 프로방스에 있을 때 술 마신 날 저녁에 먹곤 했던 '아메리칸' 샌드위치를 변형해서 만들기도 했다.

아메리칸 샌드위치는 정말 단순미의 결정체였다. 햄버거와 감자튀김을 프랑스화한 프랑스 케밥 가게의 주 메뉴였다. 버거를 위한 빵이 바게트인 것을 제외하고 재료는 거의 똑같다. 결국 버거에서 빵의 비율이 변하게 되는 것인데, 일반적인 샌드위치 정도의 비율이 되어 버린다. 이 레시피에서 가장 천재적인 점은 기름진 소스들과 함께 감자튀김을 바게트 안에 넣는다는 것이다. 단언컨대 프랑스 머스타드와 마요네즈는 언제나 최고의 조합을 만들어 내고, 가끔 머스타드 대신에

해리사(harissa, 후추와 오일로 만드는 북아프리카식 소스 - 옮긴이) 소스를 넣는 것도 충분히 인정해 줄 만한 조합이다. 순전히 그때그때의 취향과 안에 들어가는 내용물에 따라 다른 샌드위치가 탄생한다고 할 수 있다.

미식가다운 나만의 샌드위치는 세 겹의 감자튀김과 최상품의 버거 그리고 직접 만든 마요네즈를 넣은 그야말로 최고의 샌드위치였다. 사실 내가 요리를 하는 동안 로버트와 레슬리가 집에 없었기에 어쩌면 객관성은 부족할 수도 있겠다. 그리고 솔직히 요리의 완성도에 대한 자아도취 상태에도 불구하고, 막상 누군가에게 이것을 팔아야 한다면 여전히 힘들겠다는 생각을 지울 수는 없었다.

✣

발본느에서의 시간은 빠르게 지나갔지만, 나에게 정말 중요한 것 한 가지는 확신할 수 있었다. 엑상 프로방스에서 느꼈던 프랑스 음식에 대한 나의 열정이 단지 남의 떡이 더 커 보이는 것 같은 마음은 아니라는 것이다. 프랑스 사람들은 실제로 영국 사람들에 비해서 확실히 더 좋은 음식을 쉽게 접할 수 있었고, 내가 자란 데번은 더 말할 것도 없이 비교 대상조차 되지 못했다.

물론 값은 비쌌지만 터무니없이 비싸지는 않았고, 하늘에서 돈이 떨어져 부자가 되지 못해도, 최상급의 고기나 그랑 크뤼(grands crus, 프랑스의 보르도 지역에서 생산되는 최고급 와인-옮긴이) 없이도 충분히 즐거운 시간을 보낼 수 있다.

칸의 시장에서 이것저것 사 가지고 오는 부유한 집주인의 쇼핑백은 언제나 내 눈을 사로잡았다. 아름답게 반짝이는 생선들과, 완벽한 형태의 버섯들(얇게 잘라 오리 기름에 절여서 굽기 위한) 그리고 질 좋은 원유 치즈들은 신선한 샐러드, 소금에 절인 고기, 남부 와인들과 함께 올리브 나무 그늘 아래 커다란 나무 테이블에서의 점심 식사를 행복하게 해 주었다.

프랑스 음식 사랑 이야기는 오래전에 시작되었지만, 발본느에 와서 그 진면목을 깨닫고 이해하기 시작했다. 이 사랑은 어린 시절의 설렘으로 시작해서 훨씬 더 복잡하고 즐거운 관계로 성장했고, 나와 앞으로도 계속 함께할 것 같았다.

THE Cheese AND I

3장
먹고 사는 일 탐색기

아니 그렇게 프랑스와 치즈를 좋아하는 사람이 어찌다가 국가 감사원(National Audit Office)에서 일을 하고 있었던 걸까?

이는 누구라도 물어볼 만한 질문이다. 이야기하자면 이렇다.

2004년 여름, 더럼에서 석사과정을 마칠 때가 되어 가고 있었다. 엄청난 양의 공부를 해야만 했던 선택과목들 때문에 지난 4년간의 지루하고 힘든 공부 기간 중 최고로 힘든 날들을 보내고 있었다. 그러나 내가 알게 된 가장 중요한 것은 나는 미래에 화학자가 되고 싶었던 것이 아니라는 점이었다.

나는 열심히 공부했고 비록 아주 뛰어나지는 않았어도 성적은 좋았다. 벤젠의 시안화물 함유 화학물이라는 졸업 프로젝트에서는 BP(British Petroleum, 영국의 석유 회사)로부터 그 해의 포스터 발표 10위 안에 들어 25파운드(약 43,000원-옮긴이)라는 어마어마한(?) 상금을 받기도 했다. 그것이 내가 화학자로서 번 처음이자 마지막 수입이었다. 연구실에 소속되어 있었던 마지막 한 해는 결과적으로 나에게 마지막으로 남아 있던 화학에 대한 관심마저 지워 버렸다. 벤젠의 시안화물 함유 화학물이 끓을 때 무슨 일이 벌어지든지 그런 위험한 실험을 할 만큼 관심이 남지 않았다.

담당 교수님은 내게 박사과정 진학을 권유했지만, 페로즈 박사님이라는 멋진 호칭에도 불구하고 관심 없는 박사과정을 위해서 3~4년의 소중한 내 시간을 더 허비하고 싶지 않았다.

불확실한 미래에 대해서 고민하던 그 때에(내 주변 대부분의 사람들은 내가 화학을 좋아한다고 생각했지만), 아버지는 푸네(Pune)라는 덥고 먼지 날리는 인도의 작은 마을에 있는 개인 주택에 세울 인조 대리석 기둥을 공급하는 계약을 맺었다. 아버지는 인도의 대리석 공사 작업자들과 현지에서 함께 일할 경험 있는 사람이 필요했고 나는 이미 방학 중에 데번의 작업실에서 기둥에 광을 내는 일을 하며 시간을 보냈었기에 그 일에 알맞은 조건을 갖추고 있었다. 수입도 좋은 데다가 여행을 할 수 있다는 것 역시 큰 장점이었다. 그리고 무엇보다도 미래에 대해서 심각하게 고민할 시간을 6개월쯤 뒤로 미룰 수 있다는 것이 마음에 들었다.

인도는 기대 이상으로 많은 것을 주었다. 아름다우면서도 가슴 쓰린 고통이 있었고, 어려운 환경을 견뎌 내면서 자신감과 경험이 쌓였다.

기둥을 설치하는 집의 주인은 그 지역의 유지였다. 이곳의 부유한 계층이 사는 모습을 통해 약 300만 명 인구 대부분에 해당하는 상대적 빈곤층과의 어마어마한 삶의 격차가 더욱 충격적으로 와 닿았다. 일은 힘들고 복잡했지만 빠르게 배워서 어쨌든 무사히 끝마칠 수 있었다.

물론 나 역시 이러한 기회를 가질 수 있는 특권층이라는 것을 어느 한 순간에도 인정하지 않을 수 없었다. 대부분의 지출은 주로 그 마을의 음식을 먹는 데에 쓰였다. 음식들이 대체로 엄청나게 맵고 뜨거웠는데, 그 정도는 영국에서 맛본 어떠한 인도 음식들보다 - 화이트채플(Whitechapel) 근처의 타얍스(Tayyabs)를 제외하고 - 곱절로 매웠다. 그렇다고 인도의 음식이 다 좋았던 것은 아니다. 크리스마스에 먹는 커리 칠면조와 아무리 먹어도 익숙해지지 않는 매운 아침 식사 등에는 끝내 적응할 수가 없었다.

하지만 엄청나게 뜨거운 태양을 피해 메두사처럼 기괴하게 생긴 반얀나무 그늘에 앉아서 킹피셔 맥주를 연거푸 마시던 생각을 하면 기분이 좋아진다. 다시 돌아봐도 행복한 시간이었다.

그곳에서의 일이 모두 끝난 후에 뭄바이(Mumbai)에서 케랄라(Kerala)와 타밀 나두(Tamil Nadu)까지 이리저리 여행을 했다. 언제나 내 레이더에는 열이 오른 입술을 식힐 맥주와 음식이 잡혀 있었다. 고안(Goan) 지역에서는 해변의 야자수 사이에 자리 잡은 오두막에서 매운 생선 커리를, 푸른 해안을 따라서 오지를 여행하는 이틀간의 선상 가옥 여행에서는 케랄라식의 크림 요리를 먹어 보기도 했다. 그 수많은 매운 음식들을 잘 견뎌 왔는데 아이러니하게도 마음을 사로잡을 만큼 아름다운 도시 함피(Hampi)에서 먹었던 맵지 않은 바나나죽이 가장 심한 복통을 일으켰다. 때로는 정말 맵지 않은 음식이 너무나도 그리웠다.

인도 여행은 결코 쉽지만은 않았다. 어디서나 빈곤한 삶과 마주쳤고 그것을 바라보는 것만으로도 많이 힘들었다. 그렇게 어려운 삶을 살고 있는 사람들 앞에서 즐거운 경험들을 마음껏 누린다는 것에 대해 양심의 가책이 느껴졌다. 때로는 상대적으로 부유한 여행자가 된다는 것이 지역 사람들과의 마찰을 만들기도 했다. 어떤 때는 몇 펜스 되지 않는 10루피(약 170원–옮긴이) 정도를 깎기 위해 흥정을 하고 있는 나를 발견하고 스스로 화가 나곤 했다.

몇 달 후, 봄에서 여름으로 계절이 바뀌면서 더욱 뜨겁게 타오르는 더위와 이런 불편한 죄의식은 결국 나를 인도에서 밀어냈고, 이어서 나는 뉴질랜드로 향했다. 비행기 티켓을 연장하고나서 그동안 번 충분한 수입과 영국 파운드의 높은 가치 덕분에 여유를 갖고 마음껏 즐길 수 있었다. 곳곳에 배낭족들이 많이 보였고, 스카이다이빙처럼 한 번은 즐겁게 해도 다시 하려면 망설여지는 재미있고 다양한 체험들이 기다리고 있었다.

그렇게 몇 달이 지나고 더 이상 은행 계좌에 돈이 얼마 남지 않아 결국 영국으로 돌아갈 준비를 해야 했다.

그런데 나는 여전히 무엇을 하고 싶은지 깨닫지 못했다. 그러다 보니 좀 더 진지하게 직업을 구하는 것에 대해서도 망설이게 되었다. 게다가 내가 원하는 것이 무엇인지 어떻게 찾아야 할지도 감이 잡히지 않았다. 그래서 결국은 크레디턴으로 돌아가 기둥을 연마하면서 부모님에게 다시 한번 손을 벌리게 되었다.

나의 첫 번째 여행 경험은 나도 다른 나라에서 살 수 있겠다는 새로운 가능성을 열어주었다. 예쁜 사진첩 몇 권을 만들고 지나가는 관광여행보다 외국 땅에서 현지의 삶을 직접 체험하고 배우면서 살아 보고 싶은 동기를 부여해 주었다. 이러한 경험이 나를 엑상 프로방스와 발본느로 이끌게 된 것이었다.

도시 생활자로 산다는 것

구인을 하는 회사가 그렇게 많지는 않았지만 대학교 성적이 좋았던 것이 남들에 비해 조금 더 높은 가능성을 주었다. 대학 시절에는 꽤 많은 시간을 컴퓨터 게임을 하느라 보냈고, 그 외에는 요리를 하거나 괜찮은 먹거리를 찾아다니는 데 시간을 허비했다. 직업을 구하고자 했던 한 달 동안 아무런 진척이 없자, 하고 싶은 것을 못할지라도 일단은 무엇이든 해야 한다는 쪽으로 생각을 바꿨다. 어쩌면 새로운 특기를 발견할 수도 있으니 말이다.

가만히 고민을 해 보니 회계 감사라고 할 만한 일을 조금 해 본 적이 있어서 결국 컨설팅과 회계 쪽으로 가닥을 잡을 수 있었다. 이제 막 시작된 음식과 음식 문화에 대한 사랑은 아직은 개인적인 관심사에 그칠 만한 수준이었고, 결국 회계 업무가 마지막 선택이 되었다. 숫자와 그래프 등을 다루는 것 역시 좋아하는 것 중의 하나였고, 새로운 일에 관련된 다양한 지식들을 배울 기회도 많을 것이라 생각되었다. 비록 화학 쪽에는 관심이 떨어졌지만 공부하는 것 자체에는 여전히 흥미가 있었기에 다시 공부를 한다는 것도 좋았다.

취업 박람회에서 우연찮게도 열심히 홍보를 하고 있는 '4대' 회계 회사를 보았고, 그들이 원하는 인재상에 나를 끼워 맞추고자 노력을 많이 했지만 그다지 잘 어울릴 것 같지는 않았다. 그래서 대형 회계 회사들보다는 공공 부분인 국가 감사원에 지원을 했다.

국가 감사원에 지원을 한 것은 혹시라도 연습 삼아서 면접을 볼 수 있는 기회를 얻을 수 있지 않을까 하는 이유에서였다. 지금도 그 면접 때의 생생한 기억이 있는데, 특히나 첫 번째 질문이 인상 깊었다.

면접관은 친근하면서도 매너 있게 "안녕하세요, 매트 씨, 저는 샤론입니다."라고 인사를 한 후에 바로 "현재 공공 부분에서 가장 크게 변화되고 있는 세 가지 주요 요소가 무엇이라고 생각합니까?"라며 첫 번째 강타를 날렸다. 국가 감사원에서 5년이라는 시간을 보내고도 여전히 그 질문에는 제대로 대답할 수 있을 것 같지 않다.

2007년 1월이 되어서야 첫 출근을 하여 일을 시작했고 시작하자마자 정신없이 일에 휩쓸렸다. 엄청난 양의 교육을 받았고 알 수 없는 다양한 문서에 서명을 하고 연수 과정에서 탈락하는 불상사를 피하기 위해서는 꼭 통과해야만 하는 중요한 시험들도 있었다.

업무들이 아주 작게 나뉘어 있어서 국내 및 해외 출장을 가야 하는 많은 프로젝트에 참여할 수 있었다. 출장지는 스트라스부르크(Strasbourg)와 같은 꽤 매력적인 곳도 있었던 반면에 스윈든(Swindon)과 같이 그렇지 않은 지역들도 있었다.

국가 감사원은 세금으로 운영되며 영국 정부의 회계를 관리하고 엄청난 액수의 돈이 합당하게 쓰였는지에 관한 보고서들을 발행하는 기관이다. 언론으로부터는 '정부의 감시자'라는 평을 듣고 있었다.

감사원에 속한 회계사의 역할은 주로 감사 대상 기구가 회계 자료를 제대로 준비했는지 확인하는 것이다. 그러기 위해서는 감사 대상 기구의 사람들과 회의을 해야 하고, 말한 것과 준비한 것이 일치하는지 확인해야 하고, 정말 정말 다양한 색깔들이 사용된 복잡한 스프레드시트를 만들어야 한다.

❖

2007년 초에 런던으로 이사 와서 터프넬 파크(Tufnell Park) 지역의 나무가 많은 거리에 건물의 위쪽 반을 빅토리아풍의 테라스로 바꾼 예쁜 집을 임대했다. 입지 조건은 완벽했다. 지하철역에서 멀지 않으면서 조용했다. 방에서는 세 갈래의 길이 커다란 삼각형 모양으로 만든 정원의 일부를 내려볼 수 있었다. 정원의 가운데에는 몇 그루의 나무가 있었는데 창문을 통해서 바라보면 도시에 살고 있다는 것을 실감할 수 없었다. 정말 제대로 된 가격이 맞나 싶을 정도로 임대료 역시 저렴했다.

그 집에서 줄리엣이라는 집주인과 함께 살았는데 그녀는 잔걱정은 많았지만 언제나 예의를 중요시했다. 한편 그녀는 예술가였는데 다른 사람들에게 자신의 직업을 이야기할 때면 '아아~ㄹ티스트'라며 첫 번째 발음을 강조하곤 했다.

줄리엣은 나를 극진히 환대해 줬고, 그녀의 '공간'을 함께 사용할 수 있도록 허락해 주었다. 온 사방에 그녀의 작업물들이 널려 있었지만 그녀는 내게 딱 하나의 캔버스를 옮기는 것을 도와 달라고 했다. 그것은 1.5미터의 높이에 최소한 3미터쯤 되어 보이는 폭의 괴물이었다. 엄청나게 크고 무거워서 제대로 설치하기 위해 특수한 작업을 하기 전에는 벽에 걸 수 있을 것처럼 보이지 않았다. 결국 한쪽 벽에 넘어지지 않도록 세워 두기로 했는데 그것이 방의 높이보다 길어서 결국 기울여서 세울 수밖에 없었고 그렇게 그림 하나가 커다란 공간을 차지해 버렸다. 그 캔버스는 대충 봐서는 나무로 보이는 약간의 색깔과 거무튀튀한 얼룩이 한쪽 모서리에 있는 것을 제외하고는 대부분 비어 있었다. 나중에 알게 된 사실이지만 그 거무튀튀한 얼룩은 '개'였다. 그림과 함께 사는 동안 다음 세대들이 즐길지도 모르는 아름다운 걸작들을 망가트리지 않으려고 노력했었다.

줄리엣의 부엌은 꽤 정리가 잘 되어 있었다. 그 부엌에서 나는 처음으로 음식 평론가인 나이젤 슬레이터(Nigel Slater)의 걸작들의 도움을 받아 가며 다양한 요리를 배웠다. 그녀가 내게 자랑스럽게 말해 준 부엌의 콘셉트는 '도시 생활'이었다. 그래서인지 정말 작은 냉장고가 있었고 찬장에는 거의 공간이 없었다. 인체 공학적일 수는 있으나 절대 실용적이지는 않았다.

때로는 줄리엣과 함께 사는 것이 쉽지 않을 때도 있었다. 줄리엣은 나에게 곰팡이가 낀 과일 역시도 예술품 중의 하나라고 인식시키는 데에 실패했고, 나는 줄리엣이 산 모든 신문이고 잡지를 보관할 필요가 없음을 설득하는 데 실패했다. 하지만 전체적으로는 큰 문제없이 1년 반을 함께 보내며 런던에 정착했고 시험이 있을 때를 제외하고는 런던에서의 삶을 즐길 수 있었다.

젠과의 첫 만남

2008년 여름에 대부분의 친구들이 살고 있는 교통 체증이 훨씬 덜한 강의 남쪽으로 이사를 하고 나서야 줄리엣의 럭셔리한 타운하우스가 내 눈높이를 한참 올려놓은 것을 알아챘다. 대여섯 개의 작은 방들이 다닥다닥 붙어 있는 집은 지난 시간을 더욱 그립게 만들었다. 결국에는 고민 끝에 배터시(Battersea) 지역으로 다시 이사를 했다. 예전에는 시에서 관리했던, 방 세 개가 있는 집이었는데 거기에서 친절한 루이즈(Louise)와 까칠한 니콜라(Nicola)와 함께 생활했다. 뭐가 까칠하냐고? 예를 들자면 이사를 한 첫째 날 밤에 그녀는 윔블던 결승전 파티를 하고 있었다. 칵테일, 바비큐 등과 함께. 그녀는 내가 초대받지 못한 사람임을 다시 한번 상기시켰고, 초대받지 못한 나는 방 안에 앉아서 혼자 스틸턴(Stilton) 치즈(18세기 중엽 스틸턴이라는 마을에서 처음 만들어진 푸른곰팡이 치즈-옮긴이)를 빵에 발라 먹으며 몇 주 남은 그녀가 이사갈 날이 빨리 오길 기도했다.

니콜라는 담배 냄새로 얼룩진 가구, 여기저기에서 오는 빚 독촉 편지 그리고 도저히 설명할 수 없는 침대 밑에 숨겨져 있던 커다란 뭉텅이의 지역 선거인 등록 용지들을 남겨 두고는 이사를 갔다. 곧 루이즈와 나는 새로운 하우스메이트를 찾기 시작했다.

3일간에 걸쳐 저녁마다 스무 명 이상의 사람들이 방을 보러 왔고, 종종 사람들 간에 시간이 겹치기도 했다. 날씨 좋은 7월의 어느 수요일 저녁 6시에 마지막 두 명의 예비 하우스메이트가 집을 보러 왔다. 문을 열자 빨간 곱슬머리의 숨이 멎을 듯 예쁜 여자가 서 있었다.

"휴~ 런던에서부터 여기까지의 거리를 알고 싶었어요."

그녀는 조금 숨이 찬 듯 말했다.

"지금 막 라벤더 힐(Lavender Hill)에서부터 여기까지 뛰어오는 길인데요, 괜찮으시면 쓰러지기 전에 물 한 잔 주실 수 있어요? 아 참, 전 젠이라고 해요."

나는 반갑게 웃으며 안으로 들어오라고 했다. 물을 한 잔 따라 주는 동안 다시 초인종이 울렸고, 이번에는 루이즈가 열었는데 반지르르한 피부에 베이지색 가죽 바지를 입고 모히칸식 머리(내 생각에는 분명히 무기로 쓸 수 있을 듯했다)를 한 남자가 있었다. 루이즈는 불쌍한 표정으로 나를 바라보면서 그 남자에게 나를 소개해 주고는 젠을 라운지로 안내했다. 이름이 '안티(Auntie)'처럼 들리기는 했으나 잘 알아듣지 못했다. 도끼 살인자일지 모르는 사람과 인터뷰를 한다고 생각해 보라. 끝내준다. 알고 보니 핀란드 사람이었던 그의 이름을 여러 번 연습했지만 결국 발음이 잘 되지 않았다. 그가 욕실을 둘러보며 사이클에 대한 그의 열정을 눈 한번 깜빡이지 않고 독백처럼 이야기하기 전까지는 딱히 할 말도 없었다. 며칠 후에 결과를 알려 주겠다고 말하고 그가 나간 후에 문을 닫는데 문에 못이라도 박아 단단히 고정하고 싶었다.

한 주가 지나서 젠이 이사를 했다. 그녀는 막 캠브리지 대학교를 졸업했고 유아 전문 출판사에서 일을 시작할 참이었다. 풍성한 머릿결과 큰 웃음 그리고 프랑스의 모든 것에 대한 열정과 음식에 대한 사랑 때문에 그녀와 쉽게 친해질 수 있었다.

젠이 이사를 모두 마친 지 얼마 되지 않아서 루이즈의 남자 친구가 집을 구할 때까지 함께 머물기 시작했다. 우리에게 미리 말해 주지는 않았는데, 솔직히 말하자면, 180센티미터가 넘는 정말 체격이 좋은 남자가 집에 들어올 공간이 더 있다는 것에 놀랐다. 꽤 상냥했지만 그가 여기서 나갈 생각이 전혀 없다는 것과 끊임없이 축구를 보기 위해서(나는 결코 스포츠 팬은 아니다) 텔레비전 리모콘을 쥐고 있는 것이 젠과 나의 신경을 거슬리게 했다. 뿐만 아니라 냉장고에 있는 음식은 다 먹어 치우면서도 한 번도 설거지를 한 적이 없었다. 그중에서도 가장 악랄할 것은 언제나 마지막 남은 맛있는 과자를 먹어 치운다는 것이다.

어찌보면 고맙게도 젠과 나는 그 귀찮은 남자 덕분에 친해질 수 있었다. 그가 집에 있을 때면 펍(Pub)에 가거나 식사를 하러 나가곤 했다. 그리고 곧 데이트를 하기 시작했는데, 모히토(칵테일의 한 종류 – 옮긴이)를 잔뜩 마시고 피카딜리(Piccadily)의 트로카데로(Trocadero)에서 치열하게 볼링을 했던 어느 날 제대로 사귀기로 결정을 했다.

나중에 우리는 클래펌 노스(Clapham North) 지역에 침실이 두 개이고 1층에는 빅토리아풍의 작은 부엌과 욕실이 있는 집으로 함께 이사를 했다. 1층에서는 배터시 발전소역에서 빅토리아역으로 바쁘게 지나가는 기차를 볼 수 있었다. 때론 시끄러웠지만 어쨌든 우리의 집이었고 밝고 편안했다. 애정 전선에도 문제가 없었고, 금전적으로도 여유로웠으며 사람들과의 만남도 꽤나 활발했던 런던에서의 삶은 대체로 만족스러웠다. 원하면 언제든지 어느 곳이든지 도심지나 주변을 둘러볼 수도 있었다. 나만의 요리책 컬렉션을 만들었고, 괜찮은 옷들로 옷장을 채웠다. 그리고 곧 꽤 돈이 들어가는 치즈에 대한 취미가 시작되었다.

회사 일은 힘들었고 대체로 시간이 많이 걸렸으며 종종 시험에 대한 압박이 휴가 계획을 망치곤 했다. 그 와중에 브루노의 농장으로 떠난 여행은 모든 이야기가 그러하듯 인재 개발 부서의 짧은 쪽지로부터 시작되었다. 그 쪽지에 따르면 우리 사무실에 잔뜩 누적된 휴가 일수가 있었고 그 말은 곧 우리들 중 누군가는 충분한 휴식 혹은 지친 심신의 회복을 위해 꼭 필요한 노력을 하지 않는다는 것이었다. 좀 더 고위층에서 나온 말은 '그 휴가 일수를 사용하거나 포기하라'는 것이었는데, 결국 그 내용은 똑같았다.

그 소식을 듣자마자 별 고민 없이 한 달간의 휴가를 신청하고 무엇을 할지 생각해 보았다. 곧 프랑스 우프 사이트를 다시 뒤적거리기 시작했고, 며칠 저녁을 투자한 끝에 나에게 딱 맞을 만한 곳을 발견했다. 그곳이 바로 브루노라는 사람이 운영하는 프랑스 안티베(Antibes) 근처에 있는 작은 염소 농장이었다.

THE Cheese AND I

4장
염소랑 친해지기

사실 염소들에게 매일 해 줘야 하는 일들은 거의 일정하다. 따라서 염소를 중심으로 돌아가는 농장에서의 삶 역시 규칙적일 수밖에 없었다. 그리고 그것은 짧은 시간의 체험을 계획하고 있는 나에게는 좋은 일이었다. 지나치게 전문적이지 않아도 되고 때로는 감성적이기도 하며 지나치게 긴 프로젝트(몇 달에 걸친 회계 감사와 같은)가 아니라는 점이 안심이 됐다. 하루의 일과가 끝나면 정말 그것으로 그만이고, 다음 날 농장을 원활하게 유지하기 위한 추가 업무 따위는 없었다. 육체적으로는 힘들 수 있으나 어찌 되었든 마감 시간을 지키기 위해서 고생하는 것에 비하면 이 정도는 아무것도 아니라고 생각되었다.

사무실에서 하루 종일 일하는 것과 비교하자면, 사무직은 배도 좀 나오게 하고, 정신적으로도 피로감을 주고, 퇴근 후 저녁에 뭔가 유익한 것에 시간을 투자할 만한 여력을 남겨 주지 않았다. 하지만 농장에서는 하루하루가 생산적이었다. 치즈 생산과 염소 기르기, 프랑스어 문법 등에 관한 엄청나게 많은 책을 읽었고 우쿨렐레도 종종 연주를 하곤 했다. 하지만 지금 와서 고백하건대 프랑스어 문법과 우쿨렐레 실력은 좀처럼 늘지 않았다. REM의 'Losing My Religion'과 'Wonderful Tonight'의 앞부분 반 정도를 연주할 수 있었는데 당연히 에릭 클랩튼이 만족할 만한 연주는 아니었다.

브루노의 농장에서 맞이하는 첫날 새벽은 전날 일찍 잠이 들어서인지 아니면 오랜만에 술을 마시지 않아서인지 꽤 상쾌했다. 트레일러에 조금 더 익숙해지고 나니 나에게 잘 맞았고 편안하게 잠을 잘 수 있었다. 런던에 있는 내 침실보다 쥐도 좀 적었고(지금쯤 젠은 아마 클래펌 지역에서 침입한 뻔뻔한 쥐들과 싸우고 있을 듯하다), 정신없이 시끄러운 기찻길을 등 뒤에 두고 자지 않아도 된다는 장점도 있었다.

하루의 일과는 철저하게 짜여져 있었다. 아침 7시에 일어나서 브루노의 종업원인 프랑수아즈(Françoise)가 도착하기 전에 샤워를 하고 아침을 먹었다. 그리고 그녀가 올 때에 맞춰서 뜨겁고 진한 블랙 커피를 들고 차에 타고 꼬불꼬불한 산길을 달렸다. 프랑스에서 일했던 다양한 경험들을 바탕으로 볼 때 프랑스는 평소 규칙적으로 마시는 진한 블랙 커피의 힘으로 돌아가는 듯하다. 이곳 사람들은 누군가가 멍청한 짓을 하면 "분명 오늘 아직 커피를 마시지 않았구나."라고 말하곤 한다.

첫날의 첫 번째 일은 염소들과 친해지는 것이었다. 염소들은 이미 다 일어나서 아침부터 "매애~"하고 울면서 떠들고 있다. 헛간의 문에 다가서자 어떻게든 먹이를 찾아 나가거나 혹은 먹이를 달라고 조르기 위해서 문 근처로 모여들었다. 염소들의 탈출 기회를 사전에 차단하기 위해서는 종종 문을 열고 들어가기보다는 펜스를 넘어 들어가는 편을 택했다. 물론 그런다고 탈출하는 놈들이 아예 없는 것은 아니었다.

헛간은 어둡고, 습하고, 따뜻하면서 염소의 진한 동물 냄새가 가득 차 있었다. 바닥은 지푸라기와 건초가 푹신하게 깔려 있었는데 염소들이 하도 짓밟아 놓아서 더 이상 먹을 수 없을 것 같았다. 염소들의 입맛에 맞춰 주려면 꽤 최상품의 건초들이 필요하다.

우리는 내부의 긴 돌담을 따라서 늘어선 여물통을 채우고자 염소들을 일종의 가건물 같은 작은 우리에 몰아넣었다. 보통 이 우리는 우유를 짠 염소들과 우유를 짜지 않은 염소들을 구분 짓기 위해서 우유를 짜지 않은 염소들을 대기시키는 곳이다. 꼭 가수들이 대기하는 무대 뒤편 같다는 생각이 들었다. 암컷들은 앞으로 무슨 일을 해야 할지 아는 것처럼 우유 짜는 곳의 문 앞에 길게 줄지어 서 있다. 보통은 좀 더 활발한 녀석들이 앞쪽에 서고 싶어서 머리를 들이밀곤 한다.

우유 짜는 곳은 주변에 비해 조금 높고 염소들의 런웨이는 에워싸여 있다. 염소들은 제법 복잡한 구조의 막대를 지나 무대의 왼편에서 들어온다. 들어온 각각의 염소는 여물통 하나씩을 차지하고는 길게 줄을 늘어서 있다. 여물통의 위치는 관객석의 반대 방향에 있어서 관객들은 염소의 젖을 볼 수 있게 되어 있다. 어느 스트립 클럽에서도 볼 수 없는 광경이 이곳에서 펼쳐졌다.

전기 착유기를 사용해서 우유를 짠 염소들은 무대의 오른편으로 신이 나서 뛰어나간다. 날이 좋으면 햇빛을 쪼이고 초원에서 풀을 뜯으면서 신이 나서 여기저기 뛰어다니기도 하고 날이 궂을 때는 헛간에서 심술궂은 걸음으로 여물통의 건초 더미를 뒤적거리며 있기도 한다.

뭐 이상적이라면 늘 이렇게 진행되야 하는데 종종 문제가 발생되곤 한다. 앞서도 말한 것처럼 염소들은 절대로 있어야 할 곳에 있는 법이 없다.

깔끔하게 줄을 서 있는 모습은 기대하기 어렵다. 서로 등 위에 올라타서 엉켜 있고, 밑에 깔려 있고, 한군데에 두 마리가 끼어 있거나 때론 엉뚱한 방향으로 가기도 한다. 염소들의 교통 체증은 정말 끝이 나질 않는다. 최악의 상황에는 염소 트위스터(회오리)를 볼 수 있다. 정말 머리와 다리가 말도 안 되는 모양으로 꼬여 있곤 한다. 도와주려 해도 무시당하기 십상이고, 이리저리 팔다리를 움직여 풀어 주려 하면 오히려 무례하기 짝이 없는 대우를 받기도 한다.

보통의 쇼라면 출연자들은 당연히 무대 뒤에서 기다리겠지만 염소들은 절대 그렇지 않다. 이미 몇몇 녀석들은 기다리다 지쳐 건초 더미를 찾아 담장을 뛰어 넘는다. 조그마한 놈들이 점프는 어쩌나 잘하는

지 놀라울 정도다. 그리고 때로는 손으로 우유를 짜야 할 때도 있다. 방금 새끼를 낳은 암컷은 단백질과 항체가 풍부한 초유를 만들어 내는데, 막 태어난 새끼들의 면역 체계에는 좋지만 응고성이 뛰어나 치즈를 엉망으로 만들어 버리기 때문에 다른 우유들과 섞이면 안 된다. 그래서 예쁜 녹색 목줄로 이제 막 새끼를 낳아 손으로 우유를 짜야 하는 어미들을 다른 암컷들과 구분한다. 이 녹색 목줄을 한 암컷들에게서 얻은 우유는 따로 양동이에 짜야 한다. 미리 요령을 알고 있으면 좋은데 염소가 양동이에 발을 담궈 버리거나 양동이를 걷어차서 내가 뒤집어 쓰는 일이 없도록 하는 것이 가장 어렵다.

아, 그리고 반드시 기억해야 할 중요한 일이 한 가지 있다. 바로 염소가 산책하는 동안 염소의 젖에 들러붙어 있을 진드기들을 찾아서 잡는 것이다. 이 모든 것들이 다 맛있는 치즈를 위한 일이다!

일단 모든 염소들의 젖을 다 짠 후에 전날 저녁에 짜서 박테리아가 밤사이 번식하도록 낮은 온도에 놓아둔 우유와 함께 언덕 아래의 치즈 제조실로 보낸다. 그 이후의 과정은 어떤 치즈를 만드느냐에 따라서 결정된다.

잠깐 간단하게 치즈를 만드는 과정을 설명하자면...

우유는 당분과 미네랄이 녹아 있는 액체이고, 지방과 단백질도 그 안에 들어 있다. 지방과 단백질은 현미경으로나 보일 만한 작은 크기의 공 모양으로 형성되어 있는데 산도를 정확하게 조절했을 때만 녹일 수 있다. 그 산도의 범위를 넘게 되면 예쁜 공 모양을 이루고 있는 단백질이 잘 감겨 있는 양털을 아무렇게나 풀어서 쌓아 놓은 것처럼 풀리고는 한 덩어리로 응고된다. 이것이 커드(curd)다. 직접 해 보고 싶다면 우유 한 잔에 레몬 주스를 잔뜩 부어 두면 비슷한 것을 볼 수 있다. 우유를 이렇게 엉킨 커드(덩어리)와 훼이(whey, 액체)로 나눌 수 있다.

하지만 일반적으로 산성화는 산을 추가하기보다는 박테리아의 활동으로 인해서 진행된다. 박테리아는 우유에 자연적으로 존재하기도 하지만 종종 인위적으로 우유 안에서 젖당을 흡수해서 유산균으로 바꾸는 배양균을 따로 첨가하기도 한다. 우유가 분리될 때까지 젖산 농도가 증가함에 따라서 산성도도 증가한다. 이러한 현상 역시 우유를 냉장고에 오랫동안 보관했을 때 커드가 생성되는 것을 통해서도 확인할 수 있다. 차이가 있다면 집에서 오랫동안 보관한 우유는 상한 것이지 치즈가 되는 것은 아닌데 결국 제대로 된 박테리아 배양균을 넣었느냐 아니냐의 차이일 뿐이다.

이 과정이 유산균 응고라고 알려져 있는데 결과적으로는 보통 잘 부러지고 퍽퍽하기도 한 치즈가 되는 부드러운 커드가 만들어진다. 작은 크기의 염소 치즈들이 좋은 예라고 할 수 있다. 이러한 치즈들은 긴 숙성 기간이 필요 없고 보통 3~7주쯤 되면 최고의 상태가 된다.

또 다른 응고 방법은 집에서 시도하기가 쉽지 않다. 이 방법은 효소를 이용해서 단백질 분해를 한 후에 젤의 형태로 재구성하는 것이다. 효소는 레닛(Rennet, 우유를 치즈로 만들 때 사용하는 응고 효소 – 옮긴이)이라는 것을 사용하는데 이것은 어린 포유류들의 위에서 쉽게 찾을 수 있으며 소화에 유리하도록 영양가 있는 요소들을 추출할 수 있게 도와주는 효소이다.

이 과정을 레닛 응고라고 한다. 이러한 치즈들은 대체로 부드러운 질감을 갖고 있지만 그렇다고 해서 전부 크림이 풍부하다는 것은 아니다. 부드럽고 약간은 말랑말랑한 꽁떼(Comté, 프랑스 치즈 중의 하나 – 옮긴이), 에멘탈(Emmental, 구멍이 송송 나 있는 스위스 치즈 – 옮긴이), 혹은 체다(Cheddar) 치즈 같은 것을 떠올리면 될 것 같다. 이러한 치즈들은 수 개월에서 수 년에 걸친 긴 숙성 기간이 필요하다.

레닛 응고 과정은 레닛의 농도와 우유의 온도에 따라 다르긴 하지만 보통 한 시간 내외로 짧은 시간이 걸린다. 그에 반해서 유산균 응고는 24시간 정도의 훨씬 긴 시간을 필요로 한다. 이 두 가지 방법을 적절하게 조합하면 낮은 레닛 농도로 오랜 시간 등안 천천히 커드를 형성하게 하는 혼합 응고 방법을 만들어 낼 수 있다. 까망베르(Camembert) 같은 치즈가 이러한 방법의 대표적인 치즈이다.

결과적으로 모든 치즈들은 치즈 제작자들이 최종적으로 만들고 싶은 제품에 따라서 유산균 혹은 레닛 응고 방법을 사용한다.

다른 염소 농장과 마찬가지로 브루노는 두 가지 종류의 치즈를 모두 만든다. 질 좋은 신선한 우유를 쉽게 구할 수 있는 봄과 여름에는 유산균 치즈를 만든다. 그 외 기간에는 커다란 레닛을 사용해 (흔히 '톰'이라고 일컫는)치즈를 만드는데 오랫동안 보관하기가 용이해서 염소들의 우유 생산량이 감소하는 겨울 동안 판매한다.

우유 짜기를 모두 마친 후에 우리는 '라 프로메쥬리(la fromagerie)'로 가서 치즈 생산을 위한 보호 의류(부츠와 무거운 앞치마)를 착용하고 치즈 만들기에 돌입했다. 그날 필요한 모든 것들은 화이트 보드에 적혀 있었다. 만들어야 하는 치즈의 종류와 양은 당일 주문량 혹은 시장 및 레스토랑의 요구를 반영하여 브루노가 결정했다. 하지만 일반적으로 시장에서 어느 정도 이미 잘 알려진 유산균 치즈를 주로 만들었다. 다양한 모양의 치즈를 만드는데, 어떤 것은 채소의 재 위에서 굴린 것도 있고, 어떤 것은 향이 강한 페스토(pesto, 이탈리아 음식 소스 중 하나 – 옮긴이) 혹은 타프나드(tapenade, 향신료 중 하나 – 옮긴이)를 치즈 속에 깊이 넣은 것도 있다. 대체로 만들고 하루가 지나지 않아 모두 팔린다. 치즈를 염소 우유로 만들기는 했지만 향이 너무 강하지 않았고 허브와 함께 기분 좋게 톡 쏘는 신맛으로 인해 다시 찾을 수밖에 없는 매력이 있었다. 그리고 대체로 잘 부서지기 때문에 치즈 칼로 쉽게 잘렸다.

개인적으로는(오직 나 혼자만의 의견은 아니지만) 이것들 중에 페스토를 넣은 프레시 치즈(fresh cheese, 숙성시키지 않은 치즈 – 옮긴이)가 가장 좋다. 바질(Basil, 향신료 중 하나)과 부드럽고 신선한 염소 치즈의 조합은 거의 신성

함에 가깝다고 할 수 있겠다. 오직 더 필요한 한 가지, 바로 따뜻하고 껍질이 바삭거리는 바게트만 있다면 완벽한 점심이 될 수 있다.

그날 우리는 신선한 유산균 치즈 한 덩어리를 만들고 있었다. 우유는 플라스틱 통에서 지난 밤 동안 발효가 되었다. 전체적으로 균질한 질감으로 커드와 훼이가 확실하게 구분되었는지 살피기 위해 표면을 검사했다. 대부분의 훼이는 염소들의 여물통 쪽으로 바로 흘러가는 배수관을 통해서 버렸다. 매번 부을 때마다 염소들이 어떻게든 먹으려고 난리를 치며 빽빽거리는 소리를 들을 수 있었다. 그런데 꼭 염소들만 탓할 수 없는 것이 살짝 톡 쏘는 맛과 함께 나는 달콤한 맛이 염소들을 자극했기 때문이다.

커드는 조심스럽게 페셀(faiselles)이라고 불리는 작은 틀에 넣어 커다랗고 경사진 알루미늄 테이블에 올려 둔다. 그 틀에는 지속적으로 훼이가 흘러나올 수 있도록 여기저기 구멍이 뚫려 있다. 커드를 뜰 때는 가장 위부터 바닥까지 층층이 쌓인 것을 모두 한 번에 떠야 한다. 조심스럽게 떠낸 커드는 치즈가 되었을 때 좋은 질감을 갖게 된다. 일반적으로 커드의 윗부분이 훼이로 축축한 바닥보다 좀 더 단단한 편이다. 농장에서 만들어진 치즈라고 해도 고객들이 원하는 바에 맞추어서 지속적으로 균일한 상품을 생산해야 하기 때문에 커드 위와 아래가 모든 틀에 걸쳐서 균등하게 나뉠 수 있도록 신중을 기해야 한다.

한 시간에서 두 시간쯤 지나는 동안 훼이가 충분히 틀 밖으로 흘러

나오면서 처음의 밝고 하얀 치즈 크기가 반 정도로 줄어든다. 이제 틀에서 들어내고 뒤집어서 다시 넣어야 하는데 이때의 치즈는 쉽게 부서지고 약하기 때문에 종종 깔끔하게 뒤집어지지 않아서 꽤 성가신 작업이다. 이 동작이 아름다워 보이기까지 할 만큼 쉽고 자신있게 하기까지는 충분한 경험이 필요하다. 마치 정육점에서 고기를 해체하고 백화점 점원이 선물을 포장하는 것과 비슷한 작업이라고 할 수 있겠다.

브루노의 농장에서 3주가 지나도록 그 작업을 간단하게도 아름답게도 못했지만, 여하튼 어떻게든 하긴 했다. 이렇게 모든 과정이 끝나고 치즈가 만들어지면 틀을 제거하고 씻어서 출하를 하게 된다.

날씨가 좋은 날이면 염소들은 산을 놀이터 삼아 뛰어놀았다. 그런 염소들을 따라다니는 것은 농장에서 하는 일 중에 내가 가장 좋아하는 일이기도 했다. 겉으로 보기에는 우리가 염소를 보살피는 것 같지만, 실제로는 거의 사람 손을 필요로 하지 않아서 그냥 옆에 붙어 다니기만 하면 되었다. 염소들이 먹이를 찾아서 산기슭을 돌아다니고 호기심 어린 눈으로 여기저기 탐험하는 것을 보는 일은 내게도 큰 즐거움이었다. 염소들의 발걸음은 구불구불한 산길에서부터 시작해 어느새 맛있는 것을 찾아서 나무가 우거진 경사면으로 들어서곤 했다. 그런데 많은 염소를 모두 일일이 잘 통제할 수는 없었다. 그저 나무 밑에 앉아서 우쿨렐레로 테트리스 게임 테마곡을 엉망진창으로 연주하며 시간을 보내기에 딱 좋았다. 염소들은 아무 때고 오고 싶을 때면 왔다가 다시 갔다가 하면서 주변에 널린 초목을 뜯었다.

❖

브루노는 지역 생산자들이 설립한 협동 조합 소매점에서 일한 적이 있다. 이 협동 조합은 치즈 생산자들이 구매자들에게 직접 치즈를 팔 수 있도록 도와주고 서로 가게에서 일하는 시간을 줄이기 위해 설립되었다. 이런 직매점은 유통 경로를 최소화하고 감당할 수 없이 높은 종업원의 인건비를 줄일 수 있다는 장점이 있어 생산자들에게는 매우 중요했다.

그런데 브루노는 자신이 치즈를 팔기 위해 시장을 다닐 수 있도록 일상적인 농장 일을 거들어 주는 프랑수아즈라는 종업원이 있다는 점에서 매우 특이한 케이스였다. 그리고 드물기는 하지만 덕분에 번갈아서 휴가를 갈 수도 있었다.

5장
치즈와 나

안타깝게도 젠은 한 달이라는 긴 휴가를 얻지는 못했지만, 사실 그런 휴가가 생겼더라도 산 중턱에서 염소들과 씨름하며 시간을 보낸다는 것은 말도 안 되는 생각이었다. 브루노의 농장에서 일하는 기간이 끝날 무렵 휴일을 끼고 있는 긴 주말을 이용해서 프랑스로 날아온 젠을 만나 며칠간 농장을 벗어나 함께 시간을 보낼 수 있었다.

우리 계획은 니스에서 그녀를 만나 안티베까지 함께 여행한 후에 다시 니스로 돌아와서 그녀만 영국으로 돌아가는 것이었다. 니스의 날씨는 햇빛이 강렬하게 내리쬐어 더웠다. 영국과 비교하자면 프랑스의 태양은 말 그대로 눈이 시릴 정도로 강렬했다.

2주 반 동안 깎지 않은 덥수룩한 수염에 찌든 염소 냄새를 풍기면서 공항에서 젠을 기다리고 있었다(내가 결코 샤워를 하지 않아서 그런 것이 아니라, 이 염소 냄새는 아무리 씻어도 정말 지우기 쉽지 않다). 농장에서는 여기저기 쌓인 염소털 덕분에 현대 문명의 혜택을 누리기조차 쉽지 않았다(아직 컴퓨터를 진공청소기로 청소하기 전이었다). 게다가 농장 인근 지역은 휴대 전화 수신 상태가 좋지 않았고 국제전화는 툭하면 끊어지곤 해서 지난 3주간 통화를 제대로 하지 못했다. 그러다 보니 휴가 기간 동안 어디서 만나서 무엇을 할지 결정하는 것도 생각보다 쉬운 일은 아니었다. 염소 냄새를 지울 수는 없었지만 그래도 정말 멋진 며칠을 함께하며 두 곳의 해안 도시를 여행했다.

안티베를 사람에 비교하자면 여전히 반짝이는 멋진 눈을 갖고 있는 나이 든 신사로 표현할 수 있을 것 같다. 구 시가지에는 진한 파란색의 항구에 하얀 벽돌이 밝게 빛나는 건물과 위풍당당하게 서 있는 아치들이 있었다. 우리는 성벽을 따라 나무가 우거진 외곽 지역의 오래된 등대로 향했다. 점심으로는 크림이 치즈 포장지 밖으로 새어 나올 만큼 풍부한 생펠리시앙(Saint-Félicien) 치즈와 바삭거리는 빵과 함께 너무 달지 않고 그윽한 맛의 진한 장미색 와인을 준비했다. 지중해가 내려다보이는 언덕 위의 하얀 성당 앞에 앉아서 로제 드 프로방스(rosé de Provence)를 조심스럽게 병째로 들고 번갈아가며 마셨다. 여행을 다니면서 와인 잔까지 챙겨서 들고 다니기는 부담스러우니 어쩔 수 없는 노릇이었다.

안티베에서의 시간은 아름다웠다. 여행의 절정은 역시 압생트 바에서 아가시(Agathe)라는 여인이 '녹색 요정(green fairy)'이라고 불리는 술을 마시는 복잡한 방법을 알려 줄 때였던 것 같다. 그녀는 작고 통통한 체형에 진한 갈색의 머리를 머리핀으로 뒤로 넘기고 정교하게 매만져 올린 머리를 했는데 시멘트처럼 단단하게 고정되어 보이는 것이 불을 붙여도 참 잘 붙을 듯했다. 어쨌든 그녀는 끈기 있게 전통적인 '압생트 분수' 사용 방법을 알려 주었다. '압생트 분수'는 은과 유리로 만들어졌고 화려한 돔처럼 생겼다. 그리고 은으로 세공이 된 얇은 수도꼭지 같은 것들이 옆에 튀어 나와 있었다. 녹색의 독한 술을 담고 있는 작은 유리잔 위에는 구멍 뚫린 숟가락이 있었고 그 위에 각설탕이 하나 올려져 있었다. 그리고 얇은 수도꼭지에서 물이 조금씩 각설탕 위에 흘러내려, 압생트를 적당히 희석시키고 달콤하게 만들어 구강청결제 같던 술이 조금은 세련되고 흐릿하게 연한 녹색으로 바뀌었다. 지난 몇 주간 단 한 방울의 알콜도 없이 정말 좋은 산 공기를 마시며 지내서 그런지, 마시자마자 살짝 어지러워 나도 모르게 비틀거렸다.

안티베를 떠나는 날 아침 우리는 니스로 가기 전에 시장에 들르려고 아침부터 부지런히 움직였다. 도시의 중심부에 있는 쿠르 마세나(Cours Masséna)는 신선한 과일과 야채, 꽃 등을 파는 상인들로 넘쳐났고 신선한 생선과 아티초크(artichoke, 국화과 식물 - 옮긴이)와 향신료들이 잔뜩 쌓여 있었다. 따뜻한 태양 아래 바다에서 불어오는 바람을 맞으며 해안도로를 따라서 니스로 달리던 순간이 이 여행에서 가장 기분 좋은 순간 중 하나였다.

이미 마지막 치즈를 먹은 지 두 시간이 넘었고 나는 심각한 유산균 결핍 증세를 겪고 있었다. 억세게 운이 좋은 젠은 미로같이 복잡한 자갈길이 펼쳐진 니스의 구 시가지에서(Vieux Nice) 치즈를 찾기 위한 마법처럼 신비로운 여행을 함께 했다. 그녀가 흥미를 가질 만한 새로운 것은 하나도 없었지만 어쨌든 참을성 있게 기다린 끝에 아이스크림 하나는 손에 쥘 수 있었다.

그날 오후에는 작은 주먹만한 크기의 톡 쏘는 염소 치즈와 시원한 맥주 그리고 시장에서 산 두껍게 썬 훈제 햄을 먹으며 조약돌이 널린 해변에서 깨끗한 푸른 바다에 조약돌을 던지며 보냈다. 어쩌면 바로 이곳이 천국이 아닐까?

❖

햇볕에 살짝 그을린 젠을 공항에서 배웅하고 그라스로 돌아오기 위해서 구불구불한 길을 달리는 버스에 올라탔다. 처음 이곳에 도착했을 때 느꼈던 걱정들은 모두 사라졌다. 이제는 얼른 농장에 가서 런던의 따분한 일상으로 돌아가기 전에 염소들과 더 많은 시간을 함께하며 더욱 많이 배우고 싶다는 생각뿐이었다. 그라스에서 다시 작은 버스로 갈아타고 산의 초입에서 내려 농장을 향해 걷기 시작했다. 브루노에게 데리러 와 달라고 귀찮게 하고 싶지 않았을뿐더러 마침 걷기에도 안성맞춤인 날이었다.

뜨거운 열기와 무거운 배낭에도 불구하고 산길을 올라가는 발걸음은 가벼웠다. 시계를 보니 줄리앙과 염소들이 이미 밖에 나와 있을 시간이었다. 멀리서 귓가에 들려오는 염소들의 종소리가 마치 기도하는 소리처럼 편안하게 들렸다.

농가에서 약 20분쯤 떨어진 곳에 염소들이 먹을거리를 찾아서 즐겨 찾는 곳이 있는데 거기서 염소들을 만날 수 있었다. 그곳은 가는 길에 쓰러져서 위험해 보이는 앙상한 나무들이 늘어선 것을 제외하고는 대체로 약간 평탄하고 트인 땅이었다. 그리고 거기에는 암컷들의 입맛에 딱 맞는 허브와 풀이 많았다. 나무들이 시원한 그늘과 맛있는 잎을 주었고 여기저기 조금 위태롭게 튀어나와 있는 바위들은 염소들이 올라타서 세상을 내려다보기에 딱 좋았다.

몇몇 염소들이 서로 머리를 부딪히며 놀고 있었다. 두 마리가 무리 중의 서열을 높이기 위해서 힘차게 머리를 부딪히며 경쟁했다. 이긴 놈은 자부심을 얻겠지만 지더라도 단단한 머리뼈와 잘 진화된 푹신한 머리살로 인해서 별다른 충격을 받을 것 같지는 않았다.

줄리앙에게 우유와 치즈 생산량 따위를 비롯해 그 주에 일어난 일들에 대해서 들었다. 출산을 앞둔 예비 어미였던 염소들은 이미 모두 새끼를 낳았고 새끼 우리에는 몇 마리의 새로운 얼굴들이 나를 기다리고 있었다. 안타깝게도 나이 많은 염소 한 마리가 죽기도 했다. 어쩌다 그렇게 되었는지 확실히 알 수도 없었고 브루노의 설명도 애매모호

했다. 이런 일이 사실 농장에서 일어나는 가장 슬픈 일 중의 하나였다. 땀에 젖은 채로 천천히 농장으로 돌아오는 먼짓길의 하늘은 파랗고 구름 한 점 없었는데 이 모든 것을 뒤로 하고 다시 런던으로 돌아갈 생각을 하니 전부 잿빛 그림자처럼 보였다.

그날 저녁은 정말 기뻤다. 나는 꽤 괜찮은 스틸턴 치즈와 줄리앙을 위한 꽁떼(줄리앙은 얼마나 꽁떼를 좋아하는지 종종 살짝 미친 듯한 눈으로 이야기하곤 했다) 그리고 엑상 프로방스에서의 일들을 떠올리게 해 주는 레드 와인 한 병을 사 왔다. 브루노와 줄리앙과 함께 먹기 위해 준비했는데 젖소 우유로 만든 치즈뿐만 아니라 영국 치즈까지 가져왔다고 구박하면서도 스틸턴은 순식간에 사라져 버렸다.

❖

농장에서 지냈던 마지막 며칠은 특히 더 좋았다. 염소들과 가능한 한 많은 시간을 함께했고, 가장 어린 염소의 이름을 직접 지어 주기도 했다. 내가 헛간에 들어서자마자 나한테 뛰어와서는 아무 데나 올라타고 작고 날카로운 이빨로 야금야금 깨물며 까부는 녀석들인 가젯(Gadget)과 그렘린(Gremlin) 이 두 마리는 내가 가장 아끼는 새끼들이었다.

간혹 몇몇 여행자들이 산길을 따라 올라오기도 했는데 우리 농장에 찾아온 손님들에게 영어로 안내를 할 수 있다는 사실이 무척 기뻤다(내가 말하는 딱딱한 프랑스어에 비해서 훨씬 수월했다). 날씨는 밖에서 식사를 할 수 있을 만큼 충분히 좋아졌고 지역에서 생산된 프레시 치즈와 아름다운

전경이 완벽한 점심을 만들어 냈다. 방해꾼이라고는 종종 피크닉 식탁에 관심을 보이며 뒤척거리고 샐러드 그릇에서 뭔가 집어 먹고 싶어 하는 염소들뿐이었다.

순식간에 시간이 흘러서 곧 이 산을 내려갈 정말 마지막 준비를 하게 되었다. 줄리앙은 조금 더 농장에 머물기로 결정했고 나 역시 그러고 싶었다. 심지어 햇빛에 색이 바래고 이상하게 생긴 트레일러에도 정이 들어서 그것을 뒤로 남겨 두고 떠나는 것조차 슬퍼졌다.

하지만 며칠 있으면 나를 대신할 새로운 우퍼가 오게 될 것이고 나 없이도 별 문제 없이 모든 것이 다 잘될 것이다. 염소는 사실 꽤 고집이 세지만(아마 뚱뚱한 아줌마 같은 염소를 수풀이 우거진 곳에서 산꼭대기로 밀어 보기 전까지는 무슨 말인지 이해하기 힘들 것이다) 정말 아름다운 동물이었고 덕분에 나는 처음 여기에 왔을 때보다 표현할 수 없을 만큼 부자가 되어 떠날 수 있게 되었다. 게다가 살도 많이 빠졌고 인상적인 수염도 갖게 됐다.

❖

농장에서 지내면서 치즈에 관한 나의 지식은 폭발적으로 늘었고 염소 농장에서의 삶에 완전히 능숙하게 적응했다고는 할 수 없지만 그래도 이제 브루노와 이야기할 때에 부끄럽지 않을 정도까지는 된 것 같았다. 정말 열심히 노력했고 많은 시간을 투자하면서 일하는 것을 즐겼지만 동시에 지금까지 런던에서 몸을 쓰는 일과는 전혀 상관없이 살았다는 것을 여실히 받아들여야만 했다. 안타깝게도 이 산에서는 내가 잘 다룰 수 있는 스프레드시트를 사용할 일은 거의 없었다.

여기 있는 동안 내가 가장 힘들어했던 곳은 아마도 우유 짜는 곳이었던 것 같다. 우유를 받아 시원하고 위생적으로 보관하기 위해 다양한 기구들이 설치되어 있었다. 엄청난 수의 파이프, 밸브 그리고 필터들을 정기적으로 세척을 해야 했다. 세척은 밸브를 돌리고, 버튼을 누르고, 호스를 놓고 고여 있는 우유를 닦아내는 등 과정이 복잡했다. 하지만 이 과정에 대한 설명은 물론 프랑스어였지만 영어권 회계사인 나도 이해할 만큼 간단했다. 시간이 지나면서 점점 내가 담당해야 할 일들이 늘었지만 나름대로 잘 해낸 것 같았다.

그렇지만 지금 생각해도 정말 부끄러워서 쥐구멍에라도 숨고 싶은 생생한 기억이 한 가지 있다. 우리는 막 우유 짜는 것을 마무리해서 우유를 치즈 만드는 곳으로 막 옮겼고 나는 청소를 하려고 남았다. 설명을 떠올리며 레버를 돌리고 버튼을 누르는 것까지는 순조롭게 진행되었다.

우유통을 세척할 때 뜨거운 물을 뿜는 고압 호스를 무거운 우유통의 뚜껑 아래에 넣어 두어야 하는데 잘못 이해하고 커다란 뚜껑을 닫아도 안을 들여다볼 수 있도록 만들어진 투명한 얇은 플라스틱 뚜껑 아래에 고정하고 호스에 물을 틀었다. 그 다음 상황은 아마도 소방관이 미친 듯이 흔들리는 호스를 잡고 사투하는 것 같은 만화에서나 볼 만한 상황을 떠올리면 된다. 이 어이없는 실수 덕분에 난 물에 빠진 생

쥐 꼴이 되었고, 멋쩍고 미안한 마음이 들었다.

브루노가 문제가 있음을 알게 된 것은 저녁에 우유 짜는 일이 모두 끝나 우유를 탱크에 채우고 나서였다. 우유를 차갑게 유지해서 적절하게 숙성시켜야 하는 중요한 모터가 물을 먹고 고장이 나 버린 것이었다.

그날 저녁 따뜻하고 편안한 집에 앉아서 함께 먹을 '전통 영국' 요리를 준비하는 동안에도 상황을 제대로 몰랐다. 열심히 하기는 했으나 제대로 만들어지지는 않았다. 염소 우유는 커스터드 빵을 만들 때 그다지 좋은 재료가 아니라는 것을 그제서야 알았다. 줄리앙에게 부르노가 어디에 있는지를 묻자 착유실에 문제가 있어 해결하고 있을 것이라고 했다. 그는 입에 먹을 것을 가득 넣은 채로 말했다.

"모터에 물이 찼는지 어떻게 해 본다고 하던데?"

죄책감에 나는 한 치 앞이 보이지 않는 어둠을 걸어 착유실로 향했고 전혀 어울리지 않는 곳에서 들려오는 '위잉'거리는 소리를 들을 수 있었다.

들어가지도 않았고 아무 말도 하지 않았다. 조용히 뒤돌아서 내 방으로 돌아가 부끄러움에 몸을 숨겼다. 아직도 어두운 밤이면 그 헤어드라이어의 소리가 환청으로 들려 부끄러워지곤 한다.

✣

농장 일은 어수선하고 서투른 나의 단점을 고치는 데 많은 도움을 주었다. 동시에 소비자로서 지금까지는 별 생각 없이 지냈다는 것도 깨달았다. 본질적으로 낙농업은 어미와 새끼를 떼어 놓는다는 점에서 부정적 이미지가 존재한다.

동물의 새끼들은 아마도 세상에서 가장 귀여운 존재들이지만, 자연의 질서대로 놓아둔다면 농장의 수익에 손실을 줄 것이다. 새끼 염소가 어미의 젖을 먹는 것이 아무리 자연스럽고 당연한 일이라고 하더라도 결국 치즈를 만들 우유의 양은 줄어들 것이다.

게다가 어린 수컷들은 우유 생산에 도움이 되지 않지만 일부 수컷들은 유전적 다양성을 유지하기 위해서 다른 농장에서 데려오기도 한다. 어린 수컷들의 공격적인 행동으로 입은 손상을 복구하는 데 들어가는 비용을 제외하고라도 이 녀석들을 기르는 데에는 많은 비용이 든다.

치즈를 만드는 일은 성수기에도 이윤을 많이 남기기 힘든 사업이라서 불행히도 앞서 언급한 일들로 지나치게 감상에 빠지는 것을 억제하지 못하면 그로 인해 사업의 성공과 실패가 결정될 수도 있다.

농장에서 일하는 동안 나는 어린 염소들이 혼자서 먹이를 먹을 수 있을 만큼 자라면 곧 어미로부터 떼어 놓기도 했고, 정기적으로 어린 수컷들을 트럭에 태워 보내는 것을 보았다. 그다지 기분 좋은 일은 아니었지만 직접 이런 일들을 접할 기회를 얻었다는 것이 중요했고, 이 기회를 통해 내가 사랑하는 치즈를 만드는 사람과 동물들에 대한 감사의 마음을 가질 수 있었다.

나는 분명히 육식을 즐긴다. 자랑스럽게 생각하는 것은 아니고 언젠가는 채식주의자가 될 수도 있겠지만 가까운 미래에 그렇게 되지는 않을 것 같다. 여기서 육식에 대한 찬반을 논하고자 하는 것은 아니다. 그리고 그게 변호하고 옹호할 만한 거리라고 생각하지도 않는다. 하지만 소비자로서 내가 먹는 동물들이 어떤 대우를 받고 내 식탁에 오르는지에 대해서는 관심이 많고 그에 따라 필요하다면 조금 더 값비싼 선택을 하기도 한다. 2013년 초에 있었던 말고기 스캔들 같은 상황을 생각하면 이것은 쉽게 생각할 문제만은 아닐 것이다.

다시 농장 이야기로 돌아와서, 어린 수컷 염소들은 어쩌면 다른 염소들에 비해서 짧은 생을 살게 될 수도 있겠지단 적어도 부족한 것 없이 살 수는 있다. 딱히 힘들 것도 없고 뛰어노는 게 삶의 대부분이 될 것이다. 하지만 안타깝게도 농장의 수익을 유지하고 다른 염소들에게 더 풍요롭고 좋은 환경을 조성해 주기 위해서는 어쩔 수 없이 수컷 염소들의 수명을 단축시킬 필요가 있다.

그러나 사실 이런 나의 관점이 저녁 식사 때 부드러운 염소 소시지를 자주 먹는 것에 대한 핑계는 될 수 없다.

❖

브루노의 농장을 떠나는 날은 당연히 슬플 수밖에 없었다. 하지만 아무것도 없이 빈손으로 떠나진 않았다. 인심 좋은 염소들은 한동안 잊을 수 없는 이별 선물을 안겨 주었다.

이 이야기는 정말 편하게 말하기 쉽지 않다. 염소들은 몸 어딘가에 몰래 벼룩을 지니고 있다. 염소 몇 마리에 벼룩이 옮으면 곧 농장 전체에 벼룩들이 득실거리게 된다. 그러니 옷을 아무리 빨고 다시 빨아도 염소 옆에 가기만 하면 바로 벼룩이 옷에 들러붙는 상황이 반복된다. 결국 나도 발목부터 허리까지 엄청나게 많이 물렸고 덕분에 엄청나게 간지러웠다.

순진하게도 런던에 가서 다 씻고 다시 도시 생활로 돌아가면 될 것이라고 생각했다. 조금은 평화로웠던 한 주가 지나면서 다시 여기저기 물어뜯기기 시작했다. 이 벼룩들은 런던의 집은 물론 염소 농장 몇 마일 근처에도 가 보지 않은 젠에게까지도 퍼져 나가기 시작했다. 당연하게도 이 사실이 주변에 알려지자 나를 반기는 사람도 없어졌다. 불행 중 다행으로 벼룩을 퇴치할 수 있는 꽤 좋은 제품(본 적도 없는 무당벌레 퇴치약이었다)이 나를 도와주었지만, 부끄러움을 해결할 방법은 없었다.

런던의 치즈 전도사

염소 벼룩으로 인한 간지러움은 가라앉았지만 다른 벌레에게 물린 것은 좀처럼 가실 기미가 없었다. 그 당시에는 잘 몰랐지만 그 가려움은 앞으로의 내 삶을 완전히 다른 방향으로 돌려놓게 될 가려움이었다.

사실 국가 감사원에서의 일에는 아무런 불만이 없었다. 편하고 수입도 좋았고 정신적으로 스트레스 받을 일도 크게 없었다. 사무실을 돌아보면 경력의 대부분을 이 회사에서 보낸 사람들도 있었다. 물론 그들의 결정이기에 충분히 존중하고 이해할 수 있었고, 사실 일하기에 이만큼 좋은 회사도 없을 것이다. 문제는 이러한 것들이 내가 여기를 벗어나고 싶어 하는 이유였다는 것이다. 나는 이곳에서 이제 막 자리를 잡고 뿌리를 내리는 시점이었다.

모든 것이 갖춰진 편안하고 안락한 곳에서 판에 박힌 삶을 살고 있었다. 일하고, 자고, 사람들과 어울리고 종종 '탑 기어'를 틀어 둔 채로 뭔가 신비로운 요리를 시도하는 것과 같은 단순한 삶의 반복이었다. 문제가 될 만한 것이라고는 만약 지금 내가 뭔가 바꾸지 않는다면 이 편안하고 단순한 삶을 평생 이어가게 될 것이라는 점이었다.

이곳에서 지난 수 년간 느껴 본 적 없는 의욕이라는 것을 프랑스에서 잔뜩 안고 흥분된 상태로 돌아왔다. 농장에서 일한 경험이 나에게 새로운 세계로의 창을 열어 준 것이다. 나는 마치 그 문고리만 슬쩍 만져 본 듯한 느낌이었고 그 안으로 들어가면 내가 상상하지도 못했던 흥미로운 것들이 잔뜩 있을 것만 같았다. 농장에서 돌아온 후 나는 치즈 제조 방법, 치즈의 역사 그리고 아직 가 보지 못한 영국의 치즈 가게들과 같은 뭔가 유용한 정보를 얻느라고 혈안이 되어 있었다.

책장은 곧 치즈에 관한 책들로 넘쳐났고 냉장고에는 이상하고 신기하게 생긴 노란색 덩어리들이 자리를 모두 차지했다. 그동안 한 가지 확실하게 깨달은 것은 치즈가 매력적이라는 것이었다. 치즈는 멋진 풍경에 대한 기억을 갖고 있고, 좋은 환경에서 자란 동물들에게서 만들어지며, 생산지의 역사를 포함하고, 때로는 국가나 제국의 흥망성쇠를 이야기하기도 한다. 물론 치즈가 눈앞에 놓이면 그런 치즈의 근원에 대한 것들은 잊혀지기 십상이지만, 나는 왜, 어디서, 어떻게 그리고 누가 치즈를 만들었는가 등의 배경이 치즈를 만들고 구성한다고 생각한다.

치즈는 지금까지 계속 진화를 거듭해 왔다. 만약 치즈 제조 방법이 계속 인기가 없었다면, 치즈 생산자들은 금방 사라졌을 것이다. 지금도 치즈를 만들고 있는 사람들이 많이 있고, 그보다 훨씬 많은 사람들이 과거부터 치즈를 만들어 왔다. 성공적인 결과물은 계속 이어졌고 실패작들은 소비자들에 의해서 버림받고 사라진 그 덕에 지금 우리는 잘 갈고 닦인, 군더더기 없이 맛있게 당장 즐길 수 있는 치즈들을 먹게 된 것이다.

보통 치즈는 현지의 수요를 맞추기 위해서 노력해 왔는데, 지금에 와서는 언제든지 살 수 있는 대형 업체들의 치즈로 인해서 의미가 퇴색되어 버렸다. 예를 들어서 커다란 가열식 알프스(Alpine) 지역 치즈는 겨울 동안 알프스 초원의 감미로운 풀을 뜯어 먹은 소들의 좋은 우유를 저장하기 위해서 만들어졌다. 이러한 환경적인 부담은 온화한 남서부 프랑스에는 존재하지 않는다. 그곳의 산악 지형은 소보다 양에게 더 유리해 로크포르(Roquefort)와 같은 푸른 암양 우유로 만든 치즈가 만들어진다. 프랑스의 남동부와 중부 지역은 무어인들이 유럽을 가로질러 이동하며 남긴 낙농 기술과 염소들 덕분에 풍요롭게 지내고 있다.

수 세기에 걸쳐 선택적으로 가축이 사육되었고 치즈 제조 방법이 수정되어 왔다. 전통적인 치즈들은 제각각 한 권의 책 못지않은 가치를 담고 있고 그에 대한 사람들의 관심도 대단하다. 하지만 조금 놀랍게도 치즈가 어려움을 겪는 시기에 내가 치즈에 관심이 생겼다는 것을 알게 되었다. 독자들이 이 문장을 읽는 이 순간에도 치즈와 인류 역사 간의 관계는 빠른 속도로 무너지고 있다. 슈퍼마켓 진열대에 잔뜩 들어찬 대량 생산 치즈들은 그 이름은 같아도 진정한 치즈들과 결코 같을 수가 없다. 꽤 비슷해 보이고, 가끔 맛도 괜찮고, 기술적으로도 뛰어나면서 가장 중요한 가격까지 저렴한 것도 있지만, 어디까지나 전통 치즈와 같은 것은 아닐뿐더러 같은 혈통도 아니다.

음식의 산업화, 상품화뿐만 아니라 빠르게 증가한 사회적 이동이 농부의 아이들에게 농장에서의 삶보다 더 흥미로운 것들을 많이 제공해 주었다. 프랑스에서도 나이가 많은 치즈 전문가들의 뒤를 잇고자 하는 사람들이 많지 않아 문 닫을 위기에 몰린 치즈 농가들을 쉽게 찾을 수 있다.

브루노와 프랑수아즈 그리고 줄리앙과 일하는 동안 그리고 내 스스로 연구하면서 알아낸 것이 있는데 그것은 치즈 분야에서 일하는 사람들이 꽤 흥미로운 사람들이라는 사실이다. 어떤 면에서 또 하나의 자연 선택이었다. 장인 정신이 깃들어 있는 치즈나 농가의 치즈로는 돈을 벌기가 쉽지 않다. 제대로 치즈를 만들려면 독자적이고 수준 높은 기술의 농부와 치즈 제작자, 아피너(affineur, 치즈의 숙성(affinage) 단계 혹은 정제 및 정련 등을 책임지는 사람), 치즈 장수 등을 포함한 모든 사람들의 보수를 주어야 한다. 그렇다고 해서 관련된 모든 사람들이 충분한 보수를 받을 수 있을 만큼 치즈를 비싸게 팔 수도 없는 노릇이다. 만약 충분히 가격을 올린다면 최상급 고기보다도 더 비싸질 것이다.

그렇다면 사람들은 왜 치즈를 만들고, 숙성하고 파는 것일까? 그 대답은 복잡하고 다양하지만, 결국 중요한 것은 돈 버는 것보다 재미있기 때문이다. 그렇다고 이익을 남기기 위해서 노력하는 것이나 재미있는 일을 찾아가지 않는 사람들이 잘못되었다는 것은 아니다.

영국으로 돌아왔을 때 나는 멋모르고 내 앞에 서 있는 누구에게든 그가 지루해서 돌아설 때까지 치즈 이야기를 했다. 이미 나는 치즈 전도사가 되어 있었다. 이제 가장 중요한 질문이 하나 남았다. 그래서 이제 무엇을 하고 싶은 건데?

6장

꿈을 포기하고 후회하기 싫었어

눈이 번쩍 뜨이는 새로운 세상을 경험하고 어떻게 다시 도시의 일상으로 돌아올 수 있었을까? 그때는 불가능하다고 여겼지만 그래도 몇 주 만에 다시 적응을 했다.

벼룩과 무당벌레 퇴치제로 얼룩진 어수선함을 가라앉히고, 고장 난 보일러를 고치고, 집 안에 같이 살고 있는 쥐들을 물리치고 나니 어느 순간 다시 런던의 일상이 나에게 돌아왔다.

반짝이는 구두가 작업용 부츠를 대신하고, 정장과 넥타이가 작업복을 대신하고, 깨끗하게 면도한 깔끔한 얼굴이 열심히 일하느라 덥수룩해진 수염을 대신했다. 내 교통카드는 재발행되었고, '국제회계기준(International Financial Reporting Standards)'이라는 긴 단어를 다 읽기도 전에 이미 사무실의 내 컴퓨터 앞에 돌아와 있었다. 어마어마한 양의 편지와 이메일들을 제외하고는 내가 두고 간 그대로였다.

다시 돌아와 동료, 친구들과 일하는 것은 즐거웠고 그들도 내가 경험했던 일들을 듣는 것을 좋아했는데 도대체 왜 치즈를 가지고 오지 않았는지에 대해서는 끊임없이 추궁을 당했다. 하지만 안타깝게도 신선한 염소 치즈는 오랜 여행에 그다지 적합한 음식은 아니었다. 그리고 무엇보다도 대부분의 사람들은 젠이 말한 만큼 내가 아직도 염소 냄새에 찔어 있는지를 가장 궁금해했다.

더 이상 어떻게 손쓸 수 없을 만큼 상태가 좋지 않거나 냄새가 심한 옷들을 많이 버려야만 했고 정말 끊임없이 샤워를 했는데도 여전히 냄새가 완전히 가시지는 않았다.

❖

정부 회계의 회계연도는 매년 3월 31일을 기준으로 끝나기 때문에, 4월에서 6월 초에 걸쳐 많은 업무가 밀려 들어온다. 우리 회계사들은 7월 국회의 휴회 기간 이전에 정부 회계 현황을 발표할 수 있도록 검토해야 했다. 모든 장부가 같은 마감 시한을 갖고 있기 때문에(그리고 중앙 정부에 있는 거의 500개의 모든 조직의 서류를 검토해야 하기 때문에) 이 바쁜 기간 동안 효율적으로 일할 수 있도록 일정을 잘 조절해야 했다.

사무실에 처박혀 열심히 일만 했지만 순식간에 프로젝트들이 내 속도를 추월했고 점차 일감이 쌓이기 시작했다. 오래지 않아 회계 시즌의 마무리 때문에 스윈든으로 돌아왔다. 한 주 동안 젠을 만나지 못한다는 것은 안타까운 일이기도 했지만(그녀가 온 사방에 내 염소 냄새를 광고하고 다니는데도), 해결해야 할 많은 문제들과 발표 날짜가 나를 기다리고 있었다. 이외에도 신입 회계사로서 내가 맡은 진정한 책무들이 있었다.

그런데 딱 한 가지 중요한 문제가 있었다. 바로 스윈든에는 제대로 된 치즈 가게가 없다는 것이다. 제대로 된 치즈를 간절히 원했고 도시를 둘러싸고 있는 아름다운 외곽 지역에는 뭔가 분명히 있을 것 같다는 생각이 들었지만 찾을 방법이 없었다. 물론 슈퍼마켓은 있었지만, 슈퍼마켓에서 제대로 된 치즈를 구하는 것은 불가능했다. 그래도 치즈를 안 먹을 수는 없으니 결국 슈퍼마켓에서 치즈를 사긴 했지만 먹고 나서 늘 후회하는 것 역시 어쩔 수 없었다.

그래도 몇몇 소규모 생산자들이 지역 슈퍼마켓에 공급하는 예외적인 제품이 프랑스에는 있었지만, 아직은 대부분의 슈퍼마켓에서 '좋은' 치즈를 구할 수 있다고는 상상하지 않는 편이 좋다. 한 종류의 치즈를 대형 슈퍼마켓에 공급하는 것은 결국 산업화된 치즈 생산자에게만 가능하다. 약 80마리 정도의 염소를 키우는 브루노 같은 농부가 그 정도의 양을 생산한다는 것은 애초에 불가능한 일이다. 만약에 치즈를 슈퍼마켓에서만 찾는다면 치즈를 만드는 사람들이 사랑을 듬뿍 담아 고생해서 만든 '좋은' 치즈를 먹는 것 역시 불가능할 것이다.

그렇다면 도대체 그 '좋은' 치즈라는 것이 무엇일까? 나에게 '좋은' 치즈란 그 치즈만의 고유한 특징이 있고, 대체로 원유로 만들어졌고,

전통적인 제조 방법을 유지하고 있으며 우유를 생산하는 가축과의 확고한 유대 관계가 있는 농장에서 만든 치즈이다. 이런 치즈들은 계절, 날씨 그리고 동물의 기분에 따라 조금씩 맛과 향 등의 상태가 변하기도 한다. 치즈는 지리적인 특성과 자연 환경에 따라 독특한 개성과 향미를 내는 대단히 매력적인 음식이다.

원유란 살균을 위한 열처리를 하지 않은 우유를 말한다. 살균 처리는 치즈의 제조 환경과 직접적 연관이 있는 살아 있는 미생물들을 모두 파괴하기 때문에 치즈 고유의 특성을 파괴하게 된다. 그러나 문제는 원유가 워낙 변하기 쉽고 종잡을 수 없어서 소비자에게 팔리기 전에 수많은 검사들을 통과해야 하다 보니 비싸기까지 하다는 점이다. 이러한 이유들로 슈퍼마켓에 있는 많은, 혹은 대다수의 치즈들은 살균처리되어 대량 생산된 것들이다.

사실 가정에서도 제조법을 따라서 치즈를 스스로 만들 수도 있고 그 맛도 괜찮을 수 있지만, 어떻게 기른 동물에게서 어떻게 얻은 것인지, 또 어떻게 처리된 것인지도 모르는 우유를 사용한다면 만드느라 들인 노력이 물거품이 될 수 있다. 다른 사람들은 몰라도 확실히 내게는 그렇다. 나에게 좋은 치즈란 고유의 특성이 있는 것인데 그 안에는 단지 향뿐 아니라 일종의 도덕적 특성까지도 포함되어 있어야 한다. 앞서 말했듯이 치즈는 농부와 가축들 그리고 사회적 역사와 경제 여건과 같은 생산지의 특징을 품고 있다. 좋은 치즈가 꼭 오래된 치즈여야 할 필요는 없지만, 보통 오래된 치즈들 중에는 그 진화의 과정에서 경제적 이유와 까다로운 미각에 굴하지 않고 적자생존한 좋은 것들이 많다.

슈퍼마켓에서는 소규모 농장에서 생산되었거나 조심스레 선택된 우유를 사용한 장인 정신이 깃든 치즈를 찾기 힘들다. 겉의 포장지에는 마치 그런 것처럼 그려져 있지만 말이다. 그리고 실제로 만약 슈퍼마켓에 그런 좋은 치즈가 있다면 과연 그 슈퍼마켓이 그 치즈를 제대로 다룰 수 있는 노하우가 있는지, 그것을 선별해 낼 능력은 있는지, 숙성 문제를 해결할 수 있는지 그리고 가장 중요한 그 생산자와 관계가 어떤지를 확인해 봐야 한다. 슈퍼마켓의 치즈 섹션이라고 해서 훌륭한 상품을 다루고자 노력하는 좋은 사람이 없는 것은 아니지만, 이런 여러 사항들을 고려했을 때 슈퍼마켓의 치즈 진열대 앞에서 기분이 좋았던 적은 거의 없었다.

이 책을 사서 읽을 정도로 좋은 치즈에 관심이 있는 사람에게 추천할 만한 가장 명료한 해답은 바로 치즈 상인들과 친해지라는 것이다. 치즈 상인들은 지금 당신이 갖고 있는 치즈 중에 어느 것이 좋으며, 그것이 어디에서 왔고, 어떻게 하면 더 맛있게 먹을 수 있는지 알려줄 것이다.

더 나은 미래를 위해서는 투자를 해야 한다. 중요한 것은 진짜 치즈를 사고 파는 치즈 가게와 시장, 혹은 대량 생산보다는 치즈의 품질에 더 많은 관심이 있는 정직한 전통 제작자들이 운영하는 농장에 투자를 해야 한다는 것이다. 생각보다 많은 투자를 하야 할 수도 있으나 좋은 치즈에 관련된 이야기의 일부가 될 수 있는 기회는 그 차이를 넘어서 매우 가치 있는 일이 될 것이다.

❖

스윈든이라는 치즈 사막에서 한 주를 보내고 런던에 돌아와서는 그 주말 내내 치즈를 찾아서 돌아다녔고 운 좋게도 꽤 많은 것들을 만날 수 있었다. 첫 번째 발견은 런던의 메릴본(Marylebone)에 있는 '라 프로메쥬리'라는 곳으로 치즈가 잔뜩 펼쳐진 채로 화려하게 장식되어 있었다. 그곳에는 걸어 들어갈 수 있을 만한 크기의 어둡고 치즈의 향이 은은하게 나는 치즈방에 치즈들이 보기 좋게 진열되어 있었다. 가게의 창립자인 패트리샤 마이켈슨(Patricia Michelson)은 나에게는 일종의 개인적인 영웅과도 같은 인물이었으며, 그녀의 영감을 전해 주었던 책 "The Cheese Room"이 내 미래를 바꾼 중요한 계기 중의 하나라는 것은 결코 부인할 수 없다. 그 책은 밸런타인데이에 젠에게 받은 선물이었다.

그러나 가게의 구조를 보자면 나는 런던 브리지에 있는 닐스 야드 데어리(Neal's Yard Dairy)가 더 마음에 들었다. 특별히 따뜻하지는 않았지만 꽤 습도가 높은 기능적인 공간이었고 그곳에서 일하는 모든 사람들에게 가장 중요한 것이 치즈의 행복을 창조하는 것이라는 인상을 받을 수 있었다. 인테리어는 고객을 최우선으로 하지는 않은 듯했지만, 종업원들은 하나같이 친절하고 치즈에 대해 정말 많은 지식을 갖고 있어서 나보다 치즈가 우선이라고 하더라도 기분 나쁘지 않을 수준이었다.

이런 훌륭한 주변 여건들 속에서 온갖 종류의 좋은 치즈들이 벽에 나란히 장식되어 있었다.

나는 그들의 판매 문구 '먹어 보고 음미해 보세요'라는 말이 정말 마음에 들었다. '만약 맛을 본다면 고객들은 구입할 것이다' 그리고 누구 한 명이라도 치즈를 맛보라는데 마다하겠는가? 하지만 닐스 야드는 그냥 제안하는 데에서 그치지 않고, 같이 치즈를 맛보며 평가를 하고, 질감과 맛에 대해서 알려 주고, 그러다가 손님 한 명을 위한 작은 시식회를 하게 되기도 했다. 이런 대접을 받는 것은 누구에게나 기분 좋은 일이니 당연히 성공을 의심할 여지는 보이지 않았고 지금까지도 나는 그 가게를 즐겨 찾고 있다.

런던 브리지 지역에 갈 때면 런던에서 가장 화려한 식료품 시장인 버러 마켓을 지나 걸어다니곤 했다. 수많은 인파를 뚫고 걸어가는 것은 언제나 흥미진진했지만, 닐스 야드에서 파는 영국의 치즈를 보완해 줄 만한 프랑스 치즈를 찾을 때면 나를 끌어당기는 작은 가게가 하나 있었다. 아주 다양한 종류의 치즈가 있는 것은 아니었지만, 앞을 지나갈 때면 종종 시식을 준비해 주곤 했다. 그중 페라이유(Perail)라는 숙성되어 황백색의 껍질이 있고, 하얗고 납작한 디스크처럼 생긴 치즈를 조금 먹어 보았다. 크림이 풍부한 암양의 우유로 만든 치즈라는 점에서 꽤 특이한 프랑스 치즈였다. 라꼰느(Lacaune)라는 같은 종류의 암양으로부터 얻은 우유를 사용하는 로크포르 치즈와 같은 지역인 남부 프랑스의 미디 피레네(Midi-Pyrénées) 지역에서 만들어진 것이었다. 크림이 풍부하게 함유되어 질리지 않도록 혀를 살짝 부드럽게 감싸는 맛과 함께 강한 농가의 가축 향을 지니고 있었다. 원유는 긴 여운의 뒷맛을 남겼는데 치즈의 오랜 숙성으로 좋은 효과를 얻었다. 정말 맛있었다.

❖

또 다른 좋은 소식은 젠이 치즈를 조금씩 알아가기 시작했다는 것이다. 이렇게 말하니 마치 내가 도저히 같이 살 수 없을 만큼 치즈에 정신 나간 사람처럼 들린다. 솔직히 말하자면 어느 정도 사실일 수도 있다. 물론 우리의 관계가 스틸턴 치즈에 대한 애호도의 차이 때문에 무너질 것이라 생각하지는 않지만 이제 그런 시험에 들지 않아도 된다는 점이 매우 만족스러웠다.

젠은 뛰어난 미각과 그 맛을 말로 잘 표현해 내는 능력이 있었다. 때로는 내가 치즈를 점점 많이 사 오는 것에 대해 내심 한숨을 쉬기도 했지만, 치즈에 관심을 갖기 시작한 후로는 새로운 치즈들을 맛보는 것을 즐겼다. 덕분에 치즈를 찾아서 돌아다니는 런던 여행이 더 즐거울 수 있었다.

치즈는 언제나 내 레이더망 안에 있었고 동시에 나는 주말 내내 단지 치즈뿐만이 아니라 모든 맛있는 음식들을 열심히 찾아다녔다.

젠과 나는 요리를 자주했고 종종 레스토랑에 관한 리뷰를 작성하기도 했다. 우리는 음식의 트렌드를 따라가려 노력했고, 런던의 레스토랑 업계에서 새롭게 뜨는 곳에 찾아가서 먹어 보고, 심지어 요리 블로그를 만들기까지 했다. 우리는 함께 음식 문화를 탐구하기 위해서 시간과 돈을 쏟아부었다. 냉장고에는 아끼는 효모 발효 원종(yeast starter)이 들어차 있었고, 젠은 새로운 빵을 시도하느라 가끔 밀가루를 온몸에 그리고 심지어 머리에도 뒤집어쓰고 있곤 했다.

시간이 지나면서 나는 내 치즈에 대한 관심을 그저 굉장히 열정적인 취미 생활에서 멈추어야 할지 아니면, 좀 더 심각하게 고려를 해 봐야 할지에 대해 고민하기 시작했다.

❖

음식이 이젠 정말 우리의 삶에 많은 부분을 차지하게 되었고 심지어 휴가지를 고를 때도 많은 영향을 미치기 시작했다. 서머셋(Somerset) 체다 마을로의 여행과 아름답기도 하지만 와인이 넘쳐나는 프랑스 보르도(Bordeaux) 근방의 생떼미리옹(Saint-Émilion)으로의 여행은 이런 휴가의 좋은 예이다. 하지만 가장 주목할 만한 곳은(돌이켜 보면 학대에 가까웠던 여행인) 아일레이(Islay)였다.

아일레이는 스코틀랜드 남부 헤브리디스(Hebridean) 제도에 있는 작은 섬으로 스코틀랜드 피트(peaty) 위스키로 유명한 지역이다. 우리는 그곳에서 캠핑을 하기로 했는데, 말 그대로 야생에서의 캠핑이었다. 한 번도 텐트에서 자 본 적이 없고 남부 헤브리디스 제도의 날씨가 그다지 온화하지 않다는 것까지 생각하면 젠으로서는 용기 있는 도전이었다.

비가 많이 오고 모기들에게도 엄청나게 뜯겼지만 표현하기 힘들 만큼 맛있고 신선한 해산물과 최고의 위스키들을 접할 수 있었다. 특히 라프로잉(Laphroaig) 양조장에서 보낸 하루는 내 인생 최고의 날이라 할 만했다. 태양이 뜨면서부터 9시간 동안 눈부시게 아름다운 해안을 배경으로 여러 종류의 포도주를 마시며 제조 방법에 대해서 배웠다. 나에게는 디즈니 월드에 있는 초콜릿 공장에 들어간 것과 같은 기분이었다.

이렇게 보낸 휴가는 정말 좋았지만 곧 우리는 다시 단조로운 일상으로 돌아왔다. 설명하기 어렵지만 나는 틀에 박힌 편안한 생활에 익숙해져 있었다. 충분한 월급으로 필요한 것들을 모두 살 수 있을 만큼 경제적으로도 넉넉했고 몇 년 안에는 집도 살 수 있을 것 같았다. 친구, 가족들과도 함께 잘 지냈고 완벽하게 유쾌한 생활이었다. 문제는 우리가 알고 있는 그것이 전부라는 것이다. 그리고 무엇인가 더 큰 것을 놓치고 있다는 생각이 지속적으로 나를 괴롭히고 있었다. 그것이 정확히 무엇인지는 몰랐지만, 지금 당장 찾아내서 실행하지 않으면 다시는 기회가 없을 것만 같았다.

지금도 젠에게 고백하지 않았지만 사실 나에게 가장 근본적인 문제는 한 사무실에 틀어박혀 나이 들어가고 싶지 않다는 것이었다. 꿈을 좇는 것을 포기하고 후회하기 싫었고 책임져야 할 가족이 생기기 전에 가능한 많은 시간을 젠과 함께 보내고 싶었다.

그리고 무엇인가 다른 것에 도전해 보기 위해서는 프랑스로 가는 것이 좋다는 생각을 갖고 있었다. 이미 앞에서도 여러 번 말했듯이 나는 프랑스라는 곳에 푹 빠져 있었고 젠 역시도 나와 그다지 다르지 않았다. 그녀는 대학에서 현대 언어학을 공부했고 파리에서 1년 정도 살기도 했다.

우리는 둘 다 프랑스어와 음식 문화에 완전히 푹 빠져들고 싶었다. 런던에서처럼 프랑스에서도 살 수 있을지 시험해 보고 싶었다.

언제 프랑스로 이사하기를 결정했는지 정확히 기억할 수는 없지만, 아마도 2010년 크리스마스에서 그해의 마지막 날까지 한 주 사이에 결정했을 것이다. 이미 그동안의 대화로 둘 다 같은 꿈이 있다는 것을 알게 되었고, 지금 시도하지 않으면 영원히 후회할 것도 알고 있었기에, (클래펌에서 술을 마신 후) 이사를 결정했다. 2011년 8월에 집의 계약이 만료되면 더 이상 연장하지 않고, 런던에서 새로운 아파트를 찾으러 돌아다니지 않기로 했다.

그 시점에는 이미 이렇게 될 것이라 예상하고 있었고, 최종 결정만 남은 상태였다. 그동안에 해결해야만 하는 몇 가지 세부 사항들이 있었다. 특히, 어떻게 프랑스에서 살아남을 것인가 하는 문제가 가장 중요했다. 물론 저축해 둔 돈이 조금 있긴 했지만, 그것만으로는 충분하지 않았고, 젠이 프리랜서로 일을 하는 동안 나 역시 가능하다면 무엇인가 일할 거리를 찾아야 했다. 어떻게 프랑스에서 일자리를 찾을 수 있을까? 그것도 치즈에 관련된 일자리를… 아무것도 정해진 것이 없었지만, 그저 기대하는 것만으로도 충분히 흥분되었다.

❖

내가 근무하던 회사에 휴직 제도가 있다는 것은 알고 있었지만, 내가 그것을 사용하게 될 것이라고는 생각해 본 적이 없었다. 하지만, 계산기와 장장을 두고 사무실을 벗어나 본격적으로 치즈에 다이빙하기 전에 살짝 발을 담가 보는 계기로는 딱 좋았다.

정말로 좋은 점은 만약 프랑스의 생활에 지치고 더 이상 살기 싫어지게 되면 바로 런던으로 돌아와서 다시 일할 수 있다는 것이었다. 정말로 이것은 사용하기 싫은 옵션이었지만 위험 부담을 줄여준다는 측면에서는 분명한 장점이었다.

'휴직 관련 사례' 서류를 살펴보면서 내가 정말 휴직을 해야 하는지 고민을 하는 동안, 내가 오직 원하는 것은 프랑스의 치즈 관련 업계에서 일하고 싶다는 풋풋한 소망뿐이라는 것을 알 수 있었다. 정부 회계감사 업무를 하면서 외국어 능력이 필요할 리도 없었고, 농장이나 치즈 가게에서 일한 것이 다시 돌아왔을 때 경력에 도움이 될 리도 만무했다.

속으로는 비웃음을 살 것이라 예상했지만, 상관없었다. 변함없는 사실은 휴직이 받아들여지든 말든 런던을 떠난다는 것이고 필요하다면 직장을 그만두면 되는 것이었다.

관련 서류를 제출하고 약 1주일 후 놀랍게도 휴직이 허락되었다. 이제 모든 준비는 끝났다!

THE Cheese AND I

7장
프랑스 정찰 여행

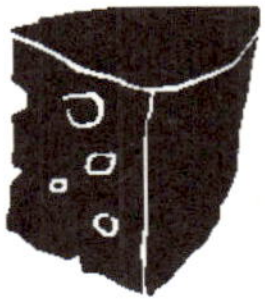

사람들은 내게 왜 리옹(Lyon)을 택했는지를 묻곤 하지만 사실 딱 꼬집어 말할 수 있는 이유는 없었다. 파리는 이미 처음부터 고려 대상에서 제외되었다. 젠은 케임브리지 대학에 다닐 때 교환학생으로 파리에서 지낸 적이 있었고, 몇 번 파리에 가 본 나도 수많은 로맨틱한 글과 노래에도 불구하고 그다지 파리라는 도시가 끌리지는 않았다. 언제나 바쁜 발걸음과 마치 내려보는 듯한 눈초리 그리고 우아하게 차려입은 차가운 느낌의 사람들로 인해서 항상 뭔가 영혼이 없는 곳에 와 있는 듯했다. 그리고 파리의 냄새도 그다지 좋지 않았다.

그저 조금 덜 바쁜 곳, 약간 더 따뜻한 곳을 원했을 뿐이었다. 몇 해 전인가 기차를 타고 여행을 하면서 마르세유(Marseille)를 지나 스페인으로 가는 길에 리옹의 구 시가지에 있는 있는 예쁜 호스텔에서 하룻

밤을 보낸 적이 있었다. 강과 넓은 광장 그리고 다양한 빛으로 물든 레스토랑이 늘어서 있고 길거리 악사들의 연주와 사람들의 대화 소리로 가득찬 오래된 길이 아름다웠다. 그리고 자갈로 다져진 그 거리와 도시를 내려다볼 수 있는 언덕 위의 푸르비에 노트르담 성당(Basilique de Fourvière)은 깊은 인상을 주었다. 그날 밤 담배 연기 자욱한 카페에서 호스텔로 돌아오던 어느 다리의 중간쯤에서 본 연한 갈색빛의 성당은 오래된 이 도시와 조화를 이루며 아름답게 빛나고 있었다. 그 도시의 진정한 아름다움을 느꼈던 그 순간을 지금도 잊지 못하고 있다. 물론 그전부터 리옹에 대한 기대가 있었던 것은 아니었다. 리옹은 언제나 겨울 여행을 하는 사람들이 알프스로 가는 길에 들르는 도시일 뿐이지 오래 머물 만한 여행지라고는 생각해 보지 않았다. 그런데 그곳에서 단지 하룻밤만을 머물 수밖에 없다는 사실이 정말 안타까웠고 생각할수록 리옹은 점점 더 살고 싶은 도시가 되어 가고 있었다.

젠은 한 번도 가 보지 못해 전적으로 내 판단을 믿고 있었지만(나 역시 그녀가 좋아할 것이라 확신했다), 단지 내 생각만으로 그런 큰 결정을 내리는 것은 좋지 않다는 생각에 2011년 늦은 봄, 며칠 동안 리옹으로 함께 여행을 가기로 했다. 그곳이 과연 프랑스 탐험의 기점으로 적합한지를 탐색하기 위한 일종의 정찰 임무와 같은 것이었다.

나는 보통 일이 흘러가는 대로 놔두는 반면에 젠은 좀 더 철저하게 계획하는 스타일이라서 우리가 리옹 공항에 도착했을 때는 이미 여행

일정표 한 뭉치를 손에 쥐고 있었다. 그녀는 모든 식사를 레스토랑에만 의존하지 않을 수 있게 작은 부엌이 딸린 스튜디오를 1주일간 예약을 해 두었다. 물론 정말 실용적이기는 했지만 프랑스 미식가들의 수도라고 불리는 리옹에서 매일 밤 다양한 돼지고기와 맛있는 소스들 그리고 블랙베리 향이 살짝 남아 있는 와인에 취해 레스토랑을 돌아다니게 되지는 않을지 한편으로는 궁금하기도 했다.

일을 마치자마자 바로 공항으로 가서 금요일 저녁에 리옹에 도착했다. 보통 휴가를 가기 전 몇 주간이 가장 바쁘다는 것을 생각하면 이번도 예외는 아니었다. 이미 완전히 지쳐서 전철 노선의 가장 마지막 역이 있는 지역인 바이스(Vaise)의 숙소에 들어가서 그대로 침대에 파묻혔다.

이튿날 아침, 미식가의 메카로 알려진 유명한 시장 레 알 드 리옹 폴 보큐즈(Les Halles de Lyon Paul Bocuse)에 가기로 했다.

사실 젠이 그곳에서 뭘 기대하는지는 확실하지 않았지만 적어도 나는 도시의 중심에 최고급 프랑스 농산물들이 가득 들어찬 미식가들의 성전을 기대하고 있었다. 그 시장이 있는 리옹의 중심부인 프레스퀼레(Presqu'île, 작은 반도)는 말 그대로 두 강 사이에 거의 섬처럼 자리잡고 있었다. 나는 혼자서 유리로 된 돔형 천장에 특이한 대리석 기둥과 같은 장관을 상상하고 있었다. 어쩌면 위대한 폴 보큐즈의 동상이 주방장 모자를 쓴 신처럼 너그럽게 웃으며 상인들을 바라보고 있을지도 모른다고 생각했다.

꼼꼼하게 지도를 살펴보고 레 알 드 리옹 앞에 도착했을 때 나는 길을 잘못 찾은 것만 같았다. 우리 앞에 서 있는 것은 낯설고, 따분해 보이고, 근처에 지하철 역도 없고, 별 매력도 없는 그저 제 3구에 있는 건물이었다. 마치 유리 진열장처럼 생긴 건물이 냉동 식품 가게와 약국 사이에 샌드위치처럼 끼어 높은 주차장 건물 그림자 아래에 웅크리고 있었다. 정말 모든 게 우울해 보였다.

하지만 안으로 들어가자 그 우울함은 순식간에 사라졌다. 층층이 쌓인 가판대에 맛있어 보이는 식재료들이 손짓하고 있었고 우리는 그 사이를 천천히 돌아다녔다. 올해의 첫 야생 딸기 바구니를 외치는 소리, 고객의 저녁상에 올라갈 스테이크 타르타르(tartare, 생쇠고기 다진 것과 날달걀로 만든 요리 – 옮긴이)를 만들기 위해서 손으로 쇠고기를 다지는 정육점 종업원의 빠른 손놀림, 생선 가게 얼음 상자 위의 여전히 맑은 눈을 갖고 있는 신선한 생선과 육즙이 풍부할 것 같은 가리비 그리고 빠질 수 없는 것! 치즈!

건물의 한쪽에는 작은 레스토랑들이 몇몇 있었고 가족들과 잠시 쉬고 있는 상인들이 점심을 즐기고 있었다. 레스토랑 종업원들은 굴과 와인병들, 바삭거리는 돼지고기를 담은 접시들과, 앙두이에뜨(andouillettes, 돼지 창자로 만든 전통 소시지의 하나), 그라탱 도피누아(gratin dauphinois, 얇게 썬 감자와 치즈 크림을 곁들인 음식)를 담은 쟁반을 나르며 길을 비켜 달라고 소리치고 있었다. 서너 살쯤 되어 보이는 아이들 역시 뛰어난 손놀림과 집중력으로 작은 바닷가재를 먹고 있는 모습에 입이 딱 벌어졌다. 나는 어렸을 때 생선 튀김 외에 특이한 해산물은 먹는 생각만으로도 몸서리쳤었다.

한 바퀴 돌아 다시 입구로 오니, 치즈 가게가 나를 향해 손짓하고 있었고, 젠은 보석처럼 예쁘고 다양한 케이크가 진열된 가게에 시선을 빼앗겼다. 결국 우리는 각자 둘러보다가 돈이 다 떨어지기 전에 다시 만나기로 하고 서로의 길을 따랐다. 당연히 나는 치즈 투어를 시작했다.

이곳의 치즈 상인들은 정말 인상적이었다. 나는 시장 중심부에 있는 가게를 어슬렁거리며 구경을 하고 있었다. 거기에는 번호표 시스템이 있었는데 고객들은 부산스럽게 번호표를 뽑고는 번호가 불리기를 기다리고 있었다. 가판대는 마치 말발굽 모양으로 생겼는데, 꽤 친숙한 모양의 로고가 눈에 띄었지만 어디서 보았는지 콕 집어서 기억해낼 수가 없었다. 카운터를 보는 사람은 회색 머리에 안경을 끼고, 친절해 보이는 40대의 남자였다. 커다란 로크포르 치즈 한 덩이와 수도승이 만들었다는 크림이 풍부한 작은 염소 치즈(뒷맛을 좋게 하기 위해서 백리향을 넣었다고 했다)가 들어 있는 갈색 종이 가방을 움켜쥐고 뒤로 물러났다. 이 정도면 피크닉을 위한 점심으로는 완벽했다.

젠과 나는 공원에서 엄청난 양의 치즈와 그보다 많은 양의 마카롱(아몬드나 코코넛으로 만든 부드러운 과자 – 옮긴이)으로 내 생에 가장 건강에 도움이 되지 않는 점심을 먹었다. 젠은 그 달콤한 향을 거부하지 못하고 커다란 봉지 하나를 모두 비우고 나서야 뒤로 물러섰다. 배가 너무 불러 따뜻한 햇빛이 내리쬐는 풀밭에 그대로 누워 있던 젠은 레 알이 마치 런던의 버러 마켓에 있는 섹시한 프랑스 식당 같다며 웃었다.

그 말을 듣고 나는 아까 치즈 가게에서 본 로고를 어디서 봤는지 기억이 떠올라 벌떡 일어나 앉았다. 레 알에 있는 치즈 가게 몽스(Mons)는 런던의 버러 마켓에 분점이 있었다. 사실 페라이유 치즈를 사기 위해서 종종 들르던 가판이었다. 젠에게도 알려 주며 크게 웃었다. 리옹은 점점 더 나에게 약속의 땅이 되어 가고 있었다.

정찰 여행의 다른 모든 일정은 부끄러움을 모르는 여행자 모드로 지냈다. 강에 떠 있는 바지선에 앉아서 맥주를 마시고, 불쌍한 웨이터를 붙들고 녹슨 프랑스어를 연습하고, 대성전을 비추는 햇빛을 따라 언덕 위로 걸어 올라가고(날씨도 후텁지근해서 별로였지만), 거기에서 대성전이 보이는 곳을 함께 내려다보고(정말 멋있었다), 구 시가지의 자갈로 다져진 도로를 걸어다니고, 엄청난 양의 사진을 찍으며 미래에 그곳에 살고 있는 우리의 모습을 상상하며 다녔다.

❖

리옹은 우리를 실망시키지 않았고, 젠이 그곳에 살고 싶어 한다는 것은 정말 좋은 일이었다. 마치 우리 계획의 실현이 훨씬 더 눈앞에 다가온 듯했고 망설이는 마음이 싹 사라졌다.

특히 몽스를 머릿속에서 지울 수 없었고, 말발굽 모양의 유리 카운터 뒤에 서서 리옹의 좋은 치즈를 알리고 있는 내 모습이 계속 떠올랐다. 런던에 돌아와서 첫 번째 토요일에 나는 버러 마켓에 있는 몽스로 직행했다.

시장은 꽤 조용했고 가게에는 지나가는 사람들이 맛을 볼 수 있도록 작은 조각의 꽁떼가 놓여져 있었다. 가게가 가까워지면서 내가 이제 하려는 말이 얼마나 어이없는 말인지 조금씩 정신이 들기 시작했고, 가게의 사람들이 그저 시장이 떠나가라 웃지 않기만을 바라고 있었다.

"안녕하세요, 저, 부탁 하나 드려도 될까요?"

가판대 뒤에 서 있는 종업원에게 마치 고객 서비스 센터에 전화하는 것처럼 물었다.

"혹시 가능하다면 프랑스의 몽스에서 일할 기회를 좀 알아봐 줄 수 있으세요?"

"아! 그럼요. 문제 없어요."

그는 약간은 뜻밖이라는 듯이 대답했다.

"요식 관련 업계에서 일하고 있어요?"

"사실, 전… 아뇨."

종업원들 사이에 눈길이 오갔고, 대답하던 종업원은 손으로 입을 가리며 웃고 있었다. 그가 명함 한 장을 건네며 말했다.

"여기, 이 사람에게 한번 연락해 보세요. 어쩌면 이 사람이 도와줄 수 있을지도 모르겠네요."

명함의 이름은 존 트럽(Jon Thrupp)이었고, 며칠 후 런던 브리지에 있는 펍에서 맥주를 마시며 만날 수 있었다.

치즈 업계에서 일하는 사람들이 종종 그렇듯이 존은 늦었다. 그렇지만 사실 나를 만나려고 시간을 내 준 것만으로도 충분히 고마웠다. 그가 내게 얻을 수 있는 것이 뭐가 있었겠는가? 그건 그렇고 과연 내가 그를 잘 알아볼 수 있을지 몰랐다. 분명히 내가 전에 그에게서 치즈를 산 적이 있었을 텐데도 확신할 수가 없었다.

한동안 지나가는 사람들을 바라보면서 낯익은 얼굴을 찾게 되기를 바랐고, 점점 모든 것들이 불안해지고 있었다. 바로 그때, 그가 들어왔다. 다행히도 확실히 알아볼 수 있었다. 한눈에 봐도 기똥차게 좋은 프랑스 치즈를 파는 사람으로 보였다. 이런 내 생각은 그의 멋진 수염과 조금 관계가 있지 않을까 싶었다. 몇 잔의 맥주를 들이켜고 나서 존에게 프랑스 치즈 업계에서 일을 하면서 생산과 유통 등을 몸소 체험해 보고 싶다는 말을 꺼냈다. 그리고 리옹으로 이사하려고 한다는 것과 레 알에서 본 치즈 가게에 대한 이야기도 빼먹지 않았다. 돌이켜 보건대, 그다지 일관성 있게 얘기하지 못했지만, 존은 한눈에 내게 필요한 것이 무엇인지 알아차렸다. 그것은 치즈 업계 전반에 대한 설명과 더불어 첫 연결 고리가 되어 줄 몇 명의 연락처였다.

존은 닐스 야드 데어리의 초기부터 치즈 업계에 발을 들여 놓았다. 곧 몽스 가업의 창시자인 에르브 몽스(Hervé Mons)와 인연이 닿아, 에르브에게 치즈를 배우기 위해 프랑스 중동부의 로안으로 갔었다. 존은 몽스 영국의 대표가 되었고 지금은 매주 버러 마켓과 수많은 레스토랑을 포함한 다른 여러 가게들에 판매할 치즈를 에르브로부터 공급받고 있었다.

그의 한 마디 한 마디에서 열정과 신념을 느낄 수 있었기에 모든 단어를 집중해서 들었다. 대화 중에 마치 내가 그 이름들을 모두 알고 있어야 한다는 것처럼 사람들의 이름을 일일이 언급해서 내게 꽤 많은 숙제거리를 안겨 주었다. 아는 척 끄덕이고 웃어 넘기고, 때로는 유도 심문도 하면서…

존은 치즈 업계를 제대로 이해하기 위해서는 생산, 숙성, 도매 및 소매에 이르는 모든 과정을 경험해야만 한다고 했다. 몽스의 좋은 점 중의 하나는 바로 이러한 모든 과정에 비교적 쉽게 접근할 기회를 제공해 준다는 것이었다. 아피나주와 도매는 로안(Roanne)의 치즈 동굴에서 주로 하고(리옹에서 그다지 멀지 않다), 소매는 리옹에서 본 것과 같은 가게들이 담당하고, 생산에 관해서는 에르브 몽스가 관련된 모든 사람들의 연락처를 알고 있었다.

야단스럽거나 과장하지는 않았지만, 존은 확실히 에르브와 그 회사에 대해서 신경을 많이 쓰고 있었고 그런 태도는 전염성이 강했다. 만약 내가 이 기회를 제대로 활용해서 에르브를 설득시킬 수 있다면, 내 휴직 기간에 내가 원한 모든 것을 이룰 수도 있을 것만 같았다. 게다가 존이 그와 함께 교육을 받았다고 하니 프랑스 치즈 업계가 외국인에게 배타적일지도 모른다고 생각했던 나는 같은 영국인으로서 안도감을 느낄 수 있었다.

맥주를 마신 후 펍을 나와서, 존은 에르브에게 잘 말해 두고 관련 연락처들을 주겠다고 약속했다. 모든 것들이 쉽지는 않겠지만, 최소한 내가 원하는 일에 한 발 더 가까워진 기분으로 나설 수 있었다.

❖

그맘때 젠은 숙소를 구하느라 정신이 없었다. 이미 리옹에서 살기로 결정했지만, 리옹으로 가기에 앞서 가능하면 다른 곳들을 좀 더 둘러보고 싶었다. 나는 프랑스가 마치 다양한 나라들이 모여서 만들어진 땅처럼 느껴졌다. 프랑스에서 운전하다 보면 숨이 멎을 정도로 멋진 풍경들이 계속 바뀌며 눈앞을 지나간다. 라벤더로 가득 찬 풀밭을 볼 수 있고, 눈이 덮힌 산과 마치 파란 리본처럼 그 험한 산을 휘감는 강들, 초콜릿 상자처럼 생긴 작은 집들이 늘어선 동화 같은 마을과 몇 시간을 달려도 끝나지 않는 포도밭을 볼 수 있다. 우리가 9월 초에 이사를 하기로 했기 때문에 우리 둘 모두 한 번도 가본 적 없는 남서부 프랑스에서 우리가 사랑하는 나라의 막바지 여름 태양을 즐기며 두 달 남짓을 보내기로 했다.

며칠에 걸쳐서 휴가를 보낼 별장을 알아보고 툴루즈(Toulouse)와 알비(Albi)의 중간쯤에 있는 작은 시장 마을인 가이약(Gaillac) 지역에 있는 작은 집을 찾아냈다. 날씨, 대중교통 등 모든 면에서 우리가 원하는 조건에 들어맞았다. 그 집의 이름은 라베이(L'Abeille: 꿀벌 – 옮긴이)였고, 꽤 예뻐 보였지만, 거기서 휴가 기간을 다 머물 수는 없었다. 여기저기 걷는 것을 좋아하는 집주인 프랭키(Frank e)와 닉(Nick)은 또 다른 집을 갖고 있었는데, 그 집의 1층은 산티아고 데 콤포스텔라(Santiago de Compostela, 스페인 가리시아 지방 – 옮긴이) 순례자들을 위한 호스텔로 사용하고 있었다. 그래서 라베이로 옮기기 전 호스텔에서 약 2주간 머물기로 결정하였다. 거기에서 보내 준 사진을 보아서는 유별나게 아름답지는 않았지만, 충분히 기본 이상은 될 듯하였고, 어쩌면 다른 순례자들과 함께 생활해야 할 수도 있겠지만, 일단 가 보기로 했다.

우리가 알아채기도 전에 이미 8월이 되었고, 런던의 집은 박스와 박스 테이프들로 너저분했다. 회사에서는 이미 환송회를 했고, 친구들과도 여행을 떠나기 전 마지막 식사를 옥스포드 거리에 있는 작은 프랑스 식당에서 함께 했다. 몇 달에 걸쳐서 준비했지만, 식사를 하면서도 여전히 작은 두려움과 떨림을 떨칠 수가 없었고, 그건 테이블 반대편에 앉아 있는 젠 역시도 마찬가지였다. 이제 정말 프랑스로 간다!

THE Cheese AND I

8장

따뜻한 태양과 와인, 차가운 관료주의

프랑스로 가져가야 할 짐들이 차에 가득 차서 내가 들어앉을 공간조차 부족했다. 어쩔 수 없이 컨디션이 괜찮은 날이면 키가 157센티미터는 된다고 주장하는 젠이 프랑스로 가는 동안 운전을 도맡아서 할 수밖에 없었다. 그러니 당연하게도 프랑스로 가는 내내 젠이 좋아하는 음악만 들을 수 있었다.

스피커에서 끊임없이 들려오는 앨라니스 모리셋의 목소리에도 불구하고 나는 꽤 들떠 있었다. 갑자기 실업자가 된 것 같은 기분이 이상하기도 했지만, 자유로웠고 우리가 프랑스의 가이약에 가까워질수록 프랑스가 보여 줄 새로운 세계에 대한 기대로 점점 들뜨게 되었다.

우리가 남쪽으로 텅빈 넓은 길을 달려갈수록 구름은 점점 사라지고 하늘은 점점 더 짙은 파란 색으로 변해갔다. 가이약에 도착할 즈음에는 태양이 이미 하늘 저편으로 조금씩 넘어가고 있었다. 금색의 노을 빛을 받아서 오래된 집들의 지붕이 붉게 빛나고 있었고, 우리가 묵을 숙소가 있는 좁은 길을 지나 뤼 그랑 코트(the Rue Grande Côte) 둑 너머로 강물이 흐르는 소리를 들을 수 있었다.

프랭키가 우리를 마중하려고 문 앞에 서 있었다. 그녀는 아담한 체구에 빨간 머리와 햇볕에 그을린 피부를 갖고 있었다. 언제나 잘 웃었는데 웃을 때면 눈가에 주름이 보이곤 했다. 짐을 잔뜩 실은 차를 비탈진 좁은 길가에 수차례의 시도 끝에(물론 뛰어난 주차 도우미였던 프랭키가 없었다면 매우 힘들었을 것이다) 주차를 하고는 그녀와 제대로 인사를 했다.

호스텔은 닉과 프랭키가 살고 있는 집 뒤에 조금 떨어져 있었다. 닉은 팔다리가 길고 제멋대로 자란 회색 머리를 지녔으며 여기저기 페인트가 튄 옷을 입고 있었다. 그 호스텔로 가기 위해서는 따뜻한 햇빛을 쬐며 길 아무 곳에서나 졸고 있는 고양이들을 비켜 다녀야 하는 좁은 골목길을 지나야 했다. 호스텔에는 두 개의 방, 욕실 그리고 기본적인 가스 스토브와 작은 싱크대 그리고 심지어 그것보다 더 작은 냉장고가 있는 공동 거실이 있었다. 아주 오래전부터 이 자리에 있던 집들에서 전해져 내려왔을 법한 수많은 오래된 물건들이 넘쳐났다. 벽에는 강과 잔디의 색이 다 바래서 마치 겨자빛의 그림자가 드리워진 듯한 유화가 걸려 있었고, 여기저기 파인 오래된 나무 테이블에는 레이스가 달린 덮개가 덮혀 있었고, 여기저기 튀어나온 안락의자와 소리가 엉망인 피아노가 있었다. 그래도 전체적으로 꽤 깨끗했고, 산뜻한 레몬 향이 풍겼다.

프랭키가 말했듯 정말 단출한 숙소였지만, 우리에게는 딱 맞는 숙소였다. 강렬한 저녁의 햇빛이 창문을 통해 들어와 바닥을 가득 채우고 너무 집 안에만 있는 것은 아니냐는 듯 속삭였다.

당분간은 호스텔에서 다른 사람들 없이 편히 지낼 수 있을 듯했다. 프랭키는 여름에는 가이약을 거쳐가는 순례자들이 많다고 했다. 그녀와 닉은 먼 길을 고생하며 달려온 작은 차에서 짐을 내리는 것을 거들어 주면서 짐 정리를 마치는 대로 그들의 집에서 같이 와인을 마시자고 초대해 주었다.

그날 저녁은 프랭키와 닉 그리고 고풍스러운 성벽이 있는 강 상류쪽의 마을에 사는 그들의 몇몇 영국인 친구들과 함께 보냈다. 테라스에 앉아서 시트러스 향이 나는 와인을 마시고, 바람이 차가워질 즈음에 허브 가든에서 직접 기른 레몬 버베나(잎에서 레몬 냄새가 나는 차의 원료가 되는 나무 – 옮긴이)로 만든 차를 마셨다. 그들에게 이 지역에 대한 설명을 들었고, 우리가 가 볼 만한 곳들에 대한 정보도 얻었다. 내가 이 지역의 잘 알려진 치즈 생산자에 대해서 묻자 멀뚱멀뚱하게 날 쳐다보긴 했지만, 우리는 들러 볼 만한 몇몇 와인메이커와 자연 속의 수영장, 요새화된 도시 등을 알아냈다.

다음 날은 시내를 돌아다녔다. 곳곳에서 고풍스러운 멋을 찾을 수 있었다. 최고의 걸작은 후추통같이 생긴 타워가 있고 깔끔하게 손질된 정원이 강까지 뻗어 있는 빨간 벽돌의 수도원이었다. 그곳은 마을의 입구에 마치 보초병처럼 서 있었다. 중심 광장은 관리가 잘 되어 깔끔하게 보존되어 있고 카페들과 몇몇 작은 레스토랑으로 둘러싸인 그 한가운데에는 작은 분수가 있었다.

우리는 호스텔 근처에 자갈이 덮힌 좀 더 작고 오래된 광장을 찾았는데 그곳에서는 매주 두 번 시장이 열렸다. 도넛(처럼 납작한) 복숭아와 호박 등이 이 지역 과수원에서 난 사과와 금빛을 내는 진한 꿀과 자리를 경쟁하고 있었다. 하지만 안타깝게도, 현지에서 생산된 치즈는 찾을 수 없었고, 농부들이 그들의 맛있는 치즈를 소개하기 위해서는 수백 킬로미터에 이르는 먼 거리를 다녀야 했다.

나는 곧 다시 규칙적으로 생활을 하기 시작했다. 젠은 가이약에 있었던 두 달 동안 매주 3~4일 정도 일을 했고, 리옹에 돌아가면 다시 풀타임으로 일을 할 예정이었다. 내가 카메라를 둘러메고 지역 농산물 생산자를 찾아다니거나 강을 따라 걷고 인근 마을을 돌아다니는 동안 그녀는 매일 아침 작은 테이블과 접이식 의자를 호스텔 밖의 햇빛이 잘 드는 골목으로 들고 나와 열심히 일을 하고 있었다. 그녀가 쉴 때는 같이 돌아다녔다. 번갈아 운전을 하면서 마을 밖으로 다니고, 몇몇 와인메이커를 찾아 구경하기도 했다. 그 지역은 온통 포도밭으로 둘러싸여 있어서 따로 조사를 하고 나갈 필요가 없었고, '시음 및 판매(Ventes et Dégustations)'라고 쓰여진 간판이 보일 때까지 몇 킬로미터만 나가면 양쪽 길가에 늘어선 와인메이커들을 쉽게 만날 수 있었다.

가이악에 있는 동안 여러 곳을 방문했지만, 그중 마음에 드는 곳 한 군데는 자주 들르곤 했다. 문제의 그 집은 샤또 보스카이오스(Château Bouscaillous)라는 곳으로, 와인 용품과 병들로 소박하게 장식되어 있는 시음실은 여러 개의 뒤집어진 와인 배럴이 테이블을 대신했고, 그 옆에는 바용 의자가 놓여 있었다. 누가 봐도 단체 버스 여행객을 위해 잘 꾸며져 있었지만 소수의 방문객이 와도 역시 반갑게 맞이하여 주었다.

가이악은 전통적인 레드 와인, 로즈 와인 그리고 화이트 와인(달거나 드라이하거나 부드럽게 톡 쏘는)을 비롯해 햇빛이 잘 드는 발코니에서 마시기 딱 좋은 메쏘드 가이야쿠아즈 앙세스트랄(méthode gaillacoise ancestrale)과 같은 다양한 와인을 생산하는 와인 산지로 적합했다.

이 지역에서 생산되는 많은 종류의 와인을 쉽게 접할 수 있다는 것이 시음을 더욱 즐겁게 했다.

가이악에 머무는 동안 그 지역 와인을 제외한 다른 것은 거의 마시지 않았고, 이제 슬슬 좋은 와인을 선택하는 방법을 알 수 있을 것 같았다. 마치 내가 프랑스산 와인에 대해서 꽤 많이 알게 된 것처럼 느껴졌다. 하지만, 지금까지 내가 알게 된 것은 가이악 지역 와인이라는 프랑스산 와인의 정말 작은 일부일 뿐인데, 고작 이 정도를 어렴풋이 이해하는 데 두 달이나 걸렸다면, 프랑스 전체를 이해하는 데는 얼마나 걸릴지 궁금했다.

❖

가이약에서 지낸 지 3주쯤 되었을 때 친구의 결혼식 때문에 영국으로 잠시 돌아갔었다. 근사한 결혼식이었고, 옛 친구들을 만나는 것도 좋았다. 엄청나게 많은 카나페(canapés)를 먹고 엉망으로 춤을 추고 즐겼지만, 스탠스테드 공항으로 돌아오면서도 여전히 집으로 돌아온다는 느낌이 들지는 않았다. 오히려 며칠이 지나자 얼른 프랑스로 돌아가고 싶어 안달하게 되었다.

가이약으로 다시 돌아왔을 때는 이미 10월 초가 지났지만 태양은 여전히 강렬하게 내리쬐고 있었다. 잠깐의 휴식이 프랑스에서의 새로운 삶에 대한 열망을 더욱 강하게 했고, 이것이 잠시 지나가는 여행이 아니라는 것을 확신할 수 있게 해 주었다. 어떻게 뿌리를 내릴 것인지에 대해 좀 더 심각하게 고민을 할 시점이 된 것이었다. 여기에는 금전적인 부분이 가장 중요했다. 우리는 리옹에서 집을 구하기 위해서는 프랑스 은행의 계좌가 필요하다는 것을 알고 있었기에 은행으로 향했다.

은행에 우리 중 한 명의 기록이라도 있는 것이 느려 터진 일처리로 악명 높은 프랑스 은행 업무를 보는 데에 조금이나마 도움이 될까 싶어서 젠이 파리에 살던 시절 거래를 했던 은행으로 결정했다.

그런데 그것은 정말 순진하고 어설픈 생각이었다. 은행에 가서 39분 동안 격렬한 면담을 하며 체감한 것은 나를 영국으로 돌아가고 싶게 만드는 악명 높은 프랑스의 관료주의였다. 젠의 계좌를 시스템에서 찾아낼 수 있었을까? 찾아냈다. 젠이 5년 전에 갖고 있었던 계좌를 찾았다. 따분한 얼굴을 하고 있는 회색 머리의 은행 매니저는 컴퓨터 화면에 나온 자료를 보여 줬다. 그 정보를 바탕으로 손쉽게 계좌를 만들 수 있을 것이라 생각했는데, 천만의 말씀. 그 외에도 프랑스에서의 주소를 증명할 수 있는 수많은 서류들이 더 필요했다.

우리가 지금 묵고 있는 숙소의 주소를 사용할 수 있을 것이라 기대했지만, 전기 요금이나 가스 요금 등의 청구서를 받기 전에는 어림도 없었다. 물론 그곳에는 잠시 머무는 것인데 그런 청구서 따위가 있을 리 없었다.

우리가 그곳에 머물고 있다는 프랭키의 편지가 조금이라도 도움이 될까 싶었지만, 역시 전혀 도움이 되지 않았다. 어쨌든 전화 요금 청구서는 아니었기 때문이다.

그렇다면 혹시라도 리옹에서 프랑스 은행 계좌가 없이 집을 구할 수 있는 방법이 있을까? 역시 거의 불가능하다.

자, 그럼 다시 한번 살펴보자. 프랑스 은행 계좌를 만들기 위해서는 프랑스에서의 주소가 필요하고, 프랑스에서 집을 구하기 위해서는 프랑스 은행 계좌가 필요하다는 것인가?

"네, 그렇습니다. 고객님."

어이가 없어서 물었다.

"좀 이상하다고 생각되지 않으세요? 그럼 제가 뭘 어떻게 해야 하나요?"

"아마도 가장 좋은 방법은 다시 영국으로 돌아가서 프랑스로 파견을 보내 줄 회사를 찾아서 프랑스로 오시는 것이 외국인으로서는 가장 좋은 방법일 수 있습니다."

별로 놀랍지도 않게 상담은 곧 끝났고, 우리는 둘 다 속을 달래기 위한 맥주 한 잔이 필요했다.

다음 날 우리가 라베이로 옮기고 나자 고맙게도 프랭키가 일이 잘 해결되었는지 물어보았다. 우리의 말도 안 되는 상황을 들은 그녀는 코웃음을 쳤다. 이미 수년간 개인 부동산업 경험이 있는 그녀는 이 도전을 흔쾌히 받아들였다. 그녀가 은행 매니저와 통화를 해서 모든 절차를 미리 다 해결한 후에야 겨우 은행 계좌를 손에 쥐고 나올 수 있었다.

라베이는 정말 놀랄 만한 공간이었다. 온라인에서 본 사진에는 꽤 큰 부엌과 식당 그리고 강이 내려다보이고 테이블과 의자를 놓을 수 있을 만큼 충분히 넓은 발코니가 있었다. 처마 밑으로는 큰 침실이 있었고, 1층에는 작은 방이 있었다. 그리고 하나 더 프랭키가 비밀로 남겨둔 위층의 거실이 있었다. 천장은 커다란 통나무로 덮혀 있었고, 삼면의 창문으로 자연광이 밝게 들어왔으며, 강을 내려다 볼 수 있게 창문을 활짝 열 수도 있었다. 왼편으로는 마을로 들어올 때 지나치는 수도원과 다리를 볼 수 있었고, 오른편으로는 저 멀리 휘감기며 시야에서 사라지는 강과 점점 숲 속으로 사라지는 둑을 볼 수 있었다. 어느 날 저녁 강 건너 덤불 사이에서 염소들의 소리가 들렸고, 그 울음소리를 따라 황혼에 물든 강을 건넜었다.

❖

어느 날 천장을 두들기는 빗소리에 잠에서 깼다. 한 달 만에 내리는 비라 더욱 시원했다. 그날은 하루 종일 집 안에 머물며 치즈를 꾸욱 참아 보기로 했다. 그 지역을 돌아다니는 내내 치즈에만 빠져서 지냈다. 시장 상인들과 대화하면서 이곳에서 우유 농장을 운영하는 것은 수지타산이 맞지 않는다는 것을 알 수 있었다. 내가 몽스에서 일을 하기 시작하고 프랑스 지도에 커다란 치즈를 그릴 때 즈음에 비로소 프랑스에서 가장 치즈와는 거리가 먼 땅에 떨어졌음을 깨닫게 되었다. 야호!

그렇긴 하지만, 조금만 운전을 해서 가면 그다지 멀지 않은 곳에 치즈 관광객을 위한 몇몇 인상적인 장소들을 찾을 수 있었다. 로카마두르(Rocamadour)와 로크포르가 바로 그곳이다. 비 오는 그날 하루 내내 다음 주에 치즈를 찾아 돌아다닐 계획을 짜며 보냈다.

로카마두르는 프랑스 남서부의 로트 주에 있는 아름다운 마을로 꼭 치즈가 아니더라도 가 볼 만한 가치가 있는 곳이다. 우거진 숲이 장엄하기까지 해 보이는 계곡에 자리 잡은 마을은 정면으로는 톨킨(반지의 제왕의 작가 - 옮긴이)의 소설에 나올 법한 밝고 하얗게 빛나는 수직의 절벽을 마주하고 있다. 여기는 오직 치즈뿐만 아니라 그 지역 전체가 즐거움을 주는 곳이었다. 거기에 약간의 샐러드나 먹을거리까지 함께 즐긴다면 더욱 완벽할 것이다.

한편, 로크포르에 가고자 했던 내 계획은 틀어져 버렸다. 나는 오랜 시간 동안 로크포르쉬르술종(Roquefort-sur-Soulzon)의 유명한 치즈 동굴에 가 보고 싶다는 생각에 사로잡혀 있었다. 그 동굴은 콩발루(Combalou) 고원이 무너지면서 생겨났고 자연적으로 시원하고 적당히 습하며 환기가 잘 되는 곳이었다. 전해 오는 이야기에 따르면 어느 양치기가 신선한 암양 우유와 빵을 가지고 그곳에 왔다가 다른 데에 정신이 팔려 점심을 놔둔 채 동굴에서 나갔다고 한다. 며칠 후 다시 돌아왔을 때 빵은 곰팡이 덩어리로 바뀌어 있었고, 치즈에는 푸른 곰팡이가 잔뜩 퍼져 있었다고 한다.

과연 양치기가 왜 그 곰팡이 덩어리 치즈를 맛보았을까라는 의문이 생긴다. 내 개인적인 생각에 사람에게는 오랜 시간을 살아오면서 늘 새로운 것을 시도해 보는 경향이 있었고, 이것이 예상치 못한 것으로부터 현재 우리가 알고 있는 음식으로, 자연적인 식품 선택의 과정이 진화하는 데 중요한 역할을 했다고 생각된다. 어쨌든 만약 그 치즈의 맛이 역겨웠다면 지금까지 이야기하고 있지는 않았을 것이다.

아무튼 꽤 오랜 시간 운전을 해야 했지만, 꼭 가 보고 싶었다. 그런데 출발하는 날 아침에 마지막으로 인터넷에서 우리의 여행 계획을 확인해 보던 중 생각지 못한 문제를 발견했다. 암양의 짧은 수유 주기로 인해서, 그 동굴에는 단지 1월에서 6월 사이에만 치즈가 저장되어 있었다. 그 외의 기간에는 플라스틱 모델이 여행자들을 위해 그 자리를 대체하고 있었다. 실망이 이만저만이 아니었다. 결국 그날 여행은 모두 접고 하루 종일 발코니에서 부루퉁하게 있었다.

9장

약속의 땅, 리옹

런던을 떠나기 전 나는 존 트럽의 조언에 따라 에르브 몽스에게 미리 이메일을 보냈었다. 존은 이미 에르브에게 내 상황에 대해서 그리고 내가 뭐든지 배우고 싶어 한다는 것에 대해서 설명을 해 두었다고 했다. 아직까지는 애매모호한 답장을 하나 받았을 뿐인데, 에티엔 보이시(Etienne Boissy)라는 사람이 추신에 포함되어 있었다. 사실 리옹의 가게에서 그의 이름을 본 것이 기억났고, 이것이 인연이 되어 내가 리옹의 레 알에서 일할 기회를 잡게 되기를 바랐다. 이제 프랑스를 가로질러 리옹으로 가야 할 시점이 다가오고 있었지만 여전히 결정된 것은 아무것도 없었다. 사실 그때는 일단 부딪히고 보자는 심정이었다. 모든 의무로부터 벗어나 따사로운 햇빛을 쬐는 이 게으른 일상에 곧 중독되어 버렸다. 다행히도 젠이 의도치 않게 내가 무엇을 해야 하는지를 상기시켜 주곤 했다. 이따금씩 그녀가 일하다 말고 이메일이나 마감 기한에 지쳐서 위층의 방에서(어찌 됐든 지금 일을 하고 있는 그녀가 더 좋은 방을 차지하는 것은 당연했다) 이상한 소리를 내는 것을 들을 수 있었다. 그녀를 달래는 새로운 방법들이 점점 늘어나고는 있었지만 동시에 내게 주어진 시간을 그냥 낭비하는 것으로는 아무것도 할 수 없다는 사실 역시도 깨닫고 있었다.

그래서 해야 할 일들을 다시 시작하기로 했다. 일단 에르브와 에티엔에게 내가 곧 리옹으로 갈 것이며 얼마나 간절히 이 일을 원하고 있는지에 대한 이메일을 보냈다. 이 이메일에서 내가 원하는 것은 경험이지 돈이 아니라는 것을 강조했고, 심지어 치즈 가판대 뒤에서 바닥을 쓸거나 차를 준비하는 것부터 시작할 수 있다고 이야기했다. 그 외에도 잘 풀리지 않을 상황에 대비해서 리옹의 다른 치즈 가게들을 알아 봐서 단지 몇 주라도 일할 수 있도록 준비를 했다. 솔직히 말하면 에르브로부터 답장을 받기 이전에 그의 경쟁업체들과 연락을 취하기는 매우 꺼려졌다. 몽스에 대해 알아 갈수록 점점 더 그곳에서 일하고 싶어졌기 때문이었다.

몽스는 오베르뉴(Auvergne)에 있는 집에서 직접 만든 치즈를 론알프(Rhône-Alpes)주 로안의 경계 근처에 있는 시장에서 에르브의 아버지인 위베르 몽스(Hubert Mons)가 판매하면서 시작되었다. 그의 치즈는 인기가 많았고 1980년대에는 지역 상점들을 열고 생아옹르샤텔(Saint-Haon-le-Châtel)의 작은 마을 외곽에 있는 숙성 동굴들과의 네트워크를 만들면서 몽스라는 이름이 더욱 알려졌다.

에르브는 그의 기업가 정신으로 유명했는데, 내가 본 몇 편의 유튜브 비디오만으로도 지금의 몽스 확장의 중심에는 그가 있었다는 것을 쉽게 알 수 있었다. 그의 동생인 로랑(Laurent)은 소매점을 담당했고 에르브는 아피나주와 해외 사업 개척을 도맡고 있었다. 이러한 균형 잡힌 시스템으로 프랑스 전역에 퍼져 있는 생산자들과의 끈끈한 관계를 유지할 수 있었다. 그리고 그러한 관계를 바탕으로 하여 몽스는 지속적으로 다양한 상품을 판매할 수 있었던 것이다.

2000년대 초반에 에르브가 첫 번째로 프랑스 제빵 최고 기술자(Meilleurs Ouvriers de France, MOF) 치즈 분야 시험을 통과한 후에 프랑스 치즈 업계에서 중요한 인물로 부각되며 회사가 성장하기 시작했다. 로랑은 오퍼스 케지우 콩셉트(Opus Caseus Concept)라는 프랑스와 영어권의 치즈 전문가들을 위한 심도 있는 트레이닝 과정을 진행하는 학교를 운영했다.

그 이후의 10년 동안 몽스는 수준 높은 치즈와 치즈 생산자와의 좋은 관계를 바탕으로 새 가게를 많이 열었고 영국, 스웨덴 및 일본에까지 진출했으며 특히 미국의 치즈 가게들과 끈끈한 관계를 구축했다. 그리고 증가하는 판매량을 맞추기 위해서 근처의 사용하지 않는 철도 터널까지 치즈 숙성고로 바꿔 쓸 정도로 확장이 되었다.

에르브와 로랑은 말을 잘하고 미디어를 다루는 데도 능숙했다. 그래서 그들의 인터뷰 내용을 인터넷에서 검색하는 것은 어렵지 않았고 그것을 통해서 그들의 열정과 이해의 깊이를 쉽게 알 수 있었다. 내가 감명받은 것은 에르브의 사업 방식이었다. 그는 굉장히 성공적으로 치즈 장인과 농장들 그리고 판매점과의 관계를 만들어 냈다. 치즈 제작자와 소매점을 회사가 모두 관리함으로써 단지 수익뿐만 아니라 최종 소비자에게 전해지는 치즈의 질까지도 관리할 수 있었다. 이러한 유기적인 관계는 농부들에게까지 영향을 미쳤다. 에르브는 농부들에게도 좋은 조건을 제공하기 위해 고정적으로 일정량을 구입했고 깊이 있는 지식을 바탕으로 치즈의 질을 높이기 위한 조언을 아끼지 않았다.

이처럼 사업에 대한 감각과 모든 공급망을 관리하는 능력이 잘 조합된 몽스는 치즈에 관해 배우기에 더 없이 좋은 곳일 수밖에 없었다. 혹시라도 받아주기만 한다면 말이다.

이메일을 보냈으니 이제 내가 할 수 있는 건 그저 답장을 목이 빠져라 기다리는 것뿐이다.

집 구하기는 힘들어

그 무렵 젠은 집을 구하는 일에 열을 올리고 있었다. 리옹에서 살 만한 집을 찾기 위해 매일 몇 시간씩 인터넷을 뒤지고 중개업자와 집주인이 등록해 둔 어마어마한 수의 집들 중에서 우리에게 적합한 집의 목록을 정리해 두었다. 보통 프랑스에서는 집에 가구들이 포함되어 있는 경우가 흔치 않기 때문에 어렵기는 했지만, 새로운 가구들을 모조리 사지 않으려면 가구가 포함되어 있는 집을 구해야만 했다. 우리가 영국에서 온 지 얼마 되지 않아서 중개업자나 집주인이 요구하는 서류들을 정상적으로 갖추기가 쉽지 않았기에 몇몇 집들은 집을 구경하러 가는 것조차 허락받지 못하기도 했다. 집을 구경하려고 하면 집주인들은 대개 "와서 구경하는 것은 상관없어요, 하지만 관련 서류들이 부족하기 때문에 기대하지 않는 편이 좋을 거예요."라고 말했다.

아, 젠장할 서류들. 프랑스에서 집을 구하고자 한다면, 중개업자나 집주인에게 굉장히 많은 서류들을 제공해야만 한다. 이 과정이 꽤 엄격해서, 말 그대로 지금까지 살아오면서 있었던 거의 모든 것들에 대한 정보를 요구하는 수준이었다. 물론 세입자의 혈액 샘플이나 DNA까지 보관하겠다고 덤비지는 않았지만 크게 다르지는 않다고 생각하면 된다.

집을 구할 때 부딪힌 첫 번째 문제는 꽤 중요한 몇 개의 서류들이 영국에는 아예 존재조차 하지 않는다는 것이었다. 물론 엇비슷하게 끼워 맞출 수 있는 것들이 있긴 했지만, 딱 맞아떨어지지는 않았다. 거기다가 지금 나는 실업자 상태였고, 젠은 프리랜서로 일을 하고 있어서 몇몇 영수증을 제외하고는 세금 관련 서류조차 만들 수가 없었다. 그럼에도 불구하고 인내심을 갖고 정말 많은 시간을 들여 우리에게 필요한 모든 서류들을 복사하고 프린트를 했다(잉크도 꽤 많이 들어갔다). 그러다 보니 집을 보러 갈 때쯤에는(리옹에 가기 위해서는 7시간 동안 운전을 해야 한다) 이미 서류 폴더가 사전만큼이나 두꺼워졌다. 혹시라도 이 엄청난 서류에 불쌍함을 느끼는 집주인이 한 명쯤은 있지 않을까 하는 기대를 했었다. 물론 내 좋은 인성이 큰 도움이 될 것이라 생각하면서 말이다.

❖

막상 리옹에 가 보니 그 도시는 우리 같은 외지인이 살기에 좋은 곳은 아니었다. 하지만 우연찮게도 내 프랑스인 친구 한 명이 그곳에 살고 있었다. 국가 감사원에 취직하여 런던으로 이사한 직후에 나는 안느(Anne)라는 친구를 만났다. 그녀는 귀엽고 밝은 성격이었고, 짙은 색 머리에 지적으로 보이는 전형적인 프랑스 여인 같았다. 런던 동부 지역에 살고 있던 그녀는 영어를 계속 써야 하는 근무 환경 속에서 영어 실력을 더 늘리려고 많은 노력을 했고 나는 내 프랑스어 실력이 줄어들지 않도록 노력하고 있었다.

검트리(Gumtree)라는 광고 사이트에서 서로 알게 되어 한 1년 정도 정기적으로 만나면서 주로 공연을 보러 가거나 런던의 펍에서 술을 마시며 서로의 언어를 가르쳐 줬다.

그녀가 런던을 떠나 호주를 여행하는 동안 몇 달에 한 번씩 서로 이메일을 주고받은 것을 제외하고는 한동안 서로 연락할 방법이 없었다. 그럼에도 불구하고 그녀가 리옹에 있거나 혹은 있었을 것이라고 확신하고 우리가 리옹에 머무는 동안 혹시 만날 수 있을지 물어보았다.

곧 돌아온 답장에서 그녀는 여전히 리옹에 살고 있으며 함께 지내면서 집 구하는 것을 도와주겠다고 했다. 젠과 그녀가 친해질 수 있을지 살짝 걱정을 했는데 만나고 보니 전혀 걱정할 문제가 아니었다. 도착한 첫날 그녀의 작은 아파트에서 엄청난 양의 레드 와인을 함께 마시며 삶에 대해서, 여행과 지나온 시간들 그리고 치즈에 대해서 이야기를 나누었다.

이곳에 집을 구해서 정착한다면 적어도 아는 사람이 한 명도 없는 데에 덜렁 떨어지진 않겠다는 분명한 장점이 있었다.

✣

집에 대해서 이것저것 찾아보니 '가구가 있는' 집이라는 의미가 영국과는 조금 다르다는 것을 알 수 있었다. 프랑스에서 가구가 포함된 집이라는 의미는 침대, 테이블, 냉장고 그리고 가스 스토브 정도가 있는 것이었다. 그래서 우리가 본 대부분의 집들은 조금도 과장하지 않고 정말 최소한의 것들만 갖추고 있을 뿐이었다. 지금으로서는 우리가 가구를 살 만한 여유도 없었을뿐더러 집이 곧 젠의 사무실 역할도 해야 했기 때문에 결국 정말 많은 곳들을 둘러보아야 했다.

그러다 우리가 가 본 곳 중에 완벽한 조건의 집을 만났다. 분리된 침실에 잘 갖춰진 부엌도 있으며 밝고, 통풍도 잘 되고, 관리도 잘 되어 있었다. 위치적으로도 꽤 좋았는데, 언덕 위로는 크르와 루스(Croix-

Rousse) 지역이 있었고, 지하 주차장 시설까지 있었다. 전화상으로는 집주인 역시 관심을 보였다.

이쯤에 꼭 말하고 넘어가야 할 것은 젠의 프랑스어 발음이 정말 좋다는 것인데, 프랑스어가 잘 될 때는 정말 프랑스 사람과 구분이 안 갈 정도였다. 확실한 것은 그녀가 프랑스어가 잘 되는 날 집주인과 통화를 했고, 우리를 만난 집주인은 영국인이라는 것을 알게 되자 얼굴을 찌푸렸다. 서류라도 봐 달라고 겨우 설득을 했는데, 몇 시간 뒤에 전화가 와서는 결국 우리의 서류가 충분치 않다며 렌트를 거절하였다. 그러면서 그녀는 나름대로 우리에게 희망을 주려고 마치 우리 잘못이 아니라는 듯이 말했다.

"너무 걱정 마세요, 어제는 중국인 커플이 보러 왔었어요. 그들은 서류도 완벽했는데 거절했거든요."

단지 영국인만을 싫어하는 것이 아니라는 데에 안도해야 할까?

그 다음으로 본 집은 정말 정말 마음에 들었다. 건물의 5층에 자리잡은 꽤 큰 크기의 원룸이었다. 나무 바닥에 천장이 높았는데 오드리(Audrey)라는 여자가 약간은 특이한 취향으로 가구를 채우고 장식을 해두었다. 오드리는 20대로 보이는 금발의 여성으로 남자 친구인 셉(Seb)과 함께 살려고 이 집을 샀다. 오드리는 우리의 영어에 대해서 특별히 언급하지는 않았지만 영국식 프랑스어 발음을 좋아했다. 그녀는 우리가 꽤 자신있게 프랑스어를 구사한다는 것을 알고 커뮤니케이션에는 문제가 없을 것이라고 이해했다. 고맙게도 그녀는 우리가 준비한 엄청난 서류들을 진지하게 확인하고 지금 상황에 대해서 설명할 기회를 주었다. 우리가 그 집에서 나올 때 그녀는 우리에게 다른 몇몇 커플들이 오기로 했지만, 곧 연락 주겠다고 했다.

그 '곧'은 우리가 가이약으로 돌아온 다음 날이었다. 오드리는 젠에게 전화를 해서 기쁜 소식을 알려 주었다. 드디어 리옹에서의 첫 집을 구한 것이다! 이 말은 곧, 다시 차에 올라타고 프랑스의 반대편 리옹으로 가서 계약을 하고 서류 작업을 마무리해야 한다는 의미였다. 조금 놀랍게도, 그녀는 이미 우리를 '내 불쌍한 영국 친구들'이라 불렀고, 프랑스다운 분주한 포옹과 키스로 인사를 나누었다. 계약서에 서명을 하기 위해서 그녀는 남자 친구와, 동생인 셀린(Celine) 그리고 셀린의 남편인 시릴(Cyril)과 함께 왔다. 함께 파스티스(pastis, 보통 식사 전에 마시는 술의 한 종류 - 옮긴이)를 마시는 동안 약간 동물원의 동물이 된 듯한 느낌이 들었다. '저것 봐. 정말 살아 있는 영국 사람들이야! 그런데 프랑스어를 하네!'

우리의 부족한 서류를 보고도 우리를 받아 준 오드리에게 정말 고마웠다. 그리고 리옹에 최소한 앞으로 12개월간은 집이라고 할 만한 곳이 생겨 정말 마음이 놓였다. 우리는 11월 1일에 이사를 하기로 결정하고 가이약에서의 마지막 한 주를 즐기기 위해 돌아갔다. 우리가 정말 좋아하는 샤또 보스카이오스의 스파클링 와인과 함께 가이약의 가을 태양을 즐기며 마지막 며칠을 보냈다.

가이약과 같은 작은 마을에서의 삶을 개인적으로는 좋아했다. 공기도 안 좋고 빡빡한 분위기의 런던에 비하면 모든 것이 느리고 편하며 훨씬 아름다웠다. 또한 손님을 위한 방에 거실까지 있는 아름다운 집에서 사는 것도 결코 나쁘지 않았다. 하지만 가이약은 내게 휴가지였고, 내 모든 삶을 보내기에는 충분하지 않았다. 리옹은 가이약에 비해 훨씬 더 바쁘고 시끄러울 것이다. 물론 두 곳 모두 런던에 비할 바는 아니지만 말이다. 곧 그 리옹에서 새로운 직업을 구하기 위한 노력을 해야 할 것이다.

이제 다시 여행에 이력이 난 우리의 짐들과 함께 차에 올랐다. 이미 운전하는 동안 훌륭한 경치를 충분히 봤다고 생각했지만, 아름다운 뒤따른(du Tarn)을 가로질러 운전할 때 보이는 형형색색의 가을 나뭇잎들은 숨이 멎을 만큼 아름다웠다.

리옹에서의 첫날은 호텔에서 보내고 다음 날 아침에 오드리를 만나서 필요한 서류들에 모두 서명을 하고 집 열쇠를 받아 이사를 마무리할 생각이었다.

이런 좋은 날을 축하하는 자리로 리옹의 전통적인 식당 부숑(bouchon)보다 더 좋은 곳은 없을 것이다. 역사에 따르면 가장 좋은 고기는 파리로 갔고 고기의 질 낮은 부위들은 리옹으로 갔다고 한다. 그래서 이 지역에는 전통적으로 내장으로 한 요리들을 쉽게 찾을 수 있었고 그런 전통적인 음식을 맛과 향이 좋은 요리로 탄생시킨 곳이 부숑이었다.

위, 간, 돼지 곱창 그리고 돼지 발은 꽤 쉽게 찾을 수 있었다. 솔직히 정말 모든 사람을 위한 음식은 아니었다. 그리고 그 모든 사람에는 젠이 포함되었다.

그녀는 뭐든 새로운 시도를 좋아했지만, 그날 송아지의 머리 안쪽 살을 천천히 익힌 후 얇게 썰어서 고무 같은 지방으로 한데 묶어 젤리처럼 만든 요리 떼뜨 드 부(tête de veau)가 그녀의 아클레스 건이 되었다. 내가 고른 메인 요리였는데, 흔들거리며 내 테이블에 놓였을 때 그녀의 얼굴색이 하얗게 질리는 것을 볼 수 있었다. 사실 꽤 맛있었는데도 젠은 '젤리로 만든 악마의 모래성'이라는 이름을 붙였다. 굳이 말하자면 꽤 정확한 묘사였다. 아름답거나 앙증맞은 요리는 결코 아니었다. 하지만 눈을 가리고 먹는다면 아마 계속 주둔하게 될 것이다. 그날 먹은 메뉴 중에는 따블리에 드 사뾔르(tablier de sapeur)라는 요리도 있었는데, 다지고 절인 소의 위를 빵가루와 함께 튀긴 후에 마요네즈와 타르타르의 중간쯤 되어 보이는 진한 크림 소스와 함께 먹는 것이다. 우리가 간 레스토랑은 꽤 작았는데 테이블들이 다닥다닥 붙어 있어 옆 사람들과 가까운 거리에 앉게 되었다. 요리사는 부엌을 들락거리며 작은 사각형의 나무로 만들고 빨간색과 하얀색의 체크무늬로 치장을 한 테이블에 앉아서 손님들과 이야기를 나누곤 했다. 그는 우리에게 요리의 역사에 대해서 꽤 긴 시간 설명해 주었다. 정말 특이하고 좋은 레스토랑 운영 노하우였다.

우리는 곧 곁에 앉은 커플과 서로 리옹의 요리에 대한 이야기를 나누면서 함께 요리를 먹었다. 그날은 리옹에서 시작하는 최고의 날이었고, 머지않아 리옹이 좋아질 것 같은 느낌을 갖게 되었다.

APPELLATION D'ORIGINE PROTÉGÉE

원산지 보호 명칭(AOP)

프랑스 치즈 편

The origin of taste

간단하게 만들어 더 맛있는

프랑스 치즈요리 제안

SIMPLE RECIPE
WITH CHEESE

치즈의 나라, 프랑스

1000여 종, 150만 톤의 치즈를 생산하는 치즈 왕국 프랑스. 넓은 목초지에서 젖소, 양, 염소 등 다양한 가축을 사육해 여기서 나온 양질의 우유와 예로부터 전해지는 다양한 치즈 생산 기술을 결합해 프랑스를 유럽 최대의 치즈 생산국으로 만들었다.

우유를 원료로 하여 만드는 치즈는 다양한 색깔, 모양, 함유 성분, 맛, 향 등을 갖는데 이는 치즈 제조 과정의 중요한 다섯 단계별 특성에 기인한다. 1단계 우유를 산이나 렌넷을 이용해 덩어리로 응고시키는 과정, 2단계 덩어리에서 액체 성분을 분리해내는 유장분리 과정, 3단계 치즈 모양을 결정짓는 주형 틀에 넣는 성형 과정, 4단계 치즈를 소금물에 담그거나 소금으로 닦는 가염 과정, 마지막 단계로 치즈를 저장고에서 숙성시키는 과정이 바로 그것이다. 이렇게 만들어진 치즈의 양은 처음 우유 양의 10%에 지나지 않아, 치즈는 우유의 모든 영양 성분이 농축된 영양 덩어리라고 할 수 있다.

생산의 모든 과정이 끝난 치즈라 해도 숙성이 계속되므로 맛과 영양소가 잘 보전되도록 세심한 신경을 써야 한다. 통풍이 잘되는 건냉한 곳(냉장고의 아래 칸)에 치즈 원래의 포장지나 랩으로 잘 싼 후, 밀폐용기에 넣어서 보관한다. 가능한 한 보관 기간을 짧게 잡고 치즈를 구입하는 것이 좋다.

건강을 유지하고 싶다면 치즈를 매일 먹도록 권한다. 프랑스는 자국민의 건강한 삶을 위해 청소년과 성인은 하루 3가지 유제품을, 어린 아이와 노인은 4가지 유제품을 매일매일 섭취하길 권하고 있다. 3~4가지 유제품 속에 치즈는 반드시 한 번 이상 포함되어야 하는데, 치즈가 적은 양으로도 충분한 단백질과 칼슘을 제공하여 균형잡힌 식생활을 가능하게 하기 때문이다. 유제품 중에서 칼슘이 가장 풍부한 식품은 경성 치즈로, 치즈 약 100g에 1,000mg의 칼슘을 함유하고 있는데, 이는 성인 남녀의 일일 칼슘 권장량을 충족시키는 수치이다. 치즈는 다양한 맛의 원천이자 영양의 보고로서 더할 나위 없이 좋은 식품 중 하나인 것이다.

따라서 프랑스 국립낙농협의회CNIEL와 소펙사 코리아는 한국인들이 보다 더 다양한 방법으로 프랑스 치즈를 즐길 수 있도록 친숙한 요리에 프랑스 치즈를 자연스럽게 접목한 메뉴들을 개발, 소개한다. 국내에 수입되는 고품질의 프랑스산 자연 치즈 100여 종과 가공 치즈 50여 종을 마트나 백화점 식품코너에서 쉽게 만나볼 수 있으므로, 일상 속에서 더욱 친근하게 프랑스 치즈 요리를 즐겨 보도록 하자.

보다 자세한 정보는 프랑스 치즈 웹사이트와 페이스북을 통해 찾아볼 수 있다.
www.frenchcheese.co.kr / www.facebook.com/frenchcheese.korea

생치즈
FROMAGES FRAIS

생치즈는 치즈의 '소년기'로 간주될 만큼 촉촉하고 순한 풍미의 치즈이다. 부드러운 맛과 시큼하게 톡 쏘는 신선함도 함께 갖고 있다. 다른 치즈와는 달리 정련 과정을 거치지 않기 때문에 우유의 흰 빛을 그대로 간직하며, 변질이 쉬우므로 가급적 빨리 섭취해야 한다. 건물량(원물에서 수분량을 뺀 양)이 약 20%밖에 되지 않을 정도로 수분 함유량이 매우 높은 치즈이다. 이번 레시피북에서는 마담로익, 쌩모레, 르쁘띠물레 등 크림 타입의 생치즈를 이용한 메뉴를 선보였다.

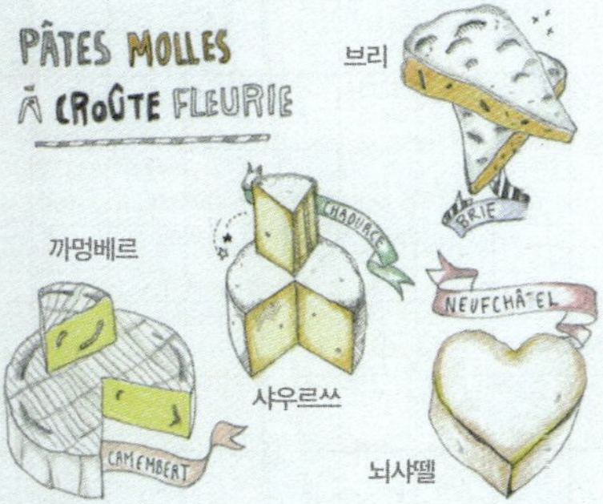

흰색 피막의 연성 치즈
PÂTES MOLLES À CROÛTE FLEURIE

흰색 피막의 연성 치즈 군에 속하는 모든 치즈는 장인의 숙련된 정련 과정을 거쳐 비로소 완성되는 치즈이다. 꽃(곰팡이)이라 불리는 흰 솜털로 뒤덮인 외피와 부드럽고 말랑말랑한 질감의 페이스트를 갖고 있다. 버섯, 효모, 이끼, 축축한 땅과 같은 향미와 버섯, 헤이즐넛, 버터와 같은 풍부한 맛을 느낄 수 있다. 이번 레시피북에서는 샤우르쓰와 꿀로미에를 이용한 메뉴를 선보였다.

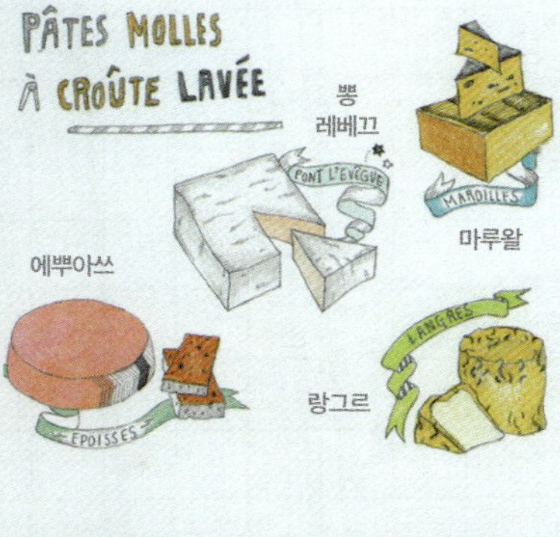

껍질을 닦은 연성 치즈
PÂTES MOLLES À CROÛTE LAVÉE

껍질을 닦은 연성 치즈 군에 해당하는 치즈들은 특유의 강한 냄새로 유명하다. 껍질은 미끈하고 반짝거리며 말랑말랑하고 오렌지색을 띠고 있는 반면 치즈 속은 아이보리색을 띠고 있다. 다른 연성 치즈와는 달리 치즈 제조 과정 중 미지근한 소금물에 씻거나 껍질을 솔질하는 과정이 더해진다. 이를 통해 이 치즈의 특징인 짙은 농도와 강한 맛을 갖게 된다. 이번 레시피북에서는 에뿌아쓰와 묑스떼르를 이용한 메뉴를 선보였다.

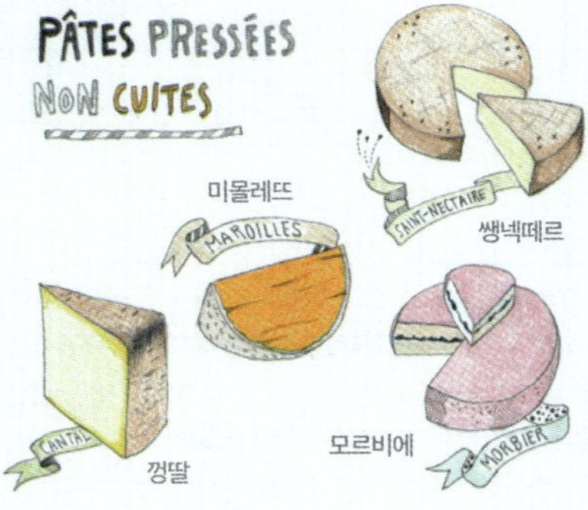

반경성 치즈
PÂTES PRESSÉES NON CUITES

반경성 치즈는 소젖 또는 양젖으로 만든다. 호두껍데기 같이 딱딱한 껍질 속에는 단단하면서도 부드러운 살을 감추고 있다. 1~12개월의 정련 기간에 따라 치즈의 두께는 조금씩 달라진다. 정련 과정 동안 치즈를 뒤집고, 씻고, 솔질하는 등의 과정을 규칙적으로 반복한다. 프랑스에는 약 삼십여 종의 반경성 치즈가 있는데, 이 중 대부분은 그 치즈가 탄생한 수도원의 이름을 그대로 딴 것이 많다. 이번 레시피북에서는 미몰레뜨를 이용한 메뉴를 선보였다.

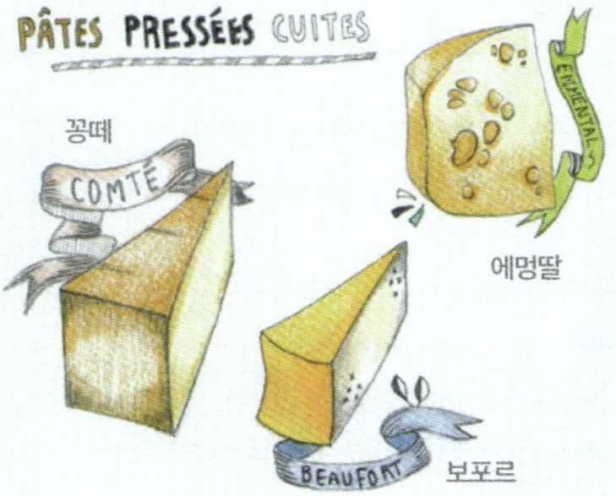

경성 치즈
PÂTES PRESSÉES CUITES

경성 치즈는 쥐라Jura나 알프스Alps의 산악인들이 겨울 식량을 얻기 위해 만들어낸 것에서 유래되었다. 반경성 치즈와의 차이점은 커드를 자른 후 높은 온도까지 가열해주어 치즈를 오래 보관할 수 있는 점, 숙성 기간이 매우 긴 점인데, 하나의 치즈를 만들기 위한 1년여 긴 시간의 정련 과정은 가히 예술적이라 할 수 있다. 사이즈와 형태의 다양한 만큼이나 식감과 먹는 방법도 여러 가지다. 이번 레시피북에서는 에멍딸 조각 치즈와 슬라이스한 에멍딸과 폴에피를 이용한 메뉴를 선보였다.

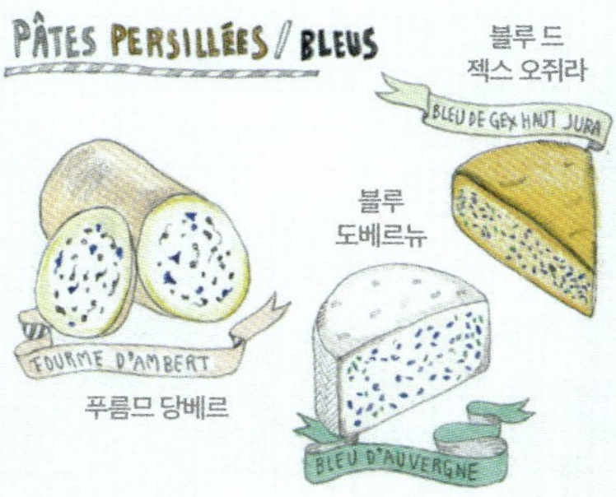

블루 치즈
PÂTES PERSILLÉES / BLEUS

블루 치즈라는 이름은 치즈에 있는 푸른색 대리석 무늬의 곰팡이 덕분에 붙여진 이름이다. 치즈 응고 과정 또는 주형 틀에서 모양을 잡는 과정 중에 푸른곰팡이Penicillium glaucum 포자를 주입한다. 숙성과정을 거치며 곰팡이가 자라서 치즈에 작고 불규칙한 푸른 구멍을 형성하게 된다. 강하고 진한 맛을 지닌 이 치즈는 호두나 건포도가 들어간 빵과 곁들여 먹으면 제격이다. 이번 레시피북에서는 쌩따귀르를 이용한 메뉴를 선보였다.

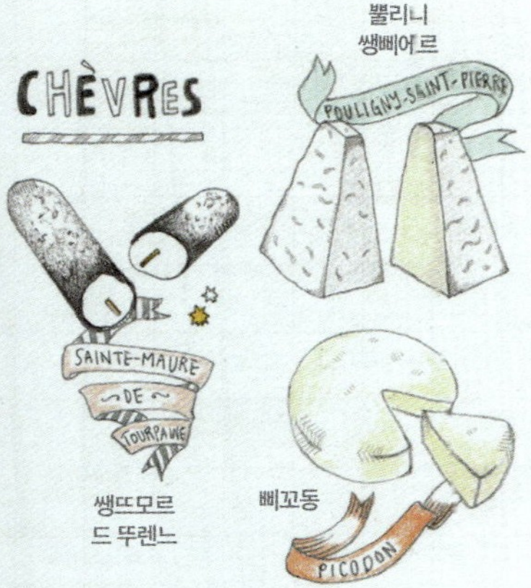

염소젖 치즈
CHÈVRES

염소젖 특유의 맛을 지닌 이 치즈군은, 제조 과정에 따라 생치즈에서 경성 치즈에 이르기까지 다양한 종류가 있다. 저온살균한 염소젖으로 만들기도 하고, 살균하지 않은 생유로 만들기도 한다. 100% 염소젖으로 만든 순 염소 치즈와 소젖을 섞어 만든 반 염소 치즈 두 종류로 나눌 수 있다. 3월과 10월 사이가 염소젖 치즈 시식의 최적기이다.

가공 치즈
FROMAGES FONDUS

가공 치즈는 치즈를 녹여 만들거나 여러 치즈를 섞어 만들기도 한다. 또한, 우유, 버터, 크림과 같은 다른 종류의 유제품을 첨가하여 만들기도 하며 천연향, 건과류, 햄, 마늘 및 향신료를 첨가하여 다양한 맛을 표현하기도 한다. 가공 치즈를 만드는 여러 가지 방법이 있지만, 이러한 제조 방법으로 가공 치즈를 구분하기보다는 일반적으로 상표 및 제품 이름으로 더 많이 통용된다. 자연 치즈와는 달리 유통기한이 비교적 긴 편이며, 어른이나 아이 모두 부담 없이 즐길 수 있다.

쉽고 간단한 치즈 요리를 만들어주신 오세득 셰프님은

뉴욕에 위치한 ICE(The Institute of Culinary Education)에서 요리를 공부한 그는 호텔과 리조트 등에서 경력을 쌓다가 지난 2007년 서래마을에 위치한 컨템포러리 프렌치 파인다이닝 줄라이를 오픈해 요리와 레스토랑 경영을 함께 하고 있다. 줄라이에서는 오세득 셰프만의 스타일로 요리한 다양한 프렌치 요리를 만나볼 수 있으며 이미 많은 이들에게 사랑 받고 있다. 특히 셰프 오세득은 슬로푸드Slow food에 관심이 많다. 손이 많이 가면서 시간이 만들어내는 맛을 좋아하는 것이다. 치즈 역시 시간이 만들어 낸 맛 중 하나로 그가 좋아하고 즐겨 찾는 식재료 중 하나다. 이번 소펙사 치즈 레시피북을 통해 그의 스타일로 탄생한 치즈요리를 소개한다.

Tofu blue cheese
doenjang Salad

연두부 블루 치즈 된장 샐러드

INGREDIENTS

쌩따귀르 크림 치즈 150g, 입자 고운 된장 40g, 콩 발효에센스 7g, 연두부 1모, 어린잎 샐러드 약간, 참깨 약간, 채 썬 김 약간, 참기름 약간

1 쌩따귀르 크림 치즈를 체에 곱게 내린 된장과 고루 섞는다.

2 잘 섞은 치즈 된장에 콩 발효에센스를 넣어 간을 한다.

3 접시에 연두부를 담고 그 위에 치즈 된장을 뿌린다.

4 어린잎 샐러드와 채 썬 김과 참깨를 뿌린다. 취향에 따라 참기름을 뿌린다.

1

2

SAINT AGUR 쌩따귀르

부드러운 크림 타입의 블루 치즈이다. 옅은 크림색의 페이스트에 동글동글한 푸른 곰팡이가 고르게 분산되어있다. 블루 치즈 특유의 강한 향으로 코를 자극하지만, 국내에 들어와있는 대표적인 블루 치즈인 블루 도베르뉴Bleu d'Auvergne 등에 비하면 훨씬 부드럽고 연한 식감을 자랑한다. 블루 치즈를 어려워하는 사람들에게 안성맞춤인 쌩따귀르. 바게트나 식빵에 찍어먹으면 강렬한 블루 향과 부드러운 페이스트의 훌륭한 조화를 경험할 수 있을 것이다.

Emmental cheese
with Fried egg

에멍딸 치즈 달걀 프라이

INGREDIENTS

에멍딸 치즈, 베이컨 1 ½줄, 양송이버섯 2개, 표고버섯 1개, 대파 1대,
바게트 1쪽, 달걀 2개, 소금 약간, 후춧가루 약간

1 베이컨, 양송이버섯, 표고버섯은 작게 썰고, 대파는 어슷하게 썬다.
2 팬에 식용유를 살짝 두르고 베이컨을 볶는다.
3 준비한 버섯과 대파를 넣어 볶다가 소금, 후춧가루로 간을 한다.
4 빵을 노릇하게 굽고 그 위에 볶은 베이컨과 버섯을 올린다.
5 얇게 썬 에멍딸 치즈를 올리고 뜨거운 달걀 프라이를 올린다.

1

2

EMMENTAL 에멍딸

치즈 이미지를 떠올릴 때 흔히 생각하는 노란색 껍질과 구멍 뚫린 모양, 그 치즈의 이름이 바로 에멍딸이다. 겉면은 단단하고 매끈하며 고소한 견과류 맛이 난다. 스위스의 대표 치즈이지만 프랑스 국민들의 1인당 에멍딸 소비량은 스위스와 맞먹는다. 1년여의 치즈 정련 과정이 매우 복잡하여 만들기 어려운 치즈로 알려져 있다. 에멍딸에 있는 구멍은 치즈 아이Cheese Eye라고 하는데, 이 치즈 아이를 만들기 위해서는 두 단계에 걸친 숙성이 필요하다. 치즈 아이가 많을수록 더 훌륭한 에멍딸로 평가 받는다. 잘게 갈린 에멍딸을 음식 위에 올려 먹기도 하고, 얇게 썰어 샌드위치에 넣어 먹기도 하며, 에멍딸 그 자체로 즐기기도 한다. 이렇게 여러 용도로 사랑 받는 에멍딸 치즈는 원래 1m가 넘는 지름의 큰 직사각형 모양이지만, 소비자들이 구매하기 알맞은 크기로 개별 포장되어 국내에 수입되고 있다.

Scrambled egg with Mimolette cheese

스크램블 에그 미몰레뜨 치즈

INGREDIENTS

미몰레뜨 치즈, 달걀 2개, 브로컬리 ¼송이, 양파 ⅕개, 바게트 1쪽, 생크림 30g,
버터 약간, 소금 약간, 후춧가루 약간

1 브로컬리는 한 입 크기로 작게 손질해 살짝 데치고, 양파는 얇게 썬다.
2 팬에 식용유를 두르고 양파를 노릇하게 볶다가 데친 브로컬리를 넣어 볶는다. 소금, 후춧가루로 간을 한다.
3 달걀에 생크림을 넣고 섞어 푼 뒤 버터를 녹인 팬에 붓는다. 저어가며 스크램블 에그를 만든다.
4 바게트를 노릇하게 굽고 볶은 채소와 스크램블 에그를 올린다.
5 치즈 그레이터로 미몰레뜨 치즈를 갈아 듬뿍 곁들인다.

1

2

MIMOLETTE 미몰레뜨

프랑스의 릴Lille 지역에서 만들어지며 공처럼 동그랗게 생긴 모양새 덕에 '불 드 릴Boule de Lille, 릴의 공'이라는 별명을 가지고 있다. 네덜란드 에담 치즈의 레시피를 본떠 만들어진 치즈로, '프렌치 에담'이라는 별명도 있다. 진한 오렌지색을 띠고 있으며 시간이 지날수록 더욱 짙은 색으로 변한다. 맛있는 견과류와 과일의 풍미를 가지고 있어 다른 조리를 하지 않고 디저트나 안주로 즐기기도 한다. 미몰레뜨는 숙성 기간에 따라 총 네 가지로 분류되는데, 숙성 기간이 오래될수록 풍미가 깊어지며 더욱 단단해진다. 국내에는 반달 모양으로 컷팅된 미몰레뜨가 수입되고 있는데, 3개월 정도 숙성된 '죈느jeune, young'와 12개월 정도 숙성된 '비에이으vieille, old' 두 가지 종류를 만나볼 수 있다.

Fig salad with Fresh cheese

생치즈
무화과 샐러드

INGREDIENTS

생치즈 약간, 무화과 약간, 꿀 약간, 흑초 약간

1 잘 익은 무화과를 먹기 좋은 크기로 썬다.

TIP 무화과 대신 연시감으로 만들어도 잘 어울린다.

2 무화과 위에 꿀을 살짝 뿌리고 흑초를 아주 조금씩 뿌린다.

3 생치즈를 원하는 만큼 올려 완성한다.

1

2

FROMAGE FRAIS 생치즈

생치즈는 치즈의 '소년기'로 간주될 만큼 촉촉하고 순한 풍미의 치즈이다. 부드러운 맛과 시큼하게 톡 쏘는 신선함을 함께 갖고있다. 다른 치즈와는 달리 정련 과정을 거치지 않기 때문에 우유의 흰 빛을 그대로 간직하며, 우유의 고소함과 담백함을 느낄 수 있다. 수분 함유량이 매우 높으며, 변질이 쉬우므로 가급적 빨리 섭취해야 한다. 국내에서는 스프레더블 생치즈, 마담로익, 르쁘띠물레 등의 프랑스산 생치즈를 만나볼 수 있다.

Baked Coulommiers cheese

구운 꿀로미에 치즈

INGREDIENTS

꿀로미에 치즈 1개, 타임 3줄기, 올리브오일 약간, 호두 약간, 꿀 약간

1 꿀로미에 치즈 표면에 마름모 모양으로 칼집을 낸다.

2 오븐팬에 꿀로미에 치즈를 담은 뒤 타임을 얹고 올리브오일을 뿌린다.

3 쿠킹포일로 팬을 감싸 210도로 예열한 오븐에 10분간 굽는다.

4 쿠킹포일을 벗기고 2분 정도 더 굽고 꿀을 뿌린다.

TIP 크래커나 구운 빵을 곁들인다.

COULOMMIERS 꿀로미에

센느에마른Seine-et-Marne 지방의 꿀로미에Coulommiers 지역에서 치즈 이름이 비롯되었다. 꿀로미에는 모양이나 맛에서 흔히 까멍베르나 브리와 비교되곤 한다. 까멍베르나 브리의 유명세만큼이나 프랑스에서는 손꼽히는 연성 치즈 중 하나이다. 하얗고 굴곡진 외피는 녹아내릴 듯 말랑말랑하고 크림과 같은 부드러움을 자랑한다.

Tartine with Spreadable fresh cheese

스프레더블 생치즈 딱띤

INGREDIENTS

생치즈 150g, 잣 10g, 호두 10g, 피스타치오 10g, 사과 ¼개,
복분자 식초 약간, 잡곡빵

1 볼에 생치즈와 잣, 호두, 피스타치오를 곱게 으깨가며 섞는다.
2 사과는 채 썰어 복분자 식초를 살짝 뿌려 버무린다.
3 잡곡빵을 얇게 썰어 바삭바삭하게 구운 뒤 견과류와 섞어놓은 생치즈를 얹는다.
4 버무린 사과를 곁들여 완성한다.

1

2

FROMAGE FRAIS À TARTINER 스프레더블 생치즈

크림 타입의 생치즈는 치즈 초보자가 즐기기에 좋다. 숙성 과정을 거치면서 생겨나는 진한 풍미를 가지고 있지 않기 때문이다. 껍질과 페이스트가 별도로 구분되지 않고 아이보리색의 신선한 페이스트에 우유의 신선한 흰빛을 그대로 간직하고 있으며 부드러운 맛이 일품이다. 자연 치즈 특유의 진한 향과 맛이 익숙하지 않은 국내 소비자들도 부담없이 즐길 수 있는 가벼운 치즈 중 하나. 신선한 우유 향과 산도 덕분에 입맛을 돋우는 아페리티프로 적격이다. 국내에서는 쌩모레, 마담로익, 르쁘띠물레 등의 프랑스산 생치즈를 만나볼 수 있다.

Slightly bitter salad with Chaource cheese & Pear

샤우르쓰 치즈와 배, 쌉쌀한 샐러드

INGREDIENTS

샤우르쓰 치즈 1통, 배 ½개, 엔다이브 1개, 루꼴라 약간, 블루베리 식초, 소금 약간, 후춧가루 약간, 호두 약간, 엑스트라버진 올리브오일 약간

1 배는 껍질을 벗겨 얇게 썰고, 엔다이브와 루꼴라는 먹기 좋은 크기로 자른다.
2 샤우르쓰 치즈를 먹기 좋은 크기로 썰어 담는다.
3 호두와 블루베리 식초, 엑스트라버진 올리브오일을 넣어 버무리고, 소금, 후춧가루를 넣어 간을 맞춘다.

CHAOURCE 샤우르쓰

오브Aube 지방의 한 마을 이름에서 비롯된 이 치즈는 부드럽고 연한 페이스트를 사랑하는 치즈 애호가들이 손꼽는 치즈 중 하나이다. 소젖으로 만들며, 처음에 주형 틀에 넣었다가 소금을 첨가하기 위해 다시 틀에서 뺀 후, 호밀 짚이나 스테인리스 조각 위에서 건조시킨다. 원산지 명칭 보호법에 따라 렌넷을 쓰지 않고 오로지 산에 의해 응고시키기 때문에 제조 과정이 매우 까다롭다. 14일간의 숙성 후, 순백색의 곰팡이 꽃이 피어 오른 부드러운 껍질을 갖추게 되고 크림을 떠올리게 하는 향을 퍼뜨린다.

Epoisses cheese & Gugija spread

에뿌아쓰 치즈,
구기자 스프레드

INGREDIENTS

에뿌아쓰 치즈, 구기자 4g, 물 280ml, 가루한천 7g, 꿀 70g, 후추, 호밀 잡곡빵

1 냄비에 물과 구기자를 넣고 끓으면 식힌다. 구기자가 부드러워지면 그 물에 한천을 불린다.

2 구기자차를 다시 데운 뒤 한천이 녹으면 꿀과 후추를 굵게 빻아 넣은 뒤 식힌다.

3 굳은 구기자차를 볼에 담아 으깨듯 섞는다.

4 호밀 잡곡빵을 얇게 썰어 담고 구기자 스프레드와 에뿌아쓰 치즈를 곁들인다.

1

2

EPOISSES 에뿌아쓰

프랑스의 작은 마을에서 기원한 에뿌아쓰 치즈는 부르고뉴Bourgogne 지방의 원산지 명칭 보호를 받고 있다. 껍질은 암모니아를 떠올리게 하는 매우 강한 향을 풍기며 숙성 정도에 따라 진한 아이보리색부터 오렌지색, 붉은 벽돌색을 띤다. 페이스트는 단맛, 짠맛, 고소한 맛이 조화롭게 어우러진 고급스러운 풍미를 자랑한다. 시토 수도회의 수도사들이 처음으로 이 치즈를 생산하여 그 지역 농민들에게 제조법을 전수하였다. 소젖을 천천히 응고시켜 건조된 소금으로 간을 한 후 최소 4주 이상 숙성 시킨다. 이 과정 중 마르 드 부르고뉴(Marc de Bourgogne, 와인 제조 과정 중 나오는 부산물로 만든 술)를 조금씩 넣은 가염 혹은 무염의 물로 치즈 껍질을 여러 번 닦아준다. 이러한 과정에서 에뿌아쓰 특유의 향이 비롯되는 것이다.

Sliced
hard cheese
Sandwich

슬라이스 경성 치즈 샌드위치

INGREDIENTS

바게트 2쪽, 무화과잼 약간, 하몽 6장, 슬라이스 경성 치즈 4장, 어린잎 샐러드

1 바게트를 노릇하게 구운 뒤 무화과잼을 바른다.

2 하몽과 슬라이스 경성 치즈를 올린다.

TIP 하몽 대신 다양한 종류의 생햄을 넣어도 좋다.

3 어린잎 샐러드를 얹은 뒤 나머지 한 장의 빵을 덮는다.

1

2

PÂTE PRESSÉE TRANCHÉE TYPE EMMENTAL 슬라이스 경성 치즈

프랑스에는 오랜 역사를 자랑하는 훌륭한 경성 치즈들이 많다. 대표적인 AOP 치즈만해도 껑딸Cantal, 쌩넥떼르Saint-Nectaire, 꽁떼Comté, 보포르Beaufort 등이 있는데, 아쉽게도 현재로서는 국내에서 찾아보기 힘들다. 이들 치즈는 생유로 만들어지거나 박테리아 수치가 높아서 수입이 제한되어 있기 때문이다. 대신, 경성 치즈를 얇게 슬라이스해놓은 에멍딸과 폴에피를 시중에서 찾아볼 수 있다. 폴에피의 경우 에멍딸Emmental처럼 페이스트에는 구멍이 있고, 숙성 과정 동안 표면에 캐러멜을 발라주어 표면은 노릇한 갈색빛이 돈다. 샌드위치나 토스트에 끼워먹기도 좋고, 과일과 함께 안주로 즐겨도 좋다.

Tripoline with Munster cheese sauce

묑스떼르 치즈 트리폴리네 파스타

INGREDIENTS

묑스떼르 치즈 ½통, 마늘 3개, 트리폴리네 파스타 100g, 닭육수 약간,
다진 쪽파 약간, 콩발효 에센스 약간, 후춧가루 약간

1 끓는 물에 소금과 식용유를 넣고 트리폴리네 파스타를 넣어 삶는다.
2 5분 정도 삶아 건진 뒤 올리브 오일을 뿌린다.
3 팬에 식용유를 두르고 달군 뒤 마늘을 얇게 썰어 넣고 노릇하게 볶는다.
4 닭육수를 넣고 묑스떼르 치즈를 녹인다.
5 다진 쪽파와 삶은 파스타를 넣고 잘 섞어준 뒤 콩발효 에센스, 후춧가루로 간을 한다.

MUNSTER 묑스떼르

여러 다른 치즈들과 마찬가지로 묑스떼르 역시 수도원에 기원을 두고 있는 치즈 중 하나이다. 프랑스어로 수도원을 뜻하는 어휘 'monastère'에서 이름이 비롯되었다. 흔히 제로메Géromé라 불리는 로렌Lorraine 지방의 소젖과 알자스Alsace 지방에서 나는 소젖으로만 만들어진다. 습한 저장고에서 이틀마다 한 번씩 소금물로 껍질을 닦는 과정을 반복한 후, 비로소 치즈 가게의 진열대에 오른다. 진하고 강한 풍미를 가지고 있지만, 프랑스인의 식탁 위 치즈 플레이트에 절대 빠지지 않는 치즈이며, 끼쉬Quiches(프랑스 파이의 일종), 오믈렛, 뚜르트Tourte(파이처럼 생긴 둥근 과자)와 같은 요리에 자주 활용되는 치즈이다.

France
BON APPÉTIT

www.frenchcheese.co.kr
www.facebook.com/frenchcheese.korea

원산지 보호 명칭
(Appellation d'Origine Protégée)

원산지 보호 명칭

(APPELLATION D'ORIGINE PROTÉGÉE)

THE ORIGIN OF TASTE

AOP(원산지 보호 명칭) 제도는 문화와 미식의 전통을 보호하기 위해 만들어진 제도이다. 이 제도는 제품의 원산지와 고유한 특성을 보장해준다. AOP를 획득한 제품은 엄격한 생산 규정 조건에 명시되어 있는 대로 여러 세대에 걸쳐 전해져 내려온 노하우에 따라 만들어졌음을 보장받는다.

어떤 유제품이 AOP를 획득하기 위해서는 아래의 사항들을 준수해야 한다.

- 지정된 지역에서 생산될 것
- 구체적인 생산조건을 만족시킬 것
- 굳건한 명성을 보유하고 있을 것
- INAO(프랑스 국립원산지명칭연구소)에 의해 AOC(원산지 통제 명칭)를 승인받고, 이후 유럽연합에 의한 AOP (원산지 보호 명칭) 승인 절차의 대상이 될 것

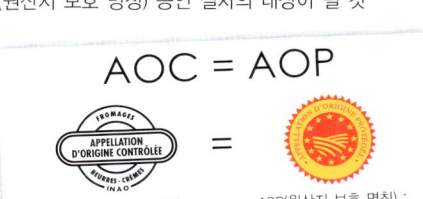

AOC = AOP

FROMAGES APPELLATION D'ORIGINE CONTRÔLÉE BEURRES · CRÈMES INAO = APPELLATION D'ORIGINE PROTÉGÉE

AOC(원산지 통제 명칭) : INAO(프랑스 국립원산지명칭연구소)에 의해 통제됨

AOP(원산지 보호 명칭) : 유럽연합에 의해 보호받음

이 두 가지 명칭은 INAO(프랑스 국립원산지명칭연구소)와 유럽연합, 두 기관에 의해서만 발급된다.

프랑스의 AOC(원산지 통제 명칭) 인증과 더불어 유럽연합의 AOP(원산지 보호 명칭)를 획득한 모든 제품은 2009년 5월 1일부터 AOC 로고 대신 유럽연합의 AOP 로고 또는 '원산지 보호 명칭' 이라는 문구를 겉포장에 부착하는 것이 의무화되었다.

목차

AQUITAINE/MIDI-PYRÉNÉES

AUVERGNE

BOURGOGNE/CHAMPAGNE

CENTRE/VAL-DE-LOIRE

FRANCHE-COMTÉ/ALSACE-LORRAINE

MÉDITERRANÉE

NORMANDIE

POITOU-CHARENTES

RHÔNE-ALPES

SAVOIE

THIÉRACHE/BRIE

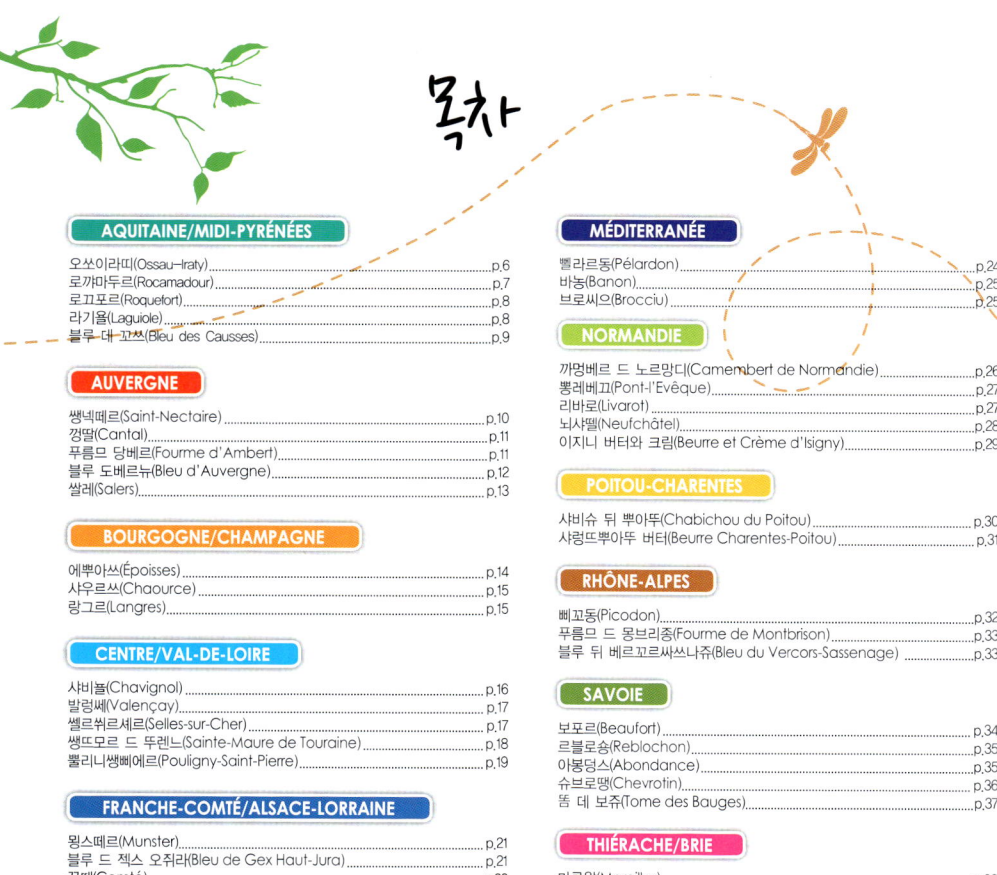

www.mangerbouger.fr

프랑스 지역별 AOP

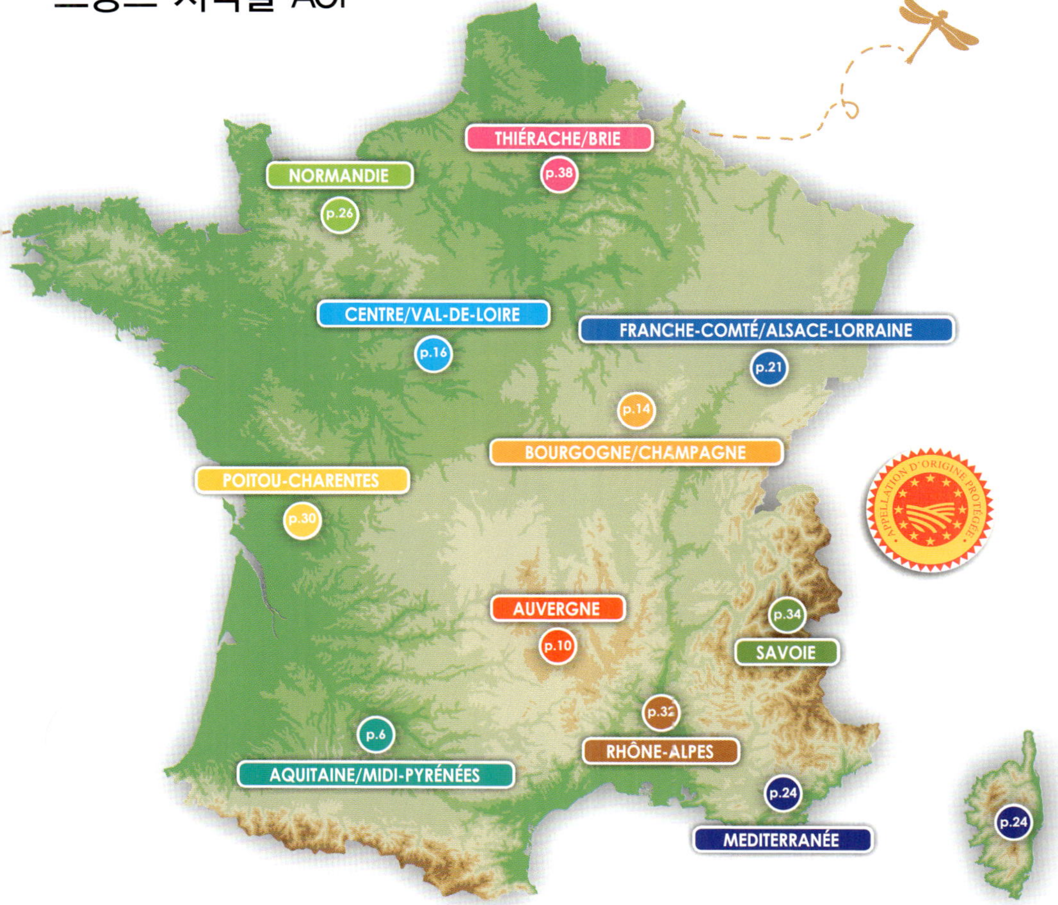
THIÉRACHE/BRIE
p.38
NORMANDIE
p.26
CENTRE/VAL-DE-LOIRE
p.16
FRANCHE-COMTÉ/ALSACE-LORRAINE
p.21
p.14
BOURGOGNE/CHAMPAGNE
POITOU-CHARENTES
p.30
APPELLATION D'ORIGINE PROTÉGÉE
p.34
AUVERGNE
p.10
SAVOIE
p.32
p.6
RHÔNE-ALPES
AQUITAINE/MIDI-PYRÉNÉES
p.24
p.24
MEDITERRANÉE

Aquitaine/Midi-Pyrénées

아끼뗀 / 미디피레네 지역
AOP(원산지 보호 명칭)

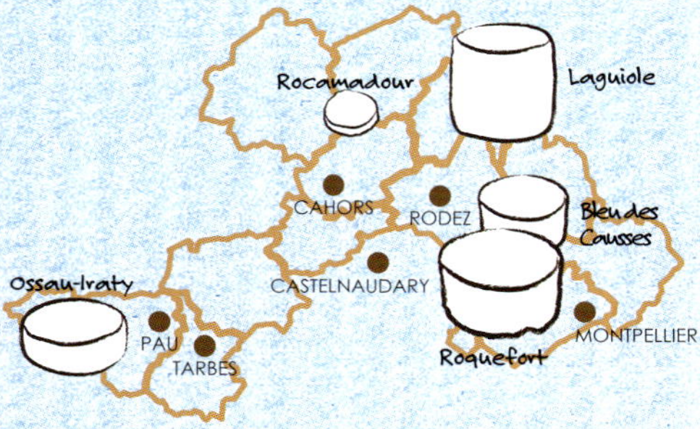

웅장한 풍경, 광활한 야생의 자연 공간, 극심한 기후 변화. 이 지역과 지역 주민들은 아직 완전히 베일을 벗지 않은 듯한, 신비한 무언가를 가지고 있는 듯한 인상을 풍긴다. 이 지역은 여기에서 생산되는 치즈처럼 모든 것이 전설에 둘러싸여있다. 실제라고 확신할 수는 없지만 사람들 사이에 전해져 내려오는 이야기들로 말이다. 나머지는 우리의 상상에 달려있다.

오쏘이라띠 (Ossau-Iraty)

양젖 치즈
1980년 AOC 획득
3,217 톤

농축산업 발달의 결과물이자 천 년 이상의 역사를 가진 이 양젖 치즈는 14세기에 많은 임대 및 판매 계약에서 교환 가치 수단으로 인정되었으며, 목동들에게는 첫 번째 소득의 원천이었다. 이 치즈는 베아른(Béarn) 지방의 오쏘(Ossau) 계곡과 바스크(Basque) 지방의 이라띠(Iraty) 숲에서 이름을 따왔다. 장기간 보관할 수 있다. 전통적으로는 블랙체리잼과 함께 즐겼고, 어떤 미식가들은 마르멜로(모과의 일종) 젤리와 함께 맛보길 권할 것이다.

추천 와인 : 달콤한 빠슈렁(Pacherenc)

이 지역의 보물들 !

The famous Piments d'Espelette(a chilli spice)

The Rock of the Virgin Mary in Biarritz

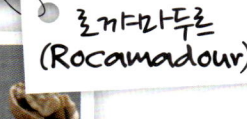

로까마두르 (Rocamadour)

알고 계셨나요 ?

놓은 산악지대에 위치한 목동들의 집은 계곡의 어느 측면에 위치하는 지에 따라 다른 이름을 가지고 있답니다.

베아른(Béarn) 쪽에 위치한 집들은 'cujalas(뀌잘라)' 라고 불리고, 바스크(Basque) 쪽에 위치한 집들은 'cayolars(까욜라)'라고 불립니다

오쏘이라띠(Ossau-Iraty)는 딱딱하게 숙성되었을 때 요리하기 가장 좋습니다. 그라탕이나 리조또, 또는 수프에 갈아넣거나 이용할 수 있습니다.

염소젖 치즈
1996년 AOC 획득
1,071 톤

이 작고 동그랗고 납작한 염소젖 치즈는 유명한 'cabécous(꺄베꾸)' 그룹에 속한다. 이것은 남프랑스 지역에서 사용되는 오크어로 '작은 염소'를 의미한다. 이 치즈는 아주 오랫동안 꺄베꾸 드 로꺄마두르(Cabécou de Rocamadour)로 불리다가 원산지 중심에 위치한 마을 이름인 로꺄마두르(Rocamadour)만 남게 되었다. 이 작고 크리미한 맛난 음식을 단 두 입만에 내려놓기란 여간 힘든 일이 아닐 수 없다. 살짝 구워낸 빵 조각 위에 이 치즈를 듬뿍 펴바르면, 그보다 더 즐거운 일이 있을까.

추천 와인 : 꺄오르(Cahors)

The Valentré Bridge in Cahors

Cows in the Causses region

로끄포르 (Roquefort)

양젖 치즈
1925년 AOC 획득
18,579 톤

로끄포르 치즈는 별다른 소개가 필요없을 정도로 많이 알려져 있다. 이 치즈는 1666년부터 뚤루즈(Toulouse) 의회에 의해 제조 과정을 보호받았으며, 1925년에 최초로 AOC를 획득했다. 양젖으로 만들어진 로끄포르 치즈는 프랑스 미식 문화의 기념비적인 존재이다. 특히 이 치즈의 발견에 관한 전설이 아름다워 되새겨볼 만하다. 한 목동이 연인을 따라가기 위해 자신의 양떼와 빵과 응고된 우유가 들어있던 점심을 깡발루(Cambalou) 동굴에 두고 떠났는데, 돌아와보니 빵은 곰팡이로 뒤덮여 있고 응고된 우유는 푸른 곰팡이 치즈로 변해있었다. 그렇게해서 로끄포르 치즈가 생겨났다.

추천 와인 : 몽바지약(Montbazillac), 바뉠(Banyuls),
달콤한 베르즈락(Bergerac)

라기올 (Laguiole)

소젖 치즈
1961년 AOC 획득
728 톤

무게가 최대 50kg까지 나가는 이 치즈는 AOC를 획득하기 전, 이농시대에 거의 사라질 뻔 했었다. 다행스럽게도 한 생산자 조합이 12세기부터 만들어져 내려온 이 반경성 치즈가 사라지지 않도록 큰 노력을 기울였다. 오브락(Aubrac) 고원에서 자란 젖소의 우유를 이용하여 1년 내내 만들어지며, 최소 4개월간 숙성된다. 이 치즈는 장기간 보관할 수 있고, 10개월간 숙성되면 더 훌륭한 맛을 낸다. 이 치즈는 제조의 첫 번째 단계에서부터 알리고(Aligot, 감자와 치즈가 들어간 프랑스 요리)에 사용되는 것으로 유명하다.

추천 와인 : 마르씨약(Marcillac)

알고 계셨나요 ?

샤를르마뉴(charlemagne) 대제는 꽁끄(conques)의 수도사들이 보내주던 로끄포르 치즈의 열렬한 팬이었다.

지나친 음주는 건강에 해로우니, 과음은 삼가해주세요.

블루 데 꼬쓰 (Bleu des Causses)

소젖 치즈
1991년 AOC 획득
759 톤

이 푸른 곰팡이 치즈는 아베롱(Aveyron)에서 생산되며 로제르(Lozère)에서도 약간 생산된다. 소젖을 이용해 만들어지며, 응고된 우유를 주형 틀에 넣고 유청을 분리한 후, 그 속에 페니실리움 로끄포티(penicillium roqueforti) 균을 분사한다. 최소 70일간 숙성된 블루 데 꼬쓰는 개성이 매우 뚜렷한 치즈이며 1/4이나 1/8 조각으로 잘라 치즈 플레이트에 올리기에 적합하다.

추천 와인 : 달콤한 베르즈락(Bergerac)

추천 명소

지역 볼거리

- 올로롱쌩뜨마리(Oloron-sainte-marie)에 위치한 유네스코 세계 문화유산 **쌩뜨마리 돌로롱 성당(Cathédrale Sainte-Marie d'Oloron)**을 방문해보세요.
- 네(Nay)에 위치한 **메종 꺄레(Maison Carrée)**를 놓치지 마세요. 이탈리아 르네상스 양식으로 지어진 개인 저택으로, 16세기에는 나사 제조 상인의 소유지였답니다.
- 바스크 민족의 기원과 신화를 발견할 수 있는 **싸르 선사시대 동굴(Grottes préhistoriques de Sare)**을 방문해보세요.
- 엘레뜨(Helette)에 위치한 **바스크 유목치즈 박물관(Musée Basque du Pastoralisme et du Fromage)**은 바스크 지방의 목동과 치즈 제조사들의 삶과 직업에 대한 모든 것을 담고 있습니다.
- **오쏘이라띠 AOP 치즈 길(Route du fromage AOP Ossau-Iraty)**을 따라 치즈 생산자들도 만나고 바스크(Basque)와 베아른(Béarn) 지방의 치즈 전통도 발견하세요.

지역 축제

- **베아른 샹송 페스티발(Festival de la Chanson Béarnaise).** 매년 9월 말이면 시로스(Siros)에서는 베아른(Béarn) 지방의 문화를 선보이는 큰 축제가 열립니다. 노래, 춤, 연극이 4일 내내 이어지죠.
- **오쏘 계곡(Vallée d'Ossau)의 가축 이동.** 가축과 그의 목동들이 다시 산으로 되돌아가는 길을 함께 하기 위해 전통 음악과 외국 영화가 상영됩니다.
- **에스쁠레뜨 고추 축제(Fête du Piment d'Espelette).** 에스쁠레뜨 고추 조합에 의해 10월 말에 열리는 축제입니다. 심사위원들은 다양한 고추 작물들을 비교 심사해보고, 일반 방문객들은 즐기고 맛보고 춤추며 축제를 보냅니다.
- **꺄오르 블루스 페스티발(Cahors Blues Festival).** 제르(Gers) 지방의 마르씨악(Marciac)이 최고의 재즈 페스티발을 개최한다면, 꺄오르(Cahors)는 25년 넘게 블루스 페스티발을 열고 있답니다. 성공은 말할 것도 없죠.
- **오브락 축제(Fête de la race Aubrac).** 아베롱(Aveyron) 지방의 쌩즈니에 돌트(Saint-geniez d'Olt)에서는 매년 8월이면 오브락(Aubrac) 사람들의 축제가 열립니다. 이 축제기간 동안 목장 주인들은 자신이 생산한 고기와 지역 특산품의 우수한 품질을 널리 알립니다.
- **국제 루에르그 민속 축제(Festival Folklorique International du Rouergue).** 8월에 아베롱(Aveyron)의 26개 도시와 껑딸(Cantal), 로(Lot), 로제르(Lozère)의 4개 도시는 10개 국에서 참여한 14개 그룹, 500여 명의 무용가들과 음악가들을 맞이합니다.
- **가축 이동 축제(Fête de la Transhumance).** 보통 5월의 마지막 주말, 오브락(Aubrac)에서는 꽃이나 호랑가시나무, 종으로 꾸민 동물의 무리가 이동하는 모습을 누구든지 감상할 수 있습니다.

Auvergne

오베르뉴 지역
AOP(원산지 보호 명칭)

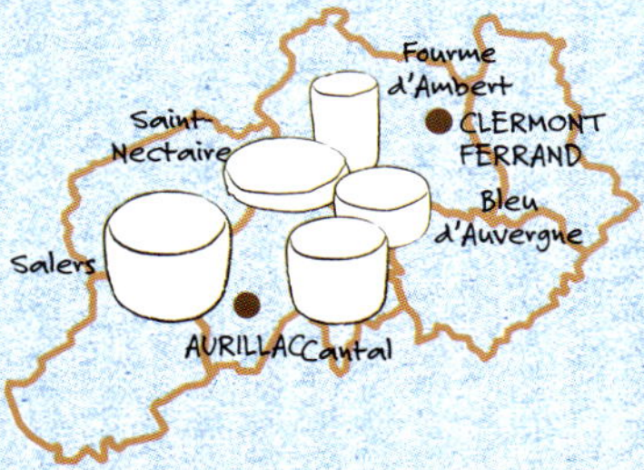

산악 지대에 위치한 오베르뉴(Auvergne)는 수천 년 동안 수많은 화산 활동을 통해 만들어진 넓은 면적의 땅이다. 오늘날, 화산 활동은 잠잠해졌지만 이 지역과 지역 주민들은 그들의 우수한 전통을 강하게 고수하고 있다. 엄청난 명성을 자랑하고 있는 그들의 치즈와 관련된 전통에 대해서는 특히 더 그렇다.

쌩넥떼르 (Saint-Nectaire)

소젖 치즈
1955년 AOC 획득
13,298 톤

유연하고 부드러운 페이스트로 잘 알려진 오베르뉴(Auvergne) 지역의 이 토속적인 치즈는, 프랑스 총사령관인 앙리 드 라 페르떼 쌩넥떼르(Henri de la Ferté-Sennecterre, 1599-1681)에 의해 소개되어 루이 14세의 왕실 식탁에 오르는 명예를 얻었다. 비록 원산지는 프랑스에서 가장 작은 지역 중 하나이지만, 이 지역은 유명한 오베르뉴 화산대의 중심부에 위치하고 있으며, 명성은 그 누구에게도 뒤지지 않는다. 이 치즈의 껍질은 회색이나 오렌지색을 띠게 되며 4주에서 6주 가량 숙성된다. 쌩넥떼르는 결코 깊은 인상을 남기는 데 실패하는 법이 없다.
추천 와인 : 쌩뿌르쌩(Saint-Pourçain)

이 지역의 보물들 !

Vulcania

Salers breed cows

껑딸 (Cantal)

소젖 치즈
1956년 AOC 획득
16,676 톤

우리는 껑딸 앞에서 고개를 숙일 수 밖에 없다. 기원 후 1세기 경, 대(大) 플리니우스(Pline l'Ancien)가 남긴 글에 따르면, 껑딸이 세상에서 가장 오래된 치즈이기 때문이다. 이 치즈의 특별한 점은, 두 차례 압착된다는 것이다. 첫 번째는 응유 효소제인 렌넷을 첨가하고 혼합한 후에, 두 번째는 커드가 치즈로 바뀌고 있을 때 이루어진다. 치즈 덩어리를 소금과 보다 잘 섞이게 하기 위해 깨뜨린 후에, 다시 주형 틀에 넣고 새롭게 압착한다. 당신의 치즈 장인은 당신에게 각기 다른 정도로 숙성된 껑딸을 제안하며 기쁨을 얻을 것이다. 2개월 정도 숙성된 치즈는 'jeune(죈느, young)' 라고 부르고, 3개월부터 6개월까지 숙성되면 'entre-deux(엉트르 두, in-between)', 8개월 이후부터는 'vieux(비유, old)'라고 부른다. 마지막 'vieux'의 경우, 껍질의 두께나 페이스트의 색깔로 구분이 된다.

추천 와인 : 가이약(Gaillac) 레드

푸름므 당베르 (Fourme d'Ambert)

소젖 치즈
1972년 AOC 획득
5,854 톤

푸름므 당베르가 태거난 껑딸(Cantal) 지방의 5개 면과 루아르(Loire)의 8개 읍은 삐드돔 산맥(Montagne du Puy-de Dôme)에 위치해있다. 하지만 전설에 따르면, 이 치즈의 역사는 푸름므 당베르의 대단한 애호가였던 골(Gaule) 지방의 드루이드(Druides) 성직자 시대까지 거슬러 올라간다. 소젖이 해발 600미터에서 1600미터 사이의 높은 지대에서 집유되기 때문에 독특한 루아르의 풍미를 가지게 되었다. 페이스트가 숨을 쉬고 푸른 곰팡이를 피울 수 있도록 덩어리를 침으로 찌른 후에, 시원하고 습한 동굴에서 한 달 동안 숙성하여 만들어진 푸름므 당베르는 푸른 곰팡이 치즈 중에서도 가장 부드러운 치즈로 간주된다.

추천 와인 : 꼬또 두 레이옹(Côteau du Layon)과 같은 달콤한 화이트 와인

Auvergne volcano chains

TIPS - 껑딸 치즈 자르는 법

껑딸은 단면의 세로 방향으로 잘라, 각각의 조각들이 모두 치즈 껍질의 일부를 포함할 수 있도록 해주세요!

레시피

Pain perdu aux fromages

빵 뻬르뒤 오 프로마쥬

빵 뻬르뒤(Pain perdu)는 일반적으로 디저트로 나오지만 샐러드와 함께 나가는 요리가 될 수도 있습니다. 만드는 방법은, 우선 우유와 달걀, 후추를 섞은 곳에 빵을 적셔주세요. 버터를 바른 오븐 접시 위에 빵 조각을 올려놓고, 껑딸과 쌀레 치즈를 갈아서 흩뿌린 후에 다 함께 구워주면 됩니다. 치즈는 아까 빵을 적셨던 우유에 먼저 넣을 수도 있습니다.

블루 도베르뉴 (Bleu d'Auvergne)

소젖 치즈
1975년 AOC 획득
6,358 톤

약국에서 연수를 받기 위해 루앙(Rouen) 지역으로 떠났던 오베르뉴 지방 사람, 앙뚜안 루셀(Antoine Roussel)이 없었더라면 블루 도베르뉴 치즈는 지금 없을 지도 모른다. 우리는 블루 도베르뉴의 푸른 곰팡이를 만드는 비법을 이 청년에게 빚진 셈이다. 비법은 1854년에 완성되어 그 이후로 생산자들 사이에서 전수되었다. 한 세기 반이 지난 후에, 이 소젖으로 만든 푸른 곰팡이 치즈는 도드라지는 강한 풍미를 사랑하는 치즈 애호가들에게 행복을 가져다 주었다.

추천 와인 : 달콤한 쥐라쏭(Jurançon) 혹은 쌩뜨크루아 뒤 몽(Sainte-Croix du Mont)

쌀레 (Salers)

소젖 치즈
1961년 AOC 획득
1,440 톤

4가지 다른 정의를 가지고 있는 하나의 명사. 쌀레는 마을 이름이자, 용담속의 뿌리로 만든 술 이름, 젖소 품종 중 하나, 마지막으로 농장에서 수작업으로 만들어지는 치즈의 한 종류이다. 이 기념비적인 치즈는 무게가 50kg까지 나갈 수 있으며, 껑딸과 달리 5월부터 10월 사이에만 생산된다. 만약 당신이 방문하는 치즈 가게에서 'Tradition Salers'라는 표시를 찾았다면, 그 쌀레 치즈는 오로지 쌀레 품종 젖소의 우유로만 만들어졌음을 의미한다. 그 외의 나머지 쌀레 치즈들은 'Salers-Salers'로 표시되는데, 어떻게 표시되어 있든지 간에 쌀레 치즈는 무조건 농장에서 수공으로 만들어진다.

추천 와인 : 꼬뜨 로띠(Côte Rôtie)

알고 계셨나요?

작은 덩어리 모양의 돌로 만들고 편암 판석으로 덮여 있는 석조 건물인 뷔롱(Burons)은 껑딸 치즈의 제조소이자 보관 창고로 동시에 사용되었습니다.

쌩넥떼르 치즈는 전통적으로 호밀 짚(gléo, 글레오)위에 올려놓고 숙성을 시켰어요. 중세시대에 농부들이 영주에게 '글레오 치즈(fromage de gléo)'로 세금을 냈다는 기록은 쌩넥떼르 치즈를 의미합니다.

추천 명소

지역 볼거리

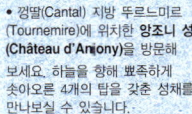

- 껑딸(Cantal) 지방 뚜르느미르(Tournemire)에 위치한 **앙조니 성(Château d'Anjony)**을 방문해 보세요. 하늘을 향해 뾰족하게 솟아오른 4개의 탑을 갖춘 성채를 만나보실 수 있습니다.
- 역시 껑딸(Cantal)에 위치한 **쇼드자이(Chaudes-Aigues)**를 방문해보세요. 이 도시는 온도가 80℃ 이상 올라가는 뜨거운 온천을 여러 개 갖추고 있는 온천관광지로 유명합니다.
- **오베르뉴 화산 지역 자연 공원(Parc Naturel Régional des Volcans d'Auvergne)** 내 쀠드돔(Puy-de-dôme)에 위치한 게리(Guéry) 산 입구에는, **꽃의 집(Maison de fleurs)**이 있습니다. 여기 오솔길을 따라 걸으면, 이 산악지대에서 서식하는 매우 다양한 꽃들을 발견할 수 있답니다.
- 높이 1,855미터의 **쁠롱 뒤 껑딸(Plomb du Cantal)**은 쀠 그리우(Puy griou), 쀠 마리(Puy mary), 쀠 드 쌍씨(Puy de sancy)와 같은 중앙 고원(Massif Central)의 다른 산의 꼭대기를 한 눈에 내려다볼 수 있는 장관을 선사합니다.
- **오베르뉴 치즈 길(Route des fromages d'Auvergne)**을 따라 걸으며, 치즈 제조소들과 지역의 관광지들을 동시에 만나보세요.

지역 축제

- **유럽 식문화 축제(Les Européennes du Goût)**. 이 행사는 매년 6월 말에 오리약(Aurillac)에서 열립니다. 먹거리 장터, 요리 교실, 시식, 요리 대회와 셰프들의 시연 등이 마련됩니다.
- **치즈 축제(Fête des Fromages)**. 껑딸(Cantal)의 뻴르롤(Pailherols)에서는 매년 6월에 전통 치즈 축제가 열립니다. 가축 무리의 행렬, 치즈 시식과 판매, 지역 수공업자들의 전시회 및 마을 산책 등의 행사가 마련됩니다.
- **밤 축제(Foire de la Châtaigne)**. 20,000명의 사람들이 매년 10월 중순이면 밤 수확을 축하하기 위해 껑딸(Cantal)의 무르쥬(Mourjou)를 방문합니다. 이 행사에서 방문객들은 2톤 정도의 밤을 먹는답니다.

부르고뉴 / 샹빠뉴 지역
AOP(원산지 보호 명칭)

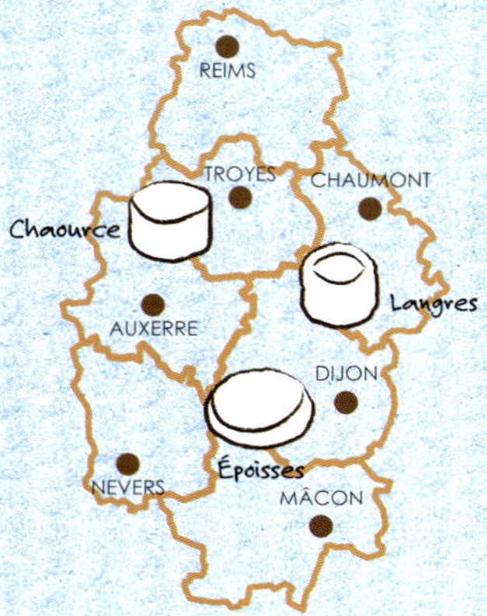

북쪽으로는 샹빠뉴(Champagne)로부터 남쪽으로는 부르고뉴(Bourgogne)에 이르기까지, 눈길이 닿는 곳마다 수천 년 전에 심어진 거대한 포토밭이 펼쳐져 있다. 그러나 사람들은 늘 그 중 일부의 땅을 목축을 위해 떼어놓았고, 포도밭 모퉁이에서 소가 풀을 뜯어먹고 있는 목초지를 찾기란 그리 어려운 일이 아니다.

에뿌아쓰 (Epoisses)

FROMAGE AU LAIT DE VACHE

소젖 치즈
1991년 AOC 획득
1,045 톤

에뿌아쓰라는 작은 마을에서 탄생한 이 소젖 치즈는 매우 강한 향을 가지고 있지만, 동시에 잘 균형 잡힌 진실된 맛을 가지고 있다. 시토 수도회의 수도사들이 이 치즈를 처음 생산하였고, 지역 농민들에게 그 제조법을 전수하였다. 소젖을 천천히 응고시키고 건조된 소금으로 간을 한 후에 적어도 4주 이상 숙성시키는데, 이 과정에서 가염 혹은 무염의 물로 치즈 껍질을 닦는다. 이 물에는 '마르 드 부르고뉴(Marc de Bourgogne, 와인을 만드는 과정에서 나온 부산물을 이용해서 만든 술)'를 점차적으로 넣어준다. 붉은빛을 띠는 오렌지색은 이 치즈의 자연스러운 빛깔이다.
추천 와인 : 부르고뉴(Bourgogne) 레드

이 지역의 보물들 !

Reims Cathedral

Beaune's Hospices with their multicolored roofs

샤우르스 (Chaource)

FROMAGE AU LAIT DE VACHE

소젖 치즈
1970년 AOC 획득
2,441 톤

오브(Aube) 지방의 한 마을 이름을 딴 이 치즈는 부드럽고 연한 페이스트를 사랑하는 애호가들에게는 최상의 기쁨이다. 소젖으로 만들어지며, 처음에 주형 틀에 넣었다가 소금을 첨가하기 위해 다시 틀에서 뺀 후, 호밀 짚이나 스테인레스 조각 위에서 건조시킨다. 14일 정도의 숙성을 거치고 나면 순백색의 곰팡이 꽃이 피어 오른 부드러운 껍질을 갖추게 되고 크림을 떠올리게 하는 향을 퍼뜨린다.

추천 와인 : 부지(Bouzy) 혹은 로제 데 리쎄(rosé des Riceys)

추천 명소

지역 볼거리

- 꼬뜨 도르(Côte d'Or)에 위치한 **뷔씨-라뷔땡 성 Château de Bussy-Rabutir)**을 방문해보세요. 루이 14세의 총애를 잃은 한 궁정화가에 의해 그려진 초상화들로 가득찬 놀라운 규모의 갤러리가 있습니다.
- 서남쪽으로는 샤롤레-브리오네 (Charolais-Briornais)로부터 동남쪽으로는 마꼬네-끄뤼니주아 (Mâconnais-Clunisois)에 이르기까지 **쏘네루아르(Saône-et-Loire)의 훌륭한 로마 교회들**을 방문해보세요.
- 오브(Aube)에 위치한 **샤우르쓰 교회(Eglise de Chaource)** 에서는 16세기의 다양한 색깔의 뛰어난 조각상들과 웅장한 묘비를 감상하실 수 있습니다.
- 오뜨마른(Haute-marne)에 위치한 웅장한 **오브리브(Auberive) 숲**. 단단한 석회암 지대 위에 만들어졌으며, 숲 고유의 특성과 생태학적 다양성으로 유명한 곳입니다.
- 오브(Aube) 지방 남쪽에 위치한 **꼬뜨 데 바르(Côte des Bar) 포도원**을 방문해보세요.
- **부르고뉴 해협(Canal de Bourgogne)**을 따라 자전거를 타보세요. 잘 닦인 강둑길을 따라가며, 부르고뉴의 아름다운 지방 세 곳, 또네루아(Tonnerrois), 옥쑤아(Auxois), 우쉬 계곡(Vallée de l'Ouche)을 둘러보세요.

지역 축제

- **옥쑤아(Auxois) 뮤지컬**. 이 행사는 매년 8월에 베즐레대성당(Basilique de Vézelay), 띨 참사회 교회(Collégiale de Thil), 혹은 꼬마랭 성(Château de Commarin)과 같은 옥쑤아(Auxois) 지역의 위엄있고 유서깊은 곳에서 개최됩니다.
- **쇼몽 그래픽 디자인 국제 페스티발(Festival international de l'affiche et du graphisme de Chaumont)**. 그래픽 디자인 작품들의 전시회 및 아뜰리에가 매년 7월에 개최됩니다.

랑그르 (Langres)

FROMAGE AU LAIT DE VACHE

소젖 치즈. 1991년 AOC 획득. 418 톤

농가에서 독립적으로 생산한 것이든, 조합에서 생산한 것이든 간에, 랑그르가 제법 숙성이 되었는지 아닌지를 알아보는 방법이 있다. 아주 간단한 방법인데, 치즈 지붕의 대야 모양을 살펴보면 된다. 대야 모양이 깊숙하게 내려앉을수록 치즈가 좀 더 숙성되었다는 뜻이다. 그렇다면 한 가지 더 궁금해지는데, 왜 랑그르의 지붕은 이런 모양을 형성할까? 왜냐하면 랑그르는 숙성 중에 한번도 뒤집어 주는 과정이 없기 때문이다. 다른 방식으로 랑그르를 즐기고 싶은 이들에게 좋은 소식이 하나 있다. 퐁뗀(Fontaine, 분수)이라고도 불리는 이 치즈 지붕에다가 '마르 드 부르고뉴(Marc de Bourgogne)'를 몇 방울 부어서 스며들게 한 후 맛보는 것이다.

추천 와인 : 샤르도네(Chardonnay)

썽트르 / 발드루아르 지역
AOP(원산지 보호 명칭)

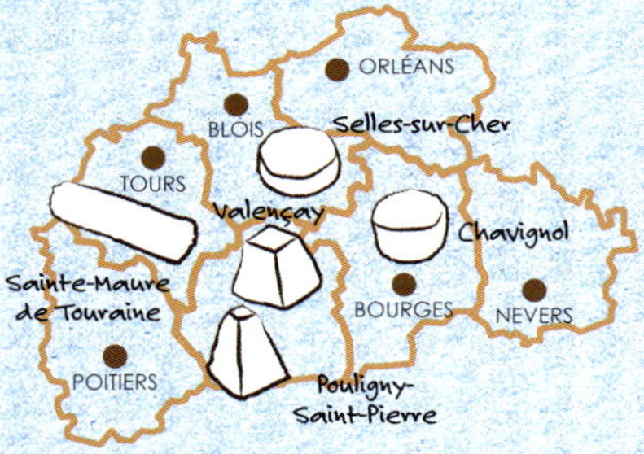

태초부터 이 곳은 염소들의 땅이었다. 부드럽고 온화한 날씨와 더불어 염소를 기르고 치즈를 가공하기에 최적의 조건을 가진 장소로 '프랑스의 정원(Jardin de la France)'이라는 별명도 가지고 있다. 염소 무리들이 성, 강, 포도밭, 숲에서 서식하며 목동에게 젖을 제공해 왔고, 목동들은 오래전부터 이 젖을 이용해 맛이 풍부한 염소젖 치즈를 생산하였다. 이 치즈들은 이 지역에서 나는 와인들과 완벽한 조화를 이룬다. 잘 마시고 잘 먹는 것이 제일이라고 노래했던 유명한 음유 작가 라블레(François Rabelais, 1483-1553)의 고장에서, 우리가 더 바랄 게 있겠는가?

샤비뇰 (Chavignol)

염소젖 치즈
1976년 AOC 획득
1,006 톤

샤비뇰은 베리(Berry) 지역에서 나는 염소젖 치즈 중에 단연코 가장 유명하며, 그 숙성 정도에 따라 각각 다른 사랑을 받는다. 어떤 사람들은 샤비뇰이 약 10일 정도 숙성된 상태인 'demi-sec(드미섹, semi-dry)' 상태를 좋아한다. 또 어떤 사람들은 페니실리움(Penicillium) 균을 주사한 후 한 달 정도가 지나 숲 향기가 나는 푸른 색의 샤비뇰을 좋아하고, 또 어떤 이들은 호두와 헤이즐넛 향을 내기 시작하는 'très sec (트레섹, fully dry)' 상태를 좋아한다. 샤비뇰은 치즈 플레이트에서 빠질 수 없으며 튀김가루를 입히거나, 얇게 저미거나, 오븐에 굽거나, 소스에 담그는 등 요리에도 많이 사용된다.

추천 와인 : 쌍쎄르(Sancerre) 화이트

이 지역의 보물들 !

Bourges Cathedral

Goats out to pasture

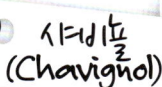

발렁쎄 (Valençay)

염소젖 치즈
1998년 AOC 획득
350 톤

역사에 따르면, 발렁쎄 치즈는 처음엔 날씬한 피라미드 모양이었다고 한다. 나폴레옹(Napoléon Bonaparte, 1769–1821) 황제에게 제공되는 발렁쎄 치즈가 나폴레옹의 이집트에서의 패배를 떠올리게 하지 않도록, 발렁쎄 성(Château de Valençay)의 소유주였던 딸레랑(Talleyrand)이 치즈의 뾰족한 윗 부분을 잘라냈다. 발렁쎄는 생유나 전지유로 만들며, 한번 주형 틀에서 꺼내어 소금을 첨가하고, 목탄 재를 바른 후에 최소 11일 정도 숙성시킨다. 페이스트는 신선하고 섬세하며 부드럽다. 좀 더 숙성되면 보다 쉽게 부스러지고, 다양한 요리에 사용된다.

추천 와인 : 발렁쎄(Valençay) 화이트

셀르쒸르셰르 (Selles-sur-Cher)

염소젖 치즈
1975년 AOC 획득
875 톤

염소의 생유나 전지유로 만들어진다. 둥근 원뿔대 모양의 이 치즈는 오랜 전통을 가지고 있다. 몇몇 자료에 따르면, 19세기 말, 셀르(Selles) 지방 태생의 아낙네가 자신의 어머니 시절부터 이 치즈를 만들었다고 기록했다. 국자 모양의 주형 틀에 넣었다 뺀 후에, 목탄 재와 소금을 혼합한 가루를 발랐다. 10일 이상 숙성을 시킨 후에 소비할 것을 권하고 있으며, 치즈의 껍질은 몇 주간 시간이 흐름에 따라 푸른색 곰팡이 색을 띠기 시작한다. 잘 숙성된 염소젖의 향기, 특히 염소들이 먹은 셰르 계곡(Vallée du Cher)의 건초 향기가 잘 드러난다.

추천 와인 : 슈베르니(Cheverny) 혹은 뚜렌느(Touraine)

Château de valençay

Château de Chambord

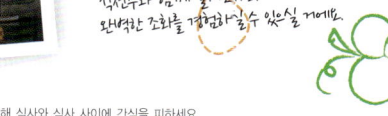

TIPS- 셀르쒸르셰르 치즈 먹는 방법
셀르쒸르셰르 치즈를 8조각으로 잘라
식전주와 함께 즐겨보세요.
완벽한 조화를 경험하실 수 있으실 거에요.

쌩뜨모르 드 뚜렌느 (Sainte-maure de Touraine)

염소젖 치즈
1990년 AOC 획득
1,300 톤

프랑스 소설가 발자크(Honoré de Balzac, 1799–1850)에 의해서 1841년부터 언급된 치즈이다. 치즈가 부스러지지 않도록 오래 전부터 치즈 중심부에 심지 역할을 할 수 있는 호밀 짚을 끼워놓았는데, 이를 통해 쉽게 이 치즈를 구분해낼 수 있다. 오랫동안 이 방식이 모방되어 오자, 쌩뜨모르 드 뚜렌느 치즈 생산자들은 원산지 이름이나 치즈 생산자 식별 번호를 짚에 레이저로 새기기 시작했다. 소금과 혼합된 목탄 재를 바르고, 숙성 기간에 따라 부드럽거나, 반 정도 숙성되거나, 완전 숙성된다.

추천 와인 : 시농(Chinon) 혹은 뚜렌느(Touraine) 화이트

염소젖 치즈 요리

따뜻한 샤비뇰(Chavignol) 치즈 샐러드도 유명하지만 사과 까나페로도 해먹을 수 있습니다. 이 지역의 다른 염소젖 치즈들 역시 요리에 사용될 수 있죠. 뿔리니쌩삐에르(Pouligny-Saint-Pierre) 치즈는 오믈렛이나 에그 스크램블에 넣을 수 있고 쎌르쒸르셰르(Selles-sur-Cher) 치즈는 얇게 저며서 오븐에 구워먹을 수 있습니다. 발랑쎄(Valençay) 치즈는 구운 고기 속을 채우고, 쌩뜨모르 드 뚜렌느(Sainte-maure de Touraine) 치즈는 소스를 만드는 데 사용될 수 있습니다.

알고 계셨나요 ?

오래 전에, 뚜르(Tours) 지방 사람들은 염소젖 치즈를 이용해서 딸무즈(Talmouses)를 만들었어요. 치즈가 들어간 짭짤한 맛의 작은 과자로 작은 파이 모양, 삼각형 모양, 혹은 십자가 모양으로 만들었답니다.

뿔리니쌩삐에르 (Pouligny-Saint-Pierre)

염소젖 치즈
1972년 AOC 획득
287 톤

뿔리니쌩삐에르 치즈는 AOP로 구분하고 있는 치즈 원산지들 중에서 가장 작은 구역에서 생산되는데, 이는 브렌느(Brenne) 지역 자연 공원의 중심부에 위치하고 있다. 앵드르(Indres)에 위치한 뿔리니쌩삐에르(Pouligny-Saint-Pierre) 교회의 시계탑에서 영감을 받아 피라미드 형태를 가지고 있다. 손으로 직접 모양을 만들고 소금을 첨가한 후, 10일 이상 숙성시키면 순백색의 매끈하고 부드러운 페이스트가 만들어진다. 좀 더 시간이 흐르면 껍질은 연한 푸른빛을 띠고 페이스트는 약간 단단해지는데, 이 때 토스트를 하거나 큐브 모양으로 잘라서 샐러드에 넣을 수 있게 된다.

추천 와인 : 뢰이(Reuilly) 혹은 쏘비뇽 드 뚜렌느(Sauvignon de Touraine)

추천 명소

지역 볼거리

- 15세기 민간 건축물의 완벽한 상징인, 부르쥬(Bourges)에 위치한 **짜끄 꿰르 궁전(Palais Jacques Cœur)**을 방문해보세요. 므엉쒸르예브르(Mehun-sur-Yèvre)에 위치한 **샤를르 7세의 성(Château Charles vii)**은 오래 전에 샤를르 7세가 가장 좋아하던 거주지였고, 오늘날은 많은 고고학적 유물들을 보관하고 있는 곳입니다.
- 셰르(Cher)에 위치한 **아프르몽쒸르알리에 화훼 공원(Parc Floral d'Apremont-sur-Allier)**을 방문해보세요. 이 곳에서는 다채로운 꽃과 나무를 만나보실 수 있습니다. 그리고 여행 마지막에는 멋진 4륜 마차들로 잘 알려져 있는 성의 마구간을 방문해보세요.
- **슈농쏘(Chenonceau), 앙부아즈(Amboise), 빌랑드리(Villandry), 아제르리도(Azay-le-Rideau), 위쎄(Ussé), 시농 Chinon), 랑제(Langeais)**... 뚜렌느(Touraine) 지방을 가로지르다 보면 이렇게 아름다운 성들 앞에 멈춰서지 않을 수 없으실 거예요.
- 로슈(Loches) 지방의 **동혈채석장(Carrière troglocytique)**에서는 백토의 역사와 그 채석 방법에 대해 배우실 수 있어요.
- **발 드 루아르 와인 길(Route des Vins du Val de Loire)**. 이 길을 따라 쌍쎄르(Sancerre), 시농(Chinon), 부르게디으(Bourgueil), 부브레(Vouvray)와 같은 루아르의 매혹적인 아뻴라씨옹들을 만나보실 수 있을 거에요. 그리고 어떤 치즈를 곁들이면 좋을지 훌륭한 아이디어들이 떠오를 거랍니다.

지역 축제

- 로모랑땡(Romorantin)에서는 매년 10월 말이면 **쏠론뉴 미식 축제(Journées Gastronomiques de Sologne)**가 개최됩니다. 이 기간 동안 방문객들은 이 지역에서 나는 식품들을 살 수 있고, 요리 시연을 보고, 다양한 대회에 출전하는 전문가들을 응원할 수 있습니다.
- **발 드 재즈(Val de Jazz)**. 7월이면 대표적인 재즈 음악가들이 쌍쎄르(Sancerre)와 그 인근 지역으로 모인답니다.
- **렌틸 콩 축제(Fête de la Lentille)**. 9월 둘째 주말이면 바땅(Vatan) 시에서는, 베리(Berry) 지역에서 생산되는 그린 렌틸 콩을 기념합니다.

프랑슈꽁떼 / 알자스로렌 지역
AOP(원산지 보호 명칭)

알자스로렌(ALSACE-LORRAINE)

알자스(Alsace)와 로렌(Lorraine) 지방 사이의 녹색 허파와도 같은 묑스떼르 계곡(Vallée de Munster)은 트레킹 족, 패러글라이딩 애호가, 마르탱스왕(Martinswand) 암벽에 도전하는 암벽등반가들이 자주 찾는 곳이다. 묑스떼르(Munster)로 돌아오면, 사람들은 여러가지 문화활동을 즐길 수 있고, 이 계곡의 명성에 일조한 묑스떼르 치즈를 맛볼 수 있다. 이 치즈는 저장고 안에서 숙성되는 기간에 따라 다양한 맛을 낸다.

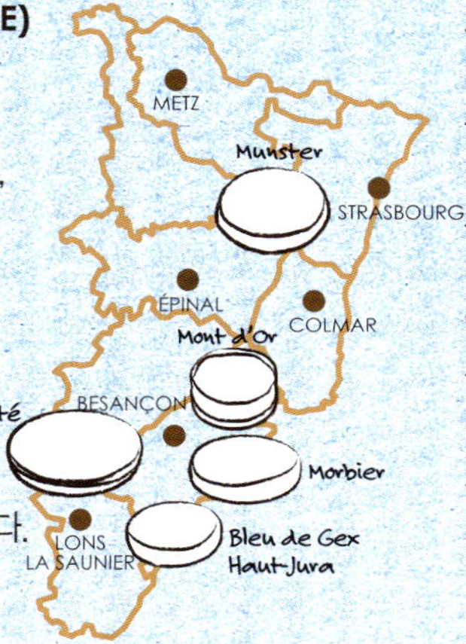

프랑슈꽁떼(Franche-Comté)

랭(Rhin)과 론(Rhône) 지방, 두 개의 산악 지대 사이에 위치하고 있는 프랑슈꽁떼는 한쪽은 산림이 우거져있고, 다른 한쪽은 물과 마주하고 있는 상반된 풍경을 가진 땅이다. 거친 기후 조건 속에서 상부상조의 오랜 전통이 생겨났으며 이러한 전통을 바탕으로 이 지역 치즈가 발달하였다.

이 지역의 보물들!

Alsatian house

Nancy

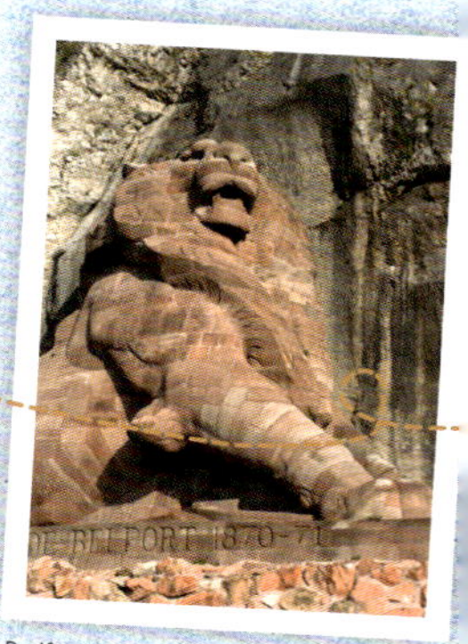

Belfort's Lion

건강을 위해 하루 다섯 가지 이상의 과일과 야채를 섭취하세요.
www.mangerbouger.fr

묑스떼르 (Munster)

소젖 치즈
1969년 AOC 획득
8,082 톤

다른 많은 치즈들과 마찬가지로, 묑스떼르(Munster) 혹은 묑스떼르 제로메(Munster Géromé)는 수도원에 기원을 두고 있으며, 프랑스어로 수도원을 뜻하는 'monastère'라는 어휘에서 그 이름이 비롯되었다. 종종 제로메(Géromé)라고도 불리는 이 치즈는 로렌(Lorraine) 지방에서 나는 소젖, 혹은 알자스(Alsace) 지방에서 나는 소젖으로만 만들어진다. 습한 저장고에서 이틀마다 한 번씩 소금물로 껍질을 닦은 후, 비로소 치즈 가게의 진열대에 오른다. 치즈 플레이트에 빠지지 않는 것은 물론이고, 특히 끼쉬(Quiches, 파이의 일종), 오믈렛, 뚜르뜨(Tourte, 파이처럼 생긴 둥근 과자)와 같은 요리에 잘 어울린다.

추천 와인 : 실바네르(Sylvaner)

블루 드 젝스 오쥐라 (Bleu de Gex Haut-Jura)

소젖 치즈
1977년 AOC 획득
569 톤

푸른 곰팡이 치즈들 중 가장 잘 알려진 치즈는 아니지만, 치즈를 무척 사랑했던 것으로 알려져 있는 샤를르 5세(Charles V, Holy Roman Emperor, 1500–1558) 덕분에 1530년에 프랑스 왕궁에 소개되었다. 몽벨리아르드(Montbéliarde) 품종이나 씨멍딸(Simmental) 품종의 우유로만 만들어지며, 저장고에서 숙성되는데 시간이 흐름에 따라 페이스트가 점점 푸른색으로 물들어간다. 매우 부드럽고, 라끌레뜨(Raclette, 불판에 녹여 먹는 치즈) 용으로 주로 사용된다.

추천 와인 : 리슬링(Riesling)

Montbéliard cows

꽁떼 (Comté)

소젖 치즈
1958년 AOC 획득
48,189 톤

두드러진 기후를 가지고 있는 지역인 쥐라(Jura) 산맥에서 생산되는 치즈이다. 꽁떼 치즈는 프랑스의 몽벨리아르드(Montbéliarde) 품종이나 씨멍딸(Simmental) 품종에서 나오는 우유로 만드는데 살균하지 않은 생유만 사용한다. 치즈 한 덩어리를 만들기 위해서는 평균적으로 450리터의 우유가 필요한데 이 덕분에 농부들은 중세시대부터 오늘날의 생산자 조합, 협동 조합의 원형인 마을 단위의 모임을 만들 수 밖에 없었다. 가열 압착 치즈인 꽁떼 치즈는 최소 4개월 이상 숙성되는데 몇몇 치즈들은 18개월, 나아가 24개월까지도 숙성되기도 한다.

추천 와인 : 쥐라(Jura), 샹빠뉴(Champagne), 샤또네프 뒤 빠쁘(Châteauneuf du Pape) 화이트

몽도르 (Mont d'Or)

소젖 치즈
1981년 AOC 획득
4,328 톤

여름 휴가에서 돌아오면, 몽도르 애호가들은 애타게 치즈를 기다린다. 이 치즈는 바슈랭 뒤 오두(Vacherin du Haut-Doubs)라고 불리기도 하는데, 계절 치즈라는 특성을 가지고 있으며 9월 중순부터 다음해 5월 중순까지만 판매된다. 가문비나무 상자 속에 넣어서 진열되는데, 상자가 약간 작아서 껍질이 주름져 보인다. 작은 숟가락으로 떠먹으면 되는 식탁 위의 스타, 몽도르 치즈.

추천 와인 : 싸부아(Savoie) 화이트

TIPS : 꽁떼 치즈의 행복한 마리아쥬

프랑슈꽁떼(Franche-Comté) 지방 치즈들의 왕인 꽁떼 치즈는 즐거운 마리아쥬를 선사합니다. 예를 들어, 호두나 아르부아(Arbois) 와인과 함께 즐겨보세요. 아카시아 꿀과 함께 먹으면 멋진 견과류 향을 느낄 수 있고요. 용담속이 들어간 식전주와 함께 곁들여도 좋답니다.

모르비에 (Morbier)

소젖 치즈
2000년 AOC 획득
8,514 톤

모르비에 치즈를 반으로 자르는 듯 보이는 이 잿빛 선은 어떻게 생겨난 걸까? 이런 특징을 이해하기 위해서는 200년 전으로 거슬러 올라가야 한다. 프랑슈꽁떼(Franche-Comté) 지방의 어느 외딴 농장에서, 농부는 하루에 두 번 치즈를 준비하곤 했다. 아침에 짠 우유로 커드를 대량 생산하여 주형 틀에 넣고, 그걸 보호할 목적으로 표면에 얇게 목탄 재를 덮어두었다. 그리고 저녁에 두 번째로 짠 우유로 커드를 만들어 위에 더했다. 오늘날, 이 검은 줄무늬는 이제 장식적인 의미만 남아있으며 연하고 부드러운 모르비에 치즈의 특징이 되었다.

추천 와인 : 아르부아(Arbois)

추천 명소

지역 볼거리

- **SF 영화제(Festival du Film Fantastique).** 매년 1월이면 보쥬(Vosges)에 위치한 제라르메르(Gérardmer)에서 애호가들을 위한 문화 축제인 SF 영화제가 열립니다.
- **묑스떼르 재즈 페스티발(Jazz à Munster).** 묑스떼르 재즈 페스티발이 같은 이름의 계곡에서 4월 말 혹은 5월 초에 열립니다.

지역 축제

- **노트르담뒤오 롱샹 소성당(Chapelle de Ronchamp, Notre-Dame-du-Haut)**은 프랑스의 유명한 건축가 르 꼬르뷔지에(Le Corbusier, 1887-1965)에 의해 건립되었습니다. 하얀 색깔의 벽면, 곡선의 콘크리트 계산적으로 만들어진 창문들... 이 곳은 현대 종교 건축물의 보석과도 같은 장소입니다.
- 수백 미터 가량의 길을 내려다보고 있는 찬란한 **쥬 성(Château de Joux)**은 천 년 이상의 역사를 자랑합니다. 18세기에 이 곳은 장기수들을 위한 감옥으로 사용되었으며 유명한 사람들이 수감되었습니다. 그들 중에는 미라보(Mirabeau)의 영주와 흑인 노예 해방 운동의 선구자이며 1803년에 사망한 아이티의 장군, 뚜쌩 루베르뛰르(Toussaint Louverture, 1743-1803)도 있었습니다.
- **벨포르의 사자(Lion de Belfort)**는 뉴욕 자유의 여신상을 만든 프랑스의 조각가 바르똘디(Bartholdi, 1834-1904)가 1880년 보쥬(Vosges)의 붉은 사암으로 만든 조각상입니다. 가로 11미터, 세로 22미터의 이 조각상은 이 도시와 떼리뚜아르 드 벨포르(Territoire de belfort) 지역의 상징이 되었습니다.
- 뽈리니(Poligny)에 위치한 **꽁떼의 집(Maison du Comté)**은 프랑슈꽁떼(Franche-Comté) 지방 치즈들의 왕인 꽁떼 치즈의 모든 것을 보여주는 쌍방향 체험 박물관(Interactive Museum)입니다. 청각과 후각적인 요소들이 가득하고, 영화도 맘껏 볼 수 있으며, 마지막엔 해설이 곁들여진 치즈 시식까지 즐길 수 있는 곳이죠.
- **아르끄와 쎄낭의 왕실 제염소(Saline Royale d'Arc et Senans)**는 오래 전에 염수를 개발하여 부유해진 땅, 쌀랭레뱅(Salins-les-Bains)에서 15km 떨어진 곳에 있습니다. 이 제조소는 18세기에 건축가 끌로드니꼴라 르두(Claude-Nicolas Ledoux)에 의해 만들어졌는데, 이상 도시를 건설하고자 했던 그의 계획의 축소판이라고 할 수 있습니다. 이 뛰어나고 아름다운 건축물은 유네스코 세계 문화 유산으로 등재되었으며, 반드시 방문해봐야 할 장소들 중 하나입니다.

지역 행사

- **유로껜느 드 벨포르(Eurockéennes de Belfort)**는 20년 전부터 벨포르(Belfort)에서, 7월 초 아름다운 여름 날에 개최되고 있습니다. 프랑스 락 페스티발 중에 가장 중요한 축제 중 하나로, 폭넓은 프로그램을 자랑합니다.
- **뽱딸리에(Pontarlier)**에서 열리는 **압생트 축제(Fête de l'Absinthe)**는 7월 말, 자칭 '녹색 요정' 의 수도에서 개최됩니다. 이 축제는 오랫동안 프랑스에서 금지되었던 전설의 음료, 압생트의 명예를 다시 회복시키는 데에 있습니다. 방문객들은 압생트 잎을 따고, 다양한 사용법을 익힐 수 있답니다.
- **쑤플라뀔(Soufflacul).** 사람들은 매년 4월 첫째 일요일이면 쌩끌로드(Saint-Claude)에 모여, 군사 탱크 퍼레이드, 색종이 싸움, 횃불 행렬 등을 즐깁니다.

메디떼라네 지역
AOP(원산지 보호 명칭)

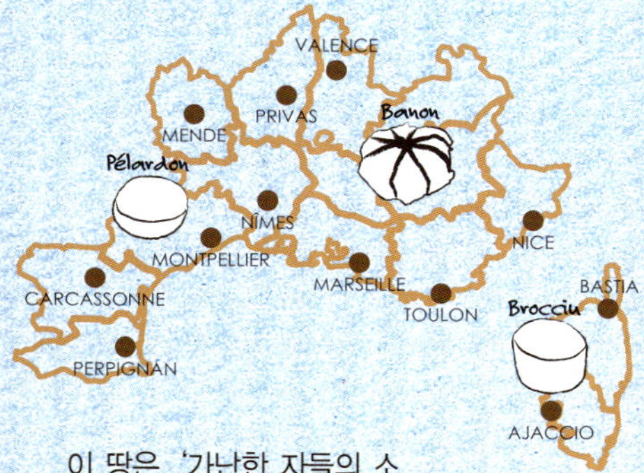

이 땅은 '가난한 자들의 소(la vache du pauvre)'라고 불리는 염소들의 천국이었다. 갸르(Gard)의 덤불 숲에서부터 프로방스(Provence)의 도시들에 이르기까지, 염소들은 바농(Banon) 및 뻴라르동(Pélardon)과 같은 소소한 기쁨을 주는 치즈를 만드는데 쓰일 젖을 생산했다. 다만, 코르시카(Corse)에서 만큼은 양이 염소를 이겼다고 볼 수 있는데 바로 '아름다운 섬, 코르시카'의 상징인 브로씨으(Brocciu) 치즈는 양젖으로 만들어지기 때문이다.

뻴라르동 (Pélardon)

FROMAGE AU LAIT DE CHÈVRE

염소젖 치즈
2000년 AOC 획득
180 톤

뻴라르두(Pélardou), 뻬랄두(Péraldou), 빠랄동(Paraldon), 뻬랄동(Péraldon), 뻬로동(Péraudon)··· 세벤느(Cévennes) 지방의 이 작은 치즈는 19세기 말에 마침내 뻴라르동(Pélardon)이라고 부르기로 정하기까지, 여러 가지 이름으로 불렸다. 거친 기후 조건을 가진 황야와 덤불 숲의 지역에서 만들어진 이 치즈는 숙성이 거의 되지 않았을 때는 부드러우며, 시간이 점점 흐를수록 단단해지고 상대적으로 염소젖의 향이 두드러진다. 빵 조각 위에 올려 따뜻하게 해서 내면 맛있는 간식이 된다.

추천 와인 : 꼬스띠에르 드 님(Costières de Nîmes)

이 지역의 보물들!

The Orange Theatre

A Corsican landscape

바농 (Banon)

염소젖 치즈
2003년 AOC 획득
63.5 톤

역사에 따르면, 이 작은 치즈는 로마 황제의 테이블에도 이미 오른 적이 있다. 치즈 장인들에 의해 개발된 부드러운 커드 제조법에 따라 만들어지는 몇 안 되는 치즈 중 하나이다. 밤나무 잎사귀에 싸서 라피아 야자수 잎을 끈처럼 묶어서 보관하기 때문에 공기와 차단되며, 덕분에 몇 달 이상 보관이 가능하다.
추천 와인 : 꼬뜨 드 프로방스(Côtes de Provence) 레드 혹은 화이트

추천 명소

지역 볼거리

- 앙뒤즈(Anduze)에서 12km 떨어진 곳에 위치한 **트라뷕 동굴(Grotte de Trabuc)**을 방문해보세요. 이 곳은 '십만 군사의 동굴'이라고도 불립니다.
- 1세기에 오귀스트(Auguste) 통치 아래에서 만들어진 **보끌뤼즈 고대 극장(Théâtres antiques du Vaucluse)**을 방문해보세요. 특히 오랑주 고대 극장(Théâtre d'Orange)과 계단식 좌석에 5천명 이상의 청중이 앉을 수 있는 베종라로멘 극장(Théâtre de Vaison-la-Romaine)을 놓치지 마세요.
- 1439년에 석회암석 위에 지어진 코르시카(Corse)의 **쌩플로렁 요새(Citadelle de Saint- Florent)**를 방문해보세요. 깎아질 듯한 절벽 위에 187개의 계단을 새겨놓은 보니파치오(Bonifacio)의 **로이 다라공 계단(Escaliers du Roy d'Aragon)**도 함께요.

지역 축제

- **플로락 승마 경기(Raid équestre d'endurance de Florac).** 9월 초에 이틀에 걸쳐 최고기수들이 플로락(Florac) 지방의 전설적인 160km 구간을 주파합니다.

브로씨으 (Brocciu)

양젖 치즈
1998년 AOC 획득
536 톤

브로씨으 치즈는 코르시카(Corse) 지방의 치즈 제조 및 목축 전통 안에서 오래 전부터 만들어졌다. 브로씨으는 '작은 우유'라는 이름으로도 잘 알려져 있는 탈지유로 만들어졌으며, 탈지유의 특징들을 잘 간직하고 있다. 전통적으로 구리 냄비 속에서 가열시키는데, 양에서 얻은 전지유를 탈지유와 혼합하여 80℃에서 함께 끓인다. 그러면 덩어리지기 시작하는데 이를 힘차게 저어 섞은 후에 주형 틀에 붓는다. 열을 식힌 후에 먹으면 된다.
추천 와인 : 코르시카(Corse) 로제 혹은 빠트리모니오(Patrimonio) 레드

Normandie

까멍베르 드 노르망디 (Camembert de normandie)

노르망디 지역
AOP(원산지 보호 명칭)

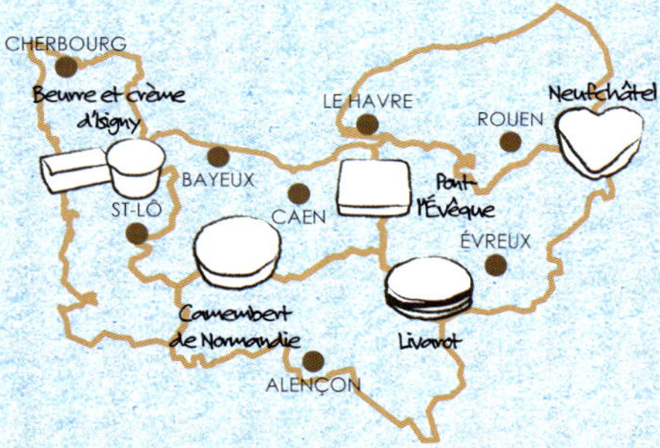

전통적으로 사과나무를 심어왔던 이 초록 방목지역은 젖소들이 우유를 풍부하게 생산하는 것으로 유명하다. 사람들은 이곳에서 10세기 때부터 아주 특별한 유제품 및 치즈 생산 노하우를 발달시켜왔다.

FROMAGE AU LAIT DE VACHE

소젖 치즈
1983년 AOC 획득
4,280 톤

프랑스 혁명기, 오른(Orne) 지방의 작은 까멍베르(Camembert) 마을에서 마리 아렐(Marie Harel)이라는 아낙네가 훗날 프랑스 치즈들 중 가장 유명해진 까멍베르 드 노르망디를 처음 고안했다. 까멍베르 드 노르망디 치즈는 부분적으로 탈지한 생유로 만들어지며, 국자로 떠서 형태를 잡는다. 이 치즈는 흰 곰팡이 껍질을 가진 연성 치즈이다. 노르망디(Normandie) 지역의 떼루아르를 느끼게 하는 좋은 향과 강한 풍미는 숙성 과정을 통해 만들어진다.

추천 와인 : AOC 노르망디 씨드르(Cidre AOC de Normandie), 깔바도스(Calvados), 알자스(Alsace) 화이트, 혹은 뮈스까데(Muscadet)

이 지역의 보물들!

The Etretat cliffs

Normandy cows

The Mont Saint-Michel

뽕레베끄 (Pont-l'Evêque)

소젖 치즈
1972년 AOC 획득
2,755 톤

수도원에 기원을 두고 있는 뽕레베끄는 전지유 혹은 부분적으로 탈지한 우유로 만들어지며, 껍질을 닦거나 솔질을 하는 연성 치즈이다. 정사각형 혹은 직사각형의 모양을 가지고 있으며, 주형 틀에서 뺀 이후에는 하루에 한 번 뒤집어 줘야 한다. 45일간 숙성을 거치는 동안 향이 점점 발달한다. 껍질은 솔질 여부와 관계없이 흰색에서 오렌지색으로 변해가며, 페이스트는 부드럽고 맛있다. 매우 정교하며 헤이즐넛을 떠올리게 하는 과실 향이 난다.
추천 와인 : AOC 노르망디 씨드르(Cidre AOC de Normandie), 뫼르쏘(Meursault), 혹은 그라브(Graves)

레시피

언제나 사랑받는, 까멍베르 드 노르망디!

포장지를 벗겨내고, 까멍베르 드 노르망디를 얇은 조각으로 자르세요. 잘라진 치즈를 토스트 위에 올리고, 가열된 오븐에서 20분간 구워냅니다. 그리고 꿀이나 잣, 피주나 등을 곁들여 뜨거울 때 먹습니다. 그럼 아주 훌륭한 앙트레가 될 거예요.

리바로 (Livarot)

소젖 치즈
1975년 AOC 획득
1,205 톤

오쥬(Auge) 지방에서 기원한 리바로는 껍질을 닦은 연성 치즈이다. 껍질은 윤이 나지만 거친 질감이며 예쁜 붉은 오렌지색을 띤다. 19세기에 '가난한 자들의 고기(la viande du pauvre)'로 알려진 이 치즈는, 진한 향과 고기 훈제 냄새를 떠올리게 하는 강한 풍미를 가지고 있다. '육군 대령(Colonel)'이라는 별명을 가지고 있는데, 이는 숙성 기간 동안 치즈가 내려앉는 것을 방지하기 위해 치즈 주변에 둘러놓은 5개의 작은 띠 때문이다. 이 작은 띠들은 늪지의 사초와 갈대로 만들어지는데, 이것들은 작은 늪에서 수확되어 다발로 묶어서 건조된다.
추천 와인 : AOC 오쥬 씨드르(Cidre AOC du pays d'Auge), 깔바도스(Calvados), 혹은 마르띠니끄 럼(Rhum de Martinique)

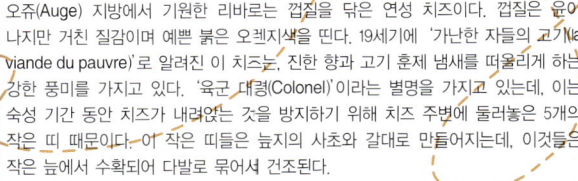

알고 계셨나요?

- 하트 모양의 뇌샤떼 치즈의 탄생은 백년 전쟁 때로 거슬러 올라간답니다. 사랑에 빠진 노르망디 처녀들이 영국 군인들에게 하트 모양으로 만든 치즈를 건네주곤 했습니다.

- 1980년, 리델(Ridel)이라는 이름을 가진 프랑스의 한 기술자가 까멍베르 드 노르망디 치즈를 나무로 만든 상자에 포장하면 어떨까하고 아이디어를 냈습니다. 덕분에 까멍베르 드 노르망디는 새로운 운송 수단을 이용해서 노르망디(Normandie) 국경을 넘을 수 있게 되었습니다.

뇌샤떼
(Neufchâtel)

FROMAGE AU LAIT DE VACHE

소젖 치즈
1969년 AOC 치즈
1,491 톤

브레(Bray) 지역에서 부분적으로 탈지한 우유로 만들어지는 뇌샤뗄 치즈는 노르망디(Normandie)에서 생산되는 치즈들 중 가장 오래된 치즈이다. 뇌샤뗄은 흰 곰팡이 연성 치즈로 작은 벽돌형, 원통형, 100g 짜리 사각형, (샴페인 코르크 모양처럼 생긴) 뚱뚱한 원통형, 혹은 200g 이나 600g 짜리 하트 모양으로 만들어진다. 우리는 특히 솜털이 가볍게 내려앉은 듯한 순백색의 치즈 껍질과 약간 짭짜름하면서도 부드럽고 우유 맛이 나는 페이스트를 사랑한다.

추천 와인 : 그라브(Graves), AOC 노르망디 씨드르(Cidre AOC de Normandie)

이지니 버터와 크림 (Beurre et Crème d'isigny)

FROMAGE AU LAIT DE VACHE

소젖 버터와 크림
1986년 AOC 획득
이지니 버터 : 4,299 톤
이지니 크림 : 4,110 톤

이지니 버터와 크림이 생산되는 지역은 베(Veys) 만(灣)의 둘레와 일치한다. 이상적으로 바다 가까운 곳에 위치하고 있으며 5개의 강에서 물을 얻는다. 이 지역은 매우 풍부한 목초를 가지고 있으며, 그 덕분에 비할 데 없이 훌륭한 향과 부드러움을 지닌 이지니 버터와 크림을 만들 수 있는 우유가 생산된다. 이지니 버터는 크림을 가지고 적어도 12시간 정도의 숙성을 거쳐 만들어지며 자연스러운 황금색 빛깔과 좋은 헤이즐넛 향으로 유명하다. 이지니 크림은 우수한 신선도를 자랑하며 노르망디(Normandie) 요리에 매우 광범위하게 사용된다.

추천 명소

지역 볼거리

- **쌩삐에르쒸르디브 베네딕트 수도원(Abbaye Bénédictine de Saint-Pierre-sur-Dives)**은 서기 1,000년 경에 세워졌고, 오늘날엔 치즈 제조 기술 박물관의 본고장이랍니다.
- **에브뢰 노트르담 성당(Cathédrale Notre-Dame d'Evreux)**은 10세기에 지어져서 18세기까지 조금씩 보수를 했습니다. 14~15세기의 스테인드글라스를 간직하고 있습니다.
- 쎈느(Seine) 계곡에 위치하고 있는 **쥐미에쥬 수도원(Abbaye de Jumièges)**을 방문해보세요. 이 수도원은 2개의 탑을 자랑스럽게 드러내고 있는데, 애호가들에 의해 '프랑스에서 가장 아름다운 유적(la plus belle ruine de France)'이라 불립니다. 7세기에 지어져 9세기 말 바이킹에 의해 함락되기 전까지 베네딕트 수도사들의 보금자리였습니다. 그 다음에 재건되었으나 백년 전쟁 때 다시 한번 피해를 입었고, 프랑스 혁명기에는 팔리기도 했습니다.
- 도시 꼭대기에 지어진 **리지유 대성당(Basilique de Lisieux)**은 가톨릭 성지 순례에서 가장 중요한 장소 중 하나입니다.
- 비무띠에(Vimoutiers)에 위치한 **까멍베르 박물관(Musée du Camembert)**에서는 프랑스의 가장 유명한 치즈인 까멍베르의 모든 생산과정을 확인하실 수 있습니다. 게다가 이 곳에서는 1,500개가 넘는 아름다운 치즈 라벨들의 컬렉션도 보실 수 있어요.
- **리바로 치즈 마을(Village fromager à Livarot)**은 전시실의 유리 창문을 통해 리바로와 뽕레베끄 치즈 생산과정을 무료로 둘러보실 수 있답니다.

지역 축제

- **리바로 치즈 축제(Foire aux fromages de Livarot)**는 매년 8월 첫째 주말에 열립니다. 물론 리바로가 가장 큰 자랑거리이지만, 이 지역의 다른 많은 치즈들과 뛰어난 떼루아르를 담은 농식품들을 만나보실 수 있습니다.
- **재즈 쑤 레 뽀미에(Jazz sous les Pommiers)**. 예수승천절 무렵 일주일 동안, 많은 참가자들이 음악이 흐르는 꾸땅스(Coutances)로 모입니다.
- **뽕레베끄 축제(Fête du Pont-l'Evêque)**. 5월 둘째 주말, 뽕레베끄 생산자들이 주축이 되어 미식 장터를 여는 축제입니다. '전국 뽕레베끄 대회'로 행사는 마무리됩니다.
- **깡브르메르 데이(Journées de Cambremer)**는 5월 첫째 주말에 진행되는 행사입니다. 노르망디(Normandie) 지역에서 생산되어 원산지 보호를 받는 모든 농식품을 위한 자리로, 생산자들도 만나고 해설을 들으며 시식도 하고 요리 시연도 볼 수 있습니다.

Poitou-Charentes

뿌아뚜샤렁뜨 지역
AOP(원산지 보호 명칭)

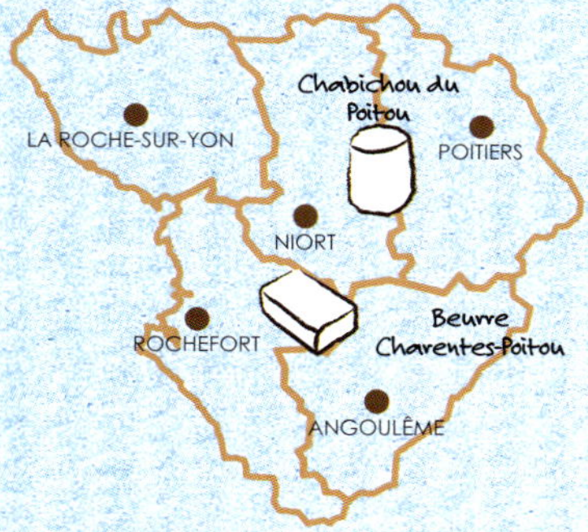

바다와 인접하고 있는 뿌아뚜샤렁뜨(Poitou-Charentes) 지역은 음식 문화 유산이 전역에서 두각을 나타낸다. 염소 목축은 로마 식민지 시대 이전부터 이루어졌는데 반해, 버터 생산은 19세기 말에 이르러서야 발달하기 시작했다. 그 즈음 필록세라(Phylloxera)가 포도밭을 황폐화시켜 낙농업이 발달할 여지가 생겼기 때문이었다.

샤비슈 뒤 뿌아뚜 (Chabichou du Poitou)

염소젖 치즈
1990년 AOC 획득
474 톤

샤비슈 뒤 뿌아뚜 치즈가 이 지역의 스타라는 것은 이론의 여지가 없다. 샤비슈 뒤 뿌아뚜는 원추형의 몸통을 가지고 있다. 치즈는 제한된 지역에서 생산되는데, 그 범위가 오뿌아뚜(Haut-Poitou)의 석회 지대와 일치한다. 숙성 초기에는 부드럽고 크리미하고, 숙성이 계속될수록 향은 진해지고 페이스트는 쉽게 부스러진다.
추천 와인 : 쏘비뇽 뒤 오뿌아뚜(Sauvignon du Haut-Poitou)

이 지역의 보물들 !

La Rochelle

Fort Boyard

샤렁뜨뿌아뚜 버터 (Beurre Charentes-Poitou)

소젖 버터
1979년 AOC 획득
23,639 톤

유명한 레스토랑들의 테이블 위에서 작은 광주리에 포장되어 있는 샤렁뜨뿌아뚜 버터를 찾기란 그리 어려운 일이 아니다. 1888년에 만들어진 이래, 이 연한 빛깔의 무염 혹은 가염 버터는 유난히 섬세한 식감과 흉내낼 수 없는 헤이즐넛 풍미로 사람들을 사로잡았다. 광주리 모양 이외에 작은 사각형이나 원통형으로도 만들어진다.

Poitiers' Futuroscope Park

Poitou marshland

추천 명소

지역 볼거리

- 뿌아띠에(Poitiers)는 **퓌뛰로스꼬프(Futuroscope**, 뿌아띠에 근교에 있는 대형 영상 테마공원)외에 **쌩삐에르 성당(Cathédrale Saint-Pierre)**으로도 알려져있습니다. 이 성당은 알리에노르 다끼뗀(Aliénor d'Aquitaine, 1124-1204)의 추진 아래, 12세기 말부터 건축되기 시작했습니다.
- **라보쏘(Lavausseau)에 위치한 피혁 마을**은 수 세기 전부터 동물의 가죽을 고급스러운 피혁 제품으로 가공하는 데 많은 노력을 기울여왔습니다.
- '녹색 베니스'라고도 불리는 **뿌아뚜의 습지(Marais Poitevin)**는 평화의 안식처입니다. 걸어서 둘러봐도 좋고, 말이나 작은 보트, 자전거나 4륜 마차를 타고 돌아볼 수도 있답니다.
- 부이예(Vouillé)에 위치한 **뤼랄리 정원 박물관(Musée Jardin des Ruralies)**에 방문해보세요. 멋진 농기계 수집품 컬렉션을 보실 수 있고, 농업 기술의 진화도 공부하실 수 있답니다.
- 스공디니(Secondigny)를 방문하시면 **사과 과수원(Verger Conservatoire des Croqueurs de Pommes)**에도 꼭 들러보세요. 백 여가지 이상의 다양한 사과나무가 있는데 70여 개는 레네뜨(Reinette) 품종, 42개는 지역 품종이랍니다.
- 비엔(Vienne)에 위치한 루뎅(Loudun)을 방문하시면 **루뎅 아쿠아리움**에 꼭 들러보세요. 담수 열대어와 아프리카, 아메리카, 오세아니아, 아시아에 사는 다양한 열대어를 만나실 수 있습니다.

지역 축제

- **앙굴렘 가스트로노마드 (Gastronomades d'Angoulême)**는 3일 동안 진행되는 미식 축제입니다. 다양한 요리 대회와 식품 관련 이슈에 대한 논쟁과 토론이 이루어지고, 참가자들은 여러가지 식품을 맛보고 구매할 수 있습니다.
- **세계 어린이 페스티발(Festival des Enfants du Monde)**은 7월에 쌩멕썽(Saint-Maixent) 학교에서 열리는 축제입니다. 전 세계의 전통 음악, 춤, 노래를 홍보하기 위해 아이들이 직접 연주와 공연을 펼칩니다.
- **염소 치즈 축제(Fête de la Chèvre)**는 '샤비슈(Chabichou)와 염소 치즈의 길'이란 모임에서 지원하는 9월 축제로, 염소 치즈와 염소 목축에 대한 이해를 돕고자 마련되었습니다.
- **라로셸 프랑코폴리(Francofolies de la Rochelle)**는 매년 7월 중순에 열리는 음악 축제입니다. 프랑스 샹송 및 세계 팝뮤직의 기대주와 스타들이 라로셸에 모여, 야외 무대나 큰 극장에서 공연을 가집니다.

Rhône-Alpes

론알프스 지역
AOP(원산지 보호 명칭)

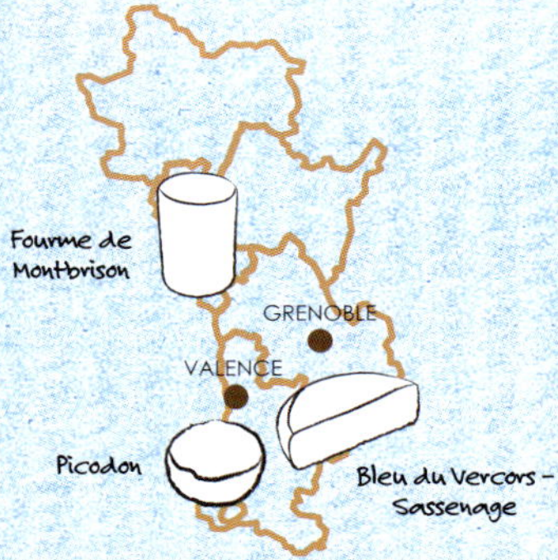

오랜 전통과 역사, 그리고 다양성의 땅.
이 지역은 환경적으로 우수한 영토를
가지고 있으며, 우리의 미각을 즐겁게
만드는 프랑스 미식의 역사를 지켜낸 땅이다.

삐꼬동 (Picodon)

FROMAGE AU LAIT DE CHÈVRE

염소젖 치즈
1983년 AOC 획득
584 톤

꼭 노래하는 듯한 소리의 이름을 가진 작은 염소젖 치즈 삐꼬동. 오래전 젖소를 먹일 만큼 풀이 충분하지 않았던 척박한 시절에 농가의 식탁 위에 오르던 검소하고 소박한 음식이었던 이 치즈는, 오늘날 프랑스에서 가장 큰 규모의 아뻴라씨옹이 되었다. 삐꼬동 치즈는 사치스럽지 않은 작고 동그란 치즈이다. 이 치즈 제조의 비밀은 역사의 우여곡절 속에서도 사라지지 않고 민간 전승을 통해 명맥을 이어왔다. 정부가 어느 지역의 경제적 생존을 위해 애쓰듯, 아르데슈(Ardèche)와 드롬(Drôme)의 농부들은 삐꼬동 치즈의 제조 방법을 지키기 위해 노력했다. 종종 치즈 플레이트 위에는 각기 다른 정도로 숙성된 혹은 '디유르피 방식(méthode Dieulefit)'으로 숙성된 삐꼬동 치즈가 오르는데, 이때 사람들은 원하는 숙성도에 따라 과일을 고르듯 치즈도 각자의 취향에 맞게 고른다. 삐꼬동 치즈는 험난한 자갈밭, 건초, 염소지기의 손길을 느끼게하는 미묘한 풍미를 가지고 있다. 이 고장의 선조들이 말해주는 삐꼬동 치즈에 관한 작은 이야기들은 늘 한결같이 아름답다.

추천 와인 : 드롬(Drôme) 혹은 아르데슈(Ardèche)

이 지역의 보물들!

Hot air balloon festival in Déomas

Pont d'Arc

지나친 음주는 건강에 해로우니, 과음은 삼가해주세요.

푸름므 드 몽브리종 (Fourme de Montbrison)

FROMAGE AU LAIT DE VACHE

소젖 치즈
1972년 AOC 획득
465 톤

푸름므 드 몽브리종 치즈는 오렌지색 껍질 덕분에 쉽게 알아볼 수 있다. 오포레(Haut-Forez) 지역에서 자라는 젖소의 우유로 만들어지며, 카이사르 침략보다도 한참 이전인 아르베르느(Arvernes) 시대에 처음 만들어진 것으로 추측된다. 그때부터 푸름므 드 몽브리종은 여름은 덥고 겨울은 가혹한 땅, 포레(Forez)에서 수 세기 동안 전해져 내려왔다. 놀라울 정도로 섬세한 이 푸른 곰팡이 치즈는 전체를 가염한다는 점과 수지를 내는 나무로 만든 물받이 위에서 최소 6일 동안 물기를 뺀다는 점이 특별하다. 푸름므 드 몽브리종 치즈는 일년 내내 먹을 수 있지만 봄부터 가을까지는 독특한 향을 가진다.

추천 와인 : 샤르도네 뒤 위르페(Chardonnay du Pays d'Urfé) 혹은 꼬뜨 뒤 포레(Côtes du Forez)

추천 명소

지역 볼거리

- 아르데슈(Ardèche)에 위치한 **뤼옴 비니마쥬 Vinimage à Ruoms**)는 아르데슈 지방의 와인을 모아놓은 박물관입니다. 방문객들은 400㎡ 넓이의 박물관에서 포도재배자들이 과거와 오늘날에 사용하고 있는 와인 제조법을 살펴볼 수 있습니다.
- **베르동 지역 공원(Parc Régional du Verdon)**은 발렁쏠(Valensole)의 라벤더 밭과 같은 다양한 경관으로 사랑받는 곳입니다. 아노(Annot)의 거대한 사암 절벽, 엉트르보 요새(Citadelle d'Entrevaux), 도자기로 유명한 쌩뜨크루아 뒤 베르동(Ste Croix du Verdon)도 방문해보세요.

지역 축제

- 드롬(Drôme)에 위치한 싸우(Saoû)에서는 매년 7월 셋째 주말동안 **삐꼬동 축제(Fête du Picodon)**가 열립니다. 뮤직 페스티발, 지역 시장, 음식 장터, 지역 민속 축제 등이 예정되어 있습니다.
- **열기구 축제(Fête de la Montgolfière)**. 6월, 아르데슈(Ardèche)에 위치한 데오마 성(Château de Déomas)에서는 50여 개의 열기구가 하늘을 나는 장관을 목격하실 수 있습니다.

블루 뒤 베르꼬르싸쓰나쥬 (Bleu du Vercors-Sassenage)

FROMAGE AU LAIT DE VACHE

소젖 치즈
1998년 AOC 획득
199 톤

만약 베르꼬르(Vercors) 지방이 사람들이 많이 찾는 관광 명소가 되지 않았다면, 이 치즈는 어떻게 되었을까? 아마도 사라졌을 것이다. 블루 뒤 베르꼬르싸쓰나쥬 치즈는 전날 집유한 우유를 가열하였다가 다시 식힌 후에 그 다음 날 아침에 새롭게 집유한 우유와 혼합하여 만드는데, 몇 명 되지 않는 치즈 생산자들이 다행스럽게도 이 일반적이지 않은 생산법을 지켜내기로 약속하였다. 숙성이 진행되면서 생겨나는 푸른 곰팡이는 부드럽고 감미로운 페이스트를 만들어낸다.

추천 와인 : 모리(Maury)

싸부아 지역
AOP(원산지 보호 명칭)

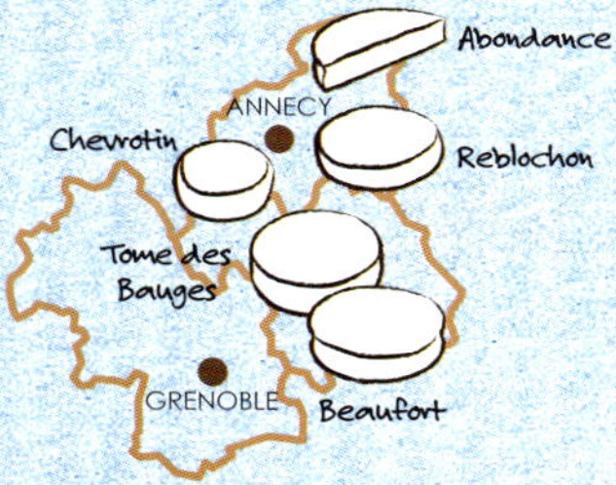

이 지역은 산맥과 높은 지대에 위치한 목장이 많아, 이미 오래전에 농부들이 농축산업 제도를 마련했다. 덕분에 머나먼 옛날부터 치즈를 생산해 왔으며 오늘날까지 모든 치즈들이 전해져 내려오고 있다. 전 세계 사람들에게 사랑받고 있는 이 지역의 가축 품종과 치즈에 대해, 지역 사람들은 큰 자부심을 가지고 있다.

보포르 (Beaufort)

소젖 치즈
1968년 AOC 획득
4,530 톤

왜 보포르 치즈의 휠은 오목한 모양을 가지게 되었을까? 답은 간단하다. 이 치즈는 아마천으로 된 주형 틀에서 모양을 만든 후에 너도밤나무 원통에 넣어 보관하는데, 덕분에 이렇게 유명한 모양을 가지게 되었다. 보포르는 따린(Tarine)이나 아봉덩스(Abondance) 품종의 젖소에서 얻은 우유로만 만든다. 당신은 치즈 가게에서 젖소들을 방목시키는 6월부터 10월 사이에 생산된 '여름(été)' 보포르와 해발 1,500미터 이상 높이에서 한 무리의 젖소에서만 집유한 우유를 가지고 하루에 두 번 집유를 할 때마다 전통적인 방식으로 만들어낸 '고지 오두막(chalet d'alpage)' 보포르를 만날 수 있을 것이다.

추천 와인 : 시냉 베르즈롱(Chignin Bergeron) 혹은 아르부아(Arbois) 화이트

이 지역의 보물들 !

The Bourget lake

Wild mountain daffodils

Tarine cows

르블로숑 (Reblochon)

소젖 치즈
1958년 AOC 획득
15,358 톤

르블로숑 치즈는 녹색일까 붉은색일까? 사실 르블로숑 치즈의 껍질이 항상 주황빛이 살짝 도는 노란색인 것은 모두 알고 있다. 여기서 말하고자 하는 색깔은 이 치즈 위에 붙여진 카세인(Caseine) 판이다. 르블로숑은 반드시 생유로만 만들며, 여름에는 주로 목초를 먹고 겨울에는 주로 건초를 먹는 산악 품종, 예컨대 아봉덩스(Abondance), 몽벨리아르드(Montbéliarde), 따린(Tarine) 품종의 우유를 사용한다. 녹색 카세인 판은 한 무리의 젖소에서 얻은 우유만을 사용하여 매 집유시마다 농장에서 독립적으로 만든 치즈를 의미하고, 붉은 카세인 판은 여러 농장에서 얻은 우유를 가지고 생산자 조합에서 공동으로 만든 치즈를 의미한다. 르블로숑 치즈는 창고에서 15일 정도 보관한 후에 포장하고, 섬세하게 만들어진 둥근 가문비나무 상자 덕분에 먹을 때까지 계속 숙성이 된다. 요리의 측면에서 생각하면, 르블로숑은 따르띠플레트(tartiflette, 감자, 베이컨, 치즈 등을 넣어 만든 프랑스식 그라탕)의 가장 중요한 재료이며, 여름 계절 과일, 채소, 향신료를 넣은 과일 조림 등과 함께 앙트레로 즐길 수 있다.

추천 와인 : 루세뜨(Roussette)

아봉덩스 (Abondance)

소젖 치즈
1990년 AOC 획득
1,722 톤

우리는 아봉덩스 치즈가 이 치즈의 질감과 같은 부드러운 식감을 좋아하는 우리의 미각에 유익함을 잘 알고 있다. 아봉덩스 치즈는 수도원에서 처음 만들어졌으며 오뜨싸부아(Haute-Savoie) 지역에서 매일 두 번씩 집유되는 생유로만 제조된다. 천으로 된 주형 틀에서 모양을 만들고 가염을 하기 전 하루동안 압착을 한다. 저장고의 가문비나무 판자 위에 100일간 두었다가 정기적으로 소금물로 솔질을 하고 뒤집어준다. 이 치즈는 약간 씁쓸한 헤이즐넛 맛이 난다.

추천 와인 : 몽되즈(Mondeuse)

TIPS- 르블로숑 먹는 방법
르블로숑 치즈는 잼과 함께 드셔보세요.

알고 계셨나요?

싸부아(Savoie) 지역의 치즈들은 일년 내내 풍부하고
다양한 맛을 제공합니다. 이는 여름이면 초원의 풀을 뜯어먹고
겨울이면 건초를 먹는 동물들의 습관 때문이기도 하고,
또한 모든 다양한 향을 그대로 보존하고 있는
생유를 사용하여 치즈를 만들기 때문이기도 합니다.

르블로숑 치즈는 '르블로셰(reblocher, 싸부아 지방의 방언,
재집유하다)'라는 농부들의 전통에서 이름이 유래했습니다.
당시 농부들은 집유한 우유를 그들의 농장 소유주에게
세금으로 내야했습니다. 그래서 할당된 몫만큼 우유를 짜고나면,
잠시 멈추고서 그만큼만 세금을 내고,
소유주가 떠나고 나면 그들은 남은 우유를 마저 짜고,
그 우유를 이용해서 가족들이 오래 먹을 수 있도록
보존이 가능한 치즈로 만들었습니다.

슈브로땡 (Chevrotin)

염소젖 치즈
2002년 AOC 획득
85 톤

슈브로땡 치즈는 생유만을 사용하여 반드시 농장에서 직접 손으로 만든다. 이웃인 르블로숑 치즈 제조법을 물려받아, 염소젖 치즈로서는 특별한 제조 방법을 가지고 있다. 사실, 이 지역에서는 염소를 사육하다 보면 소과의 동물과 함께 키우게 되는데, 이 때문에 종종 염소젖 치즈와 소젖 치즈가 같은 저장고에서 숙성이 이루어지곤 했다. 생산량은 많지 않지만 생산자들의 노하우 덕분에 매우 부드러운 식감을 가지고 있으며, 이를 맛보는 모든 이들이 만족할 만한 풍부한 향을 지니고 있다.
추천 와인 : 시냉 베르즈롱(Chignin Bergeron)

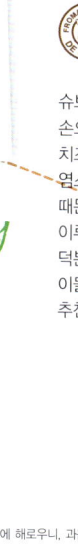

똠 데 보쥬 (Tome des Bauges)

소젖 치즈
2002년 AOC 획득
830 톤

역사에 따르면, 처음엔 'tomme'였던 단어에서 'm'이 하나 빠지게 되었다. 싸부아 지방의 방언에 'toma'라는 단어가 '고지 목장에서 생산되는 치즈'라는 뜻이었기 때문이다. 1930년대, 농민들은 이 치즈를 전통 방식에 따라 제조하기 위해 고지대에 위치한 목장으로 올라갔다. 이 비가열 압착 치즈는 보쥬 고원(Massif des Bauges)의 떼루아르와 최소 5주 동안 가문비나무 판자 위에서 숙성시킴으로써 얻어낸 과실 향을 늘 자랑스럽게 드러낸다.

추천 와인 : 아프르몽(Apremont)

TIPS - 아봉덩스 치즈를 이용한 요리

많은 사람들이 아봉덩스 치즈를 스낵으로 즐기죠.
아봉덩스 치즈는 잘라서 샐러드에 넣어도 좋고,
녹여서 싸부아(Savoie) 지방의 샤블레(chablais)에서
즐겨먹는 전통 요리인 베르뚜(Berthoud)에 이용해도 좋습니다.

추천 명소

지역 볼거리

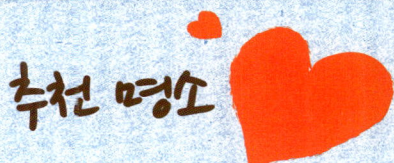

- 싸부아(Savoie)에 위치한 **부르제 호수(Lac du Bourget)**는 여러 강물과 개울물이 모여드는 프랑스에서 가장 큰 자연 호수로, 진정한 내해를 이루고 있습니다.
- 안씨(Annecy)에서 10km 떨어진 루바니(Louvagny)에 위치한 **고르쥬 뒤 피에르(Gorges du Fier)**는 알프스에서 가장 불가사의한 자연경관 중 하나입니다. 바위 암벽을 따라 이어지는 256m 짜리 수로를 통과하는 급류를 보고 있으면 감탄이 절로 나온답니다.
- **에쎄이용 성채(Forts de l'Esseillon)**는 역사적으로 가치있는 건축물입니다. 19세기 초, 프랑스의 침입을 막기 위해 이탈리아의 피에몬테-사르디니아 공국에 의해 세워졌습니다. 성채들은 왕가의 이름을 따서 빅토르 엠마뉴엘(Victore Emmanuel), 샤를르 펠릭스(Charles Félix), 마리 크리스틴(Marie Christine), 샤를르 알베르(Charles Albert) 그리고 마리 테레즈(Marie Thérèse)라고 이름 붙여졌습니다.
- 쌩장 드 모리엔(Saint-Jean de Maurienne)에 위치한 **오삐넬 박물관(Musée de l'Opinel)**에서는 전 세계로 수출되는 유명한 싸부아 칼에 숨겨진 비밀을 엿볼 수 있습니다.

지역 축제

- **퐁뒤 뒤 마까당(Fondus du Macadam)**은 매년 8월 초에 또농레벵(Thonon-les-bains)에서 4일간 진행되는 페스티발입니다. 이 시기에 거리는 연극, 서커스, 거리 예술과 음악으로 가득찹니다.
- **르블로숑 축제(Fête du Reblochon)**는 매년 8월에 라 끌뤼자(La Clusaz)에서 열립니다. 10,000명의 방문객들은 구리 냄비에서 르블로숑 치즈가 만들어지는 과정을 구경합니다.
- **싸부아 지방 치즈 축제(Fête des Fromages de Savoie)**는 매년 여름 싸부아(Savoie) 지방에서 치즈를 만드는 여러 지역을 번갈아가며 개최됩니다. 치즈를 만드는 지역과 노하우에 대해 즐겁게 놀이로 배우고 맛볼 수 있는 유일한 기회랍니다.

띠에라슈 / 브리 지역

AOP(원산지 보호 명칭)

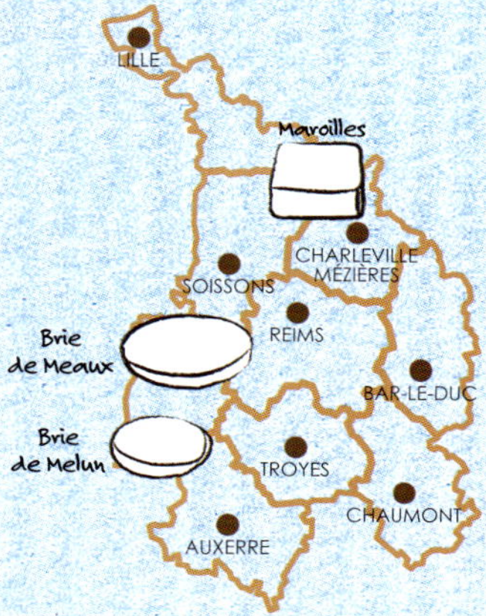

넓은 면적의 논과 끝없이 펼쳐진 무밭. 곡류와 야채로 유명한 지역이지만, 치즈 역시 맛의 전도사로서 이 지역 대표 농산품으로 인정받고 있다. 브리 드 믈렁, 브리 드 모, 마루왈 치즈가 바로 그것. 특성있는 치즈들의 압도적인 크기와 힘 덕분에 우리는 이곳을 미식의 땅이라 일컬을 수 있게 되었다.

마루왈 (Maroilles)

소젖 치즈
1976년 AOC 획득
3,843 톤

마루왈(Maroilles) 수도원의 한 수도사에 의해 10세기에 처음 만들어졌다. 마루왈 치즈는 북부 프랑스에서부터 엔(Aisne) 지역까지 걸쳐져 있는 띠에라슈(Thiérache)에서 생산된다. 북부 프랑스 치즈들의 왕으로 간주되고, 형태에 따라 3주에서 5주 정도 숙성시키는데 이 과정에서 소금물로 솔질을 하고 껍질을 닦는다. 치즈의 질을 결정하는 중요한 과정으로서, 자연스럽게 빛나는 오렌지색, 마루왈 치즈 본연의 맛과 향이 이때 만들어진다. 작은 사이즈의 마루왈 치즈가 일반적으로 좀 더 부드러운데, 고급스러운 입맛을 가진 이들에게 추천한다.

추천 와인 : 띠에라슈 씨드르(Cidre de Thiérache), 라랑드 드 뽀므롤(Lalande de Pomerol) 혹은 맥주

이 지역의 보물들 !

Château de Vaux-le-Vicomte

The medieval show in Provi

브리 드 모 (Brie de Meaux)

소젖 치즈
1980년 AOC 획득
7,421 톤

치즈 플레이트에서 빠질 수 없는 치즈. 브리 드 모는 1815년 비엔나 회의 중 딸레랑(Talleyrand, 1754-1838)이 마련한 만찬에서 열린 치즈 콘테스트에서 '치즈의 왕(Roi des Fromages)'으로 선정되었다. 엄청난 크기와 무게 때문에 치즈 가게에서 전시를 목적으로 짚단 위에 올려놓은 경우를 제외하고는 이 치즈를 통째로 보기란 흔하지 않다. 밝은 노란색의 부드럽고 질 좋은 페이스트를 껍질 속에 간직하고 있다.
추천 와인 : 지브리(Givry)

추천 명소

지역 볼거리

- 17세기의 걸작, **보르비꽁뜨(Vaux-le-Vicomte) 성**은 맨 아래 바닥부터 맨 위의 지붕까지, 저장고나 부엌같은 장소에서부터 건축물의 뼈대까지 하나도 빼놓지 않고 모두 살펴볼 가치가 있는 곳입니다.
- 엔(Aisne)에 위치한 **쌩미셸 수도원(Abbaye de Saint-Michel)**은 북부 프랑스에서 거의 찾아보기 힘든 베네딕트 수도회의 수도원 중 하나입니다. 이 곳에는 장 부아쟈르(Jean Boizard)에 의해 1714년에 제작된 매우 아름다운 오르간이 있습니다. 루이 15세의 딸들이 이 오르간을 칠려가 이름을 지어주었다고 합니다.
- 엔(Aisne)에 위치한 18번 도로 위에는 **슈맹 데 담(Chemin des Dames)** 언덕이 있습니다. 1914년부터 1918년까지 치러진 끔찍한 전투(세계 1차 대전 당시, 프랑스 마른 강에서 벌어진 프랑스와 독일간의 전투)와 연관되어 있어, 35km 코스를 걷다보면 이 곳에서 있었던 전투의 잔혹함을 느끼게 됩니다.
- **모레쒸르루앙(Moret-sur-Loing)**은 방문객들을 인상주의 시대로 여행하게 만드는 작고 로맨틱한 도시입니다. 이 작은 도시는 보리설탕(sucre d'orge)의 탄생지이기도 하여, 이를 기념하는 보리설탕 박물관이 있습니다.

지역 축제

- **기사의 전설(Légende des Chevaliers)**. 1년에 여러 차례, 프로뱅(Provins)은 승마와 매사냥 등 놀라운 장면들을 연출하며 중세시대의 모습으로 돌아갑니다.
- **뮤지껠(Muzik'Elles)**은 반드시 방문해야하는 계절 음악 축제입니다. 모(Meaux)에서 열리는 이 축제는 여성 음악가만이 무대에 오를 수 있다는 특징을 가지고 있습니다.
- **꾸씨 가을 축제(Automnales de Coucy)**. 9월이면 엔(Aisne)의 한 마을엔 길거리 축제가 펼쳐집니다. 배우, 저글러, 광대, 곡예사, 마리오네뜨 조종사, 서커스 단원들이 기쁨을 선사합니다.
- **까뻴 치즈 축제(Foire aux fromages de la Capelle)**는 매년 9월 첫째 주말에 열립니다.

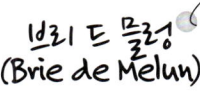

브리 드 믈렁 (Brie de Melun)

소젖 치즈. 1980년 AOC 획득. 232 톤.

꼭 치즈 전문가가 아니더라도 브리 드 모와 브리 드 믈렁의 색깔과 크기만 비교해보면 이 두 가지 치즈를 쉽게 구분할 수 있다. 브리 드 믈렁이 훨씬 색이 진하고, 특히 지름이 10cm 정도 작아 크기도 많이 차이난다. 눈을 감고 먹을 때도 구분이 가능할까? 브리 드 믈렁이 보다 과실 향이 많이 나고 가벼운 헤이즐넛 향이 진하게 난다.
추천 와인 : 가이약(Gaillac)

유럽 AOP 치즈

GERMANY

4개 AOP 중 대표적인 제품 :
- Allgäuer Emmentaler
- Altenburger Ziegenkäse

AUSTRIA

6개 AOP 중 대표적인 제품 :
- Tiroler Alpkäse
- Vorarlberger Alpkäse

BELGIUM

2개 AOP :
- Beurre des Ardennes
- Fromage de Herve

SPAIN

20개 AOP 중 대표적인 제품 :
- Cabrales
- Queso Manchego
- Roncal

France

45개 AOP 중 대표적인 제품 :
- Beurre Charentes-Poitou
- Cantal
- Chavignol
- Comté
- Crème d'Isigny
- Reblochon
- Roquefort
- Saint-Nectaire

GREECE

20개 AOP 중 대표적인 제품 :
- Feta
- Kasseri
- Kopanisti

IRELAND

1개 AOP :
- Imokilly Regato

ITALY

34개 AOP 중 대표적인 제품 :
- Gorgonzola
- Grana Padano
- Mozzarella di Buffala Campana
- Parmigiano Reggiano

THE NETHERLANDS

4개 AOP 중 대표적인 제품 :
- Noord-Hollandse Eddammer
- Noord-Hollandse Gouda

POLAND

2개 AOP :
- Bryndza Podhala´ nska
- Oscypek

PORTUGAL

12개 AOP 중 대표적인 제품 :
- Queijo de Azeitao
- Queijo de Nisa

THE UNITED KINGDOM

12개 AOP 중 대표적인 제품 :
- West Country Farmhouse/ Cheddar cheese
- White Stilton cheese/blue stilton cheese

원산지 보호 명칭
(APPELLATION
D'ORIGINE PROTÉGÉE)
APPELLATION D'ORIGINE PROTÉGÉE
FINLAND
SWEDEN
ESTONIA
LATVIA
DENMARK
THE LITHUANIA
THE NETHERLANDS
GDOM
GERMANY
POLAND
BELGIUM
LUXEMBOURG
CZECH REPUBLIC
SLOVAKIA
FRANCE
AUSTRIA
HUNGARY
SLOVENIA
ROMANIA
BULGARIA
ITALY
GREECE
MALTA
CYPRUS

Memo

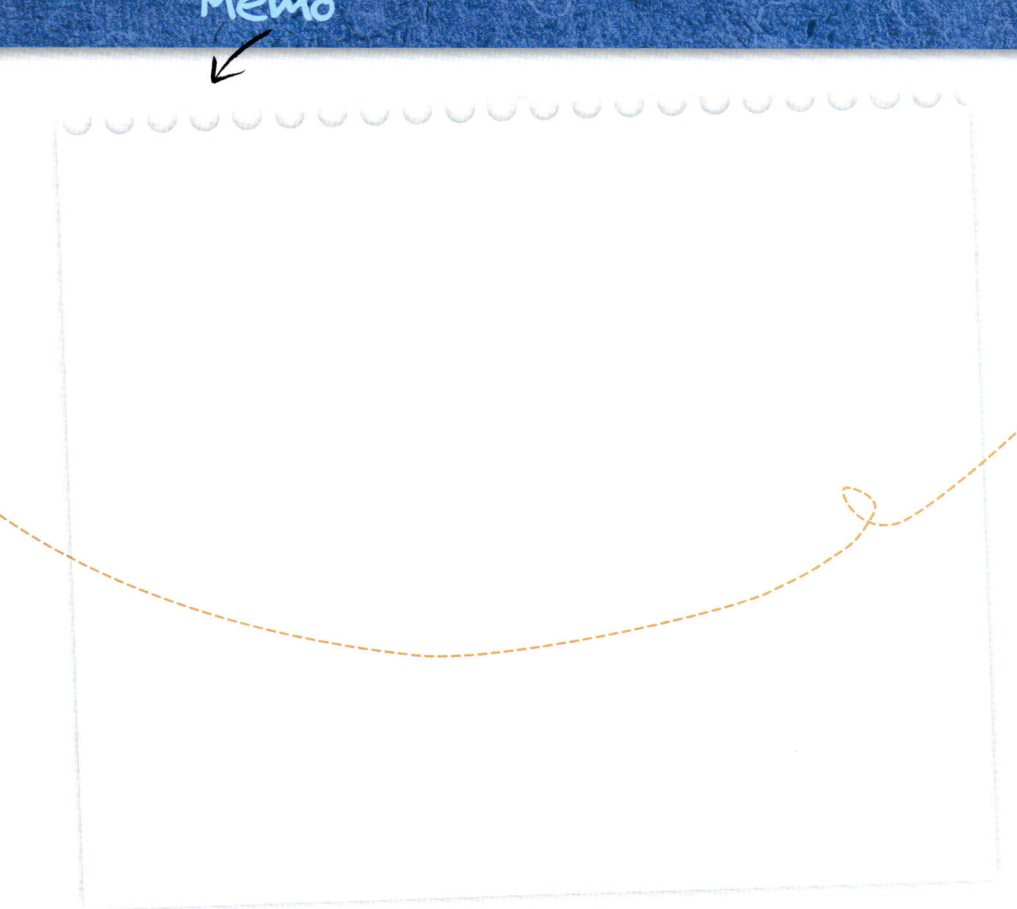

이 책자는 원산지 보호 명칭 (Appellation d'Origine Protégée) 로고를 홍보하기 위한 캠페인의 일환으로,
유럽연합(EU) 및 프랑스농수축산사무국(FranceAgriMer)의 지원을 통해 제작되었습니다.

APPELLATION D'ORIGINE PROTÉGÉE

CNIEL/CNAOL
42, rue de Châteaudun
75314 Paris cedex 09
Tél. 33 1 49 70 71 00

www.fromages-aop.com

LES PRODUITS LAITIERS

cnaol
CONSEIL NATIONAL DES APPELLATIONS D'ORIGINE LAITIÈRES

CNIEL - SIRET 300 817 954 000 62 31e Arrondissement - Sopexa.

언제나 치즈 어디서나 치즈 프랑스

치즈요리 제안

치즈의 나라, 프랑스

1000여 종, 150만 톤의 치즈를 생산하는 치즈 왕국 프랑스. 프랑스는 넓은 목초지에서 젖소, 양, 염소 등 다양한 가축을 사육해 여기서 나온 양질의 우유와 예로부터 전해지는 다양한 치즈 생산 기술을 결합해 프랑스를 유럽 최대의 치즈 생산국으로 만들었다.

우유를 원료로 하여 만드는 치즈는 다양한 색깔, 함유 성분, 맛, 향기 등을 갖는데 이는 치즈 제조 과정의 중요한 다섯 단계별 특성에 기인한다. 1단계 응고 과정, 2단계 유장분리 과정, 3단계 성형 과정을 거쳐 4단계로 치즈에 소금을 뿌리거나 소금물에 담그고, 마지막 단계로 치즈를 숙성 시키는 과정이 바로 그것이다. 이렇게 만들어진 치즈의 양은 처음 우유 양의 10%에 지나지 않아, 치즈는 우유의 모든 영양 성분이 농축된 영양 덩어리라고 할 수 있다.

생산의 모든 과정이 끝난 치즈라 해도 숙성이 계속되므로 맛과 영양소가 잘 보전되도록 세심한 신경을 써야 한다. 통풍이 잘되는 건냉한 곳(냉장고의 아래 칸)에 원래의 치즈 포장지나 쿠킹 호일, 랩 등으로 싸둔다. 가능한 한 보관 기간을 짧게 잡고 치즈를 구입하는 것이 좋다.

건강을 유지하고 싶다면 치즈를 매일 먹도록 권한다. 소량의 치즈에도 단백질과 칼슘을 포함한 모든 영양소가 가득하기 때문이다. 치즈는 다양한 맛을 제공하는 원천이면서 동시에 풍부한 영양으로 건강까지 챙겨주는 더할 나위 없이 좋은 식품 중 하나이다. 따라서 프랑스 국립낙농협의회, 소펙사는 한국인들이 보다 더 다양한 방법으로 프랑스 치즈를 즐길 수 있도록 친숙한 요리에 프랑스 치즈를 자연스럽게 접목한 메뉴들을 개발, 소개한다. 국내에 수입되는 고품질의 프랑스산 자연 치즈 100여 종과 가공 치즈 30여 종을 마트나 백화점 식품코너에서 쉽게 만나볼 수 있으므로, 일상 속에서 더욱 친근하게 프랑스 치즈 요리를 즐겨 보도록 하자.
보다 자세한 정보는 www.frenchcheese.co.kr 과 www.produits-laitiers.fr 에서 찾아볼 수 있다.

● 절취선을 따라 가위로 잘라 요리카드로 활용하세요.

오감만족 핑거푸드

까멍베르 치즈 참치 샐러드

재료(2인분) 까멍베르 치즈 120g, 엔다이브 잎(혹은 속배추) 8장, 냉동참치(생 참치) 150g, 양파 ½개, 주황 파프리카 ⅓개, 엑스트라버진 올리브오일 15g, 소금·후춧가루·파슬리 약간씩

만드는 법

1 까멍베르 치즈는 사방 0.5cm 크기로 깍뚝 썬다. **2** 냉동 참치는 소금물에 해동시킨 뒤 사방 1cm 크기로 깍뚝 썬다.

3 양파와 파프리카도 참치와 비슷한 크기로 썬다. 파슬리는 다진다. **4** 볼에 치즈, 참치, 양파, 파프리카를 넣은 뒤 올리브오일, 소금, 후춧가루, 다진 파슬리를 넣고 섞는다. **5** ④를 엔다이브 잎에 적당량 담아 완성한다.

까멍베르 치즈 (Camembert Cheese)

프랑스의 대표적인 연성치즈 까멍베르. 표면에 흰 곰팡이가 펠트(felt) 모양으로 자라있고, 내부는 크림 형태로 되어있는 부드럽고 고소한 치즈이다. 프랑스 대표 치즈답게 국내 대형마트와 백화점 식품코너에서 약 30종에 달하는 프랑스산 까멍베르를 만나볼 수 있는데, 순한 맛부터 진한 맛까지 골고루 있다. 특히 프레지덩(Président)과 봉그랑(Bongrain)을 포함한 프랑스의 대표적인 유제품 기업의 브랜드가 모두 수입되고 있으므로 서로 맛을 비교해 보는 것도 재밌을 듯하다.

CHEESES from FRANCE

따끈하게 즐기는 아침 대용식

에멍딸 치즈 양파수프

재료(2인분) 에멍딸 치즈 40g, 양파 1개, 버터 1큰술, 다진 마늘 10g, 물 3컵, 월계수 잎 2장, 타임·소금·후춧가루 약간씩, 바게트 빵 2쪽

만드는 법

1 양파는 얇게 슬라이스해 프라이팬에 버터를 녹여 볶다가 어느 정도 익으면 다진 마늘을 넣고 양파가 갈색이 될 때까지 충분히 볶는다.
2 ①에 물을 붓고 월계수 잎, 타임, 소금, 후춧가루를 넣고 약한 불에서 뭉근하게 30분간 더 끓인다. **3** 에멍딸 치즈는 3cm 크기로 잘라 두고, 바게트 빵은 팬에 기름을 두르지 않고 양쪽 면을 모두 노릇하게 굽는다. **4** 오븐 컵 혹은 수프 볼에 미리 끓여 둔 ②의 양파수프를 담아 바게트 빵을 얹고 그 위에 에멍딸 치즈를 올린다.
5 220℃로 예열한 오븐에 15분간 구워 수프를 완성한다.

에멍딸 치즈 (Emmental Cheese)

껍질이 노랗고 구멍이 뚫린 것이 특징인 에멍딸 치즈. 스위스의 대표적인 치즈이지만 프랑스 국민들의 1인당 에멍딸 치즈 소비량은 스위스를 능가한다. 1년 정도 걸리는 치즈 정련 과정이 무척 복잡하여 만들기 어려운 치즈로 알려져있다. 여러 종류의 손질과 정성을 필요로하는 만큼, 음식 재료로도 좋고 디저트나 간식용으로도 훌륭하다. 원래는 지름이 1m가 넘는 직사각형 모양이지만 깡또렐(Cantorel), 프레지덩(Président), 에르미따쥬(Hermitage) 등 프랑스산 에멍딸 3종이 일반 소비자들이 구입하기 알맞은 크기로 포장되어 국내에 수입되고 있다.

신선한 재료들의 멋들어진 조화

브리 치즈를 곁들인 부르스케타

재료(4인분) 브리 치즈 2개, 바게트 빵 1개, 가지 1개, 새우 10마리, 방울토마토 15개, 어린잎채소 70g, 잣 20알, 파슬리 가루(또는 바질 가루)·소금·후춧가루·엑스트라버진 올리브오일 약간씩

만드는 법

1 브리 치즈는 사방 1cm 크기로 썰고, 바게트 빵은 1.5cm 두께로 썰어 오븐에서 살짝 굽는다. **2** 가지는 깨끗이 씻어 사방 0.5cm 두께로 잘라 소금을 뿌려 밑간한다. 팬에 올리브오일을 둘러 가지를 충분히 볶은 뒤 바질 혹은 파슬리 가루를 뿌린다. **3** 새우는 껍질을 벗기고 등 쪽에 칼집을 넣어 내장을 제거한 후 팬에 볶는다.

4 방울토마토는 4등분해 올리브오일과 파슬리, 잣을 섞는다.

5 바게트 빵에 치즈와 새우·어린잎, 치즈와 볶은 가지, 치즈와 방울토마토를 올려 완성한다.

브리 치즈 (Brie Cheese)

깊고 부드러운 맛으로 여성들에게 인기가 높은 치즈의 여왕 브리. 흰색 곰팡이가 덮인 표면 아래에 부드러운 속살을 감추고 있다. 국내에서는 약 15종의 브리 치즈를 찾아볼 수 있는데, 특히 본래의 크기(지름 36~37cm)를 유지한 큰 원반형 브리를 세모꼴로 조각내어 포장한 제품들도 수입되고 있다.

온 가족을 위한 홈메이드 영양 간식

뽕레베끄 치즈 쿠키

재료(4인분) 뽕레베끄 치즈 50g, 박력분 150g, 설탕 50g, 버터 50g

만드는 법

1 볼에 상온에 둔 버터와 설탕, 치즈를 갈아 넣고 잘 섞어 부드럽게 만든다. **2** ①에 박력분을 조금씩 넣으며 자르듯이 섞는다. **3** 반죽이 한 덩어리로 뭉쳐지면 30분 정도 냉장고에 넣어 휴지시킨다. **4** 랩을 깐 뒤 반죽을 올려놓고 6mm 두께로 평평하게 밀어 모양 틀로 찍는다. **5** 180℃로 예열한 오븐에 15분 정도 구워 쿠키를 완성한다.

뽕레베끄 치즈 (Pont-l'Evêque Cheese)
프랑스에서 가장 오래된 치즈 중 하나로 알려진 뽕레베끄 치즈. 미끈미끈하고 말랑말랑한 껍질은 오렌지 빛이 도는 노란색이다. 까멍베르 치즈나 브리 치즈에 비해 농도가 더 짙은 것이 특징인데, 미지근한 소금물에 씻는 과정을 거쳤기 때문이다. 국내에는 이지니 쌩뜨 메르(Isigny Ste. Mère)라는 브랜드의 뽕레베끄가 수입되고 있으니 치즈 특유의 강한 풍미를 느껴보고 싶은 소비자들에게 적극 추천한다.

CHEESES from FRANCE

부족한 맛을 채워주는 진한 치즈소스의 묘미

블루 치즈를 곁들인 오징어 튀김

튀김 재료(2인분) 오징어 1마리, 바질·로즈마리·소금·후춧가루 약간씩, 우유 250ml, 밀가루 100g, 식용유 500ml

소스재료 블루 치즈 20g, 마요네즈 6큰술, 다진 양파 25g, 파슬리 가루 25g, 다진 셀러리 25g

만드는 법

1 소스 재료를 모두 섞어 미리 소스를 준비해 둔다. **2** 오징어는 껍질을 벗기고 1cm 두께의 링 모양으로 썬다. **3** 바질과 로즈마리는 잎 부분만 곱게 다진다. **4** 볼에 우유를 붓고 ②의 오징어와 ③의 바질, 로즈마리를 넣어 15분간 재운다. **5** 다른 볼에 밀가루, 소금, 후춧가루를 섞어 튀김옷을 만든다. **6** ④의 오징어는 물기를 제거한 후 튀김옷을 입혀 190℃에서 5~6분간 튀긴다. **7** 튀긴 오징어의 기름을 충분히 뺀 뒤 소스와 함께 낸다.

블루 치즈 (Blue Cheese)

강하고 진한 맛을 지닌 블루 치즈. 대리석 무늬의 푸른색 곰팡이들로 인해 이러한 명칭을 얻었다. 국내에서는 소젖으로 만든 블루 도베르뉴(Bleu d'Auvergne), 브레스 블루(Bresse Bleu), 블루 라 로슈(Bleu la Roche), 크림 타입의 쌩따귀르(Saint Agur) 등 다양한 프랑스산 블루 치즈를 만나볼 수 있다. 특히 오베르뉴 산악지대에서 생산되는 블루 도베르뉴는 AOP를 부여받은 고품격의 프랑스 대표 치즈로서, 깡또렐(Cantorel), 프레지덩(Président), 발몽(Valmont) 등 다양한 브랜드가 국내에 수입되고 있다.

CHEESES from FRANCE

매일 반찬의 색다른 변주

까멍베르 치즈 달걀찜

달걀찜 재료(2인분) 까멍베르 치즈 25g, 달걀 2개, 다시마국물 200ml, 청주 2작은술, 소금 약간

고명 재료

칵테일새우 2마리, 표고버섯 ½개, 쪽파 1대

만드는 법

1 볼에 달걀을 깨뜨려 잘 저어 푼다. **2** 치즈와 다시마국물, 소금을 넣고 블렌더에 곱게 간 뒤 체에 내려 ①과 섞는다. **3** ②의 달걀물을 오븐 컵 또는 높이가 있는 오븐 그릇에 담는다. **4** 큰 냄비에 ⅕ 정도 물을 붓고 ③을 올려 중간 불에 찐다. **5** 달걀찜이 ⅔ 정도 익었을 때 칵테일새우와 표고버섯을 올린 뒤 약한 불로 5분 정도 더 익힌다. **6** 완성된 달걀찜에 채 썬 쪽파를 올려 완성한다.

까멍베르 치즈 (Camembert Cheese)

프랑스의 대표적인 연성치즈 까멍베르. 표면에 흰 곰팡이가 펠트(felt) 모양으로 자라있고, 내부는 크림 형태로 되어있는 부드럽고 고소한 치즈이다. 프랑스 대표 치즈답게 국내 대형마트와 백화점 식품코너에서 약 30종에 달하는 프랑스산 까멍베르를 만나볼 수 있는데, 순한 맛부터 진한 맛까지 골고루 있다. 특히 프레지덩(Président)과 봉그랑(Bongrain)을 포함한 프랑스의 대표적인 유제품 기업의 브랜드가 모두 수입되고 있으므로 서로 맛을 비교해보는 것도 재미있을 듯하다.

간단한, 그러나 특별한 일품요리

가공 치즈를 곁들인 생표고버섯구이

재료(2인분) 가공 치즈 미니포션 6개, 생표고버섯 6개, 양파 ½개, 빵가루 30g, 소금 · 후춧가루 · 파슬리 가루 · 식용유 약간씩

만드는 법

1 생표고버섯의 기둥을 떼어 낸다. **2** 양파와 표고버섯의 기둥을 곱게 다진다. **3** 달군 팬에 식용유를 둘러 ②를 충분히 볶다가 소금, 후춧가루로 간을 한다. **4** 가공 치즈는 반으로 자른다.

5 ①의 표고버섯의 갓을 뒤집어 ③을 채우고 ④의 치즈를 얹은 다음 빵가루를 뿌린다. **6** 180℃로 예열한 오븐에 ⑤의 버섯을 넣고 10분 정도 구워 파슬리 가루를 뿌려 완성한다.

가공 치즈 (Processed Cheese)

치즈 특유의 강한 향과 맛을 줄여 부드럽게 재탄생한 가공 치즈. 여기에 자연적인 향이나 견과류, 햄, 마늘, 과일 등을 첨가하여 보다 다양한 맛을 내고 있다. 포션이나 큐브 타입으로 개별 포장되어 있어 아이들도 쉽게 까먹을 수 있으며 간식이나 안주용으로 제격이다. 국내에는 프랑스 제1의 가공 치즈 업체인 벨(Bel) 그룹의 벨큐브(Belcube)와 래핑카우(Vache qui rit) 등이 수입되고 있다.

CHEESES from FRANCE

치즈와 무가 어우러진 향토음식의 새로운 발견

블루 치즈로 속을 채운 빙떡

재료(2인분) 블루 치즈 50g, 메밀가루 5컵, 무 400g, 다진 파·무순·깨소금·소금·식용유 약간씩

만드는 법

1 메밀가루는 물을 부어 어느 정도 끈기가 생길 때까지 계속 저어 반죽한다. **2** 무는 채썰어 끓는 물에 삶은 뒤 물기를 제거한다. **3** 삶은 무에 블루 치즈, 다진 파, 깨소금, 소금을 넣어 양념한다. **4** 팬에 식용유를 둘러 ①의 반죽으로 지름 15cm 크기의 전병을 만든다. **5** 메밀 전병을 충분히 식혀 양념한 무를 넣고 돌돌 말아 완성한다. **6** 먹기 좋은 크기로 썬 뒤 무순을 올려 마무리한다.

블루 치즈 (Blue Cheese)

강하고 진한 맛을 지닌 블루 치즈. 대리석 무늬의 푸른색 곰팡이들로 인해 이러한 명칭을 얻었다. 국내에서는 소젖으로 만든 블루 도베르뉴(Bleu d'Auvergne), 브레스 블루(Bresse Bleu), 블루 라 로슈(Bleu la Roche), 크림 타입의 쌩 따귀르(Saint Agur) 등 다양한 프랑스산 블루 치즈를 만나볼 수 있다. 특히 오베르뉴 산악지대에서 생산되는 블루 도베르뉴는 AOP를 부여받은 고품격의 프랑스 대표 치즈로서, 깡또렐(Cantorel), 프레지덩(Président), 발몽(Valmont) 등 다양한 브랜드가 국내에 수입되고 있다.

한식과의 편안한 어울림

에멍딸 치즈를 곁들인 수수 부꾸미

재료(2인분) 에멍딸 치즈 50g, 수수가루 350g, 찹쌀가루 100g, 끓는 물 2컵, 팥앙금(시판용) 200g, 소금·식용유 약간씩

만드는 법

1 수수가루와 찹쌀가루를 잘 섞은 뒤 체에 내린다. **2** ①의 가루에 소금을 넣고 끓는 물을 조금씩 부으면서 익반죽한다. **3** 에멍딸 치즈는 곱게 갈아 팥앙금과 섞는다. **4** ②의 반죽을 지름 10cm 크기의 둥근 모양으로 빚어 달군 팬에 식용유를 둘러 부친다.

5 한 면을 먼저 굽다가 위에 ③의 치즈앙금을 넣고 반으로 접어 완성한다.

에멍딸 치즈 (Emmental Cheese)

껍질이 노랗고 구멍이 뚫린 것이 특징인 에멍딸 치즈. 스위스의 대표적인 치즈이지만 프랑스 국민들의 1인당 에멍딸 치즈 소비량은 스위스를 능가한다. 1년 정도 걸리는 치즈 정련 과정이 무척 복잡하여 만들기 어려운 치즈로 알려져있다. 여러 종류의 손질과 정성을 필요로하는 만큼 음식 재료로도 좋고 디저트나 간식용으로도 훌륭하다. 원래는 지름이 1m가 넘는 직사각형 모양이지만 깡또렐(Cantorel), 프레지덩(Président), 에르미따쥬(Hermitage) 등 프랑스산 에멍딸 3종이 일반 소비자들이 구입하기 알맞은 크기로 포장되어 국내에 수입되고 있다.

다양한 맛, 풍성한 식탁

블루 치즈 매운 주꾸미볶음

주꾸미볶음 재료(2인분) 블루 치즈 50g, 주꾸미 10마리, 양파 ½개, 당근 ⅓개, 대파 ½개, 청양고추 3개, 소금·식용유 약간씩

양념장 재료 고춧가루 3큰술, 고추장 2큰술, 설탕·다진마늘·맛술·참기름 1큰술씩, 다진 생강 ½큰술

만드는 법

1 주꾸미는 밀가루 또는 굵은 소금을 넣고 바락바락 주물러 씻은 다음 물로 서너 차례 깨끗이 헹군다. **2** 주꾸미를 먹기 좋은 크기로 썬다. **3** 양파와 당근은 슬라이스하고 대파와 청양고추는 어슷하게 썬다. **4** 볼에 주꾸미와 썰어 놓은 야채를 담고 양념장을 넣어 섞는다. **5** 팬에 식용유를 둘러 ④를 센 불에서 볶다 블루 치즈를 넣어 마무리한다.

블루 치즈 (Blue Cheese)

강하고 진한 맛을 지닌 블루 치즈. 대리석 무늬의 푸른색 곰팡이들로 인해 이러한 명칭을 얻었다. 국내에서는 소젖으로 만든 블루 도베르뉴(Bleu d'Auvergne), 브레스 블루(Bresse Bleu), 블루 라 로슈(Bleu la Roche), 크림 타입의 쌩따귀르(Saint Agur) 등 다양한 프랑스산 블루 치즈를 만나볼 수 있다. 특히 오베르뉴 산악지대에서 생산되는 블루 도베르뉴는 AOP를 부여받은 고품격의 프랑스 대표 치즈로서, 깡또렐(Cantorel), 프레지덩(Président), 발몽(Valmont) 등 다양한 브랜드가 국내에 수입되고 있다.

브리 치즈를 넣은 교자

조화롭게 빚어낸 색다른 맛

브리 치즈를 넣은 교자

재료(3인분)

브리 치즈 100g, 다진 돼지고기 250g, 양배추 ⅛통, 두부 200g, 부추 80g, 간장·소금·후춧가루·참기름·식용유 약간씩, 만두피 20장

만드는 법

1 양배추와 부추는 곱게 채 썰고, 두부는 으깨어 체에 한 번 내려 준비해 둔다. **2** 볼에 다진 돼지고기, 양배추, 두부, 부추를 넣은 뒤 간장, 소금, 후춧가루, 참기름을 넣고 골고루 치대어 만두소를 만든다. **3** ②의 만두소를 냉장고에 넣어 30분 정도 숙성시킨다. **4** 브리 치즈는 사방 1cm 크기로 썬다. **5** 만두피에 만두소를 적당량 올리고 그 위에 브리 치즈를 얹어 반으로 접어 빚는다. **6** 팬에 식용유를 두르고 만두를 노릇하게 구워 완성한다.

Tip 매운 맛을 더하고 싶다면 만두를 구울 때 마지막에 고추기름을 두른다.

브리 치즈 (Brie Cheese)

깊고 부드러운 맛으로 여성들에게 인기가 높은 치즈의 여왕 브리. 흰색 곰팡이가 덮인 표면 아래에 부드러운 속살을 감추고 있다. 국내에서는 약 15종의 브리 치즈를 찾아볼 수 있는데, 특히 본래의 크기(지름 36~37cm)를 유지한 큰 원반형 브리를 세모꼴로 조각내어 포장한 제품들도 수입되고 있다.

생 치즈 스프레드를 곁들인 삼색전

다채로운 맛의 향연

생 치즈 스프레드를 곁들인 삼색전

재료(4인분)

생 치즈 120g, 토마토 1개, 그린올리브 30개(반죽용 25개, 스프레드용 5개), 달걀 5개, 밀가루 250g, 게살(냉동 사용 가능) 150g, 다진 양파 ½개 , 유자 껍질(또는 레몬 껍질) ½개 분, 소금·후춧가루·식용유 약간씩

만드는 방법

1 껍질을 벗기고 씨를 제거한 토마토와 씨를 도려낸 그린올리브(25개)는 각각 블렌더에 곱게 간다. **2** 밀가루를 절반으로 나눠 하나에는 토마토를, 다른 하나에는 올리브를 넣어 각각 물을 넣어 반죽한다. **3** 달걀은 잘 풀어 체에 한 번 걸러낸 뒤 지름 10cm 크기로 지단을 부친다. **4** ②의 토마토를 넣은 반죽과 그린올리브를 넣은 반죽도 팬에 식용유를 둘러 지름 10cm 크기로 얇게 부친다. **5** 생 치즈, 다진 양파, 게살, 다진 그린올리브(5개), 유자 껍질, 소금, 후춧가루를 넣고 잘 섞은 뒤 차갑게 식혀 스프레드를 만든다. **6** 토마토 전 · 스프레드 · 달걀지단 · 스프레드 · 올리브 전 순서로 쌓는다. **7** 완성된 삼색전을 피자 모양으로 6등분하여 낸다.

생 치즈 (Fresh Cheese)

'치즈의 소년기'로 불리는 생 치즈는 우유의 신선한 흰빛을 그대로 간직하고 있다. 발효되거나 정제되지 않고 저온 살균된 우유나 크림으로부터 만들어지며, 부드럽고 진한 맛이 일품이다. 국내에서는 르 쁘띠 물레(Le Petit Moulé), 쌩모레(Saint Moret) 등의 프랑스산 생 치즈가 수입되고 있다. 빵에 발라 먹거나 샐러드에 곁들이면 좋다.

에멍딸 치즈로 만든 감자 뇨끼

담백한 감자와 고소한 치즈의 조화

에멍딸 치즈로 만든 감자 뇨끼

뇨끼 재료(2인분) 에멍딸 치즈 50g, 감자 3개, 밀가루 100g, 달걀노른자 1개분, 소금·후춧가루·파슬리 가루 약간씩

소스 재료 에멍딸 치즈 30g, 버터 1큰술, 밀가루 2큰술, 우유 100ml

만드는 법

1 감자는 껍질을 벗겨 삶은 뒤 체에 곱게 내려 준비한다. **2** 볼에 곱게 간 에멍딸 치즈와 삶은 감자, 달걀노른자를 섞고 밀가루는 조금씩 넣어 반죽한다. **3** 잘 뭉쳐진 반죽은 지름 1cm 두께로 길게 민다. **4** 밀가루를 뿌린 도마 위에서 길게 밀어 둔 반죽을 3cm 크기로 썰어 포크로 무늬를 넣는다. **5** 끓는 물에 소금을 넣고 반죽을 3분 정도 삶아 건져내 찬물에 헹궈 물기를 뺀다. **6** 팬에 버터와 밀가루를 넣고 볶다가 우유를 붓고 밀가루가 잘 풀리도록 젓다가 치즈를 넣어 녹여 소스를 완성한 다음 뇨끼를 넣어 걸쭉한 농도가 될 때까지 끓인다. **7** 후춧가루와 파슬리 가루를 뿌려 완성한다.

Tip ⑥의 과정에서 뇨끼를 너무 오래 볶으면 치즈가 눌어붙을 수 있으니 주의한다.

에멍딸 치즈 (Emmental Cheese)

껍질이 노랗고 구멍이 뚫린 것이 특징인 에멍딸 치즈. 스위스의 대표적인 치즈이지만 프랑스 국민들의 1인당 에멍딸 치즈 소비량은 스위스를 능가한다. 1년 정도 걸리는 치즈 정련 과정이 무척 복잡하여 만들기 어려운 치즈로 알려져있다. 여러 종류의 손질과 정성을 필요로하는 만큼, 음식 재료로도 좋고 디저트나 간식용으로도 훌륭하다. 원래는 지름이 1m가 넘는 직사각형 모양이지만 깡또렐(Cantorel), 프레지덩(Président), 에르미따쥬(Hermitage) 등 프랑스산 에멍딸 3종이 일반 소비자들이 구입하기 알맞은 크기로 포장되어 국내에 수입되고 있다.

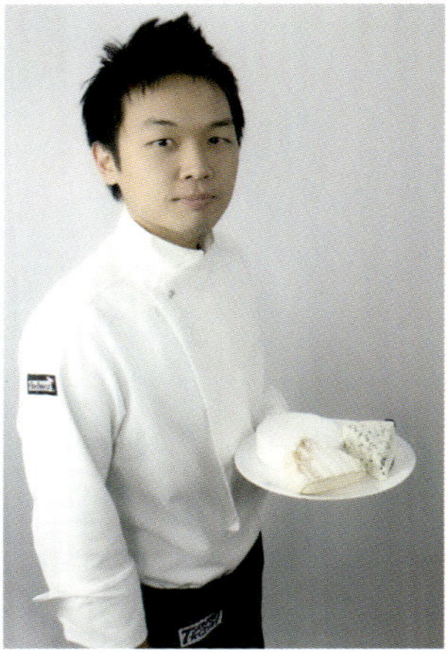

"이번 레시피를 개발하면서 치즈의 무한한 가능성을 보았습니다. 느끼한 음식으로만 여겨지던 치즈가 한식 식단에서도 중요한 위치를 차지할 수 있다는 확신이 들었습니다. 맛과 향, 질감이 모두 제각각인 치즈의 맛을 조금씩 알아간다면 더욱 다양한 요리로의 활용도 가능할 것입니다. 특히 대표적인 미식 국가인 프랑스에서 생산되는 치즈는 어떠한 치즈를 선택하더라도 평균 이상의 맛과 품질이 보장된다는 장점을 가지고 있습니다."

젊고 열정적인 요리사 김한송 셰프는 요리팀 '7Star Chef' 소속으로, 국내 요리의 트렌드와 문화를 이끌어 가는데 한몫을 단단히 하고 있다.
Olive TV 'Tasty road 2', KBS 2TV 이현우의 'Spoon' 등 다수의 요리 프로그램에 출연해 그 만의 요리 노하우를 소개했으며, '궁극의 메뉴판'(시공사), '셰프의 노트를 훔치다'(시공사), '아주 특별한 저녁식사'(리브리언) 등의 저서를 출간하며 맛있는 이야기보따리를 풀어냈다. 누구보다도 요리에 욕심과 열정이 많아 배움의 길에 다시 들어선 그는 현재 미국에서 유학중이다. 김한송 셰프 홈페이지 www.yoriental.com

프랑스 치즈 주요 수입 업체

구르메 F&B, 남양유업, 매일유업, 서울우유, 이딸꼬레, 이탈리멘티 등이 수입하고 있는 프랑스산 치즈들을 국내 주요 대형 할인마트와 백화점 유제품 코너 및 수입식품 코너에서 만나보실 수 있습니다. 구르메 F&B와 이딸꼬레 홈페이지를 통해 온라인 구입도 가능합니다(업체 리스트는 가나다순 입니다).

Cniel
Centre national interprofessionnel de l'économie laitière

프랑스 국립낙농협의회

42, rue de Chateaudun 75314 Paris
Tel +33 (0)1 49 70 71 71

FranceAgriMer

Liberté • Égalité • Fraternité
RÉPUBLIQUE FRANÇAISE

MINISTÈRE
DE L'AGRICULTURE
DE L'ALIMENTATION
DE LA PÊCHE
DE LA RURALITÉ
ET DE L'AMÉNAGEMENT
DU TERRITOIRE

프랑스 농수축산사무국

www.franceagrimer.fr

sopexa
KOREA

프랑스 농식품진흥공사

서울시 강남구 역삼동 705-9 삼흥빌딩 8층
Tel +82 (0)2 3452 9484 Fax +82 (0)2 568 9243
www.sopexa.co.kr

www.frenchcheese.co.kr
www.produits-laitiers.fr

10장
행복한 아르바이트

한동안 리옹에서 새로운 가게와 관광지 등을 둘러보는 재미가 쏠쏠했다. 안느는 개인 투어 가이드 교육을 받은 적도 있어서 신기한 골목들을 돌아다니며 우리에게 관광 명소의 역사와 이야기 등을 알려 주었다. 주변의 온갖 새로운 것들에도 불구하고 여전히 나는 레 알에 있는 치즈 가게에 자주 들르곤 했다. 그곳에서 일하는 종업원 에티엔에게 내 소개를 하였지만, 누군지 모르겠다는 듯 쳐다보기만 할 뿐이어서 결국 감당할 수 없을 만큼 비싼 치즈들을 잔뜩 사는 것으로 내 인상을 새겨 놓고 말았다.

그리고 몇 주 후 에티엔과 에르브에게 보낸 수많은 이메일에 드디어 하나의 답장을 받았다. 에르브가 다음 주에 잠시 리옹의 가게에 들를 예정이니 혹시 와서 잠깐 만나지 않겠냐는 것이었다.

물론이죠! 당연하죠! 고맙습니다!

이렇게 치즈 업계의 거물인 에르브 몽스와의 첫 미팅이 성사되었다. 그동안 그가 유튜브에 올려놓은 수많은 인터뷰들을 보면서 미팅에 대한 준비를 했다. 아무리 노력해도 격렬할 정도로 빠르고 비속어와 관용구들까지 섞여 있어 도저히 알아 듣기 힘든 오베르뉴 지역 특유의 발음에 적응하는 것이 쉽지만은 않았다. 좋은 기회였지만 마냥 좋아만 할 수 없었다.

가게로 가는 내내 굉장히 초조했다. 가을은 얼음장같이 추운 겨울로 넘어가고 있었고 이 춥고 상쾌한 날씨에서 활력이 느껴졌다. 레 알에는 평상시보다 손님이 적었다. 보통의 평일 오후처럼 한산함이 느껴졌다. 예정보다 조금 일찍 와서 이제는 익숙해진 광경과 밝은 조명들과 깔끔하게 전시된 물건들을 둘러보았다. 꿈에 한 발자국 더 가까워진 것일까? 제발 그러기만을 바랄 뿐이었다!

가게에서 에티엔을 만났다. 활짝 웃는 미소로 환영해 준 덕분에 내 긴장이 어느 정도 풀어졌고, 그와 악수를 나누고는 위층으로 올라갔다. 레 알의 2층에는 작은 사무실 같은 공간들이 많았는데 거기에는 주로 쇼핑객들이 이용하는 레스토랑들이 있었다. 보통은 편하게 앉아 쉬면서 와인과 치즈를 즐기고, 겨울에는 부드럽고 따뜻한 퐁듀를 먹기도 한다. 몽스의 2층은 따뜻했고, 약간은 어둡지만 친밀감 있게 느껴졌고, 한쪽 벽으로는 버려진 기차 터널에 만든 에르브의 유명한 치즈 동굴 꼴랑쥬 터널(Tunnel de la Collonge)의 그림이 걸려 있었다.

그 가운데 앉아 있는 에르브를 보자 주변 분위기가 순식간에 바뀌어 버렸다. 편안하게 보이기만 했던 공간이 사업에 대해 심각하게 토론을 하고 새로운 사업 계획이 만들어질 것만 같은 공간으로 느껴졌다. 사무실 한가운데에 깔끔한 하얀색 셔츠를 입고 손을 머리 뒤로 한 채 살짝 뒤로 기대 앉은 에르브는 마치 온몸으로 지금 이곳의 지배자가 누구인지를 말하고 있는 듯했다.

에티엔이 짧게 소개를 하고 악수를 한 후에 에르브는 바로 본론으로 들어갔다.

"매트라고 했죠? 여기서 돈도 안 받고 일하고 싶다고요?"

"네?"

깜짝 놀라서 대답했다. 프랑스어가 그렇게까지 외국어로 느껴진 적은 처음이었다.

"여기서 일하면서 경험을 쌓고 싶습니다."

그는 아무 말 없이 웃으면서 나를 바라보았다. 그 침묵의 순간은 몇 초밖에 안 되었겠지만 나에게는 마치 몇 시간처럼 느껴졌다. 갑자기 그가 일어나서 양손을 비비며 말했다.

"잘 알겠습니다, 에티엔이 아마 이번 달 말쯤에 연락을 할 거예요."

그렇게 미팅이 끝났다. 아마 다 해 봐야 45초도 안 걸린 것 같았다. 하지만, 희미하게 살짝 빛나는 희망이라는 빛이 보이는 것 같았다. 치즈에 한 발자국 더 가까워진 느낌이었다.

1주일을 기다려도 아무런 소식을 들을 수 없었다. 그 다음 1주일 그리고 또 1주일이 지나면서 점점 혼란스러워지기 시작했다. 정말 그곳에서 일을 하고 싶었다. 당장 내일이라도 아니 허락만 한다면 지금 당장이라도 시작할 수 있었다. 추운 크리스마스가 마치 포장지로 둘러싸인 광고 트럭처럼 유난히 시끄럽게 다가올 즈음에는 나 역시 에르브와 에티엔에 대한 희망을 버리기 시작했다. 그리고 곧 다가올 축제 기간에 창문이나 바닥 청소라도 할 만한 곳을 찾으려고 다른 치즈 업체에 보낼 이력서를 준비하기 시작했다. 프랑스에 온 지 이미 세 달이 지나고 있었지만, 뭔가 이렇다 할 어떠한 일도 시작하지 못하고 있었다.

몽스에 대해 꽤 많은 연구를 했고, 연구를 하면 할수록 그곳에서 일하고 싶다는 욕망이 점점 커져만 갔다. 몽스는 내가 치즈 업계에서 해보고 싶은 대부분의 일들을 할 수 있는 거의 유일한 업체였다. 작은 치즈 가게에서 일을 하면서 아피나주와 도매상을 접하거나 혹은 치즈 생산자들과 치즈의 품질에 관해 이야기하는 경험 등을 기대하기는 어려웠다.

마지막 한 주를 더 기다리던 중에 드디어 몽스에서 연락이 왔다. 에티엔이 전화를 해서 이력서를 들고 크리스마스 기간 대비 회의에 참여하는 것이 어떻겠냐고 했다. 드디어 2주간 업무 일정표를 받고 일을 할 짧은 기회가 생긴 것이다!

❖

회의 날짜 전의 주말에 젠과 함께 플로랑스(Florence)에 살고 있는 부모님을 만나러 갔다. 사실 한 달 정도 머물며 지내려고 했으나, 더 이상 시간적으로 여유가 없었다. 그리고 특히 이번 크리스마스에는 만날 가능성이 전혀 보이지 않았다.

다니엘(Daniel)이라고 불리는 네이비게이션을 믿고 출발했는데, 다니엘에 따르면 알프스를 통과해서 간다면 7시간 안에 도착할 수 있어야 했다. 하지만 알고 보니 다니엘은 거짓말쟁이였다. 출발한 지 약 11시간이 지나자 주변은 어두워졌는데 플로랑스 외곽 지역의 제대로 포장도 되지 않은 구불구불한 길 위에서 여전히 우리는 헤매고 있었다.

그렇지 않아도 비가 퍼붓고 있는 와중에 울퉁불퉁한 올리브 나무까지 시야를 막고 있어서 되돌아가야 할지 고민이 되기 시작했다.

다행스럽게도 조금 못 가서 피에졸레(Fiesole) 지방에 있는 부모님의 별장에 도착했고 프로세코(Prosecco, 와인의 한 종류 – 옮긴이) 한 병을 비우면서 길었던 여정을 잊을 수 있었다.

우리 부모님은 스스로 만든 용어인 '노인들의 갭이어'(gap year, 흔히 고교 졸업 후 대학 생활을 시작하기 전에 일을 하거나 여행을 하면서 보내는 1년 – 옮긴이)를 예술과 언어 그리고 음식에 푹 빠질 수 있는 이탈리아에서 시작했다. 그 이틀 동안 우리는 치즈, 파스타, 야생 돼지 라구, 마늘이 들어간 부르스케타(bruschetta)와 티라미슈 등을 잔뜩 배 속에 저장할 수 있었다. 부모님을 만나는 것은 늘 기분 좋은 일이었고, 덕분에 잠시나마 리옹에서 있을 회의에 대해 잊을 수 있었다.

언젠가는 함께 일하는 동료가 되기를 간절히 바랐던 팀원들과의 회의는 정말 설레고 긴장되었다.

레 알은 아름다운 장식들로 크리스마스 분위기를 물씬 풍기며 여느 때보다 아름다웠고, 오이스터 바에는 사람들이 가득 차 왁자지껄 떠들고 있었다.

몽스 가게 위층에 있는 레스토랑은 이미 직원들로 가득 차 있었고 새로운 얼굴들도 많이 보였다. 그들은 서로 잘 알고 있는지 인사를 하느라 정신이 없었다. 그중 대부분은 어느 영국인 하나가 치즈 판매 일을 하러 온다고 알고 있는 듯했다.

나는 서툰 프랑스어로 논쟁에 가까운 토론의 진행을 따라잡으려고 노력하면서 동시에 한 명 한 명의 이름을 외우고자 노력했다.

가게에 에티엔의 오른팔로 보이는 세브린느(Severine)라는 여자가 있었는데, 그녀는 키가 작고, 보름달처럼 환하게 웃는 얼굴에 안경을 꼈고, 단정한 머리를 하고 있었다. 사무실의 안쪽 벽에 기대 있는 사람은 기욤(Guillaume)이었다. 그는 나와 비슷한 연배에 두꺼운 눈썹과 진지한 표정이 인상적이었다. 테이블 건너편의 모서리에는 롤라(Lola)와 엘로이즈(Eloise)라는 두 소녀가 웃고 떠들고 있었다. 그녀들은 비즈니스 학위 과정을 이수하기 위해서 가게에서 교육을 받고 있었고, 치즈에 대해서 그다지 진지하게 생각하지 않아서 질책을 받곤 했다. 저스틴(Justine) 역시 거기에 있었다. 소개받기 전에 이미 그녀가 에티엔의 딸이라는 것을 한눈에 알아볼 수 있었다. 에르브와 에티엔이 회의를 막 시작하려 할 때 마지막으로 계단을 허둥지둥 뛰어올라온 사람은 튀니지 출신의 늘씬한 여성 사브리나(Sabrina)였다.

엄청나게 빨리 쏘아붙이듯 말하는 프랑스어를 따라가고 거기서 치즈에 관련된 단어를 찾아내느라 정말 힘들었다. 그런데 딱 한 가지 도저히 따라갈 수 없는 것이 있었다. 바로 내 스케줄이었다. 그렇게 많은 시간을 나에게 배당할 것이라고는 생각하지도 못했는데, 휴일도 크리스마스 당일과 새해 첫날, 이틀만 주어졌다. 크리스마스 때 그렇게 일을 해 본 적은 한 번도 없었고, 솔직히 말하자면 그 기간에 일하는 사람이 있으리라고 생각해 본 적도 없었다. 리옹에 있는 친구들은 전부 다 크리스마스 휴가에 가족들을 만나러 떠날 텐데 나는 결국 치즈에 파묻혀서 일해야 한다니, 혼자서 외로울 젠을 위해서 책이라도 한 권 사 주어야겠다는 생각이 들었다.

회의가 진행되는 동안 거의 모든 팀원들로부터 똑같은 질문을 받았다. '여기서 정확히 하고 싶은 게 뭐예요?' 직원들은 돈도 잘 버는 회계사로 지내던 사람이 도대체 굳이 왜 이곳까지 찾아와서 최저 월급도 받기 힘든 곳에서 일을 하려고 하는지 궁금해했다. 좋은 질문이었다. 그런 질문을 계속 받다 보니 내 대답 역시도 조금씩 그럴싸하게 만들어지고 있었다.

레디, 액션!

일을 시작한 첫날 정시에 가게에 도착했다. 그때 내 머릿속은 멍함과 황홀함의 중간쯤이었던 것 같다. 에티엔과 기욤은 이미 한 시간 전에 와서 배달된 많은 치즈를 옮겨 놓고 막 가게로 와서 진열을 시작하고 있었다. 눈을 돌리면 어디에나 치즈가 있었다. 온 바닥이 다 치즈로 덮혀 있었다. 지난 저녁 치즈가 고팠던 손님들이 모두 사 가고 생긴 빈칸은 다시 다른 치즈들로 채워졌다.

위층으로 올라가서 뒷면에 'Staff'라고 쓰여져 있는 티셔츠와 앞치마를 입고 가게로 내려왔다. 오늘 내가 해야 할 일은 치즈를 보기 좋게 진열하고 팔린 치즈는 다시 채워 넣고 시간이 지나 굳거나 오래되어 보이는 치즈는 잘라 내어 가게를 가장 섹시한 상태로 유지하는 것이다.

어떤 치즈든지 한 덩어리로 팔려 나가지 않을 때는 먼저 손님들에게 보여 주기 위해서 부담되지 않는 작은 사이즈로 잘라야 한다고 설명을 들었다. 꽤 설득력 있는 방법이었다. 작게 잘려서 두꺼운 껍질과 숨겨진 속살을 드러낸 치즈는 정말 먹음직스럽게 보인다. 이러한 이유로 기욤은 내게 브리야사바랭(Brillat Savarin)을 치즈 라이어(lyre, 치즈를 자를 때 사용하는 도구로 두 개의 쇠막대기 사이에 얇은 줄이 끼워져 있다 – 옮긴이)를 이용해서 반으로 자르라고 했다. 내가 경험이 있다고 생각한 것 같았다. 물론

해 본 적 없었다. 어떻게 하는지도 모르면서 마음 내키는 대로 했다. 자르고 보니 꽤 그럴듯해 보여서 만족스러웠다. 한 손에 치즈를 하나씩 들고는 진열장에 자랑스레 진열해 두었다. 그리고 팔을 빼면서 진열되어 있던 치즈 하나를 바닥에 떨어트렸다. 언제나 그렇듯 자른 면이 바닥으로.

급히 주변을 둘러봤다. 아무도 이 '사고'를 보지 못한 듯했지만, 확신할 수가 없었다. 반사적으로 치즈를 주워 바닥에 닿은 부분을 다시 살짝 잘라 내었다. 이걸 고백해야 하나? 시작하자마자 5분 만에 사고를 친 것을 알려야 할까? 누군가 보고도 아무 말 안 하고 있는 것이면 어떻게 하지? 솔직해 보이지 않을 텐데. 정말 이런 엄청난 스트레스는 감당할 능력이 없었다.

그래서 끝내는 솔직하게 말했는데, 아무도 상관하지 않았다. 떨어트린 치즈는 문제가 없었다. 내가 잘라 낸 건 단지 5상팀(프랑스의 화폐 단위, 1/100 프랑)도 채 안 되는 수준이었다. 앞으로 2주간 한 해 최고의 성수기를 앞두고 그다지 고려할 가치도 없는 문제였다. 휴우!

애초에 내가 손님들을 상대하지 않는다는 것은 정해진 사실이었다. 우선, 내 프랑스어가 문제였고, 둘째는 경험도 없었고, 세 번째의 어쩌면 가장 중요한 이유는 이 다양한 치즈들을 나는 제대로 이해하지 못하고 있었다. 종업원들이 크리스마스 쇼핑객들(물론 일부는 참을성이 부족하다)을 상대하는 혼란스러운 상황을 보니까 내가 상대하지 않아도 된다는 것이 오히려 다행스럽게 느껴졌다. 언젠가 해 보고 싶기는 했지만, 지금으로서는 아래층에서 평화롭게 치즈와 함께하는 것이 더 나은 일이었다.

가게의 위층에는 쇼핑객들이 치즈와 와인을 즐길 수 있는 레스토랑이 있고, 아래층에는 라보(labo)라고 불리는 공간이 있었다. 그곳에는 커다란 냉동고와 어둡고 시원하고 습한 치즈 저장소 그리고 치즈를 준비할 수 있는 공간 등이 있었다.

라보에는 레 알의 지하로 연결되는 문이 있는데 일반인들은 출입할 수 없었다. 어떠한 장식도 없는 것을 제외하면 아래층도 화려한 1층과 정확히 똑같은 구조를 갖고 있었다. 하지만 가게와는 완전히 대비되어 보였다.

긴 통로의 천장에는 정육점처럼 무거운 육류를 운반하기 위한 레일이 설치되어 있었다. 그날 하루 종일 그 레일은 최상의 품질을 자랑하는 고기들을 나르기 위해 덜컹거릴 것이다. 안전한 라보를 벗어나 지하로 들어갈 때에는 제자리에서 주위를 한 번 더 돌아보고 귀 기울여 뭔가 움직이는 소리가 나는지 먼저 확인을 해야 한다. 엄청난 속도로 움직이는 고깃덩어리에 제대로 후려 맞고 싶지 않다면 말이다.

레 알의 지하는 마치 모든 일이 일어날 수 있을 것 같은 공간이었다. 위층에서 팔릴 물건들이 자기 순서를 기다리고 있었다. 간혹 열려 있는 문을 통해서 들여다보면 정육은 물론이고 수산업을 포함한 온갖 분야의 전문가들이 일하는 모습을 볼 수 있었다. 그곳은 다양한 활동의 중심지이자 상인들이 바쁜 크리스마스 시즌의 바쁜 와중에 잠깐 쉬면서 담배 하나라도 피울 수 있는 휴식 공간이기도 했다.

❖

나에게 주어진 일은 꽤 단순한 작업이었지만 손수 할 수 있어서 재미있었다. 주로 기욤과 일을 했고, 레스토랑에서 들어온 주문에 맞춰 치즈를 준비하면 되었다. 처음에는 레스토랑에서 에르브와 생아옹(Saint-Haon)의 몽스 치즈 동굴로 직접 주문을 하였으나, 지금은 몽스 매장에서 레스토랑의 주문을 받고 있었다. 리옹은 큰 냉동 수송 회사가 있다는 좋은 조건을 갖추고 있었다. 그래서 이렇게 바쁜 크리스마스 주간에도 프랑스 어디로든지 하루 만에 배송을 할 수 있었다.

주문서에 기재되어 있는 숙성도, 무게 그리고 크기 등에 따라서 치즈를 준비해야 한다. 그러고 난 후 치즈를 포장해서 박스에 넣어 발송을 한다. 이런 단순한 작업을 하면서도 내가 배워야 할 것이 얼마나 많은지를 느꼈다. 단지 치즈를 구분하는 것만으로도 정신이 없을 만큼 어려웠다. 그런데 각 레스토랑에서 요구하는 숙성도에 맞는 치즈를 찾는 것은 결코 간단하지 않았다. 게다가 치즈를 포장하는 것을 기욤에게 배우기는 했어도 기준에 맞추면서 동시에 빠르게 해야 한다는 점이 힘들었다.

매장에 지속적으로 적절한 재고가 유지되도록 하는 일 역시 내 몫이었다. 엄청난 양의 주문이 들어오면 순식간에 선반이 텅 비어 버리게 된다. 선반을 다시 채우기 위해 필요한 치즈의 리스트가 작은 엘리베이터를 통해서 아래층으로 전달된다. 그러면 그 리스트를 들고 창고에 잔뜩 쌓인 치즈들 중에서 필요한 치즈를 찾아 분주히 뛰어다녀야 한다. 그렇게 조금씩 더 많은 치즈들을 눈으로 익혀 가고 있었다. 에르브는 크리스마스 주간에 매장에 자주 들러서 기다리는 것을 싫어하는 손님들이 미리 주문해 둔 내역을 관리했다. 그는 효율적이고 세심하게 마치 모든 것이 세팅되어 있는 기계처럼 전혀 사람으로 볼 수 없는 속도로 일을 했다. 번개 같은 속도로 치즈를 자르고, 몇 개의 주문을 한 번에 처리하면서도 절대로 잊어버리지 않고 느려지지도 않았다. 놀라서 입이 다물어지지 않았다. 보스가 다시 무대로 올라와 일하는 것을 보게 되어 놀라웠고 그의 일솜씨는 더욱 놀라웠다.

그는 나에게 좀 더 경험이 될 만한 일거리를 주었다. 내 스스로는 잘했다고 생각했는데, 치즈를 자르는 것은 꽤 숙련된 기술이 필요했고, 에르브의 조언에도 불구하고 여전히 실수가 많았다. 다행히 고맙게도 치즈가 조금 잘못 잘렸다고 해서 큰일이 생기지는 않았다. 정확히 잘리지 않았더라도(물론 어느 정도 선에서) 대부분의 고객들은 그냥 넘어간다. 오히려 마치 기계가 자른 것처럼 자르는 것을 피해야 한다.

그래도 정말 엉망으로 잘라졌다면 다시 잘라서 레스토랑의 손님들에게 제공하고 엉망으로 잘린 치즈는 기다리는 사람들을 위한 시식용으로 준비하면 되었다.

❖

육체적으로뿐만 아니라(과체중의 회계사로서는) 부족한 프랑스어로 머리까지 아팠던 길고도 긴 시간 중에 하루 반 정도의 짧은 휴가를 얻어 젠과 크리스마스를 보내는 것은 매우 중요한 일이었다.

에르브는 2킬로그램이 넘는 커다란 치즈 박스를 휴가 선물로 주었고, 우리는 열정적으로 먹어 치웠다.

시간은 금세 지나갔고 오래지 않아 새해 전야가 되었다. 매일같이 잠깐의 점심 시간을 제외하고 오전 7시부터 저녁 8시까지 쉴 틈 없이 일했지만 즐거웠다.

새해를 맞이할 때까지 잠들지 않기를 바라며 지친 몸을 이끌고 퇴근하려 하는데, 에르브가 앞으로 회사에서 더 일을 하고 싶다면 함께 의논해 보자며 나중에 다시 연락을 주겠다고 했다.

❖

이번에는 그리 오래 기다리지 않아도 되었다. 몇 주 지나지 않아 가게로 다시 불려갔다. 가게에는 에르브와 에티엔이 있었는데 도저히 그 속을 읽을 수 없는 표정이었다.

에르브가 먼저 말을 꺼냈다.

"매트, 그동안 당신이 일하는 모습이 마음에 들었고, 앞으로도 함께 일했으면 해요. 하지만, 그 전에 먼저 교육을 받아야 하고, 그러기 위해서는 치즈 동굴에서 일을 할 필요가 있어요."

날아갈 듯한 기분이었다. 내가 기대했던 것 이상이었다. 그는 내게 가게에서 재고와 레스토랑 주문량을 관리하기 전까지 두어 달을 치즈 동굴에서 보내기를 권했다. 물론 조건이 있기는 했다.

"만약에 만족할 만큼 실력이 향상된다면 채용을 하겠어요. 치즈 동굴에 있는 동안은 월급을 줄 수 없지만, 숙소를 제공할 수는 있어요."

그 정도야 크게 문제될 것이 아니라고 생각했다. 이미 나는 활짝 웃고 있었다.

"그리고 하나 더 있어요. 우리와 함께 일하기 위해서는 프랑스어를 프랑스 사람 수준으로 구사할 필요가 있어요."

에르브는 태연하게 이야기했지만 순간 내 얼굴에는 웃음기가 싹 가셨다. 이건 내게 정말 어려운 숙제라고 생각되었다. 이 시점에서 생각나는 프랑스어는 딱 하나 '젠장(merde)!'밖에 없었다.

난 언어에 대한 재능 따위는 전혀 없었다. 지금은 프랑스어를 나름대로 유창하게 구사한다고 하지만 내가 영어식 발음을 프랑스어에서 지우고 완벽한 2개국어를 하게 될 것이라고는 결코 기대하지도 않는다. 사실 그렇게 되려고 노력하지도 않았다.

나는 프랑스어를 배우는 것이 재미있었다. 그렇지 않았다면 공부를 계속 하지도 않았을 것이다. 그런데도 이 정도가 되기까지 대학교 4년을 공부한 것에 버금갈 만한 엄청난 시간과 노력이 들어갔다.

우리 아버지나 어머니는 모두 프랑스어를 잘 구사한다. 물론 꽤 많은 시간을 프랑스에서 보내는 동안 다양한 영어권 언론이나 인터넷이 발달한 지금에 비해서 훨씬 더 프랑스어를 자주 써야 했을 것이다. 내가 중등교육 자격 검정시험(GCSE)의 프랑스어 과목에서 B라도 받은 것은 그래도 부모님 덕분이었다. 특히나 아버지는 내가 구절과 문법 그리고 단어를 모두 공부하는 것이 어렵다고 하는 것을 이해하지를 못했다.

물론 내가 엑상 프로방스에 있는 동안 프랑스어가 엄청나게 늘었고, 완벽하지는 않아도 자신감이 생겼다. 일단 내가 원하는 말을 하는 데 문제가 없었고 다른 사람들이 말하는 대부분을 알아들을 수 있었다. 하지만 여전히 아는 단어의 범위가 넓지 않아서 대화가 부자연스럽게 되기도 했다. 게다가 실수하지 않으려고 단어를 너무 신중하게 고르는 나쁜 습관이 있어서 답답할 만큼 말을 천천히 했다.

사실 그렇게 먼저 스스로 고르고 고쳐 말하는 습관이 다른 사람에게는 편안한 인상을 주기 어렵겠지만, 아무 단어나 내뱉고 틀려도 상관하지 않는 태도보다는 낫다고 생각한다. 프랑스어가 모국어인 사람들 대부분은 그런 노력을 이해하고, 고치는 데에 도움을 줄 것이다. 그런데 그렇게 노력해도 가끔 이상한 실수를 하는 것은 나도 어쩔 수 없었다.

그런 실수 중에 특히 프랑스로 이사 와서 쇼핑을 갔을 때 있었던 일은 잊기가 어렵다. 나는 시장에서 전통 구이 요리를 할 재료를 찾고 있었다. 보통은 거위 기름을 이용해서 요리를 하는데 이번에는 오리 기름으로 구운 감자 요리를 하려고 했다. 이런 모험이 나쁠 것은 없었다.

여기저기 정육점을 둘러보다가 내가 찾고 있는 바로 그 오리 기름이 보이는 곳에 줄을 서서 기다렸다. 나의 차례가 되어 나는 내가 할 수 있는 최고의 프랑스어로 물었다.

"안녕하세요, 혹시 멍청이 기름 있어요?(Bonjour, je me demandais si vous avez la graisse du conard?)"

동네 사람들의 웃음소리가 여기저기서 터져 나왔다. 내가 아주 정중하게 '멍청이 기름'이 있는지 물어봤으니 당연한 것이었다. 사실 내가 말해야 했던 단어는 'conard(멍청이)'가 아닌 'canard(오리)'였다. 사실 지금도 그때 산 '멍청이 기름'이 뭐였는지 모르겠다. 어쨌든 구이 요리에 그다지 적합하지 않았던 것 같다.

❖

에르브는 내가 프랑스어를 프랑스 사람처럼 말하는 데 한 달의 시간을 주었다. 정말 심각하게 공부를 해야 할 때가 된 것이다.

11장
숙성된 꿈을 동굴에서 만나다

동굴에서의 교육은 2012년 2월 27일 월요일에 시작되었다. 일과가 오전 7시에 시작되기 때문에 전날 밤에 가서 첫날을 위해서 충분히 쉬려고 했다. 이 정도의 기회를 얻게 된 것만 해도 힘들었는데 '치즈'라는 새로운 것을 심지어 외국어로 배워야 한다는 것을 생각하면 서벽 4시에 일어나 2시간을 운전해서 가는 것은 그다지 좋은 선택이 아니라는 생각이 들었다. 몽스는 '빌라(the Villa)'라고 불리는 집을 갖고 있었다. 앞으로 몇 달 동안은 주 중에 이곳에서 머물 계획이었다. 그곳에서 치즈 동굴까지는 엎어지면 코 닿을 거리였다.

생아옹으로 가는 날 밤은 평소와 별 다를 것이 없었다. 이미 가는 길도 잘 알고 있었고 늦은 시간이라 길에 차도 거의 없었다. 차의 헤드라이트 불빛에 흩뿌려지는 눈이 약간 보이곤 했고 긴장감에 속이 살짝 불편하기는 했다. 크리스마스 전야의 아이 같은 기분이었다. 치즈에 관련된 일을 할 수 있는 기회를 얻었다는 것이 거짓말 같았다. 아침 일찍 일어나야 할 때도 많을 것이고 고된 일도 있겠지만, 치즈 업계에 발을 담글 수 있다는 사실만으로도 모든 것을 감수할 수 있었다. 지난 6개월 동안 백수로 지냈더니 그 기쁨은 더 컸다. 물론 그래도 지난 5~6개월 동안의 늦잠, 여행 그리고 젠과 함께할 수 있었던 시간의 자유는 정말 사랑스러웠다.

내가 이야기하는 '동굴'은 정말 땅속에 있는 실제 동굴을 말하는 것이 아니라 치즈를 숙성시키기 위해서 사람이 만들어 낸 공간을 말한다. 어쩌면 '저장고'가 좀 더 정확한 단어일 수 있지만, 역사적으로도 시원하고 습기가 적당해서 치즈를 보관하고 품질을 향상시키기 좋은 동굴에서 숙성을 해 왔다. 로크포르와 같은 곳에서는 여전히 진짜 동굴이 사용되기도 하지만 대개의 경우 좀 더 세밀한 제어가 가능한 인공 환경에서 숙성을 한다. 그렇다고 인조 동굴이 눅눅하지 않거나 분위기가 없다는 것은 아니다. 지금도 생넥떼르(Saint-Nectaire)의 생산지에 갔던 기억이 생생하다. 생넥떼르는 약 1.5킬로그램 정도 되는 노란색의 평평한 원판 모양 치즈로 부드러운 회색 껍질에 풍부한 과일 향이 일품이다. 치즈 껍질에는 바닥에 깔아둔 짚의 눅눅함과 함께 축축하고 톡 쏘는 동굴의 맛과 향이 깊게 배어 있었다. 하지만 아무리 치즈를 좋아하는 사람이라도 그런 동굴의 벽에 기대어 있고 싶지는 않을 것이다.

❖

그날 역시도 나의 사랑 다니엘 덕분에 건물이라고는 예쁜 교회와 우체국밖에 보이지 않는 작은 마을을 빙빙 돌아다니다 빌라에는 예상했던 것보다 조금 늦게 도착했다. 그 상황을 불쌍하다는 듯 쳐다보던 지역 주민이 도저히 찾을 수 없었던 작은 길을 알려 주지 않았다면 지금도 길을 찾고 있었을지 모르겠다.

어디 들이받지 않고 무사히 찾아왔다는 기쁜 소식을 젠에게 알리고 나서 빌라의 문을 두드렸다. 문을 열어 준 것은 몽스의 홍보 책임자인 오렐리(Aurélie)였다. 거실 창문을 통해서 따뜻한 빛이 새어 나와 넓은 정원을 금빛으로 물들이고 있었다. 바깥 공기가 약간 쌀쌀했지만 들어가기 전에 잠시 서서 밖을 다시 한 번 돌아보았다. 이렇게 조용한 밤을 느껴본 것도 참 오랜만이었다.

오렐리는 얼마 전에 구입한 집을 보수하는 동안 잠시 이곳에 머물고 있었다. 그녀는 이전에 리옹에 살면서 에티엔과 레 알의 가게에서 일하기도 했었고 몽스가와는 꽤 친밀한 관계였다. 그녀는 활짝 웃으며 문을 열고 나를 맞이해 주었다. 그녀는 이미 잠옷을 입고 있었고 졸린 기색이 역력했다. 그런데 시간을 보니 이제 9시밖에 안 되었다.

오렐리는 연신 하품을 하며 빌라에 대해서 간단히 설명해 주었다. 꽤 크고 탁 트인 실내에는 정말 생존에 필요한 가구들만 있었다. 먹고 자고 일하는 것 외에는 할 만한 것이 전혀 보이지 않았지만 그게 중요하지는 않았다. 어차피 이곳에 들르는 사람들은 인턴 사원이든 직원이든 해외에서 온 바이어든 기본적으로 먹고 자고 일하는 것 외에 다른 것이 필요할 이유도 없었다.

"여기가 부엌이에요."

한쪽을 가리키며 그녀가 말했다.

"편하게 사용하시면 돼요. 보통은 서로 조금씩 돈을 모아서 필요한 음식을 사기도 하는데 혹시라도 요리사가 되고 싶다면 요리를 하셔도 상관없어요. 이제 저는 들어가서 자야겠어요. 매트 씨도 너무 늦지 않게 잠자리에 드는 것이 좋을 거예요. 내일은 꽤 힘들 테니까요."

난 고개를 끄떡이고는 잘 자라고 인사를 했고, 자기 전에 주방을 조금 더 둘러보고 싶었다. 그런데 오렐리가 위층에서 다시 내려와서는 한마디 덧붙이고 올라갔다.

"아, 깜빡 잊을 뻔했는데요, 혹시 요리 하실 거면요…"

"네?"

"제가 글루텐이랑… 음… 젖당에 알러지가 있어요."

당황하는 내 얼굴을 보며 그녀는 멋쩍다는 듯이 살짝 웃으며 말했다. 이제 내가 요리할 수 있는 레시피의 3분의 2는 쓸모가 없어졌다.

"미안해요 요리사님, 좋은 꿈 꿔요(Bonne nuit)."

그 말을 듣고 보니 그녀가 젖당이 넘치는 환경 속에서 일에 헌신하고 있다는 사실이 놀라웠다. 나중에 그녀가 말하길 치즈가 너무 좋아서 때로는 고통을 감수하면서도 먹는다고 했다. 그러니 그녀에게 치즈의 가치는 남다를 수밖에 없었다.

곧 위층의 내 침실로 올라갔다. 크지도 작지도 않은 적당한 크기의 더블 사이즈 침대와 삐걱거리는 작은 책상과 의자 그리고 찬장이 있었다. 장시간 운전으로 지쳐 피곤했는데도 쉽게 잠들 수 없었다. 이전 회의에서 에르브가 내게 준 숙제를 잘해야 한다는 압박감이 부담이 되어 다가왔다. '가장 최악의 상황이 무엇일까?'라는 것을 떠올리는 게임이 존재했다면 나는 아마 누구도 상상 못 할 다양한 상황들을 연출해 낼 수 있었을 것이다.

안녕, 친구들!

아침 6시에 일어나 최고의 모습을 보여 주기 위해서 샤워와 면도를 하고 마음을 가다듬었다. 밖은 여전히 어두웠고 공기는 얼음장처럼 차가웠다. 아침에 마신 블랙커피는 진득할 정도로 진했다. 지난 몇 달간 일을 하지 않아서 그런지 이렇게 이른 아침에 일어나는 것이 더욱 힘들었다. 아무래도 일찍 일어나려면 좀 더 훈련이 필요할 것 같았다.

오렐리와 함께 차를 타고 갔다. 걸어서도 5분밖에 걸리지 않지만 그래도 늦을 수도 있었고, 그녀는 운전해서 가는 것이 가장 편할 것이라고 생각했다. 지난 밤새 꽤 두꺼운 성에가 끼어 있었지만 창문을 긁어낼 시간은 없었다. 빌라의 골목을 속도를 내서 벗어나며 오렐리가 말했다.

"이거 하나만 꼭 알아 두세요. 에르브와 일하는 첫째 날 늦는 것은 정말 최악이에요. 뭐든 느린 것을 죽도록 싫어하거든요."

말하면서 의미심장한 눈으로 나를 쳐다봤지만, 제발 그녀가 나보다 길에 좀 더 집중했으면 했다. 온통 얼음으로 뒤덮힌 유리를 통해서 볼 수 있는 세상은 정말 작았다. 다른 차들이 거의 없었다는 것이 다행이었다. 지금 우리 차가 길 위에서 제대로 달리고 있는지도 구분이 잘 가지 않았는데 다른 차라도 있었으면 전혀 분간이 힘들었을 것이다.

다행히도 사지 멀쩡하게 상한 곳 없이 동굴까지 올 수 있었다. 내 생각에는 운전 실력뿐만 아니라 운도 꽤 따라준 듯했다. 도착하고 보니 태양이 안개와 서리가 뒤덮힌 들판 위로 막 떠오르고 있었다.

이미 도착한 아피너(치즈 숙성사 – 옮긴이)들 덕분에 주차장은 활발했다. 몽스의 조직은 최근에 들어 급격히 성장했고, 공간을 최대한 활용하고 배송 시간을 다양화하기 위해서 새벽 4시 혹은 5시부터 시작되는 첫 번째 근무조와 오후 1시에 시작하는 두 번째 근무조가 있었고 8시가 되어서야 일을 마쳤다. 아피너들은 이러한 두 개의 근무 시간에 걸쳐서 일을 했는데 보통 오전 7시에 일을 시작해서 오후 4시에 일을 마쳤다. 나는 아피너들의 시간표를 따를 예정이었다.

오렐리는 허둥지둥 나를 라커룸으로 밀어 넣었다. 라커룸은 동굴의 재료 저장 구역에 있었다. 커다란 헛간처럼 생긴 구조물로 종이 박스에서 치즈 와이어, 말린 버섯 가방과 몽스 로고가 있는 티셔츠에 이르기까지 다양한 치즈 용품들이 반짝거리며 주변의 선반에 잘 정리되어 있었다.

사람들과 인사를 하고(대부분의 이름은 듣는 순간 바로 잊어버렸다), 로고가 있는 하얀 스웨터, 갈색 외투 그리고 갈색 앞치마로 구성된 유니폼을 받았다. 신발 앞에 쇠가 둘러진 안전화인 치즈 신발 그리고 머리에 쓰는 망까지 착용하고 보니 내가 봐도 꽤 그럴싸해 보였다.

다른 아피너들과 함께 메인 준비 공간으로 들어갔다. 거기에는 이미 프로마쥬(fromagères)들이 치즈를 여기저기로 옮기고, 고르고, 자르고, 포장하면서 소리치고 있었다. 만나는 사람들마다 인사를 나누고 새로운 이름을 듣고 외우려 노력했다. 그런데 내가 뭔가 다른 사람들과 다르게 하고 있다는 것을 곧 깨달았다. 대부분은 키스를 하며 인사를 하는데 나는 그저 악수를 하고 있을 뿐이었다. 그런데 처음 만났을 때 꼭 키스를 해야 하는가? 그럼 도대체 이건 언제 물어봐야 할까?

이런 세기의 난제에 대한 고민을 하다가 다른 아피너들이 사라진 것을 뒤늦게 알아차렸다. 어디로 갔는지 이미 보이지도 않았다. 그들을 찾으러 계속 실내화와 실외화를 번갈아 신으며 혹시 담배를 피우러 나갔는지, 아니면 사무실에 있는지, 치즈 동굴로 갔는지 곳곳을 뒤지고 다녔다.

결국 어렵게 에르브와 아침 회의를 하고 있는 그들을 찾을 수 있었다. 황급히 제일 뒤로 가서 섰는데, 살짝 미간을 찌푸리며 나를 쳐다보는 에르브를 볼 수 있었다. 젠장. 첫날부터 지각이다.

이미 그는 몽스 야구 모자를 쓰고 테이블의 상석에 앉아서 한창 이야기를 하고 있었다. 그는 이미 일할 준비가 된 듯 팔을 걷어붙이고 있었다. 그리고 최근 국제 치즈 외교를 위해서 호주를 방문한 이야기를 하고 있었다. "우리는 더 잘할 필요가 있습니다." 그가 빠른 스타카토 같은 프랑스어로 이야기했다. "호주의 치즈 포장 기술은 정말 정확하고 과학적이었습니다." 잠시 멈추고는 방 앞에 있는 스툴쪽으로 손짓을 했다. "여러분, 이 사람은 영국에서 온 매트입니다. 치즈를 배우러 여기에 왔고 리옹의 가게에서 일할 수도 있습니다. 여기가 어떻게 돌아가고 있는지 필요한 것들을 서두르지 말고 잘 알려 주기 바랍니다." 그는 무뚝뚝하게 소개를 하고 부메랑처럼 생긴 나무 열쇠고리 하나를 내게 넘겨주었다. 그러고는 주저하지 않고 바로 호주의 치즈 업계에 대한 이야기로 돌아갔다.

아침 회의는 치즈 동굴로 들어가는 작은 리셉션에서 진행되었다. 여기는 커피 머신이 있고 직원들이 쉬거나 잠시 만나서 이야기하는 곳이다. 그 회의는 당일 아피너가 해야 할 일들과 누가 그 일을 해야 하는가를 결정하는 자리이기도 했다. 치즈의 품질에 관한 토론을 하기도 했으며 동굴 운영에서 생기는 다양한 문제점들을 에르브가 고전적이면서도 단호한 스타일로 정리하곤 했다. 상사에게는 문제점보다 그

해결책을 보여 주는 것이 좋다는 말은 그곳에서는 통용되지 않았다. 에르브는 이러한 문제들을 해결하는 것을 좋아했다. 중요한 순서대로 진행되어야 할 일들을 간단히 설명하고 해야 할 일들 혹은 해결책에 대한 결정을 하고 다음 안건으로 빠르게 넘어갔다. 언제나 결정하는 데 걸리는 시간이 긴 회계 분야에서 일을 하다가 이렇게 빠른 의사 결정 속도를 접하니 새롭게 느껴졌다.

처음 몇 주간은 치즈에 대한 기본적인 이해를 위해서 아피너와 함께 일하기로 하였다. 그동안 치즈들이 각각 어떻게 다른지 그리고 각각의 숙성도는 어떻게 확인하는지를 배워야 했다. 그리고 프로마쥬엲에서 어떻게 주문 건을 처리하는지를 배워야 했다. 그 후에는 알랭(Alain)과 함께 커다란 치즈를 자르고 국내 및 해외 주문량에 맞추어서 준비된 치즈를 배송하는 일을 담당하게 될 것이다. 쾌활한 성격의 알랭은 그곳에서 일하기 전에는 선생님이었는데 지금은 아피너와 프로마쥬 모두와 함께 일을 했다. 그는 오늘 오후에 잘라야 하는 커다란 파마산 치즈가 한 덩이 있는데 내가 와서 보는 것이 어떻겠느냐고 에르브에게 제안했다.

그날 오전은 치즈 건조실(hâloir)에서 아피너들을 돕는 것이 내가 할 일이었다.

치즈의 습기가 천천히 낮아질 수 있도록 건조실은 상대적으로 온도가 낮고 약간 습하다. 서늘하게 말리는 이 과정 없이 치즈가 동굴로 옮겨져 따뜻해지면, 치즈 안과 껍질의 박테리아와 곰팡이가 너무 활발하게 치즈 껍질 바로 밑에서 활동을 해서 순식간에 치즈가 물처럼 변해 버리게 된다. 이런 현상을 '두꺼비 피부(toad's skin)'라고 한다. 이렇게 되면 치즈를 다루기가 정말 힘들어진다. 치즈를 들어 올리면 치즈는 그대로 있고 치즈 껍질만 쏙 벗겨져 버리고 만다.

치즈가 이 건조실에서 나갈 준비가 되었는지를 확인하는 것은 치즈의 눅눅한 정도와 형태에 따라 결정된다. 건조실에서 치즈를 확인하는 작업에 익숙해지기까지는 총 9개월이 걸린다고 했다. 농장에서 생산된 치즈는 습기나 그 모양 혹은 들어간 소금의 양이 일정치가 않다는 문제점을 갖고 있다. 그뿐만 아니라 치즈 상자의 어디에 치즈가 들어 있느냐는 것도 치즈의 건조 속도를 결정짓는 요소이다.

그러니 치즈가 같은 날 같은 농장에서 같은 우유로 만들어졌어도 숙성되는 정도는 모두 다를 수밖에 없다. 따라서 아피너들은 각각의 치즈를 다르게 대하고 처리해야 한다.

실제로 이 과정은 다음과 같이 진행된다. 건조실에서 치즈 상자가 잔뜩 들어 있는 손수레를 하나 끌고 나온다. 그리고 한 번에 한 상자를 골라서 그 안의 치즈를 하나씩 꺼내 비어 있는 새로운 상자에 뒤집어서 넣고 동굴로 들어갈 만한 치즈들은 다른 상자에 옮기면 된다. 좀 더 건조실의 사랑을 받아야 하는 치즈는 다시 건조실로 되돌아가고 모든 준비를 마쳐서 이제 치즈의 특징을 만들어 가야 할 치즈들만 다음 단계로 옮겨지게 된다.

치즈를 돌려 두는 것은 매우 중요한 작업이다. 이렇게 함으로써 치즈의 껍질이 비슷한 조건에 노출이 되면서 치즈가 전체적으로 균일하게 숙성될 수 있다. 돌리는 작업을 빼먹으면 바닥에 닿아 있는 면은 산소를 만나지 못하고 그 반대편은 공기 중에 노출이 된다. 그렇게 되면 양쪽이 다른 형태로 숙성이 되어 버린다. 건조 과정에서는 이러한 공기에의 노출이 치즈 속 습도 변화에 영향을 주기 때문에 치즈가 한쪽 면만 지속적으로 공기 중에 노출되는 것을 막는 것이 중요하다.

치즈를 가볍게 두드리는 것 역시 중요한 과정 중의 하나이다. 치즈 위에서 자라는 곰팡이는 껍질을 형성하는 데 도움이 되지만 동시에 너무 과해지지 않도록 조절을 해야 한다. 그냥 그대로 치즈를 놔두면 종종 털로 덮인 작은 고양이처럼 변해버리곤 한다.

정리하자면 해야 하는 모든 일이라고는 그저 치즈를 문지르고 뒤집어서 새 상자에 넣는 것뿐이다. 하지만 미세한 습도의 차이를 느껴야 하는 작업이기에 결코 쉽다고 할 수 있는 일은 아니다. 첫 주 동안 다른 아피너들에게 잘 숙성된 치즈와 건조실에 남아야 하는 치즈의 예를 보여 달라고 할 것이다. 그리고 그것을 기준으로 삼아서 나머지 일을 진행해야 한다.

내 생에 그렇게 많은 치즈를 만져 볼 기회는 없었다. 첫째 날 아침에는 뚜렌느(Touraine, 프랑스 서부의 한 지역 – 옮긴이)에서 지난 주부터 들어

온 치즈들과 씨름을 해야 했다. 그 지역은 생뜨모르 드 뚜렌느(Sainte-Maure de Touraine), 발렁세(the Valençay), 셀쉬르셰르(the Selles-sur-Cher) 그리고 뿔리니생삐에르(Pouligny-Saint-Pierre) 등과 같은 염소 치즈로 유명하다. 나는 그중에서 생뜨모르가 최고라고 생각했었다. 그 치즈는 마치 두꺼운 장작용 나무처럼 생겼는데 이 장작의 한 가운데에 지푸라기 하나가 길게 들어가 있다. 껍질은 식물의 재로 검게 덮혀 있고 환상적인 염소의 향(동물과 마굿간의 향이 뒤섞인)을 풍기며 적당한 신맛이 질리지 않게 해 준다. 숙성이 되면서 딱딱하고 잘 부서지던 치즈 안이 크림이 풍부하게 변하는데 그 맛은 상상을 불허할 정도이다. 물론 어떻게 숙성을 시키느냐가 굉장히 중요하다. 어떤 면에서 보자면 그런 맛있는 치즈들을 곁에 두고도 맛보지 못하고 어슬렁거리기만 해야 한다는 것은 일종의 고문이나 다름없었다. 그저 계속 꾸르륵거리며 보채는 위를 달래야만 했다.

내가 막 치즈를 반 정도 뒤집고 있을 때 알랭이 내게 와서 파마산 치즈를 곧 자를 것이라고 했다. 엄청나게 중요하고 어려운 일을 곧 하려는 것이리라 생각했다. 나는 뒤집고 있던 발렁세를 놔두고 그를 따라갔다.

그의 작업 과정은 내가 존경할 만한 정신적인 숭고함마저 느껴졌다. 서두르지 않고 신중하게 도구를 골라서 도구의 상태를 다시 한번 확인을 했다. 직접 치즈를 건드리기 전에 주변에 방해되는 것은 없는지 충분한 공간이 확보되어 있는지 다시 확인을 했다. 아피너들의 빠른 손놀림과는 전혀 다른 마치 일종의 '도'를 행하는 듯했다.

"치즈를 열 때는 언제나 조심스럽게 해야 해요. 너무 성급하게 하면 엉망으로 자르게 될 거고 심지어는 본인도 다칠 수 있어요."

치즈의 크기를 재며 그가 말했다.

파마산 혹은 이탈리아식 이름인 파르미지아노 레지아노(Parmigiano-Reggiano)에 대해서는 책에서도 읽고 유튜브에서도 보아서 어떻게 열면 되는지 조금은 알고 있었다. 보통 전통적으로 파마산 치즈를 열 때는 약 10센티미터 정도 길이의 평평한 전용 칼을 사용한다. 이 칼을 조금씩 움직여 치즈의 가장 약한 부분이 자연적으로 잘려 나가게 하면서 자른다. 잘려진 표면은 커드가 어떻게 형성되어 치즈를 구성하느냐에 따라서 매우 울퉁불퉁하다. 이러한 방법으로 여는 것은 치즈 자체의 질감을 신중히 고려해야 한다.

하지만 알랭은 몽스에서는 조금 다른 방법을 사용한다고 일러 주었다. 여기서는 꽤 길고 두꺼운 치즈 와이어로 정확히 반을 자르는데 이 방법을 통해 치즈의 수분이나 향을 빼앗길 표면적을 최소화할 수 있고 포장을 할 때도 훨씬 유리했다.

껍질을 닦아 쓸데없는 표면의 곰팡이와 기름기를 제거하고 치즈를 손수레로 옮겼다. 파마산 치즈 한 덩이가 40킬로그램 정도니까 옮기는 것도 쉬운 일은 아니다. 치즈의 둘레를 따라서 갈고리처럼 생긴 이상한 칼로 칼자국을 내는데, 이 칼은 단지 몇 밀리미터의 껍질만 자를 수 있도록 고안되었다. 껍질을 잘라내기 위해서 힘을 주면서도 동시에 일자로 잘라야 하기에 이 과정도 간단치는 않았다. 한 바퀴를 빙 둘러서 칼자국을 내고 나서 칼을 약간 기울여 칼자국을 넓게 하기 위한 두 번째 칼질을 하게 된다.

그런 후 치즈가 바닥에 떨어지지 않도록 가슴에 가까이 붙이고 양 끝에 손잡이가 있는 칼로 칼자국을 따라서 몇 센치미터 깊이로 먼 쪽에서 가까운 쪽 방향으로 자른다. 이렇게 함으로써 치즈 와이어를 사용하는 과정을 훨씬 손쉽게 할 수 있다.

이제 가장 어려운 과정이 남았다. 두꺼운 치즈 와이어를 치즈 주변에 둘러 방금 만든 칼집에 잘 맞추어 넣는다. 왼손으로 치즈 가까이의 치즈 와이어를 움켜쥐고 왼쪽 무릎으로 치즈를 지탱하고 거의 수평이 되도록 몸을 뒤로 기울이면서 와이어의 반대쪽 끝을 잡고 있는 오른손에 모든 무게를 싣는다. 상체를 모두 비틀어서 충분한 힘을 가하기 전까지 와이어는 꼼짝조차 하지 않는다.

마치 치즈와 발레를 하는 것 같기도 했다. 힘도 필요했지만 기술도 필요했다. 한 번 시도는 해 보았지만 안타깝게도 제대로 하지도 못했고 거의 치즈에 힘을 가하지도 못했다. 반면에 수석 발레리나인 알랭은 그 커다란 치즈를 우아하게 반으로 갈랐다.

다시 염소 치즈를 뒤집으러 돌아오면서 내가 앞으로 배워야 할 것들이 얼마나 많은지 되새겨 보았다.

12장

치즈맨이 되고 싶어요

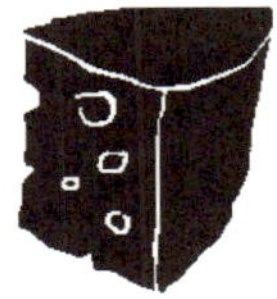

아피너들의 역할은 복잡하지만, 간단하게 말하자면 치즈를 가장 좋게 만드는 것이 그들의 임무이다.

'아피너(affineur)'가 영어는 아니지만 '치즈 숙성사(cheese mature)' 혹은 그와 비슷한 다른 명칭이 내게는 뭔가 정확히 와 닿지 않는다. 그래서 아피너 혹은 프로마쥬와 같은 프랑스어가 가장 적합하다고 생각된다.

내가 말하고 싶은 것은 내가 하던 일이 단지 치즈를 숙성시키는 일에서 끝나는 것은 아니었다는 점이다. 그것은 아피나주(Affinage) 과정이고 아피너들과 일을 했다. 물론 단어를 하나하나 다 해석할 필요는 없지만 설명한다고 나쁠 것도 없지 않을까 싶다.

❖

동굴에서 처음 한 달간 아피너들과 시간을 보내면서 단지 몽스가 판매하는 200가지가 넘는 치즈의 특성과 이름을 파악하는 것만이 내

목표는 아니었다. 내가 알고 싶었던 것은 치즈를 숙성시키는 방법이었다. 이것은 치즈 업계에서 일하기 위해 알아야 할 가장 중요한 것 중 하나이다. 치즈는 시간이 지나면서 맛과 향, 질감 그리고 그 형태까지도 변화된다. 많은 경험을 통해 치즈를 어떻게 그리고 왜 숙성해야 하는지 깨달아야 숙성 방법을 조절하고, 향상시킬 수 있고 또한 치즈가 나빠지는 것을 막을 수 있으며 더불어 여러 문제점들을 눈이나 코로도 쉽게 확인할 수 있다.

숙성되는 동안의 치즈는 때로는 살아 있는 것처럼 느껴지기도 한다. 그리고 살아 있다는 것이 꼭 거짓말은 아니다. 내가 볼 때는 매력적으로까지 보이는 꽤 복잡한 생물학적 화학적 과정이 커드 안에서 이루어지고 있다.

아피나주는 막 만들어진 치즈와 효소 간의 반응을 조절한다. 효소는 자연적으로 존재하는 작은 도움의 손길이다. 그것들은 유기체 주변의 환경과 상호 작용을 하기 위해서 살아 있는 유기체로부터 만들어진다.

여기서 우리가 말하는 효소는 우유 자체에 포함되어 있다. 치즈를 만들기 위해서 넣는 레닛과 치즈 안에 포함되어 있는 중요한 미생물들이 그것이다. 특히 이러한 미생물들은 우유, 치즈 제조실과 제조 장비 및 주변 공기 등을 통해서 치즈에 들어가는 다양하고 변화무쌍한 박테리아, 이스트 그리고 곰팡이 등의 모임이라 할 수 있는데, 이렇게 다양한 종류의 효소들이 치즈의 개성을 만들어 낸다. 각각 다른 종류의 효소와 다른 농도의 미생물이 치즈가 분해되며 나오는 향을 결정한다.

치즈가 분해된다는 것은 보통 다른 음식에서처럼 곰팡이가 생기거나 썩어 버린다는 의미가 아니다. 여기서 말하는 것은 치즈를 구성하는 분자가 변하고 잘게 분해되어 대개 더 크림이 많은 질감으로 변화되는 과정을 말한다. 예를 들면 염소 치즈 안쪽의 크림이 풍부한 부분을 생각하면 된다. 이미 말했듯이 다른 종류의 미생물은 각기 다른 부산물을 만들고 그것들이 향에 영향을 미친다. 하지만 흥미로운 점은 각각의 미생물들은 선호하는 환경이 달라서 자신들에게 친숙한 환경을 벗어나면 감소하거나 아예 활동을 중단할 수도 있다. 그래서 각 효소에 맞는 환경을 제공하고 맞지 않는 환경은 최대한 피하는 것이 중요하다.

아피너들이 하는 일은 원하는 맛과 질감을 선택하고 그러한 치즈를 만들어 내기 위해서 치즈를 적절한 환경에 노출시키는 일이다. 그들이 사용할 수 있는 도구는 결국 온도와 습도로 한정적이지만, 껍질을 다루는 방법에 따라 향이 크게 달라질 수도 있다. 그리고 치즈 안의 잠재적인 박테리아의 구성 요소들로부터 시작한다면 그 향과 맛을 만드는 조합은 무궁무진하다고 할 수 있다.

아피너는 이제 막 생성된 치즈를 소비자들이 원하는 수준으로 숙성시킨다. 원유로 만들어진 치즈를 일정하게 숙성시킨다는 것은 불가능하다고는 하지만, 아피너들은 구매자들의 다양한 욕구를 충족시키는 수준의 치즈를 지속적으로 만들어야 한다.

예를 들면 대부분의 손님들은 그날 저녁이나 며칠 안에 먹을 수 있는 치즈를 찾는데, 반면 치즈 상인들은 치즈가 전시되어 있는 동안에도 숙성될 수 있다는 것을 고려하여 판매를 위해 조금 숙성이 덜 된 치즈를 찾는다.

레스토랑은 늘 맛이 뛰어난 치즈를 원한다. 하지만 보통 레스토랑들은 치즈를 장시간 상온에서 보관을 한다. 그래서 물기가 많은 치즈의 경우 첫 번째 손님들을 위해서 한 덩이 자르고 나면 나머지를 보관하기가 매우 어렵게 되는 경향이 있다.

아피너들은 이런 모든 요구 조건을 고려해서 치즈의 양과 질 그리고 숙성도 등을 지속적으로 확인해야 한다.

몽스는 다양한 종류의 치즈를 취급한다. 숙성되지 않은 톡 쏘는 염소 치즈와 부드러운 까망베르 및 브리(Bries) 치즈부터 자극적인 세척 외피(washed-rind) 치즈와 부드러운 가열 압축 치즈인 꽁떼와 보포르(Beauforts) 치즈가 커다란 치즈 휠 안에 들어 장관을 이루며 선반에 올려져 있고 푸른 곰팡이(Penicillium roqueforti 치즈를 만드는 곰팡이의 한 종류 – 옮긴이)에 뒤덮힌 블루 치즈 등도 몽스에서 판매하는 치즈에 포함된다.

이런 여러 가지 치즈를 각각 어떻게 숙성시키는지를 배워야 했다. 물론 각각의 고유한 방법과 특성을 갖고 있지만, 한 그룹 안에서는 문지르거나, 솔로 닦거나 아니면 씻거나 혹은 그냥 돌려 놓는 등 처리 방법이 대체로 비슷했다.

아마도 내가 동굴에서 했던 일 중에 가장 좋아했던 일은 세척 외피 치즈를 다루는 것이었다. 세척 외피 치즈들은 그 강한 냄새로 유명하다. 보통 습기가 있는 곳에서 움직임이 활발한 브레비박테리움 리넨스(Brevibacterium linens – 마치 발 냄새 같은 향이 난다) 때문에 껍질은 노란빛이 도는 주황색을 띤다.

앞에서 말했던 것처럼 아피너들이 하는 일은 숙성되지 않은 치즈를 특정한 미생물을 이용해서 숙성시키는 것이다. 그러한 과정을 위해서 브레비박테리움 리넨스가 가장 필요로 하는 것은 충분한 습도와 공기이다. 수분은 물이나 희석시킨 식초 혹은 술과 같은 것으로 공급할 수 있다. 사실 프랑스 치즈는 그 지역에서 생산된 술로 씻는 경우가 많이 있다. 이것 또한 프랑스 요리의 지역적 차이를 보여 주는 가장 대표적인 예라고 할 수 있다. 예를 들면 마르왈(Maroille)은 맥주로 씻고, 랑그르(Langres) 치즈는 마르 드 샴페인(Marc de Champagne) 그리고 에쁘와스(Epoisses) 치즈는 마르 드 부르고뉴(Marc de Bourgcgne)로 씻는다. 참고로 이야기하면 '마르(Marc)'는 와인이나 샴페인을 만들고 남은 압축된 포도 찌꺼기를 발효시킨 후에 희석해서 만든 술로 그라파(grappa – 독한 이탈리아 술 – 옮긴이)와 비슷한 것이다.

도대체 왜 사람들은 땀이 난 발 냄새 같은 향의 치즈를 만들려고 노력을 하는 것일까? 내가 알기로 치즈는 역사적으로 고기를 대체하기 위해서 만들어졌다고 한다. 사실 치즈의 향은 고기의 향과 어쩌면 크게 다르지 않다. 그러면서도 그 냄새 때문에 치즈에 정이 떨어지지는 않는다는 것이 중요하다. 비록 부드러운 세척 외피 치즈가 자극적인 향을 갖고는 있지만 그렇다고 보통의 입맛에 너무 잔인하지는 않다. 그 치즈의 점잖지만 눌러 담겨 있는 쓴맛은 진하고 크림이 풍부하며 단맛이 나기도 하는 가운데까지 파고들어 질리지 않는 맛을 느끼게 한다.

외피 세척실의 냄새는 정말 상상을 초월한다. 눈물이 날 정도로 강렬하다. 각 10개 정도의 선반마다 작은 손수레가 놓여 있다. 각각의 손수레는 랑그르, 에쁘와스, 마르왈과 묑스떼르(Munsters) 같은 세척 외피 치즈들로 가득 차 있다. 하얀 천으로 덮혀 있는 수레의 안쪽을 살짝 들여다보면 치즈들이 마치 아름다운 일몰의 색깔을 띠고 있다.

치즈 껍질을 씻는 것은 흥미롭지만 시간이 꽤 많이 들어가는 일이다. 닦으려는 치즈에 적합한 세척액과 작은 붓이 필요하다. 치즈를 들고(대체로는 뒤집는데) 알콜로 살살 겉을 닦으며 주름 속까지 잘 닦아야 한다. 이 작업의 가장 중요한 목적은 물에 담그지 않고 촉촉하게 수분을 공급하는 것이다. 치즈 표면이 젖어서 번들거리며 마치 '훌륭한 맛을 내기 위해서 잘 보살펴지고 있는 듯' 보여야지 표면을 수영장처럼 흥건하게 만든 채로 '딱 이틀만 기다리라고 친구, 내가 주황색 물웅덩이로 변해 볼 테니까'로 보이면 안 된다. 하나를 제대로 하는 것은 사실 일도 아니다. 하지만 점심시간 전까지 수백 개를 씻어야 하더라도 반드시 빨리 하려고 대충대충 해서는 절대 안 된다.

동굴의 구조 때문인지, 배관 때문인지 그것도 아니면 메인 공간이 부족했는지, 냄새 때문인지는 잘 모르겠지만, 어쨌든 이 외피 세척실은 다른 공간과 꽤 멀리 떨어져 있다. 그러다 보니 치즈를 씻는 작업은 꽤 고독했지만, 그래도 그 당시 프랑스 라디오에서 거의 20분마다 한 번씩 나오는 니키 미나스의 노래를 들으며 열심히 작업을 했다. 이제와 고백하자면 정말 지루할 때는 종종 춤을 추며 노래하기도 했다…

❖

아피너 그룹에 속해 있어서 언제나 혼자 일하지는 않았지만 대체로 혼자였다. 보통 문지르고 돌리고 정리하는 것은 건조실의 몫이었다. 하지만 정기적으로 메인 동굴로 가야 했다. 메인 동굴에는 숙성에 알맞는 환경이 비슷한 커다란 치즈들이 걸려 있었다.

이 치즈들은 에르브가 폐기된 기차 터널을 이용해서 만든 '터널(the Tunnel)'에서 숙성이 되었다. 그곳은 꽤 깊고 습한데 불빛이 거의 없었다. 다양한 치즈들에서 나오는 여러 향들이 섞여서 공기가 자극적이었다. 치즈 휠들은 가운데에 바닥부터 천장까지 닿는 선반에 마치 값비싼 유적처럼 쌓여 있었다. 실제로 이 터널에 처음 들어갔을 때 나는 거의 종교적 경외심 같은 것이 느껴졌다. 이곳이 내 치즈의 성전이고 혹시라도 이 숙성 중인 치즈들이 깨어날까 조용한 목소리로 말을 하게 되었다. 치즈의 양은 시즌에 따라서 천차만별이었지만, 언제나 10톤

단위로 측정했다. 아무리 치즈를 좋아하는 사람이라도 한평생 다 먹을 수 없는 양이 이곳에 있다는 것은 확실했다.

터널은 동굴에서 조금 떨어진 거리에 있기 때문에 그 주에 출고될 커다란 치즈 휠들은 '메인 동굴'에 보관된다. 이러한 커다란 치즈들은 출고되는 속도가 빨라서 사실 큰 관리가 필요하지는 않았다. 하지만 행거에 걸려 있는 상대적으로 작은 치즈들은 주 단위로 관리를 해 줄 필요가 있다. 거기에는 모르비에(Morbier), 아봉덩스(Abondances) 그리고 탈레지오(Taleggio) 치즈 등이 포함되었다. 그것들은 메인 동굴의 수 미터 높이의 천장까지 닿는 높은 선반에서 숙성되었다. 그중 모르비에는 흥미로운 치즈이다. 비가열 압축 치즈인데 정기적으로 외피를 세척해서 특유의 붉은 색과 쓴맛을 지녔다. 맛이 풍부하고 수분이 많은 가운데 부분과 완벽한 조화를 이루는 외피다.

그 치즈는 붉은색의 외피를 포함해서 무게가 약 7킬로그램에 이른다. 자르면 진한 색의 선이 아이보리빛이 나는 노란색의 신선한 중심부에 둘러져 있다. 많은 사람들이 블루 치즈에 있는 푸른 곰팡이와 착각하는데 사실 그렇지 않다. 모르비에는 쥐라(Jura) 산맥 지역의 농부들이 꽁떼를 만들 재료가 없을 때 남은 우유로 만드는 치즈이다. 대신 레닛을 넣고 우유를 밤새 응고시킨다. 치즈를 보호하고 파리를 쫓기 위해서 꽁떼를 만드는 커드를 요리할 때 피운 불에 생긴 재를 덮어둔다. 이러한 '2차 치즈'들은 며칠간 따로 재 속에 두었던 것 두 개를 서로 붙여서 만들기 때문에 검은색 라인이 중심에 형성되는 것이다.

모르비에는 그렇게 비싸지 않고 요리를 하던 아름답게 녹는다. 어느 주말에 우연히 모르비에가 토스트와 정말 잘 어울린다는 것을 알아냈다. 그 이후로 나에게는 체다 치즈에 이어 또 하나의 레시피가 늘어났다.

동굴에서 모르비에 치즈를 관리하는 것은 치즈 선반을 올리고 내리고 하는 일을 의미했다. 보통 올려져 있는 선반을 포함해 치즈 세 덩이는 20~25킬로그램 정도 나간다. 각각의 치즈를 돌리고 몽스의 비법 용액으로 닦아야 한다. 선반은 무릎 높이부터 점점 올라가서 팔을 쭈욱 뻗고 곧 까치발을 해야 손이 닿는다. 나처럼 회계에 최적화된 근육을 갖고 있는 사람들에게는 결코 쉬운 일이 아니었다.

아피너들과 함께 일을 하며 교육을 받는 동안 절대로 내가 빠르거나 특별한 지식을 발휘하지는 못했지만, 스스로 꽤 잘하고 있다고 격려하며 주변의 경험을 모두 흡수하고, 팀을 어떻게 운영해야 하는지를 배우려고 노력했다. 아침 회의 때는 내가 책임져야 하는 일도 주어졌다. 동굴 생활의 가장 중요한 업무인 휴지들이 가득 채워져 있는지 확인하는 것이 내가 맡은 일 중의 하나였다. 여전히 나는 조금씩 나아지고 있었다.

THE Cheese AND I

13장

기본부터 한 걸음씩

아피너로서 일하며 몇 주가 지난 어느 월요일 아침 에르브는 나에게 프로마쥬, 혹은 배송 팀에 합류하라고 하였다. 리옹에서 비슷한 일을 해 본 경험은 있었지만, 훨씬 적은 수의 고객을 상대했을 뿐이었다. 동굴에서 치즈를 가게로 보내고 가게에서 다시 레스토랑으로 보내는데 그 모든 과정에 몽스라는 브랜드가 따라다니기 때문에 제대로 관리하고 상품의 품질을 유지하는 것이 매우 중요했다.

프로마쥬 팀은 모두 여성이었고 대부분이 중년의 엄마들이었다. 내가 거기서 몇 달을 일했는데도 직원 할인을 해 주지 않은 몇 명을 제외하고는 대부분 친절했다. 단지 할인받지 못해서가 아니라 내가 여전히 그 팀의 일원으로 인정받지 못했다는 느낌이 들어 마음이 안 좋았다.

키는 작고 날카로운 인상에 무자비할 정도로 모든 게 정리되어 있는 마리즈(Maryse)가 내 교육을 담당했다. 어떠한 실수도 용납하지 않을 정도로 그녀만의 높은 기준이 있었다. 오로지 빠른 속도를 겸비한 완벽함만이 그녀의 기준을 통과하기에 적합했다. 종종 위협적이라 느껴질 정도이기는 했지만 그녀는 아주 이상적인 선생님이었다. 그녀가 "매트 씨 이쪽으로 와 보시겠어요?"라며 부를 때는 이제껏 한 번도 경험해 본 적 없는 싸늘한 공포를 느끼곤 했다.

일을 배우기 위해서 프로마쥬 중의 한 명을 그림자처럼 쫓아다니며 주문서를 읽는 방법, 무게를 측정하는 방법 그리고 사용량 정보를 적어 두는 방법 등을 배웠다. 각각의 치즈 모두 숙성도가 달랐고 각각의 고객 모두가 자신만의 취향이 있다. 이것을 완전히 이해하는 데 시간이 필요했지만, 아피너들이 하는 일을 배운 덕분에 치즈가 얼마나 숙성이 되었는지 이젠 눈으로도 어느 정도 확인할 수 있었다.

커다란 바퀴가 달린 테이블을 끌고 동굴 여기저기를 돌아다니며 필요한 수량의 치즈를 찾아 테이블에 옮긴 후에 무게를 측정하고 포장을 해서 박스에 넣어야 했다. 간단해 보이지만 빠르고 정확하게 처리해야 했다. 정말 잘 정리하지 않으면 한가득 쌓여 있는 치즈 더미 속에서 어쩔 줄 몰라하는 자신을 발견하게 될 것이다. 그리고 당연히 마리즈의 잔소리가 덤으로 따라오게 될 것이다.

처음으로 적은 양의 주문을 직접 처리하기에 앞서 약간의 도움을 받아 시스템을 익혔다. 해외 치즈 판매상 중에는 몽스 박스에 미리 포장해 놓은 치즈를 받아서 그들의 고객에게 직접 파는 것을 좋아하는 사람도 있다. 각각의 박스에 따라서 치즈의 종류도 이미 결정이 되어 있었고 그 판매상은 보통 치즈 7개짜리 10박스 혹은 치즈 5개짜리 15박스와 같은 식으로 주문을 한다.

이것은 나처럼 이제 막 교육을 받는 사람에게는 정말 힘든 일이었다. 각각의 치즈 양이 너무 많거나 적어서는 안 되기 때문이기도 하지만, 그보다 중요한 것은 배송 기간 중에 문제가 발생되지 않도록 적당히 숙성된 치즈를 골라서 예쁘게 잘라야 했다. 그리고 최종적으로 치즈를 포장하는 것 역시 깔끔하고 효과적으로 해야 하는 것은 당연했으며 상자 속의 치즈가 주문대로 들어 있는지를 확인하는 것 또한 중요했다.

개인적으로 나는 완벽주의자라고 생각했다. 그래서 어지간히 해서는 만족하는 법이 별로 없었다. 하지만 여기서는 박스에 세심하게 넣기 전에 만족스럽게 포장하고, 정리하고, 동일하게 포장된 치즈들을 깔끔하게 줄을 맞출 수 있었다. 강박적인 수준의 완벽함이 만족스러웠다. 하지만 거기에는 문제점이 있었다.

바로 내가 주어진 일에 비해서 그 일들을 처리하는 속도가 느리다는 큰 장애물을 발견했다. 내가 일처리 속도가 늦다는 것을 깨달았을 때 나는 지난 크리스마스 동안 에르브에게 들었던 이야기 때문이라고 스스로 변명하고 있었다. 그는 언제나 일을 빨리하는 것보다 더 중요한 것은 일을 잘하는 것이라고 강조했다. 내 안에 있는 완벽주의자가

이 한마디를 꼭 붙들고 있었다. 그것이 실수였다.

여기처럼 바쁜 작업 환경에서 그런 식으로 일을 하면 하루 이틀 정도는 어떻게 버틸 수 있을지 모르나 몇 주씩 버틸 수는 없었다. 지난해에 처음 몽스와 이메일을 주고받을 때 보았던 글귀가 떠올랐다. '모두가 뛰어갈 때 빠르게 걸어가는 사람과는 함께 일을 할 수 없습니다.'

하지만 난 빠르게 걷는 것조차 못하고 있었다. 그런데 더 최악인 것은 사람들이 이미 그러한 점을 알고 있었고 조언까지 해 주고 있다는 것이다. 물론 용기를 북돋아 주려고 했겠지만 완벽주의자인 당사자로서는 듣기 괴로웠다.

그래서 나중에라도 생길 수 있는 비난을 미리 없애고 더 서둘러서 빠르게 일하자는 일차적인 목표를 세웠다. 최소한 다른 사람들과 비슷한 속도로 일을 하지 않으면 그저 이곳에 구경하러 온 사람 이상으로 대우받기 어려웠다. 그리고 중요한 것은 점점 내가 그렇게 되는 것 같아서 걱정이 되기 시작했다는 것이다.

그래서 그 이후로는 일을 하기 전에 얼마나 걸릴 것인지 그리고 얼마 안에 끝내야 하는지 스스로 묻고 시작했다. 시간을 측정하고 나 혼자 다른 사람들과 속도 경쟁을 하면서 동굴에서의 일을 더 효과적으로 하고자 했다. 정말 정말 열심히 일했다. 결국 이게 도움이 되었을까?

감사하게도 대답은 '그렇다'였다. 내 속도가 빨라지는 것을 느꼈지만, 객관적으로 정말 빠르다기보다는 부끄러울 만큼 느리지 않았을 뿐이었다. 하지만 그보다 더 빠르게 할 수도 없었고, 그것은 지금도 못하고 아마 앞으로도 힘들 것이다. 어느 정도 빨라지면서 한편으로 속도도 중요하지만 일처리의 질적 향상을 추구해서 남들과는 다른 모습을 만들어야겠다고 결심했다. 그래도 항상 그렇듯이 손놀림이 빠른 사람들에게는 여전히 경외심을 느끼고 있다.

쪽지시험

몇 주가 지나고 나는 여전히 프로마쥬들과 함께 박스를 포장하며 일하고 있었다. 전체 일정을 보면 반 정도 진행되었고 순조롭게 진행되고 있었다. 뭐 마리즈에게 아직 분노를 산 일은 없으니 일을 너무 못하고 있는 상황은 아니라고 생각했다.

에르브가 그의 몽스 야구 모자와 작업복을 입고 사무적인 모습으로 지나갈 때 나는 조금 아줌마 같고 천성이 좋은 프로마쥬 콜렛(Collette)과 커피를 마시며 잡담을 하고 있었다. 에르브는 프랑스 여기저기에서 진행되고 있는 중요한 일들 때문에 치즈 생산지에 들르고 새로운 치즈를 찾느라고 최근 몇 주간은 그를 볼 기회가 거의 없었다.

"일은 어때요?"

딱딱한 오베르뉴 말투로 그가 물었다. '재미있습니다. 고맙습니다.'라고 우리 둘 모두 대답했는데 내가 콜렛에 비해서는 좀 더 격식적이었다. 그는 여전히 갈 길을 가며 어깨 뒤로 다시 물었다.

“그래서, 매트는 일 잘하고 있어요?”

“오, 괜찮아요. 가끔은 알아듣는 게 조금 힘들 때가 있지만 약간만 노력을 하면 뭐라고 하는지 크게 문제없이 알아들을 수 있어요.”

콜렛은 웃으며 대답했다. 젠장!

에르브는 콜렛의 말을 들으며 방으로 들어가는 속도를 조금 늦추거나 하지는 않았지만, 다음 회의에서 나는 이에 대한 이야기를 들을 것이라고 직감할 수 있었다. 대체 갑자기 왜 내 프랑스어에 대해서 콜렛이 이야기를 했는지 알 수가 없어서 더 신경쓰였다. 프랑스어 덕분에 힘들었던 시간은 이미 다 지났다고 생각했는데 갑자기 내 앞에 거대한 치즈 덩어리가 산처럼 길을 막고 서 있는 느낌이었다.

예상했던 대로 다음 날 에르브가 나를 사무실로 불렀다. 그는 전화 통화가 끝날 때까지 들어와 앉아 있으라며 손짓했다. 책상에는 노트(물론 몽스 로고가 박힌)와 펜이 있었다.

“매트 씨, 이건 일종의 시험이에요.”

그가 말했다.

“리옹에서 일하게 된다면 전화 통화로 치즈 주문을 받아야 해요.”

안경 너머로 나를 응시하며 이야기했다.

“내가 지금부터 말하는 치즈의 종류와 수량을 받아 적어 보세요.”

그는 엄청나게 빠른 속도로 치즈 리스트를 읽어 나갔고 나는 받아 적었다. 아무 문제 없었다. 이미 몽스의 치즈에 대해서는 빠삭하게 알고 있었고, 에르브의 발음에도 충분히 익숙해졌다. 그는 내 시험 결과에 만족했다. 일단 당장의 재앙을 피한 마음에 안도의 한숨을 내쉬었다.

이어서 그는 몽스에서 판매하고 있는 치즈들에 대해서 질문을 시작했다. 나는 어떤 종류의 우유가 사용되었고, 어떻게 만들어졌으며 어디서 만들어졌는가와 같은 가장 중요하면서도 너무나도 명확한 사실 몇 가지에 대해 대답을 버벅거렸다. 그제서야 나는 정말 중요한 것들을 주의 깊게 보지 않았다는 것을 깨달았다. 그 치즈가 어떻게 생겼는지, 어디서 찾아야 되는지 그리고 그것이 얼마나 숙성되었는지는 알 수 있었지만, 그게 다가 아니었다. 나는 치즈가 어디서 만들어졌는지 혹은 농부들이 어떻게 만들었는지에 대해서는 제대로 몰랐던 것이었다.

내가 지금 동굴에서 일하는 것과 앞으로 가게에서 일하는 데에 있어 가장 큰 차이는 바로 고객들을 직접 상대해야 한다는 것이었다. 동굴에서는 치즈를 팔기 위해 누군가에게 상세히 설명해야 할 이유가 없었다.

에르브는 깊게 한숨을 쉬었다.

"당신처럼 강한 영국식 발음으로 고객들에게 판매를 하려면 팔고자 하는 치즈에 대해서 정말 많이 알아야 해요. 고객들을 만나면 그들이 얼마나 많은 지식을 갖고 있는지에 대해서 깜짝 놀랄 거예요. 이 치즈가 단지 어느 지역에서 만들어졌는지뿐만 아니라, 치즈 농장의 옆집 사람은 누구인지 그리고 양의 이름은 무엇인지까지도 알아야 하는 수준이에요."

다음 시험은 다음 주쯤에 있을 것이라고 했다. 약 50가지 종류가 넘는 프랑스 AOC 치즈에 대해서 공부해야 할 시간이 1주일 주어졌다.

잠깐, AOC라고?

AOC 치즈는 정말 중요하다. AOC는 원산지 통제 명칭(Appellation d'Origine Contrôlée- 옮긴이)의 약자로 AOC 라벨은 채소, 과일, 와인 그리고 육류 등을 포함해 농장에서 만들어지는 특별한 제품에 부여되고 특정한 치즈들 역시 포함된다. 이 라벨은 제품의 지리학적 위치와 전통적 제조 방법 등을 보호하기 위해서 만들어진 몇 가지 규칙을 지키고 있음을 알려 주는 것이다. AOC 시스템이 가장 잘 알려진 예는 샴페인의 경우인데, AOC 라벨 샴페인은 프랑스의 특정한 지역에서만 제조가 될 수 있고, 그 외의 지역에서 같은 방법으로 제조되는 것들은 다른 명칭으로 팔아야 한다.

AOC 라벨을 얻기 위해서는 제품의 품질과 그 지역 간의 특별한 관계 및 특별하게 사용되는 전통적 제작 방법 등을 설명하기 위한 꽤 복잡하고 많은 서류들을 제출해야 한다.

제품에 라벨을 부착하기 위해서, 생산자는 모든 기준과 방법을 충족시켜야 한다. 이 규칙은 국립 원산지 품질 연구소(INAO, Institut National de l'Origine et de la qualité)를 통해서 프랑스 정부에 의해 규제된다. 국립 원산지 품질 연구소는 심지어 생산자가 요구 조건을 충족시키지 못하였을 때에는 라벨을 부착하지 못하도록 할 수도 있다.

이러한 시스템은 소비자들에게 적절한 제품을 제공하는 데에 중요한 의미를 갖고 있다. 예를 들어 까망베르 드 노르망디(Camembert de Normandie)를 구입한다면 인가된 방법으로 노르망디 지역에서 만든 제품이라고 확신할 수 있는 것이다. 그러니 그 라벨을 보고 소비자들은 알 수 없는 지역에서 나온 알 수 없는 동물의 우유로 만든 것은 아니라는 확신을 하고 구입할 수 있다.

AOC 라벨을 받은 첫 번째 치즈는 1925년에 만들어진 로크포르 치즈이다. 그 치즈는 이미 15세기경부터 숙성을 위해 로크포르쉬르술종 지역의 특별한 동굴을 독점할 수 있도록 인정받고 보호되어 온 역사를 갖고 있다.

그러니 AOC 라벨을 받는 것은 제품의 가치를 높이는 일이 된다. 그러므로 새롭게 AOC 라벨을 받는다는 것은 그만큼의 금전적 보상이 따라올 수 있다. 그래서 AOC 라벨 취득을 위해 관련 규칙을 바꾸려는 시도도 있었다. 2007년에 까망베르를 생산하는 대형 업체가 살균 처리가 된 우유도 포함될 수 있도록 AOC 규칙을 바꾸려고 했다. 그러나 국립 원산지 품질 연구소는 이를 거부했고, 까망베르 드 노르망디는 그 이후에도 100% 순수한 원유로 만든 것만 인정받을 수 있게 되었다. 지금도 여전히 슈퍼에서는 '까망베르'라는 이름의 치즈들을 쉽게 볼 수있는데, '까망베르 드 노르망디'가 아니라면 AOC의 요구 조건을 충족시키지 못한 것들이다.

이러한 시스템이 없었다면 아마도 많은 치즈들이 지금까지 살아남지 못했을 것이라고 생각한다. 하지만 그 라벨이 항상 농장이나 치즈 장인이 만든 최고의 품질을 보장한다고 장담할 수는 없다. 제대로 된 치즈를 찾는다면 밝은 살균 조명 아래에서 일하는 슈퍼마켓의 종업원이 아니라 치즈를 잘 아는 치즈 상인에게 물어보아야 한다. 아, 그리고 마지막으로, AOC는 프랑스의 시스템이었지만 지금은 원산지 보호 명칭(AOP, European-wide Appellation d'Origine Protégée)이라고 불리는 전 유럽에 걸친 상표제가 수년 전부터 그것을 대체해 왔다. 거의 모든 프랑스의 AOC 치즈들은 AOP에 포함이 되었다. 내가 알기로 이 책을 쓰는 2013년 초에는 리고트 드 콩드리외(Rigotte de Condrieu)만이 예외로 AOP에 포함되지 않은 유일한 AOC 라벨 치즈였다.

❖

다음 주에 치를 에르브와의 시험에서는 45개의 프랑스 AOC 치즈에 대한 제조 방법과 지역 등을 술술 말해야 했다. 방대한 양의 정보를 모두 익혀야 했는데 에르브가 나에게 어느 정도를 요구하는지 정확히 알 수 없었다. 농장이 속해 있는 마을 정도의 정보면 충분할지 아니면 정말 주요 동물들의 이름에, 농부들이 아침에 어떤 요리를 즐기는지까지 알아야 하는지 범위가 모호했다. 그렇지만 분명히 꽤 어려운 시험이었는데도 프랑스 지도를 그리며 치즈 지리에 대해서 공부하는 것은 즐거웠다. 전반적인 프랑스 지리에 대한 이해가 도움이 되었다.

에르브와 만나기 전에는 내 영국식 프랑스어가 프랑스 치즈 업계에서 일을 하는 데에 큰 어려움이 될 것이라고 생각하지 못했다. 아무튼 다행히도 한 주 뒤 시험에서는 나름 큰 문제없이 잘 설명할 수 있었다. 에르브는 내가 동굴로 돌아갈 때 어깨를 두드리며 격려를 해 주었다. 하지만 내게는 그것이 마치 '내가 지금 널 지켜보고 있어 이 영국 놈아.'라고 하는 듯 느껴졌다.

THE Cheese AND I

14장
벽을 허물다

끊임없는 교육에 교육을 이어가다 보니 어느 순간 5월을 지나 6월로 접어들고 있었지만 여전히 가게에는 발을 들여놓지도 못하고 있었다.

여름이 다가오니 나는 그저 여름 휴가 기간에 저렴하게 쓰는 노동력 정도인 것은 아닌지 걱정이 되었다. 한참을 혼자서 고민을 하다가 에르브에게 내 교육과정이 곧 끝나기는 하는 것인지 물어보기로 했다.

그는 나를 고용할 의사가 분명히 있으나 아직 몇 주 더 기다려야 한다고 말했다. 다행히 내가 기대했던 대답을 듣고 용기 내어 한 가지 제안을 했다. 이미 치즈를 고르고 닦고 자르고 포장하고 발송하는 등의 일은 충분히 배웠다고 생각하지만 치즈를 파는 것에 대해서는 배운 것이 전혀 없었다. 그래서 나는 리옹의 레 알에 있는 가게에서 치즈를 파는 일을 배울 수 있기를 바라면서 의견을 물었다.

하지만 에르브는 또 다른 생각을 갖고 있었다. 며칠 후 그가 나를 불러 동굴에서 한 시간 정도 남쪽으로 떨어진 작은 마을인 몽브리종에 있는 몽스 가게에서 약 3주간 일을 한 뒤에 리옹에서 일을 시작하라고 했다.

몽브리종의 몽스 가게는 이미 동굴에서 몇 번 만난 적은 있지만 거의 대화를 해 본 적은 없는 체드릭 르노아(Cédric Lenoir)가 운영하고 있었다. 그는 거의 매주 동굴에 와서 치즈를 확인하고 적당한 치즈를 골라서 예약을 해 두곤 했다. 물론 그뿐만 아니라 다른 가게들의 점주들 역시 종종 동굴에 들러서 발굴하지 못한 보물을 찾고자 돌아다니곤 했다.

체드릭은 치즈에 대해서 정말 진지해서 각 치즈의 특징과 전통에 대해서 시를 쓸 수 있을 정도였다. 그는 말할 때면 마치 새의 눈처럼 노려보는 듯한 느낌이 드는 까만 눈을 갖고 있었고 약간 말랐지만 강단 있어 보였다. 그는 친근감이 있으면서도 딱 부러지고 신중하게 말을 했고, 쉽게 알아 들어야 받아들이기도 쉽다는 신념을 갖고 있어 그의 조언은 종종 듣기 힘들 정도로 신랄했다.

에르브의 사무실에서 미팅을 했고 그 자리에서 모든 것은 결정되었다. 다음 주말 금요일과 토요일부터 몽브리종에서 일을 시작하게 될 것이다. 체드릭은 일하는 날 중 하루는 오전 동안 지역 농장을 방문할 수 있도록 주선하여 주었는데, 그 농장이 사실 유명한 로컬 블루 치즈인 푸름므 드 몽브리종(Fourme de Montbrison)을 만드는 유일한 농장이었다.

금요일 오전에 체드릭이 주문한 치즈를 차에 싣고 동굴을 떠났다. 차 트렁크에는 치즈가 가득 차 있었고 옆 자리에는 200개의 달걀들이 놓여 있었다. 몽브리종 시내 중심가를 네비게이션에 입력하고 루아르(Loire) 지역의 외곽으로 빠져나갔다. 공기의 냄새로도 확실히 여름이 성큼 다가왔다는 것을 알 수 있었다. 푸른 하늘에 따뜻한 바람 그리고 길가에 핀 꽃에 이리저리 꿀을 찾아 날아다니는 벌들. 모든 것이 완벽한 여름의 풍경이었다. 잠시 바람을 쐬려고 창문을 내리고 다시 구입한 'Jurassic 5'의 첫 번째 앨범을 틀었다. 먼저 샀던 그 앨범은 더럼과 런던 사이 어디쯤에서인가 (비극적으로)잃어버렸다. 젠은 싫어했지만 내 생각에는 이 앨범이 여름에 운전할 때 가장 잘 어울리는 음악이었다.

마치 엽서에서나 볼 수 있을 법한 예쁜 마을 몽브리종의 중심가로 들어섰다. 마을 광장의 모퉁이에는 활짝 꽃이 핀 화분이 놓여 있었고, 자갈이 깔린 거리에서 사람들은 따뜻한 햇빛을 즐기며 담소를 나누거나 길가의 카페에서 커피나 상큼한 시트롱 프레세(citron pressé, 갓 짜낸 레몬 주스 – 옮긴이)를 마시며 신문을 읽고 있었다.

몽스 가게는 마을 중심가의 오른쪽 모퉁이에 있었는데 다행히도 시장이 있는 광장에서 약간 떨어져 있었다. 차에서 내려 치즈와 달걀을 내리고 가게 종업원들과 인사를 했다. 그리고 몽스 로고가 찍힌 하얀 셔츠와 앞치마를 두르고 드디어 본격적으로 치즈 판매에 돌입했다.

가게는 작았지만 티끌 하나 없이 깨끗하고 우아했다. 치즈는 정말 멋있게 진열되어 있었다. 이제부터 치즈 판매에 대해서 직접 경험하고 공부하게 될 것이다. 사실상 이곳에 있는 치즈들은 동굴에서 이미 팔려 나간 것이었다.

아피너는 마치 부모와 같은 입장에 있다. 아이가 태어나는 것은 보지 못했지만, 아, 아이가 아니라 치즈, 그 치즈가 성장하는 과정의 초기에 커다란 영향을 미치게 된다. 잘 다루고 좋은 영향을 주어서 그 미래를 다듬어 주고, 최고가 될 수 있도록 도와주고, 맛있고 달콤한 삶을 살 수 있도록 도와주는 것이다. 하지만 곧 치즈는 포장되어서 팔려 나가게 되고, 어렵겠지만, 아피너들은 더 많은 치즈들이 질풍노도의 십대를 견디고(몇 주 혹은 며칠이지만) 세상으로 나갈 수 있도록 길러 내야 한다.

물론 이런 비유가 조금은 억지스러울 수 있다. 하지만 내가 말하고 싶은 점은 아마도 치즈들은 가게에서 가장 멋있게 빛날 수 있다는 것이다. 가게에 진열되면서 더 멋지고 더 보기 좋게 꾸며진다.

사실 치즈를 진열하는 과정은 생각보다 은근히 복잡한 면이 있다. 일종의 '치즈 가게 이론'인데, 체드릭은 몇 가지 규칙을 거의 신봉하는 수준으로 따른다.

치즈의 진열 위치가 판매량에 미치는 영향에 대해서 많은 점들을 배웠다. 사람들은 특정한 위치에 진열된 치즈에 대해서 놀라울 정도로 집착하는 경향이 있다. 거의 치즈의 종류와는 무관할 정도였다. 하지만 큰 힘에는 더 큰 책임이 따르기 마련이다. 최고의 자리에 최악의 치즈를 놔둔다면 고객들이 치즈를 먹으며 그다지 행복감을 느끼지 못할 것이다. 다행히 문제를 지적하는 고객이라면 좋겠지만 그렇지 않다면 다시는 그 고객을 보지 못할 것이다.

치즈를 진열할 때는 정말 많은 부분들을 고려해야만 한다. 예를 들면 모든 염소 치즈들 혹은 자극적이고 오렌지 같은 세척 외피 치즈 등의 비슷한 치즈들을 함께 둘 수도 있다. 그렇게 한다면 비슷한 종류의 치즈들을 쉽게 판매할 수 있겠지만, 여러 종류를 섞어 둔다면 다양한 치즈들을 소개할 기회를 얻을 수 있다. 가게에 온 손님들이 특정한 치즈를 찾는 것이 아니라면 다양한 종류의 치즈들이 진열되어 있는 것은 우선 시각적 장점을 갖게 된다.

또한 치즈가 생산된 지역과 크기에 따라 정리를 할 수도 있다. 산지에서 생산된 꽁떼와 보포르와 같은 가열 치즈부터 생넥떼르나 똠므 드 사부아(Tomme de Savoie)처럼 구릉지대에서 만들어진 치즈, 낮은 초원에서 만들어진 염소 치즈와 부드러운 젖소 치즈 그리고 밝은 조명 아래서 하얗게 빛나는 프레시 치즈들을 내려다보고 있는 블루 치즈의 순으로 배열할 수도 있다. 어떻게 치즈를 진열할 것인가? 치즈를 잘라서 전시하는 것은 멋있게 보이지만, 곧 따뜻하고 건조한 공기가 치즈를 푸석하게 하거나, 시간이 흘러 물에 빠뜨린 것처럼 녹아 내리거나, 처지게 할 수도 있다. 한편 치즈를 얇은 비닐로 덮어 두면 슈퍼마켓처럼 보일 위험이 있기도 하고, 제대로 정리되지 않은 비닐의 끝 부분이 더럽

혀질 수도 있다. 시간을 절약하기 위해서 미리 잘라 두고, 멋지게 진열을 해서 고객들이 원하는 조각을 고를 수 있도록 할 것인가? 아니면 작은 조각이 말라 비틀어지는 것을 막기 위해서 커다란 덩어리에서 조금씩 잘라서 팔 것인가?

치즈를 자르는 데에도 종류에 따라 다양한 방법들이 있다. 예를 들면, 원통형으로 생긴 푸름므 당베르(Fourme d'Ambert) 치즈는 세 가지 방법이 보통 사용된다. 원통을 반으로 자른 후에 열 십자 모양으로 수직으로 잘라서 총 8개의 조각을 내는 방법, 원통 끝의 버리는 부분의 외피와 수평으로 자르는 방법, 혹은 가운데 몇 개의 조각을 잘라낸 후에 양 끝 부분을 각 4개의 조각으로 자르는 방법 등이 있다.

이렇게 다양한 방법들 중 어느 방법이 가장 좋다는 정답은 없을 것 같다. 결국 가장 좋은 것은 가게의 스타일과 지역 그리고 고객의 선호도에 달려 있다고 생각한다.

체드릭은 그만의 스타일을 갖고 있었다. 가게를 연 이래로 그는 다양한 방법들을 시도했고 어떤 방법이 좋은지 잘 알고 있었다. 2006년에 가게를 연 후에 그의 가게는 몽브리종의 치즈 시장을 거의 지배하다시피 했다. 비슷한 업종에 있는 사람들은 너무 강력한 경쟁자를 만나서 치즈 판매를 포기했다.

그는 세심한 데에 정말 신경을 많이 썼다. 가끔 치즈를 더 보기 좋게 자르거나 다시 포장을 하라고 수차례 반복시키기도 했고, 치즈 칼을 더 잘 사용하는 방법에 대해서 조언해 주기도 했다. 이러한 '좋은 진열법'에 대한 이해를 모든 직원들에게 강조했고, 직원들 역시도 치즈의 품질과 진열에 엄청난 열정을 쏟았다. 한 번은 내가 조금 큰 치즈를 놓을 공간을 만들고자 진열대의 치즈를 몇 센티미터씩 미는 것을 본 한 직원이 깜짝 놀란 눈으로 나를 보면서 '으아… 매트 절대로 체드릭이 볼 때 그렇게 치즈를 다루지 말아요. 한 번에 하나씩 치즈를 들어서 옮겨야 돼요.'라고 조언해 주었다.

매장 일은 적응이 어려웠다. 내 프랑스어 실력이 고객들에게 치즈를 팔 수 있는 수준인지 확인해 본 적도 없었고, 치즈를 자르거나 포장하는 데는 충분한 경험이 있었지만 가게에서 파는 치즈는 다 같은 각도가 아니었을뿐더러 더러는 둔각으로 자르기까지 해야 했다. 첫날은 하루 종일 새로운 방법으로 치즈를 자르는 것을 연습했는데 오후가 되어서야 비로소 만족스러운 결과를 얻을 수 있었다. 고맙게도 날씨가 꽤 더워서 내가 자르는 요령을 연습하는 동안 고객들은 시원한 가게를 차분하게 둘러볼 수 있었다.

내게 또 하나의 충격은 돈을 관리하는 방법이었다. 매일 필요한 것을 사면서 거스름돈 계산을 스스로 한 번도 해 보지 않았다면 이 역시 꽤 어려운 일이 된다. 행여라도 한참 계산하고 있는데 손님이 잔돈을 다른 동전으로 바꿔 달라고 하면 일은 더 복잡해진다.

솔직히 첫날은 정말 힘들었다. 스트레스도 많이 받았고 그나마 가게에 손님이 많지 않았던 것이 오히려 행복할 정도였다. 제발 들어와서 내가 허둥대는 것을 보지 말고 그냥 가게 앞을 지나기만을 바랐다.

두근두근 업그레이드

다음 주에는 마리 아녜스(Marie-Agnès)와 르네 플라뉴(René Plagne)가 운영하는 농장에서 푸름므 드 몽브리종 치즈를 만들기로 예정되어 있었다. 푸름므 드 몽브리종은 프랑스 AOP 치즈 중에서 가장 알려지지 않은 치즈 가운데 하나이다. 젖소의 우유로 만드는 블루 치즈로 약 2킬로그램 정도 무게의 원통 모양으로 만들어진다. 외피는 아름다운 오렌지빛이 도는 금색이고 오랫동안 입에 남는 퀴퀴한 나무 냄새 같은 발효된 향이 있다. 그 향은 원통형으로 생긴 전나무 속에서 숙성을 하여 만들어지는 향이다. 치즈의 가운데는 풍부한 아이보리빛을 띠고 약간 건조하면서 부스러지는 듯한 질감에 푸른 곰팡이가 여기저기 피어 있다.

푸름므(Fourme)라는 단어는 커드가 치즈로 변화는 것을 의미하는 그리스어 Formos에서 변형되었다고 알려져 있다. 옛 프랑스어로는 Fourmage(포르마쥬)였고 지금은 Fromage(프로마쥬)로 변형되었다. 그 이후 푸름므라는 단어는 오베르뉴 지역에서 만들어지는 푸름므 당베르와 같은 원통 모양의 프랑스 치즈를 일컫는 단어가 되었다.

푸름므 드 몽브리종의 향은 놀라울 정도로 부드럽고, 그 맛은 약간의 나무 향 속에서 마치 우유 같은 맛이 난다. 물론 푸른 곰팡이의 향이 있기는 하나 강하지 않고 로크포르나 스틸턴과 같은 전형적인 블루치즈의 톡 쏘는 향이 거의 없다.

지금 이 치즈를 만드는 업체가 프랑스 전역에 딱 세 곳밖에 없는데, 하나는 꽤 큰 업체이고, 하나는 치즈 장인이며 또 다른 하나는 플라뉴의 농장이다.

그런데 그 농장의 상황은 위태롭기 짝이 없었다. 농장에서 만들어진 치즈의 '멸종 위기종' 리스트를 만든다면 그 안에 포함될 것이고, 아마 앞으로 수십 년 안에 지구 상 어디에서도 농장에서 만들어진 푸름므 드 몽브리종을 찾기는 불가능해질 수도 있는 상황이었다. 플라뉴는 그 치즈를 되살리기 위해서 부단한 노력을 했다. 그 근원을 찾으려면 포레산 지역(Monts de Forez)의 오두막에서 만들어진 치즈가 앙베르(Ambert)와 몽브리종의 오래된 시장에서 팔리던 중세 시대까지 거슬러 올라가야 했다.

물론 다른 버전의 푸름므 드 몽브리종 역시 정말 좋은 치즈들이고 훌륭하기까지 하다. 치즈 그 자체가 문제는 아니다. 나는 치즈의 전통이라는 것이 농부와 동물들 그리고 그 산지의 초원에서 만들어지는 치즈 사이의 관계에서 비롯된다고 생각한다. 내가 틀렸을 수도 있지만 나는 그러한 동물과 생산자와의 관계를 잘 유지하는 것이 충분히 지켜질 만한 가치가 있다고 생각한다(단, 치즈 자체의 품질을 떠나서 말이다).

2013년에 새로운 두 명의 치즈 생산자가 푸름므 드 몽브리종으로 AOP 라벨을 받아 그 가치를 인정받았다. 분명히 좋은 뉴스이지만 그것들 역시 농장에서 만들어지는 치즈는 아니다.

푸름므 드 몽브리종은 프랑스 농장 치즈가 겪는 어려움을 잘 보여주는 좋은 예이다. 그러한 문제를 나 역시 알고 있다고는 했지만 농부들과 만나기 전까지는 그들의 상황이 얼마나 위태로운지 실제로 몸으로 느끼지는 못했다.

르네는 이 치즈를 8대째 이어 만들고 있다(중간에 부모님이 중단하기는 했지만). 그런데 그와 그의 아내는 열정적이고 의욕을 갖고 있지만 그들이 더 젊어질 수는 없었고 그들의 3명의 자녀들은 그 일을 이어받을 생각은 없어 보였다. 아마도 결국에는 그 농장을 팔게 될 것이다. 누군가 그 치즈의 전통을 이어갈 수 있는 사람이 농장을 사게 되기를 간절히 바랐다.

플라뉴의 농장으로 가는 길에 가장 큰 푸름므 드 몽브리종의 생산업체인 라 프로마쥬리 뒤 퐁트 드 라 피에레(La Fromagerie du Pont de la Pierre)를 지나쳤다. 그곳에서는 저온 살균된 치즈를 사용해서 맛은 좋지만 내가 느끼기에는 원유로 만든 치즈와 같은 복잡한 개성과 끝맛이 부족했다. 하지만 치즈 장인이 만든 것이나 농장에서 직접 만든 것에 비해서는 가격이 저렴했기에 충분히 매력이 있었다.

그래도 마리와 르네는 품질로 승부를 했고 여지껏 꽤 잘해 오고 있었다. 그들에게 많은 양의 치즈를 몽스가 사들여 판매를 했다. 몽브리종 지역의 몽스 가게에는 르네가 직접 많은 양을 배송했다.

푸름므 드 몽브리종을 만드는 과정은 절대로 만만치 않다. 커다란 통 안에 들어 있는 수백 리터에 달하는 우유는 푸른 곰팡이를 넣은 후에 매우 빠른 레닛 응고 과정을 거친다. 그동안 눈에 보이는 커다란 변화는 없지만 그 안에서는 우유로 만든 젤리와 같은 커드를 형성하기 위해서 단백질들이 분해되고 재배열되는 복잡한 조정 과정을 겪고 있었다.

혹시라도 약간의 진동이나 흔들림으로 인해 그 젤의 형태가 무너질 수 있으니 통에서 떨어져 있어야 했다. 마리는 눈과 촉감으로 상태를 확인했다. 특히 손가락을 넣어서 커드의 속을 꺼내 부서지는 상태를 보면서 판단을 했다. 치즈를 만드는 과정에서는 흔히 있는 일이었기에 브루노와 함께 똠므 치즈를 만들던 때가 생각이 났다.

모든 것이 준비가 되면 입자의 크기가 원하는 수준에 도달할 때까지 오랜 시간 동안 자르고 섞는 과정이 기다리고 있었다. 이 때 커드에서 수분을 충분히 제거해야 한다. 새롭게 형성된 커드는 마치 물이나 훼이가 틈 사이에 가득 찬 3차원 그물처럼 생겼다. 커드를 자를 때 안에 갇혀 있는 액체가 빠져나갈 수 있고, 자를수록 더 많은 액체가 빠져나갈 수 있다. 또한 커드를 휘저어 섞어서 열을 가했을 때와 마찬가지로 단백질이 수축해서 안에 갇힌 수분을 짜내도록 할 수 있다.

커드가 적당한 크기가 되면 통에 남아 있는 훼이는 일부 제거한 후에 고체 상태의 커드만 들어내기 쉽도록 한다. 시간이 지날수록 통에 남아 있는 커드는 한 덩어리로 뭉치는데 물을 빼내면서 적당량의 소금과 함께 주물러서 다시 부셔야 한다. 치즈 틀에 넣기 전에 커드들이 비슷한 양으로 분포될 수 있도록 일정한 패턴을 갖고 뭉친 커드를 부셔야 한다.

각 틀의 커드 양은 마리가 눈으로 맞추었다. 너무 적거나 너무 많이 넣으면 AOP 요구 사항에 있는 무게나 높이를 충족시키지 못할 수 있다. 계속 그 조건을 맞추지 못한다면 'Fourme De Montbrison'이라는 상표 자체를 사용하지 못하게 될 수도 있다.

숙성 중인 치즈들은 전나무 틀에 넣기 전에 종종 뒤집으면서 그 무게로 물기가 제거되도록 놔둔다. 치즈에 물기를 제거하기 위한 추가적인 압력은 가하지 않는다.

이 시점에서 치즈의 가운데는 물 빠진 노란색이 되고 푸른 곰팡이 포자가 여기저기 보이지만 산소가 없어서 제대로 성장하지는 않는다. 산소는 조금 더 숙성이 된 후에 치즈의 가운데 부분에 공급이 되는데 여기서 적당한 향과 질감을 확보하는 것이 중요하다. 이상한 모양의 빗처럼 생긴 긴 주삿바늘을 이용해서 작은 구멍을 통해 산소를 주입한다. 이런 과정은 거의 모든 블루 치즈에 적용된다.

씻고 닦는 과정이 모두 끝나고 점심을 먹으러 농장의 부엌으로 향했다. 나는 언제나 농장의 부엌은 그만의 독특한 느낌이 있다고 생각했다. 일반적으로 따뜻하고, 누구든 반갑게 맞이할 것만 같고, 일과 생활이 모두 한데 있는 느낌이었다. 열정적으로 커드를 주무른 내 팔뚝은 여전히 얼얼했지만 마리가 준비해 준 치즈 애호가를 위한 완벽한 점심 덕분에 통증은 씻은 듯 잊혀졌다. 살짝 거품이 나고 갈색으로 변하기 시작할 정도로 그릴에서 구운 토스트와 치즈, 치즈가 많이 들어간 크림 소스 파스타와 얇게 썰어 살짝 익힌 스테이크였다. 완벽하고 환상적인 점심이었다.

그녀에게 왜 원유로 치즈를 만드는 것이 그렇게 어려운지 물었더니, 그녀는 우유가 살아 있고 똑같은 작용을 두 번을 반복하지 않기 때문이라 설명해 주었다. 그녀는 심지어 커드가 젤 상태로 변하는 것을 보면 르네가 우유를 짜는 것이 힘들었거나 뭔가 기분이 언짢은 날이었는지도 알 수 있다고 했다. 아마도 젖소의 우유 호르몬에 농부가 화가 났을 때의 상태가 포함되는 것 같다고 했다. 마리가 그녀의 남편과 농장의 동물들과의 관계를 약간은 과장해서 표현했는지 몰라도 동물을 다루는 것과 치즈의 생산에는 정말 밀접한 관계가 있다는 것은 확실했다.

다시 돌아오는 길에서 이렇게 열정적인 사람들을 만났다는 것, 이러한 과정에 참여한다는 것, 함께 식사를 했다는 것 그리고 치즈 업계의 일원으로 일한다는 것에 대해서 행복감을 느꼈다.

❖

다음 날 나는 가게에서 가장 많이 팔리는 치즈에 대해 한층 더 새로운 지식으로 무장하고 출근했다. 그 치즈가 만들어지는 과정에 대해서 훨씬 더 많은 이야기를 나눌 수 있었다. 그리고 약간은 긴장을 풀고 내가 좋아하는 것을 할 수 있었다. 그것은 바로 치즈에 대해서 이야기하기. 나는 고객들에게 왜 이 치즈 혹은 다른 치즈를 사야 하는지 설명을 했고, 어떤 와인을 함께 마시는 것이 좋으며 얼마나 사야 하는지를 설명했다. 이러한 것들은 동굴에서도 배웠지만 이전까지는 마치 내 머릿속에 어떤 벽이 있어서 내가 배운 것을 사용하지 못하도록 막고 있는 것 같은 느낌이었다.

금요일은 다시 또 천천히 지나갔다. 고객들이 많지 않았지만 가게에서 일의 순서와 요령을 익힐 수 있었다. 언제 칼을 청소하고, 언제 잠깐의 휴식을 취하고, 어떤 치즈가 다시 포장되어야 하는지 등. 비로소 이제 내가 이 가게에 방해가 되기보다는 조금씩 도움이 되는 사람이 되어 간다는 생각이 들기 시작했다.

토요일에는 정말 끝내주는 시간을 보냈다. 가게에서 일하는 것도 편안했고 적응이 다 되었다. 그렇다고 내가 정말 완벽하게 일을 잘했다는 것은 아니다. 때로는 부자연스럽기도 했고 때로는 대화를 하는 데 약간의 어려움이 있기도 했지만 그래도 프로처럼 치즈를 파는 것은 성공했다.

밝은 녹색으로 빛나는 불법 주정차 딱지조차도 내 기분을 망치지는 못했다. 아마도 그저 치즈 업계의 겉을 살짝 맛본 것뿐이겠지만 더 깊이 알게 될수록 더욱 치즈와 사랑에 빠질 수밖에 없었다.

15장
진짜 치즈 장인이 되는 길

치즈에 관한 모든 것들이 조금씩 이해가 되기 시작했다. 일을 빨리 하는 것이 가장 어려웠고, 그 외에도 여전히 몇 가지 문제점들이 있었지만, 리옹에서 자리를 잡기 위해서 꼭 필요한 것들을 배우고 있었다. 몽브리종에서의 경험은 동굴에서 하던 일의 연장선상이었다. 치즈도 갈고 자르는 것이나 포장하는 것도 똑같았다. 단 하나의 차이라면 동굴에서는 내가 물어볼 사람이 있었고 이곳에서는 누군가 내게 물어보려고 기다린다는 것이었다. 어쨌든 치즈에 대해 이야기하는 것이라면 언제든 대환영이었다.

한편, 치즈 세계의 진정한 영웅이자 에르브와 로랑의 아버지인 위베르 몽스의 안타까운 죽음으로 인해 나는 동굴에서 더 머물러야 했다. 그는 지금의 몽스가 되기까지 기반을 닦은 위대한 사람이었다. 치즈 업계에서 그의 활동은 더 이상 볼 수 없겠지만 그의 존재감만은 영원할 것이다. 그의 죽음으로 동굴 분위기는 침울해졌다.

장례식을 준비하는 동안 내가 리옹으로 옮겨 가는 것에 대한 이야기가 쏙 들어간 데에 어떠한 불평도 가질 수 없었다.

❖

마지막 주에는 여러 팀을 돌아다녔다. 어떤 때는 아피너들과 일을 했고 때로는 프로마쥬들과 일을 하기도 했다.

어느 아침 마르왈과 랑그르의 외피를 씻던 때가 생각난다. 처음으로 냄새나는 외피 세척실에서 냇(Nat)이라는 아피너와 함께 일을 하고 있었다. 웃을 때면 완전히 다른 사람처럼 얼굴이 바뀌곤 했던 그녀는 불그레한 볼에 안경을 끼고 있었다. 냇은 5분마다 자리를 떴다가 닦기를 반복했는데 다른 팀원들이 필요할 때면 언제나 도와주느라 그랬다. 그날 아침 우리 둘은 일하는 리듬이 잘 맞아서 니키 미나즈의 감미로운 목소리를 배경 음악으로 들으며 치즈의 외피를 번갈아가며 적셔서 닦고 있었다.

그런데 갑자기 그녀가 솔질을 멈추더니 그녀 뒤에 있는 작은 그릇에 솔을 넣고 말했다.

"매트, 그거 알아요? 여기 있는 사람들 모두 당신을 그리워할 거예요."

나는 그녀를 보며 웃었다.

"내 말은, 물론 당신이 가장 빠르게 일하지는 않지만 일을 잘 이해하고 있잖아요. 무엇보다 치즈를 사랑하고 말이죠."

그녀가 노란 덩어리들을 바라보며 애정을 잔뜩 담은 제스처로 말했다.

"그리고 당신은 치즈에 관해서라면 정확히 무엇이 중요한지를 잘 알고 있다고 믿어요. 사실 우리 모두 그렇게 생각해요."

나는 거의 그녀에게 키스할 뻔했다. 열심히 일한 것이 드디어 보상을 받는 듯해서 이루 말할 수 없이 행복했다. 그녀에게 가슴에서 우러나오는 'Merci'라는 말로 키스를 대신하며 조금은 과장된 몸짓으로 내 앞의 랑그르를 닦았다.

프로마쥬들과의 관계도 훨씬 좋아졌다. 나는 내가 할 수 있는 최선의 속도로 열심히 일했다. 그리고 정말 컨디션이 좋은 날이면 다른 팀원들에 거의 근접하는 속도로 포장하고 자를 수 있었다. 또한 시작부터 끝까지 내가 도맡아서 해야 하는 일이 주어졌고 가끔 다른 인턴들을 도와주기 위해 빌라와 동굴을 자주 오갔다.

어느 날 알랭이 내게 파마산 치즈를 혼자 잘라 보겠냐고 물었다. 물론! 안 할 이유가 없었다. 마지막 시도에서 실패한 이후로 시간이 꽤 흘렀다. 그 이후 종종 프로마쥬들이 요청하는 꽁떼, 보포르와 그뤼예르(Gruyère)와 같은 치즈들을 자르곤 했는데 처음보다 군살 없이 효율적으로 잘랐고 이번에야말로 내가 치즈를 제대로 자를 수 있다는 것을 보여 줄 좋은 기회였다.

번개처럼 빠르지도 않았고 땀에 절은 비트처럼 얼굴이 빨개지긴 했지만 파마산 치즈는 제법 정확히 반으로 잘렸고 나름 만족스러웠다. 그래서 이탈리아의 아피너가 직접 성숙시킨 파마산 치즈의 휠에서 나온 배지를 챙겨 두었다. 지금은 액자에 끼워 벽난로 위 선반에서 내 늘어난 기술에 대한 증명으로 자랑스레 빛나고 있다.

✣

곧 떠나리란 것은 알았지만 정확히 언제가 될지는 알 수 없었다. 이곳에서 마음이 조금씩 멀어지는 것을 느낄 수 있었고 현재에 집중하기보다는 앞으로의 미래를 기대하고 있었다. 지난 몇 주간 멋진 수염을 가진 빅터와 빌라를 함께 사용했다. 음식을 사랑하는 그는 페이스트리 전문 요리사로 아내와 함께 호주에 살다가 에르브와 몽스의 팀에서 치즈를 배우기 위해 고향인 프랑스로 돌아왔다. 나와 치즈에 대한 열정을 함께했고 치즈에 대해 이야기를 자주 나눴는데 때로는 숨을 한 번도 쉬지 않고 말하는 것처럼 보일 정도로 열성적이었다. 동굴의 사람들은 얼마 지나지 않아 모두들 그를 좋아했다. 그런데 한번은 마리즈가 "그는 도대체 말을 멈추지를 않아!"라며 그가 없는 곳에서 불평한 적도 있기는 하다.

얼마 후에 에르브는 빅터와 나를 비슷한 시기에 리옹의 가게로 출근하도록 결정했다. 나는 친절하고 음식을 사랑하는 사람과 한 팀이 된다는 사실에 무척 기뻤다. 기욤이 곧 다른 곳으로 가야 해서 리옹에는 새로운 직원이 필요했다. 그런데 동굴을 떠날 때쯤 빅터는 비자 문제 때문에 몇 주간 호주로 돌아가야 했고 리옹으로 오는 날짜를 연기해야 했다.

빌라에서의 마지막 저녁에는 바비큐 치킨과 직접 만든 빵, 샐러드, (당연히)치즈와 꽤 많은 맥주를 먹고 마시며 함께 보냈다. 여름날의 저녁이었고 앞으로의 미래는 온통 장미빛일 것만 같았다. 마치 우리가 그동안 리옹의 가게에서 변화의 중심이 되기 위해 훈련받은 것처럼 느껴졌다. 아, 신난다.

다음 날 아침 빅터와 함께 리옹으로 가서 레 알에 들러 에티엔을 만났다. 정신 없이 바쁜 토요일 아침에도 그는 여전히 우리를 웃음으로 맞이하며 다시 만나 반갑다고 했다. 앞으로 할 일에 대해 이야기를 나누고 레 알 전반에 관한 설명과 함께 빅터에게 가게 주변을 소개해 주며 다른 유명한 치즈 가게들도 알려 주었다. 우리는 바에서 식사를 하면서 주요 경쟁업체 중 하나인 라 메르 리차드(La Mère Richard)에서 판매하는 생마슬랭(Saint-Marcellin)을 먹었다.

그리고 빅터는 호주로 떠나고 나는 런던에서 오늘 저녁에 돌아오는 젠을 맞이하러 집으로 돌아갔다.

❖

동굴에서의 마지막 날은 내가 예상했던 것과는 조금 달랐다. 마지막 한 주를 준비하고자 전날 저녁에 빌라로 갔다. 마지막 질문을 준비했고 찍고 싶은 사진도 몇몇 생각해 두었다. 이제야 진짜 치즈 상인이 되는구나 하는 기쁜 마음에 들떠 있었다.

마지막 날 아침 회의에서 알랭과 일을 하고 '커다란 치즈 휠'을 꼼떼로 자르는 일을 맡기로 했는데 경리 담당인 이사벨이 나를 사무실로 불렀다. 그녀는 당황스러운 표정으로 여기서 뭐하고 있는 거냐고 물었다. 알고 보니 내가 레 알의 가게에서 일하게 된 날짜는 내 최근의 인턴십 계약을 고려해서 결정되지 않았고, 당장 내일인 화요일에 시작된다고 이메일을 통해서 공지되었던 것이다.

다음 주부터 가게에서 일을 시작하는 줄 알고 있었다고 에르브에게 상황을 설명했다. 물론 가게에 당장 내가 필요하다면 지금 바로 정리해서 오늘 저녁에 리옹으로 가겠다고도 말했다.

에르브는 나에게 이미 일을 하기 위한 모든 준비가 되었으니 당장 가야 한다며 재촉했다.

16장
치즈 가게에서 일하기

빌라에 있는 물건들을 재빨리 정리해서 차에 싣고 출근하기 전날 저녁에야 리옹으로 돌아왔다. 가게로 출근하는데 온몸이 쑤시는 듯 피곤했다. 태양은 이미 높이 떠서 텅 빈 리옹의 아침 거리를 상쾌하게 비추고 있었지만 레 알에 도착할 즈음에는 또 한 잔의 커피가 필요할 만큼 피로가 남아 있었다.

작은 사무실에서 이메일을 확인하던 에티엔이 크게 미소 지으며 악수로 나를 맞이해 주었다. 그가 나에게 새 유니폼을 주려 했지만 나는 이미 동굴을 떠나기 전에 유니폼을 챙겨 두었다. 깨끗하게 정돈된 셔츠와 앞치마로 준비 완료!

가게로 내려가자 기욤과 사브리나는 벌써 치즈 진열을 시작하고 있었다. 바쁜 주말을 보낸 흔적을 지우느라 치즈를 재포장하고 습한 저장고에 넣은 후에 가게를 청소했다. 치즈 가게가 문을 여는 화요일에는 빨리 팔아야 하는 치즈나 새롭게 들어오는 치즈, 혹은 그 주 행사 상품 등의 상태를 다시 한번 확인한 후에 아무것도 없는 진열대에 하나씩 다시 진열을 했다. 이것이 내가 가장 좋아하는 일 중에 하나였다. 치즈를 멋지게 진열해서 한 주 동안의 가게 분위기를 새롭게 만들어 내는 것이다.

나는 웃으며 '봉쥬르'라고 인사를 했지만 몇몇 직원은 차가운 눈빛으로 나를 쳐다보았다. 내가 이곳에 온 것이 그다지 달갑지 않을 수도 있었다. 그런 눈빛을 받는 것이 기분 좋을 리 없었지만, 어쨌든 팀원들과 좀 더 가까워질 필요가 있었다.

첫 번째 할 일은 치즈를 경질 치즈, 염소 우유 치즈, 생치즈, 연질치즈 그리고 똠므와 라끌레뜨(raclette) 치즈 등으로 종류에 따라 줄을 맞춰 깔끔하게 진열하는 것이었다. 대체로 이 치즈들은 가게에 항상 준비되어 있고 고객들이 꾸준히 찾는 것들이라 진열 구역을 바꾸면 고객들이 당황할 수도 있었다. 하지만 같은 자리 안에서는 어느 정도 자유롭게 옮겨둘 수도 있다. 그런데 이곳에도 마법과 같은 어떤 밀어내는 힘으로 고객들이 잘 찾지 않게 되는 '조용한' 공간이 있었다. 그래서 그러한 공간에는 까망베르와 브리 치즈처럼 인기 있는 치즈를 배치하곤 했다.

치즈가 모두 제자리를 잡으면 가게를 단장하고 장식을 했다. 치즈의 색과 대비되는 진한 갈색의 작은 나뭇가지 등으로 장식을 하고, 창문을 닦고 여기저기 묻어 있는 고객들의 손자국 등과 같은 전날의 흔적을 깨끗이 닦아 광을 내고 모든 것이 제자리로 돌아가도록 했다. 냉장고에 가득 찬 생마슬랭은 모두 포장을 해 두었다. 이 가장 인기 있는 경질 치즈는 시식용으로 샐러드, 빵과 함께 바에 준비해 놓았다.

계산대를 사용하는 방법이라든지 가게의 운영 방침 등에 대해서 배울 줄 알았는데 다들 자기 일에 바빠서 누구에게도 물어볼 기회가 없었다. 리옹의 가게에는 전에 일했던 곳들과 달리 교육 시간이 따로 없어서 몇 주 혹은 수개월에 걸쳐 어깨너머로 일을 배워야 했다. 처음 시작하는 나로서는 꽤 당황스러운 상황이었다.

한창 정리를 하고 있는데 고객 한 분이 내게 다가왔다. 그가 원하는 치즈가 무엇인지 간단히 이야기를 나누고 적당한 것을 골라서 자른 후에 예쁘게 포장을 해서 어찌어찌 계산을 했다. 다양한 색깔의 엄청나게 많은 버튼들과 계산기를 어떻게 사용하는지 잘 몰랐지만 다른 사람들이 모두 바빠 보여 내가 처리할 수밖에 없었다.

그게 다였다. 팡파르는 없었지만 만족한 고객은 있었다. 음, 이제 계산기 사용 방법은 어쩌다 보니 조금이나마 알게 된 듯했다. 그리고 이 가게에서 첫 치즈를 팔았다. 팔고 보니 별것도 아닌 것을 쓸데없이 어렵게 생각했다.

영국인이 뭐 어때서

가게를 운영하는 것이 특별히 어렵다거나 복잡하지 않다는 것을 곧 깨달았다. 오히려 어려움은 사소한 것들을 유지하는 데에 있었다. 치즈를 진열하고, 청소하는 사람을 부르고, 삐걱거리는 기계가 고장 나면 누구를 불러야 할지 기억하는 것부터 계산대에 잔돈이 있는지 항상 확인하고 늘 청결을 유지하는 것 등이 일이었다. 일할 때는 언제나 고객의 입장에서 매장을 돌아보는 것이 중요했다. 치즈를 잘 배치하고, 라벨을 깔끔하게 정리해 두고 상황에 따라 간단히 설명을 하기도 하며 치즈를 판매해야 했다.

일한 지 얼마 되지 않아 내가 고객들과 지나치게 오래 이야기를 나눈다는 핀잔을 들었다. 어쩔 수 없었다. 나는 치즈에 관심이 있는 사람들과 치즈 이야기를 하는 것이 좋았다. 지금까지는 그저 다른 종업원들을 지원해 주는 역할에 만족했지만 고객을 기다리고 직접 대화하는 것에 더 큰 즐거움을 느꼈다.

물론 나는 월급을 받는 직원이고 이 가게 역시 사업장이라는 것을 생각한다면 적절한 대화로 치즈를 고를 수 있도록 도와주되 너무 길게 끌어서는 안 된다는 것은 알고 있었다. 하지만 기다리는 고객의 수가 수시로 변하는 상황에서 적정선을 찾는 것이 쉽지 않았다.

가게에 들르는 고객들은 대체로 친절하고 공손했다. 하지만 내가 영국인이라는 사실이 거리감을 만드는 것은 확실했고 부정적이든 긍

정적이든 영향을 끼쳤다. 일을 하면서 프랑스어로 대화하는 데 어려움을 느낀 적은 없었지만 내 발음은 누가 들어도 프랑스 사람 같지는 않았다.

문제는 꽤 많은 프랑스 사람들이 프랑스만이 최고의 치즈를 만들고 그 어떤 과정에도 외국인이 개입되어서는 안 된다고 생각하는 데 있었다. 특히 미식가의 황무지인 영국은 무조건 제외되어야 한다고 생각하는 사람도 더러 있었다.

한번은 고급스러운 모피 코트를 깔끔하게 차려 입은 파마머리의 여성이 매장에 진열된 세 가지 꽁떼의 차이점을 물었다.

"네, 손님." 나는 자신 있게 치즈의 숙성도, 향과 질감 및 가격 등에 대해 상세하게 설명하려고 운을 뗐었다. 하지만 설명을 미처 하기도 전에 그녀는 날카롭고 건방진 목소리로 "아, 영국 사람이군요, 그렇다면 뭐 딱히 좋은 조언을 기대할 수는 없겠네요."라며 인사도 없이 가게를 나갔다.

화가 났지만 참으려고 최선을 다했다. 고맙게도 그렇게 무례한 태도가 흔치는 않았지만 보통 네 명 중의 한 명꼴로는 내가 영국인이라는 것을 지적했고 "영국인이 프랑스에서 치즈를 파는 것은 좀 웃기지 않나요?"라고 하곤 했다. 하긴 에티엔과 일을 시작한 초기에 나 역시도 정말 웃기다고 생각하기는 했다.

딱히 악의가 있는 것은 아니었지만 그러한 말은 계속되었고 나를 힘이 빠지게 했다. 나는 치즈에 대해서 이야기를 하고 싶지 내가 어디서 왔는지에 대해서 이야기하고 싶은 생각이 없었다.

힘들었지만 이런 끊임없는 도전이 내 열정을 북돋아 준다고 생각하기로 했다. 에르브가 말했듯이, 내 프랑스어 발음으로 고객들을 도와주고 더 큰 자신감을 갖기 위해서는 나 자신이 치즈에 대해서 더 많이 알아야 했다.

✣

가게에서 일하는 것은 재미있었다. 작은 팀이었고 서로 어울려 많은 시간을 보냈다. 전형적인 프랑스인으로서의 자부심도 드러났고 농담은 번개처럼 빠르게 날아다녔다. 많은 부분에서 우리는 마치 가족 같았고 아프거나 응급 상황이 생기면 호출 없이도 금방 모였다. 물론 말다툼이나 논쟁도 있었지만 모두가 가게를 가장 최우선으로 생각했다.

매주 목요에는 그 주에 해야 할 일과 문제점 등의 주제로 팀 미팅을 했다. 보통 '치즈의 밤' 행사 혹은 토요일 아침과 같은 바쁜 때에 근무 직원 수가 충분하게 나올 수 있는지에 대한 이야기로부터 시작을 했다. 나는 이 미팅이 좋았고, 꽤 중요한 부분에서 내가 할 수 있는 일들을 찾아냈다. 신입 직원의 매의 눈은 계속 그곳에서 일하던 사람들이 찾지 못하는 문제점을 찾아내는 데 도움이 되었다.

나의 스프레드시트 사용 기술 역시 꽤 유용했다. 그동안 각각 따로 만들었던 일곱 장의 업무 스케줄표를 다양한 색으로 모두가 보기 쉽게 한 장의 시트로 만들었다. 보기만 좋았던 것이 아니라 가게의 수익에도 직접적으로 좋은 영향을 미쳤다고 생각한다.

이러한 적극적인 참여가 내가 점차 믿을 만한 일꾼으로 인정받게 되는 바탕이 되었다. 그러다 보니 생각보다 빨리 내가 해야만 하는 일이 주어졌다.

6월에서 8월까지는 프랑스의 휴가 기간으로 치즈 가게로서는 별 소득이 없는 시점이다. 그러니 이 기간에 대부분의 종업원들도 휴가를 떠난다. 자연스럽게 가게에는 일손이 부족해졌고 나는 꽤 긴 시간을 혼자서 가게를 지켜야 했다. 레스토랑에서 주문을 받고, 계산대도 봐야 하고, 회계 관련 업무도 모두 처리해야 했다. 처음에는 정신 없이 바빠서 꽤 스트레스를 받았지만 곧 익숙해지고 나름 즐길 수 있었다.

프랑스에 온 지 1년도 채 되지 않아 프랑스어로 소통하며 프랑스의 꽤 유명한 치즈 가게에서 프랑스 최고의 치즈 장인과 함께 일을 한다는 것은 생각하면 놀라운 일이었다. 게다가 이제는 내 의견이 다른 직원들에게도 진지하게 받아들여지고 있다니, 누가 상상이나 했을까?

그리고 무엇보다 내가 그저 치즈 가게에서 일하는 것이 아니라, 리옹의 레 알 즉 세계 미식가들의 메카에서 일을 하고 있다는 사실이 더욱 놀라웠다. 한번은 제네바의 컨퍼런스에 참여하기 위해 미국에서 온 손님이 가게에 방문한 적이 있었다. 유럽에 처음 온 그녀는 하루밖에 없는 자유 일정을 쪼개 레 알을 보기 위해 네 시간 거리의 리옹에 왔다. 그만큼 이곳은 미식가들에게는 중요한 의미를 갖는 곳이다.

우리는 다른 가게들과도 좋은 관계를 유지하려고 노력했다. 물론 복잡한 라이벌 관계도 있었지만 서로 존중하는 태도가 필요했다. 한 지붕 아래서 경쟁이 심해지다 보면 자연스럽게 적대적인 관계도 생기기 마련이다. 상인들은 모두 누가 어디서 어떻게 장사하는지를 속속들이 알고 있었고 이러한 관심은 몇몇 상인들 사이에는 뜨거운 동지애를 만들기도 했고, 경계의 눈초리를 만들기도 했다.

나도 주변의 가게들과 좋은 관계를 만들어 가고 있었다. 특히나 레 알 지하에서 종종 만나는 정육점 사람들은 내가 휴일에 즐길 요리 재료를 사러 들를 때면 좋은 부위의 고기를 저렴한 가격에 주곤 했다.

❖

우리 가게에 자주 들르는 몇 명의 단골 손님이 있었는데 그들과 좋은 관계를 맺고, 피드백을 주고받으며 새로운 치즈를 소개하는 과정이 즐거웠다. 이제와 고백하자면 처음에는 내가 좋아하는 영국 치즈인 스틸턴과 스티첼턴(Stichelton)을 소개하는 데 꽤 많은 시간을 할애했다. 이 치즈들은 강력한 프랑스산 치즈 사이에서 제법 자리를 잘 잡아갔고 오래지 않아 내가 열심히 홍보하지 않아도 찾는 사람들이 생기기 시작했다.

레 알에는 통이 큰 사람들도 꽤 많이 들락거렸지만, 흥미로운 고객들은 대부분 중산층이었다. 그중에는 내가 좋아하게 된 고객이 여럿 있었다. 한 손님은 엄청나게 큰 키에 조각같이 생긴 학생인데 치즈에 대한 열정이 있어 손님이 뜸한 수요일마다 들러 전에 산 치즈와 (비록 굉장히 조금만 사더라도)새로 시도하려는 치즈에 대해 물어보고 비교하곤 했다. 가끔은 목에 둘러멘 카메라로 진열된 치즈를 찍기도 했다.

내가 좋아하는 또 다른 고객 프랑크는 엄청난 배를 이끌고 뒤뚱뒤뚱 걸어다니는 새하얀 은발 머리의 남성이다. 직장에서 은퇴한 그는 손님이 별로 없을 때면 가게에서 함께 얘기하는 것을 좋아했는데 모든 직원들의 이름까지도 다 알고 있었다. 프랑크는 평생 담배를 피워서 지금 그의 미각이 그 대가를 치루고 있다는 것을 대수롭지 않게 이야기하곤 했다. 매주 그는 가장 강한 맛의 치즈를 주문했다. 혀를 태워버릴 만큼 자극적이지 않으면 특별한 맛을 느낄 수 없었다. 때로는 코너에 있는 바에서 주름진 얼굴에 더없이 행복해 보이는 미소를 지으며 거품이 가득한 맥주를 마시고 있는 그를 보기도 했다.

가게를 찾는 진정한 의외의 고객은 아이들이 학교를 마치기 바로 직전에 몰려드는 엄마들이다. 전문가처럼 진열장을 쓱 둘러보고는 가격이 싸면서도 가장 좋아보이는 치즈를 냉큼 골라서 얼른 계산하고 나간다. 항상 우리 가게 최고의 치즈를 고르기 때문에 더 이상 설명도 필요 없었다. 나를 정말 놀라게 한 것은 전문가처럼 보이는 그녀들은 대체로 치즈를 그다지 좋아하지도 않고 그저 가족을 위해서 치즈를 사는 평범한 주부일 뿐이라는 것이다.

❖

여기까지 오는 것이 쉽지는 않았지만 지금까지 필요한 기초 작업을 충분히 해 왔다는 생각이 들었다. 에르브가 말했던 것이 떠올랐다.

"매트 씨, 난 당신이 일을 할 준비가 되었다고 생각하기 때문에 채용했어요. 당신은 지름길을 찾으려 하지 않고 모든 것을 처음부터 제대로 그리고 어렵게 배웠어요."

그가 말한 것이 옳았다. 만약 내가 치즈 가게에서 바로 일을 시작했다면 재앙에 가까운 고생을 하고 있었을 것이다. 치즈를 제대로 고르는 수준에 이르는 데에도 훨씬 많은 시간이 들었을 것이다. 그리고 상상하기 싫은 최악의 상황은 내가 손님들에게 끊임없이 틀린 조언만을 계속할 수도 있었다는 것이다.

레 알까지 오는 길은 험난했지만 내가 걸어온 그 길은 정말 아름다운 길로 기억될 것이다.

17장
이벤트의 달인

레 알에서는 치즈를 팔고 레스토랑과 식품점에 치즈를 납품하는 일 외에 이벤트도 열었다. 한 달에 한 번 예약을 한 고객들에 한해서 치즈를 시식하고 이야기를 나누는 '치즈의 밤'이라는 행사를 진행했다. 이 행사는 치즈 세계로의 여행이라 할 만큼 북부 프랑스산 치즈, 염소 치즈 혹은 블루 치즈와 같은 다양한 테마로 진행되었다. 또한 좋은 치즈를 마음껏 시식할 수 있는 좋은 기회였으며 치즈와 어울리는 와인도 아낌없이 제공되었다. 에티엔이 이벤트를 위한 예산을 따로 운용하는지는 모르겠지만 아무튼 비용은 많이 들어갈 것 같았다.

그러나 어차피 비용이 중요한 것은 아니었다. 이벤트의 목적은 조금 색다른 방법으로 고객들에게 리옹의 레스토랑에서 제공해 주지 못하는 것들을 경험할 수 있게 해 주는 것이었다(그렇다고 레스토랑이 질적으로 떨어진다는 것은 절대 아니다).

가게에서 일을 시작한 지 몇 주 되지 않아 이벤트 시기가 다가왔다. 이번에는 리옹에 있는 한 사업체에 근무하는 15명 남짓의 직원들이 최고의 치즈와 와인을 맛보고 싶어했다. 에티엔은 내가 기욤을 도와서 프레젠테이션을 진행할 수 있겠는지 물었고, 세브린느에게는 음식 준비를 부탁했다.

이벤트가 전체적으로 어떻게 돌아가는지 알고 싶었기에 고민하지 않고 일을 맡기로 했다. 기욤이 회사와 치즈에 대해서 어떻게 발표하는지도 궁금했고 이벤트의 서비스는 어떻게 제공되는지도 알고 싶었다. 이벤트 당일 저녁에 의뢰한 회사에서 전화가 와서 몇 명의 영어권 사람들이 있으니 이벤트를 영어로 진행할 수 있는지 물었다. 에티엔은 즉시 대답했다.

"전혀 문제없습니다, 우리 팀에 영국인 한 명이 있는데, 그가 이벤트를 진행할 수 있을 겁니다."

나 말고 우리 팀에 영국인이 또 있나? 그가 진행을 한다고? 등에 식은땀이 흐르기 시작했다.

선택의 여지가 없었기에 내가 고른 치즈들에 대해 더 확실히 알고자 벼락치기로 공부를 했다. 집에서 했던 저녁 파티를 제외하고는 많은 사람들 앞에 서 본 적이 없을뿐더러 그 작은 파티조차도 나에게는 힘겨웠다.

이벤트를 진행하는 동안 힘들었지만 오신 손님들이 내 경력에 대해서도 흥미로워했고 전체적으로 분위기도 좋았다. 그리고 대부분의 질문에 만족할 만한 대답을 해 줄 수 있었다. 너무 급하게 준비를 하느라 이번 경험을 즐겼다고 말할 수는 없지만 다음에 기회가 다시 생긴다면 더 잘할 수 있을 것 같았다.

그때는 내가 말하고 싶은 것을 사전에 제대로 결정해서 원하는 대로 진행해 보고 싶었다.

❖

그즈음 흥미로운 파티를 거의 매달 진행하는 커플을 만났다. 그들의 파티는 전날 밤까지도 장소를 알리지 않다가 파티 당일에 단 하나의 메뉴만을 정해 저녁 이벤트를 진행했다. 여러 가지로 금전적 부담을 최소화시킬 수 있는 방법이었다. 이전에도 영국에서 이런 파티 방식으로 크게 성공한 사례를 몇 번 들은 적이 있었다.

에티엔의 치즈의 밤과 같은 이벤트도 이렇게 부담 없이 즐길 수 있는 소규모 모임처럼 진행할 수 없을까 하는 고민이 시작되었다. 사실 수익에 비해 처리해야 할 서류가 어마어마하다는 점 때문에 프랑스에서 사업을 하는 것에는 전혀 관심이 없었다. 그런데 런던에서라면 다른 일을 하면서도 약간의 부수입을 위해 해 볼 만한 사업 아이템이라고 생각되었다. 이것은 한편 새로운 치즈들에 대해 계속 공부할 수 있는 좋은 방법이기도 하므로 사업가의 입장에서 좀 더 고민해 봐야겠다고 생각했다.

아무튼 사업은 나중에 고민할 일이고 지금 내가 리옹에서 하고 싶은 것은 친구들과 함께 즐길 수 있는 편안한 파티였다. 수익이 나지는 않겠지만 친구들에게 비용을 함께 내자고 할 수는 있었다. 파티에 참석할 이 운 좋은 손님들은 약간의 비용만 부담하면 파티도 즐기고 눈부시게 성장한 나의 치즈 강의까지 덤으로 들을 수 있으니, 결코 아쉬울 것이 없을 것이다.

일단 이러한 사업을 진행할 수 있는 단체를 만들어야 했다. 예산 편성부터 치즈 선별과 프레젠테이션 준비까지, 가능하다면 나중에 영국에서도 성공할 수 있도록 기준을 만들고 싶었다. 무엇보다 이러한 일을 내가 즐길 수 있을지도 궁금했다. 그래도 얼마 전 치즈의 밤 이벤트를 성공적으로 마무리한 경험이 자신감을 북돋아 주었다.

❖

곧 첫 번째 이벤트 준비에 들어갔다. 치즈와 와인은 무조건 내가 좋아하는 것들로 골랐다. 곁들일 음식은 말린 과일과 강한 향의 세척 외피 치즈의 어울림처럼 풍부한 단맛과 짭짜름한 맛을 섞는 식으로 골랐다. 과일을 고를 때 중요한 것은 끝맛의 강도와 치즈와의 적절한 조화이다. 향과 맛이 강한 치즈를 이벤트 초반에 내어 놓는 것은 위험할 수 있다. 자극적인 향이 치즈에 익숙하지 않은 손님들을 단번에 치즈로부터 멀어지게 만들 수 있기 때문이다.

이번 파티의 손님들은 대부분 미국이나 캐나다에서 온 여성들과 그들의 파트너들이었다. 젠은 외국에서 온 여성들과의 모임에서 손님들 중의 몇 명을 만났고, 그들과 함께 술을 마시러 가기도 했으며 날씨가 좋을 때면 소풍을 가기도 했다. 그들은 대부분 음식에 대한 열정적인 애정이 있었고 프랑스에는 일정 기간만 머물러 온 사람들이었다.

파티에서는 우유의 종류와 치즈가 숙성되는 과정에 대한 좋은 질문도 있었던 반면에 어떤 치즈가 물에 뜨는지, 고래 우유로도 치즈를 만들 수 있는지와 같은 이상한 질문도 있었다.

그들과 대화하면서 내가 배운 것들을 나누는 것이 즐거웠고 내가 전하고자 하는 정보가 존중받고 있다고 느껴졌다. 이런 이벤트가 언젠가는 사업화될 수 있다고 하자 꽤 반응이 좋았다. 이 사업을 뭐라 불러야 할지 물었더니 순식간에 치즈에 관한 말장난과 아이디어로 자리가 뜨거워졌다.

젠의 친구인 미국에서 온 젠과 그의 파트너인 줄리앙은 '이동식 치즈 밴'이라는 아이디어에 관심이 많았다. 이 책이 출판될 즈음이면 그들은 아마 결혼했을 것이다(결혼 축하해!).

금발 머리를 넘기고 또 하나의 꽁떼 조각을 집으며 미국 젠이 말했다.

"멋진 길거리 음식용 도구들을 마음껏 사용할 수도 있고, 밴을 정말 멋지게 꾸밀 수도 있잖아."

"응 맞아."

줄리앙이 덧붙였다.

"꽤 좋은 냉장고를 설치할 수도 있고 크롬으로 멋지게 꾸밀 수도 있고 뭐든 원하는 대로 할 수 있어."

"흠, 그 생각도 괜찮은데, 조금 더 복고풍은 어때? 예를 들면 치즈 아이스크림 트럭 같은 거 말이야."

미식가인 남편 비욘이 그녀의 30번째 생일 선물로 폴 보큐즈 요리학교 3주 인턴십 프로그램을 신청해 준(이 얘기를 듣고 부러워 죽을 뻔했다) 스테이시가 말했다.

나뿐만 아니라 젠과 미국에서 온 젠의 얼굴에도 웃음이 피어났다. 이 치즈 트럭 아이디어는 한 번도 생각하지 못했는데 정말 재미있는 도전이 될 것 같았다.

"여전히 이름은 못 정했네. 뭐든지 의견이 있으면 말해 줘."

막 테이블을 정리를 하고 있던 젠이 지나갈 수 있도록 살짝 어깨를 비켜 주며 말했다.

"매트! 좋은 생각이 있어!"

다른 테이블에 있던 제나가 갑자기 소리쳤다. 제나는 자기 표현이 뚜렷한 캐나다 여성이다.

머리가 좋고 열정이 넘치는 그녀는 언제나 조리 있게 말을 잘했다. 그런 그녀가 흥분해서 펄쩍 뛰며 소리를 쳤다. 그녀의 잔에 있는 와인이 흔들려서 쏟아질 뻔했다.

"너 스스로를 그냥 상인(Monger)이라고 부르는 건 어때? 확실하고, 단순하고, 한 방에 모든 것을 설명해 주는 단어잖아."

젠과 스테이시가 웃음을 터뜨렸다.

"아냐 얘들아, 나 심각해! 생각해 봐, 'The Monger(상인)'."

마치 연기를 하듯 표현해서 이번에는 제나마저도 웃음을 참지 못했다.

그 열정은 고마웠지만, 딱히 마음에 들지는 않았다. 아이스크림 트럭 같은 밴에 'The Monger'라고 붙이고 런던 거리를 누비는 것이 좋은 생각 같지는 않았다.

❖

두 번째 이벤트의 테마는 치즈와 스파클링 와인이었다. 다양한 맛의 치즈를 와인, 샴페인 등과 조합했는데 이번에는 너무 많은 사람들이 신청을 해서 결국 1주일 전에 작은 이벤트를 추가로 열어 시식을 원하는 사람들을 따로 초대해야 했다.

이벤트는 성공적으로 진행되었고 치즈와 와인의 조화 덕분에 모두가 즐거웠다. 스파클링 와인과 치즈의 결합은 생소할 수 있지만 충분히 시도해 볼 만하다. 여기에 단맛이 나는 와인이 있다면 더 없이 좋다. 특히 두세 겹의 크림 치즈와 드라이 샴페인의 조합은 꼭 다시 맛보고 싶을 만큼 성공적이었다. 엄청난 양의 크림이 끝맛을 풍부하게 만들어서 전체적으로 완벽한 향을 이끌어 내고 샴페인이 미각을 환기시켜 뒤따르는 맛을 모두 느낄 수 있도록 해 준다.

하지만 이것이 다는 아니었다. 그날 최상의 조합은 샴페인과 파마산 치즈였다. 파마산은 이제 막 잘라서 신선한 상태로 살짝 수분이 있을 때가 가장 좋다. 샴페인은 파마산의 질을 최고로 끌어올리면서 이 뛰어난 이탈리아 치즈의 과일 향을 끌어낸다.

이벤트를 진행하면서 스스로 한 걸음 더 전진했음을 느낄 수 있었다. 예산에 조금씩 문제가 생기기는 했지만 곤란한 수준은 아니었다. 그 정도는 미래를 위해 충분히 투자할 가치가 있었다.

❖

크리스마스를 앞두고 리옹은 다시 추워지기 시작했다. 크리스마스 시즌을 준비하느라 가게는 더욱 바빠졌고, 젠 역시 연말 업무에 치이고 있었다. 하지만 아무리 바빠도 집에서 치즈로 크리스마스 이벤트를 열고 싶었다. 리옹에 있는 캐나다 친구들, 미국 친구들 그리고 프랑스 친구들 등 다른 국적의 전혀 어울리지 않을 것 같은 친구들을 하나로 뭉쳐 보고 싶었다.

집 안 곳곳을 크리스마스 트리와 조명, 촛불 등으로 장식하고 손님들을 맞이할 준비를 했다.

이벤트 테마는 치즈의 계절적 변화를 담고 추운 몇 달 동안 조금은 색다르게 치즈를 즐길 수 있는 방법을 알려 주기 위한 '겨울 치즈'였다. 돌아보면 그날 손이 지나치게 컸던 것 같다. 메인 요리로 따르띠플렛(tartiflettes, 프랑스 가정식 요리의 하나 - 옮긴이)을 준비하고, 바쉬랭 뒤 오두

(Vacherin du Haut-Doubs)라고 불리기도 하는 몽도르(Mont d'Or)를 굽고, 그 밖에 집에서 만든 파마산과 파프리카 비스킷, 다양한 치즈를 준비했다. 각자의 눈앞에 놓인 많은 음식을 본 제나의 겁에 질린 눈이 모든 것을 설명해 주었다.

따르띠플렛은 내가 가장 좋아하는 요리 중 하나이다. 감자, 양파, 기름진 고기, 크림 그리고 많은 양의 치즈가 필요하다. 짭짜름하면서 치즈 향이 강하다. 하루 종일 스키를 타고 난 후에나 날씨가 너무 추워서 밖에 나가기 싫을 때 먹기 좋은 음식이다. 리옹에서 맞이한 첫 겨울에 2주 동안 온도가 영하 5도 이상으로 올라간 적이 거의 없었고 가끔 그보다 훨씬 춥기도 해서 강조차 완전히 얼었다. 그런데 아이러니하게도 그렇게 추운 날씨 때문에 도저히 강이 언 모습을 보러 갈 수가 없었다.

따르띠플렛은 전형적인 프랑스 가정 요리이지만 사실은 1980년대에 들어서 르블로숑 생산조합(the Syndicat Interprofessionnel du Reblochon)에서 사브와(Savoie) 지역의 르블로숑(Reblochon) 치즈를 더 많이 팔기 위한 전략으로 개발된 요리이다. 따르띠플렛에 넣는 치즈로는 개인적으로 수도원에서 만들어진 아베이 드 따미(Abbaye de Tamié) 치즈를 선호한다. 르블로숑과 비슷하지만 훨씬 더 맵고 풍부한 맛을 갖고 있다.

몽도르는 스위스와 프랑스 국경의 산악 지역에서 만들어진 좋은 치즈이다. 이 치즈가 어느 나라에서 먼저 만들었는지, 누가 처음 만들었고 어떻게 이름을 붙였는지 등에 대해서는 아직도 꽤 논란이 되고 있다. 몽도르나 바쉬랭 뒤 오두는 프랑스식 이름이고 바쉬랭 몽도르(Vacherin Mont d'Or)가 스위스식 이름이다.

몽도르를 먹어 보면 왜 이 치즈 때문에 싸우는지 금방 알게 될 것이다. 정말 끝내준다. 다양한 크기의 치즈를 한 상자에 넣어서 파는데 나무 껍질로 만든 원통에서 숙성시켜서 나무의 향을 머금고 있다. 이것은 숙성이 되면 액체처럼 변해 숟가락으로 떠먹을 수 있지만 쿠킹 포일로 감싸서 오븐에 넣어 부아뜨 쇼드(boîte chaude)라 불리는 작은 퐁듀를 만들 수도 있다. 이 치즈는 샤퀴뜨리(charcuterie, 고기 요리의 하나 – 옮긴이)와 쥐라 산맥에서 생산된 와인과 잘 어울린다. 처음 젠의 어머니에게 이 요리를 소개했을 때 '마법의 숟가락 치즈(Magic spoon cheese)'라면서 감탄했고 그 이름은 여전히 우리 집에서 불리고 있다.

❖

이러한 이벤트가 나는 즐거웠고 런던에서도 계속 하고 싶었다. 혹시 이 책을 읽고 '치즈와 와인의 밤'과 같은 이벤트를 집에서 하고자 할 때 반드시 기억해야 할 몇 가지 팁은 다음과 같다.

1. 초대장에 적은 내용은 꼭 실행하라. 초대장에 네 종류의 와인을 제공한다고 했으면 무슨 일이 있어도(손님이 단 두 명뿐일지라도) 그 네 가지 와인을 모두 제공해야 한다. 비록 한 사람당 들어가는 비용이 어마어마해지고 다음 날 아침에 숙취로 고생을 하겠지만 말이다.

2. 충분한 식사 도구를 준비해 두어야 한다. 당연하게 들리겠지만

꼭 확인해야 하고 의자가 충분한지도 확인해야 한다. 한번은 겨울 치즈 이벤트를 열었는데 손님들을 안으로 안내할 때가 되어서야 손님은 8명인데 의자가 6개밖에 없는 것을 알아차렸다. 옆집으로 달려가서 의자를 급히 빌리느라 난리도 아니었다.

3. 모든 사람이 치즈를 좋아하지는 않는다. 안타깝지만 이 사실을 알아 두는 것이 치즈를 꺼냈을 때 손님들의 얼굴에서 겁에 질린 표정을 보는 것보다 나을 것이다.

4. 함께 즐겨라. 이벤트의 일부가 되어 함께 즐겨야 한다. 쓸데없이 점잔을 피우지 말아라. 치즈에 대해 아는 척을 하고 싶은 사람이라면 힘들 수도 있겠지만 즐기려는 마음가짐이 가장 중요하다.

THE Cheese AND I

18장
최고의 무대를 준비하다

전국 치즈 경연 대회(Concours National des Fromagers)라는 치즈 대회에 대해서 처음 들은 것은 리옹의 가게에 도착한 직후인 2012년 6월이었다.

세브린느는 놓치면 안 되는 그해의 치즈 관련 이벤트를 알려 주었다. 가장 큰 대회는 2년에 한 번씩 열리는 호텔 음식 전시회(Salon International de la Restauration, de l’Hôtellerie et de l’Alimentation, SIRHA)인데 다가오는 1월에 리옹의 외곽에서 개최될 예정이었다. 보큐즈 도르(Bocuse d’Or)라는 세계적으로 유명한 요리 대회도 그 전시회 중에 열릴 예정이었다. 요리뿐만 아니라 파티시에, 육류 그리고 치즈를 포함하여 다양한 요리 대회가 진행된다고 했다.

치즈에 빠진 사람으로서 그러한 대회를 인터넷 검색 등을 통해 접해 본 적은 있었다. 그리고 볼 때마다 치즈가 어떻게 그렇게 멋진 모습으로 전시될 수 있는지 놀라곤 했다.

세브린느와 함께 커다란 치즈 플래터에 대해서(그리고 사브리나가 어떻게 3등에 입상할 수 있었는지에 대해서) 이야기하고 있을 때 에티엔이 지나갔다. 세브린느는 불쑥 에티엔에게 말했다.

"에티엔, 매트도 이제 대회에 참가해 보면 어떨까요?"

어색한 공기가 가게를 가득 채웠고, 에티엔의 찌푸린 얼굴에서 어떻게 하면 내가 낙담하지 않게 이 상황을 거절할 수 있을지 고민하는 기색을 볼 수 있었다. 그는 아무 말 없이 그 자리를 떠나는 방법을 택했다. 분명 그는 그다지 좋은 제안이라고 생각하지 않는 듯했다. 나는 전혀 개의치 않았다. 이제 고작 몇 주간 일을 배웠을 뿐이었다. 오히려 내가 생각한 최악의 상황은 이 분야에서 오래 일한 사람들과 경쟁을 해서 완전히 좌절하게 되는 것이라 생각되었다.

✣

몇 개월 지나지 않아서 그 대회에 대해 다시 이야기를 들었다. 열심히 일을 하며 리옹에서의 삶을 즐기고 있었고 어떻게 하면 더 말을 잘해서 치즈를 더 잘 팔 수 있을지 공부하고 있었다. 한편으로 치즈를 자르고 포장하는 손기술을 연마하는 것도 게을리하지 않았다. 내게 천부적인 소질 따위는 없으니 어떻게든 더 잘하기 위해서는 끊임없이 노력하는 수밖에 없었다. 조금씩 나아지고 있는 것만은 확실했지만 내가 궁극적으로 원하는 완벽함과는 여전히 거리가 있었다.

어느 날 아침, 작지만 향이 강하고 촉촉한 리옹의 인기 치즈 생마슬랭을 포장하고 있었다. 가게에서 가장 많이 팔리는 치즈였고 어쩌면 리옹의 모든 레스토랑의 메뉴에서 이 치즈를 찾을 수 있을 것이다. 우리가 해야 하는 일은 로고가 박힌 치즈 포장지토 치즈가 마르지 않도록 포장을 하는 것이었다. 그냥 놔두면 1분도 채 지나지 않아서 크림스프처럼 바뀌어 버려서 두툼한 빵 한 조각과 같이 먹는다면 정말 맛있겠지만 팔기에 보기 좋지는 않았다.

그때 에티엔이 내가 일하고 있는 테이블로 조용히 다가와서는 서류 한 장을 슬쩍 놓고 사무실로 들어갔다.

그 서류는 전국 치즈 경연 대회의 참가 신청서였고, 그의 의사는 분명했다. 만약 내가 참가한다면 그가 도와줄 것이다.

❖

대회 참가를 결정하는 것은 결코 쉽지 않았다. 가게에서 내 실력을 객관적으로 평가받아 본 적도 없었고 대회를 준비하는 데 얼마나 많은 시간이 걸릴지에 대해서도 계산이 서지 않았다. 4개월 동안 피눈물 나게 준비하고 꼴찌로 끝나지는 않을지 혹은 영국에서 온 실패자로 낙인 찍히지는 않을지 걱정이 앞섰다. 그렇지만 결국 젠과 에티엔의 적극적인 권유로 도전해 보기로 결심했다.

물론 좀 더 수준을 높이기 위해서 노력하는 것 자체는 분명 가치 있는 일이지만 그게 내 명예나 함께 일하는 다른 사람들의 명예를 거는 모험이라면 이야기가 달라진다. 대회에 참가한다고 해서 나의 일이 줄지는 않았고 대회 준비를 위한 훈련 시간을 따로 내야만 했다.

막막한 불안감을 안고 지원서를 제출했다. 대회 참가 자격은 아주 단순했다. 그저 선착순으로 '16번째 안에 지원'만 하면 되는 것이었다.

하지만 제대로 준비하지 않고 출전했다가는 좁은 치즈 업계에서 발붙이기 어려워질 것이다. 프랑스 요리 장인(Meilleurs Ouvriers de France, MOF)과 같은 사람들 앞에 나가서 제대로 하지 못하거나 프로다운 모습을 보이지 못하면 그 꼴을 본 사람들이 살아 있는 한 치즈 업계에서 계속 일하기는 힘들어질 수도 있다.

게다가 대부분의 지원자들에게는 대회 준비를 도와줄 멘토 한 명씩은 다들 있을 것이다. 참가자의 실력에 확신을 갖고 시설, 경험 그리고 그 외에 기술이나 금전적인 부분까지 포함해 훈련을 도와줄 지원군을 찾지 못한다면, 아마 대회가 요구하는 최소한의 요건도 맞추기 힘들 수 있다.

✣

우리 가게에서 나만 이 대회에 참가하는 것은 아니었다. 빅터 역시 지원을 했다. 그 역시 에티엔이 지원을 아끼지 않았고 함께 훈련하며 서로 동기부여가 되었다. 우리는 대회가 시작되기 바로 직전까지 서로 돕기로 약속했다. 어차피 대회가 시작되면 모든 것은 스스로의 몫이었다.

참가자들의 명단은 몇 주가 지나도록 발표되지 않았지만 훈련을 곧 바로 시작했다. 다양한 도전 과제에 대한 설명이 지원서에 이미 명시되어 있었고, 일을 하면서도 과제를 연습할 방법을 찾아야 했다.

주요 과제 중의 하나는 25개의 각기 다른 치즈를 하나의 접시에 보기 좋게 배치하는 것인데, 그중 10개는 프랑스 AOP 치즈 중에서 무작위로 선정될 것이고, 나머지 15개는 각자 고를 수 있었다. 당일에는 미리 골라둔 10개의 치즈 중에서 3개를 무작위로 선정하여 심사위원들이 평가를 하고 참가자들은 치즈의 역사와 맛 그리고 서빙 방법 등을 포함한 기술적인 정보를 적어서 제출해야 한다.

치즈를 깔끔하게 자르는 것을 연습하고 치즈에 대해 서로 질문하는 것 외에는 지난 대회에서 평가된 내용을 몇 번을 다시 봐도 딱히 더 준비할 만한 것이 없어 보였다. 어쨌든 우리가 가장 먼저 기본적으로 연습해야 하는 과제는 저울 없이 정확한 무게로 치즈를 자르고 완벽하게 포장을 하는 것이었다. 이 과제는 일과 중에도 할 수 있는 일이었기에 매번 치즈를 자르면서 머릿속으로 무게가 어느 정도일지 짐작해 보는 습관을 들였다. 그리고 가게에 진열된 치즈들의 무게가 어느 정도 일지 추측해 보고 저울에 달아서 확인해 보곤 했다.

치즈의 생산 방식에 따라서 그 밀도가 달라져서 쉽지는 않았지만 점차 어느 정도 맞출 수 있게 되었다. 치즈 종류에 따라서 100그램이 되는 치즈의 사각형 이미지를 떠올려 보고 커다란 치즈들은 1킬로그램의 이미지를 떠올리면서 연습했다. 그러고는 치즈와 무게에 맞춰 그 사각형을 늘이거나 줄이거나 하면서 치즈의 무게를 짐작해 보았다.

치즈를 포장하는 것은 재미있는 작업이었다. 몇몇 가게에는 포장 지침이 따로 있기도 하고, 치즈의 종류에 따른 '제대로 된' 포장법을 설명하는 책도 있다. 하지만 포장에는 다양한 방법들이 있을 수 있고 우리 가게에서는 각자 알아서 하도록 맡겨 두었다. 나는 다른 직원들이 포장하는 방법을 유심히 지켜보고 그중에서 마음에 드는 것을 참고해 이미 내가 알고 있던 기술을 더했다. 이 포장 기술은 오직 치즈에만 국한되는 기술이 아니었다. 이제는 크리스마스 선물을 포장하는 데도 나의 치즈 포장 기술을 사용하고 있다! 어떤 때에는 내 포장 실력을 확인하려고 젠이 일부러 이상한 모양으로 생긴 선물을 사는 것 같기도 했다. 치즈를 포장할 때는 몇 가지 중요한 것들을 고려해야 한다. 잘린 표면을 깔끔하게 잘 감싸서 마무리를 잘 해야 하고, 고객이 치즈 포장을 한 번 연 후에도 다시 쌀 수 있도록 포장지를 충분히 둘러야 한다. 마지막 마무리에 테이프가 필요하다면 잘못된 것이다.

대회의 다른 과제로 블라인드 테스트도 있었는데 이것은 지속적으로 연습했다. 어쨌든 훈련이라는 명목으로 엄청난 양의 치즈를 먹는 것이 내게는 어려운 일이 아니었다. 내가 서빙을 하고 돌아서면(대체로 손에 무엇인가 잔뜩 들고 있어서 반항할 수 없을 때) 빅터는 내 뒤로 몰래 다가와서는 숨 좀 돌리려는 내 입에 커다란 치즈 덩어리를 넣고 뭘 먹었는지 맞춰 보라고 했다. 행복한 시간이었다. 우리는 서로의 스타일과 결과에 대해서 조언을 아끼지 않았고 AOP 치즈에 관련된 규칙에 대해서 틈틈이 질문을 했고, 각자 준비한 플래터에서 허점을 찾아 주기도 했다. 이런 일상은 기대 이상으로 동기부여가 되었고 그것이 가게의 에너지를 바꾸어 놓았다.

참가가 확정되기 전에 우리가 대회 주최 측으로부터 받은 이메일에는 우리가 대회에 가지고 가야 하는 치즈 리스트를 포함해서 몇 가지 규칙이 담겨 있었다. 이메일의 수신자가 감춰져 있지 않아서(열심히 인터넷을 뒤진 결과) 참가자가 누군지 대부분 알 수 있었다. 수신자 목록의 순서가 지원 순서일 가능성이 높아 보였는데 만약 그 추측이 맞다면 나와 빅터 모두 참가에는 문제가 없어 보였다.

그런데 이 시점에 조금 불안한 조짐이 있었다. 그 대회는 지역 치즈 판매 연합(Syndicat des Crémiers-Fromagers Rhône-Alpes/PACA)에 의해서 운영되었다. 그 단체와 꽤 가깝게 지냈던 에티엔은 주최 측에서 우리 가게에서 참가하는 사람 중 하나가 영국인인지 확인하고 싶어 했다며 헛웃음을 지으며 내게 말했다. 그리고 만약 영국인이 우승이라도 하게 되면 어떻게 되는 것인지 걱정했다고도 했다. 에티엔은 규칙의 어디에도 국적 제한은 없으며 유일한 규칙은 '치즈 업계에 종사하는 사람'이라는 것뿐이라고 반박했다.

이러한 상황이 어떠한 결과를 낳게 될지는 알 수 없었지만 국적 때문에 이 대회가 내게는 조금 더 어려워질 수도 있을 것이라는 생각이 들었다. 그들의 영국인에 대한 그리고 영국인의 치즈에 대한 이해의 부족에서 비롯된 편견이 과연 얼마나 영향을 미치게 될 것인가? 종종 리옹에서 앞뒤 꽉 막힌 고객들을 상대할 때 보았던 태도를 다시 접하게 되지는 않을지 걱정이 되기 시작했다.

얼마 지나지 않아서 주최 측으로부터 에티엔에게 전화가 왔다. 대회 지원자 수가 확인되었는데 올해에는 특히 우리 가게처럼 두 명 이상이 지원한 가게가 많다는 것이었다. 더구나 대회에 참가할 16명의 지원자 대부분이 리옹 출신이어서 좀 더 다양한 지역과 가게를 소개하고자 한 가게에서 한 명만 참가할 수 있도록 제한한다는 내용이었다. 즉 우리 가게에서도 나와 빅터 중 한 명만 참가할 수 있었다.

우리는 생각지도 못한 통보에 큰 충격을 받았다. 우리 둘 모두 꼭 참가하고 싶었고 그동안 꽤 많은 시간을 투자해 왔었기 때문이다.

나로서는 프랑스에 머물 시간이 정해져 있어서 이번 기회가 처음이자 마지막이었다. 이미 내게 허락된 휴직 기간의 반이 지나고 있는 시점이었다. 빅터는 나보다 리옹에 좀 더 오래 있을 계획이긴 했지만 그렇다고 해서 이러한 조건을 공정하게 생각하지는 않았다.

나와 에티엔, 빅터는 긴급 회의를 했다. 이토록 기분 나쁜 상황을 바꿀 수 있는 뾰족한 방법은 없었다. 결국 가게에서 조금이나마 더 오래 일한 내가 참가하는 것으로 결정을 내렸다. 빅터는 우울해했고 나 역시 그랬다. 하지만 주사위는 던져졌으며 이제 내가 증명해야 할 것이 하나 더 늘어나 버렸다.

운명의 주사위는 던져졌다

내가 대회 참가자 중 가장 초짜라는 사실은 분명했다. 하지만 에티엔은 치즈 업계에서는 오히려 그런 초짜가 성공할 가능성이 더 크다며 자신이 바로 그런 예라고 했다.

에티엔은 염소 치즈로 유명한 론 알프스 지역의 드롬(Drôme)에서 자랐다. 그의 조부모 역시 치즈 농부였기에 그가 어렸을 때는 거의 '우유로 목욕'을 할 정도였다고 했다. 자라면서 레스토랑 운영에도 관심을 갖게 된 그는 나중에 그 유명한 폴 보큐즈 요리 학교와 레스토랑에서 교육을 담당하기도 했다. 레스토랑의 여러 업무 중에서 그가 주로 맡은 일은 치즈를 선택하는 것과 치즈에 대해 프레젠테이션 하는 일이었다.

전국 치즈 경연 대회는 1997년에 처음 시작되었다. 매 대회마다 찍은 그 해의 치즈 사진은 미디어의 관심을 이끌어 치즈 산업을 부흥시키기 위한 좋은 수단이 되었다. 하지만 대회 자체는 프랑스 요리 장인(MOF)을 위한 훈련의 과정으로 간주되기도 했다. 2000년에 이 대회가 처음 생겼을 때 에르브 몽스가 그 경쟁자 중의 한 명이었다. 사실 MOF의 치즈 분야에 참가한 거의 대부분의 사람들은 전국 치즈 경연 대회에도 역시 참가했던 사람들이다.

초대장은 단지 치즈 업계뿐 아니라 모든 관련 업계에도 발송되어 젊은 에티엔도 대회에 참가할 수 있었다. 자신을 초짜라고 생각했던 그는 좋은 성적을 기대하기보다는 최선을 다하고자 했었는데 그 대회에서 무려 3위에 입상했다. 들리는 소문에 따르면 2004년 MOF의 치즈 대회에서 그는 가장 특이한 방식으로 도전했고 그 결과는 모든 악조건에도 불구하고 성공적이었다고 했다.

MOF는 요리나 가마솥 만들기, 치즈 판매 등 다양한 분야를 포함하는데 보통 수년의 경력이 요구된다. 그렇다고 해도 꼭 관련 분야의 경력에 국한한다는 규칙은 없으며 대부분 그럴 것이라고 짐작할 뿐이었다. 에티엔 역시 당시에 치즈 가게에서 일한 경력도 없고 치즈 가게를 운영하는 것도 아니었는데 그가 파란색, 흰색, 빨간색의 칼라를 받으리라고는 아무도 기대하지 않았다. 따라서 지금도 그가 레 알에서 일하면서 MOF 칼라를 달고 있는 것은 정당한 자부심의 상징이라 할 만했다.

❖

크리스마스 시즌이 마침내 끝나고 가게, 동굴 그리고 레 알은 비로소 한숨 돌릴 수 있었다. 하지만 아직 누군가에게는 끝난 것이 아니었다. 그 누군가는 이제 본격적으로 다가올 대회를 준비해야 했다.

사실 나는 그 바쁜 크리스마스 기간 중에 잠깐의 시간을 내서 젠에게 프로포즈를 했는데 정말 기쁘게도 젠이 프로포즈를 받아 주었다!

에르브는 가게에서 하는 개인적인 훈련 외에 도움이 될 만한 사람들을 소개해 주었다. 동굴에서 일할 때 만났던 젊고 활력 넘치는 로안(Loan)과 몽브리종 가게에 있을 때 마주친 적 있는 제럴딘(Geraldine)이었다. 두 사람 역시 대회를 준비하고 있다. 이들과 함께 한 첫 코스는 2012년 과일 및 채소 조각 부문에서 우승을 한 윌리엄 에르메르(William Hermer, 지금 잠깐 인터넷으로 검색해 보면 정말 눈부신 작품들을 볼 수 있을 것이다)에게 치즈 조각에 대해서 배우는 것이었다. 엄청난 양의 비누를 희생한 끝에(비누가 치즈보다 조금 더 쉽기도 하고 가격도 저렴하다) 조각의 가장 기본 기술을 익혔다.

그 이후로는 치즈 조각에 빠져 딱딱하거나 조각하기 어려운 치즈들뿐 아니라 손에 잡히는 무엇이든 조각을 하려고 들었다. 젠이 먹으려고 집어든 사과도 종종 반쪽은 장미로 바뀌어 있곤 했다. 사실 얼핏 보면 장미보다는 트랙터나 만들다 만 공룡같이 보이기도 했다. 문제는 이 조각 기술은 꽤 많은 시간을 필요로 했고 한 번 실수로 열심히 작업한 결과물뿐만 아니라 손가락마저 잃을 수도 있었다. 비록 이렇게 어렵고 위험하기도 한 작업이었지만 그래도 도전할 가치가 있었다. 그동안 치즈 조각을 시도한 예가 거의 없다는 것도 그렇고 이 특별한 기술이 남들과는 다른 나만의 장점이 될 수도 있을 것이라는 생각이 들었다. 이제 해야 할 일은 하나의 모양을 결정해서 타고난 기술처럼 연습을 하는 것뿐이었다.

내 의욕을 더욱 자극하는 사람은 에르브에게 사사하고 2011년에 치즈 분야의 MOF가 된 프랑수아 로빈(François Robin)이었다. 프랑수아는 웃지 않는 모습을 보기 힘들 정도로 사람이 좋지만, 진지할 때는 순식간에 프로페셔널로 돌변한다. 대회 규칙에 대한 그의 깊이 있는 지식은 실로 놀라웠다.

그는 우리의 성격(혹은 어쩌면 단점들)을 빨리 알아채는 한편, 치즈 관련 업무에는 차분하면서도 현란한 기술을 갖고 있었다. 또 주최 측의 공지사항이나 질의 내용을 보고 그 뒤에 숨겨진 내용을 찾는 데 탁월한 능력이 있었고 그 방법을 가르쳐 주기도 했다. 주최 측의 메시지는 대개 직접적인 언급은 피했지만 잘 들여다보면 그들이 원하는 바를 쉽게 찾아낼 수 있었다. 그렇게 숨겨진 내용을 읽고서 다음과 같은 것을 추리할 수 있었다.

- 치즈가 왕이다. 보여 주는 것에 너무 신경 쓴 나머지 치즈의 본질을 망치지 말아라.
- 주제 표현 방식에 따라서 큰 점수가 주어진다.
- 쓸데없는 장식으로 치즈를 가리지 말아라.
- 치즈를 보여 주기 위해서 성가신 받침을 사용하지 말아라.

대회 전에 이틀 동안 프랑수아와 함께 연습을 했다. 첫날 그는 엄청난 '공포'를 심어 주었다. 3주가 남은 시점인데 해야 할 일이 아직 산더

미처럼 남았다는 것을 깨닫게 되었다. 말로 하지는 않았지만, 내가 지금까지 제대로 해 온 것이 하나도 없다고 느끼게 만들어 주었다. 일단 치즈를 어떻게 프레젠테이션할 것인지부터 돌아가 다시 그림을 그려야 했다.

그는 치즈 프레젠테이션이 일상의 다른 부분들과 마찬가지로 계속 발전하고 있는 패션과 같다는 것을 알려 주었다. 가장 최근에 MOF가 된 그는 요즘 트렌드를 잘 알고 있었다.

식물, 포도 그리고 지푸라기 등은 더 이상 프레젠테이션에 많이 쓰이지 않았다. 그는 완전한 미니멀리즘은 아니지만 치즈를 차갑고 세련된 선형으로 자르는 것이 좋을 것이라 충고했다. 시골풍을 내는 것은 유행이 한참 지나 이미 땅속 깊이 묻힌 옛날 유물일 뿐이었다.

이렇게 빨리 움직이는 트렌드의 속성은 2000년, 2004년 그리고 2011년에 각각 MOF를 받은 에르브, 에티엔 그리고 프랑수아의 표현의 차이에서 찾을 수 있다. 이 세 명의 각기 다른 의견을 종합해서 최종적인 나만의 길을 만들고자 했다.

플래터는 초승달을 주제로 하기로 결정했다. 초승달로 결정한 중요한 이유는 굳이 설명할 필요 없는 시각적 효과를 갖고 있기 때문이었다. 게다가 전통적 치즈의 모양인 원형과도 너무 동떨어지지 않아서 훨씬 친근감 있게 다가설 수 있을 것 같았다.

과제 준비와 동시에 대회 당일 출품할 최고의 치즈를 찾기 위해 동분서주했다. 몽스의 동굴에는 다양하게 숙성된 수많은 치즈가 있었고 에르브가 해외 치즈 제작자들과 좋은 관계를 맺고 있어서 다른 참가자들에 비해 치즈를 구하기는 쉬웠다. 그렇더라도 만일의 사태를 대비해 동굴에서 직접 공수받을 치즈와 다른 곳에서 구해야 하는 치즈를 구분해 대회 준비 초기부터 발빠르게 골라 놓기 시작했다. 충분한 시간을 두고 내 손에 들어온 치즈가 괜찮은지 확인하고자 미리 주문해 두었고, 숙성 단계에서는 내가 원하는 조건을 추가하였다. 적당하게 숙성된 치즈를 고르는 것은 쉽지 않았다. 치즈 플래터가 전시될 대회장의 가혹한 환경도 고려해야 했다. 대회장은 덥고 건조한데 플래터는 거기에 한참 동안 놓여 있을 것이다. 물기 많은 치즈 한 덩이가 그 플래터 전체를 재앙으로 바꿀 수도 있었고, 그로 인해 결과가 발표될 즈음에는 대회장 밖으로 도망가고 싶어질 수도 있을 것이다.

한편, 대회에서 심사하는 치즈 목록에는 우선 꼭 포함되어야만 하는 치즈들이 있었다. 이것은 프랑스 AOP 치즈들 중에 선택되었는데 특히 몇몇은 정말 친숙하고 애정 어린 것들이었다.

먼저 전통적으로 산양 우유로 만들고 톡쏘는 맛이 나는 항상 믿음직한 블루 치즈 로크포르와 오베르뉴 지방에서 젖소 우유로 만든 살레(Salers) 등이 있다. 플라뉴 지방의 푸름므 드 몽브리종도 리스트에 있어 만족스러웠다. 깜짝 놀랄 만한 다른 치즈들로는 동굴에서 일할 때 자주 다루었던 가운데에 크림이 풍부한 세척 외피 젖소 우유 치즈 랑그르와 그동안 과소평가되었던 알프스 지역에서 성산된 가열 젖소 치즈 아봉덩스가 포함되어 있었다. 이 치즈는 진한 버터 향과 견과류의 맛에 씁쓸하고 매콤한 끝맛이 있었다.

이런 치즈들은 내가 좋아하는 치즈의 맛과 취향을 고려할 때도 역시 꽤 괜찮은 선택이었다. 내 목표는 가급적 다양한 스타일의 치즈를 폭넓게 수용하여 목록을 구성하는 것이었다. 다른 종류의 우유, 다양한 생산지를 포함하면서 동시에 최고의 질을 유지하는 것 역시도 염두에 두고 있었다.

그러기 위한 첫 번째 단계는 좋은 영국산 치즈를 찾는 것이었다. 닐스 야드 데어리의 도움을 받아 원유로 농장에서 직접 만든 체다 치즈(보통 슈퍼마켓에 있는 노란색 플라스틱처럼 생긴 치즈)를 찾아냈다. 이 치즈는 그 맛이 풍부했고 노란색의 부스러지는 듯한 질감이 최고였다. 그리고 내가 최고의 치즈라 생각하는 스틸턴을 골랐다. 버터가 풍부한 질감과 세련된 푸른색의 탁 쏘는 맛은 로크포르와 완벽하게 어울렸다.

플래터의 높이와 크기를 구성하기 위해서 스위스 그뤼예르(Suisse Gruyère) 치즈와 보포르 샬레 달파쥬(Beaufort Chalet d'Alpage)를 골랐다. 두 개 모두 우리 가게에서 내가 가장 좋아하는 치즈였다.

이탈리아 사람들에게 감사하며 탈레지오 치즈도 포함시켰다. 이 치즈는 숙성이 되면 아주 맛있는 젖소 우유 치즈로 오렌지색 외피를 지녔는데, 잘 구운 바게트 위에 올려서 익히면 부드럽게 끈적거리며 그

향이 더욱 진해진다. 그리고 가정에서 사용하는 파우더로 썩기에는 아까운 수준인 볼로냐의 파르미지아노 레지아노 역시 포함하였다.

부드럽고 끈적거리는 향을 가진 바쉬랭 뒤 오두는 매번 이 대회에 참가를 했었고 나 역시 플래터에 포함을 시켰다. 전나무 틀 안에 넣어 보관하면 조명의 열 때문에 치즈가 녹지는 않을 것 같았다.

염소 치즈는 필수 치즈 리스트에 잘 정리되어 있었지만 산양 치즈는 그렇지 못했다. 색깔과 스타일의 다양성을 위해서 사프란(크로커스(crocus) 꽃으로 만든 노란색 가루로 음식에 색을 낼 때 씀. – 옮긴이)과 말린 후추 열매를 우유에 넣어 만든 시칠리아 페코리노(Sicilian Pecorino) 스타일의 피아첸티누 엔네세(Piacentinu Ennese)를 골랐다. 이것은 강렬한 향에 태양과 같은 노란색을 갖고 있어 플래터를 돋보이게 할 수 있었다. 코르시카 브로쵸(Corsican Brocciu)라는 염소나 산양젖으로 만든(나는 산양을 택했다) 부드러운 프레시 치즈도 포함했고 마지막으로 치즈와 잘 어울리는 맛있는 체리 잼을 준비했다.

❖

대회가 2주 앞으로 다가와 대회 준비에 더욱 박차를 가했다. 대회에서 최고의 모습을 보여 주고 싶었다. 오전에는 가게에서 일을 하고 오후에는 제시간 안에 플래터를 만드는 연습을 했다. 그리고 저녁 늦게까지 질문에 나올 10개의 치즈에 대해 쉴 새 없이 공부하면서 플래터에 올릴 치즈들을 설명해 줄 라벨의 마무리 작업을 했다. 라벨 역시 프레젠테이션에서 중요한 역할을 할 것이므로 다양한 색상, 모양, 크기 그리고 코팅 등에 사람이 생각할 수 있는 모든 것들을 시도해 준비했다. 그리고 좀 더 창의적으로 표현하려고 젠에게 각 치즈에 어울리는 짧은 시를 부탁하기도 했다. 그녀의 시는 정말 멋졌지만 최종 판단을 앞두고 결국 최소한으로 간결하게 표현하는 것이 좋겠다고 생각되어 제외하였다. 나중에 보니 이것은 절대적으로 옳은 판단이었다. 대회 심사위원들은 딱히 시적인 감수성을 갖고 있지는 않은 듯했기 때문이다.

THE Cheese AND I

19장
꿈이 내게 다가왔다

나는 꽤 스트레스를 받고 있었다. 당연했다. 어떤 시험을 치르든 한 번도 침착했던 적은 없었고 이번에도 크게 다르지 않았다. 오히려 다른 때보다 더 심각했던 것 같았다. 적어도 세무나 유기 화학 관련 시험을 볼 때에는 옆에서 커다란 비디오 카메라로 촬영하고 있는 사람은 없으니 말이다.

생각지 못한 변수들도 있었다. 한 번도 운전해 본 적 없는 가게의 밴으로 치즈를 옮겨야 했고, 대회장까지 얼마나 걸릴지도 몰랐고, 밤새 벼락치기로 외운 내용들은 안절부절못하며 자는 동안 머리에서 흘러나가 버린 듯했다. 혹시라도 한 번 더 외운 내용들을 떠올리다가 그것들이 머릿속에서 나오는 길에 귀나 다른 곳으로 새어 사라져 버릴까 봐 일부러 되돌아보지 않았다.

1월 27일 아침, 젠과 나는 레 알로 향했다. 정육점 주인이 건투를 빌어 주었다(물론 그는 이미 일하고 있었다. 레 알에서 일하는 내내 그보다 먼저 출근해 본 적은 한 번도 없었다). 기우뚱하게 쌓여 있던 치즈들을 밴으로 옮겼다. 모든 게 순조롭게 진행되어 조금은 스트레스를 덜 수 있었다.

운전석에 앉아 좌석과 거울을 조절하려고 보니 백미러가 없었다. 그 외에는 모든 게 좋았다. 자, 이제 엔진을 켜고, 잠깐! 이거 핸드브레이크가 어디에 있는 거지? 도대체 찾을 수가 없었다. 다시 머릿속이 복잡해지기 시작했다. 프랑스에는 핸드브레이크가 없나? 도대체 어디에 숨겨 둔 거지? 왜 나한테만 이런 일이 생기는 거지?

5분쯤 지나서야 간신히 주차장을 나설 수 있었다. 아침이라 차가 없어 길은 한산했고 처음 밴을 운전하기에는 최적의 조건이었다. 시동을 끄면 핸드브레이크가 작동되었다. 나중에 다시 출발할 때도 운에 맡길 수밖에 없었다. 리옹에는 신호등이 많았다. 차가 멈추고 출발할 때마다 내겐 정말 더없이 중요하고 연약한 치즈가 담긴 상자들이 듣기 거북한 소리를 내면서 앞뒤로 움직이고 있었다.

무사히 대회장에 도착했다. 모두에게 들릴 만큼 커다란 소음을 내며 주차를 했다. 이렇게 또 한 번의 위기를 넘겼다. 로안과 제럴딘은 몽브리종 가게의 체드릭과 동굴에서 온 오렐리, 로맹과 함께 와 있었다. 커피를 마시고 있었는데 서로 아무 이야기도 하지 않았다.

경연 순서는 총 16명의 참가자 이름을 모자 안에 넣고 한 어린이가 뽑은 결과에 따라서 두 그룹으로 나뉘었다. 대회장이 협소해서 8명의 참가자가 먼저 경연을 하고 나머지 8명은 다른 방에 갇혀서 기다려야 했다.

나는 첫 번째 그룹에 뽑혔다. 마음이 놓였다. 이제 두 시간만 더 버티면 모든 게 끝나고 다시 평범한 일상으로 돌아갈 수 있으리라.

대회 참가자들은 서로를 볼 수 없게 벽으로 둘러싸인 공간 안에 똑같이 설치하고 살균 소독된 부엌으로 입장했다. 오븐과 싱크대, 커다란 스테인리스 스틸로 만든 작업대를 포함해서 약 5제곱미터 정도의 넓이였다. 옆 참가자가 보이지 않게 높은 파티션을 설치해서 거의 박스 속에 들어 있는 것 같았다. 단, 정면은 관중들이 볼 수 있도록 열려 있었다.

무대가 들어차기 시작했고 관객석을 보자 몇몇 친숙한 얼굴이 보였다. 크게 심호흡을 하고 여기저기를 깔끔하게 닦고 나서 내 물건들을 올려 놓는데… 아, 젠장!

도마를 깜빡 잊었다. 치즈는 어떻게 자르지? 다급하게 젠을 불렀다. 그녀가 체드릭에게 어떻게 하면 좋을지 묻자 그가 여기저기 알아보고는 너무 걱정 말라고 했다. 그가 우승했을 때 역시 도마를 안 썼다고 했다. 우스운 이야기였지만, 긴장이 풀리는 데 전혀 도움이 되지 않았다. 고맙게도 다음 조에 출전하는 제럴딘이 그녀의 도마를 빌려 주었다. 약간 정신줄을 놓고 아드레날린이 가득 찬 상태의 몸짓으로 그녀에게 나중에 한잔 사겠다고 손짓했다. 제발 카메라에 찍히지 않았기를 바라며.

모든 준비를 마치고 한 걸음 떨어져 있었다. 이 대회의 설립자이자 치즈 분야에서 유명한 MOF인 베르나르 뮈르 라보(Bernard Mure-Ravaud)가 시계를 눌렀다. 운집한 관객들 속에서 젠의 얼굴을 찾았다. 그녀는 나에게 윙크를 하고는 박수를 치기 시작했다. 나는 카메라와 관객, 소음을 비롯한 모든 것들을 잊고자 치즈에 집중하기 시작했다. 대회를 재앙으로 마감하기 싫다면 최선을 다해 집중해야만 했다.

시식을 위해서 심사위원들이 고른 세 가지 치즈를 꺼냈다. 랑그르, 뇌샤뗄(Neufchâtel) 그리고 똠 데 보쥬(Tome des Bauges)가 무작위로 선택되었다. 이렇게 치즈가 선택되어 기분이 좋았다. 이 치즈들은 내가 치즈와 숙성도를 선택한 이유에 대해서 쉽게 설명할 수 있는 좋은 예들이기 때문이었다.

랑그르 치즈 덩어리를 지난 한 주 반 동안 조심스레 손질을 했고, 오렌지와 금색 중간쯤의 색을 띠는 가장 좋은 것을 골라 왔다. 치즈 안쪽은 분명 크림 반, 하얀 고체 치즈 반이고 그 가운데는 약간 신맛이 있을 것이라 확신했다. 전혀 다른 두 개의 질감에 과일 같은 단맛과 입안을 청소하는 듯한 신맛이 완벽한 조화를 이루었다.

뇌샤뗄 역시도 약간의 크림이 있는 표면과 멋진 조합을 만들어 낼 수 있는 치즈였다. 또한 생산하는 과정에 사용된 젖당을 기반으로 응고물의 질감을 앞으로 끌어낼 수 있다.

똠 데 보쥬는 내가 원했던 것 보다는 숙성이 좀 더 되어서 약간 의

아했다. 전날 밤에 맛을 봤을 때에는 끝맛이 훨씬 강했지만, 그 질감은 좋았다.

비록 긴장해서 혀가 잘 돌아가지는 않았지만 최대한 막힘없이 설명하고자 노력했다. 다행히 내가 말하는 것을 심사의원들은 잘 이해하는 듯했다. 치즈의 기술적인 부분들에 대해서도 최선을 다해 성심껏 심사에 임했다. 그 노력을 가상히 여기셨는지 지금까지는 아무런 재앙도 발생하지 않았다.

이제 메인 이벤트를 준비할 시간이다. 치즈 플래터. 내가 가진 모든 능력을 앞으로 45분 안에 쏟아 내야 했다.

시작을 알리는 신호와 함께 손은 떨리고 이마에는 땀이 나기 시작했다. 대회장 안은 더웠고, 타이는 목을 죄고 있었고, 카메라들은 당황스럽게 연신 사진을 찍어댔다. 그렇게 많은 주목을 받으면서 치즈를 자르는 것이 참 난감했다. 프랑수아가 조언해 준 대로 쉬운 것을 먼저 자르는 것이 도움이 될 듯했다. 그런데 문제는 내가 그 조언을 따르지 않았다는 것이었다.

남은 시간과 내 손에 있는 치즈에만 집중했다. 매 순간 침착하게 호흡을 가다듬으며 젠과 친구들이 보내고 있는 응원을 느끼려 노력했다. 시간이 지나면서 내 플래터가 점점 모양을 갖춰 갔다. 전체적으로는 대칭적인 느낌을 만들고자 했고, 색상도 좌우로 거울에 비친 듯 배치를 했다. 가장 인상적인 부분은 한가운데 수직으로 높게 솟아 있는 스위스 그뤼예르였다. 그 치즈는 진한 노란색이 될 때까지 약 2년간 숙성이 되었고 오랜 시간 동안 만들어진 아미노산 결정이 박혀 있었다. 그 치즈를 원형으로 파내고 거기에 푸름므 드 몽브리종을 넣었다. 흐릿한 푸른색이 하얀색의 치즈 안에 퍼져 있어 달 표면을 연상시켰다.

그뤼예르의 앞부분은 내가 플래터에서 가장 좋아하는 부분이었다. 푸름므 드 몽브리종을 다시 초승달 모양으로 잘라서 또 다른 한 덩이를 반으로 자른 원통 모양의 푸름므 드 몽브리종 위에 마치 한 덩이처럼 보이도록 균형을 맞춰 올려 두었다.

이 두 개의 치즈가 플래터의 중심축이었고 그 뒤로는 보포르 샬레 달파쥬와 파마산 치즈를 대각선으로 받쳐 주는 조금은 특이한 배치를 하였다. 그리고 버터 와이어로 잘라 그 흔적을 새겨 놓은 몽고메리 체다와 살레 치즈를 첨탑처럼 초승달 좌우에 세워 두었다. 그 외 다른 치즈들은 잘린 면이 보이도록 비스듬하게 잘라서 배치하였다. 미몰레트(Mimolette) 치즈는 조금 성가신 부분이 더 많은 초승달 모양으로 조각을 하였고 발렁세 치즈는 복잡한 모양으로 잘라서 마치 회전하며 쌓아 올린 피라미드처럼 보이도록 하였다. 각 피라미드의 층 사이로 치즈의 속이 보여서 치즈의 겉면과 신선한 속의 색깔이 조화를 이루었다. 이 중 몇몇은 일부러 잘 보이지 않는 곳에 배치를 하였는데 사람들이 볼 때마다 계속 새로운 부분을 찾게 되기를 바랐다.

내가 원했던 모든 것을 여기서 다 보여 줄 수는 없었지만 대회의 요구 사항은 모두 맞출 수 있었고 플래터에 올린 치즈도 충분히 있었다. 내가 볼 때에도 기술적으로 괜찮은 수준이었고, 배치나 플래터의 디자인도 기발했다. 스스로는 꽤 만족스러웠다.

시간은 순식간에 지나갔다. 눈 깜짝할 사이에 베르나르와 관객들은 마지막 10초의 카운트다운에 들어갔다. 시간이 종료되고 모든 플래터들은 심사를 위해 방으로 옮겨졌다. 나는 박스 순서상 뒤에서 두 번째였고 덕분에 앞서 들어가는 치즈들을 슬쩍 볼 수 있었다. 다른 플래터들에 비교하면 내 플래터는 확실히 간소했다. 몇몇 플래터는 꽃으로 화려하게 장식되어 있었고, 어떤 것은 모래 한가운데 서 있는 등대처럼 표현을 했고, 어떤 것은 랑그르를 자동으로 움직이는 선반 위에 올리고 담쟁이 덩굴로 꾸민 후에 멋진 잔에서 뿜어져 나오는 드라이아이스로 극적인 연출을 하기도 했다. 그런 것들에 비교하자면 내 초승달 테마는 정말 간결했다. 심사위원들이 내가 치즈에만 집중한 것에 좀 더 좋은 점수를 주기를 바랐다.

결과만 기다리며 조바심 내고 있을 시간이 없었다. 다음 과제는 어마어마하게 큰 치즈를 저울 없이 정확한 무게로 잘라서 포장하는 것이었다. 지난 수개월 동안 내가 해 온 일과 중 일부였지만 시간이 지난다고 쉬워지지는 않았다. 대회 날 주어지는 치즈의 두께나 밀도를 잘 모르기 때문에 어느 정도 운도 작용한다는 것을 알고 있었다. 아무튼 가능한 한 깔끔하게 잘라서 실용적으로 포장을 했다.

포장지로 사용하는 종이가 어떤 것인지도 모르니 더욱 초조했다. 이상하게 들릴 수도 있다는 것을 안다. 이상할 수밖에 없지만 크리스마스 시즌을 준비할 때도 가장 성가신 일은 치즈 종이가 바뀌는 상황이었다. 두께가 조금만 바뀌어도 종이의 마찰이 바뀐다. 이미 수천 개의 치즈를 같은 종이를 이용해서 포장을 해 왔고 내 몸이 그것을 기억한다면 약간의 질감이나 탄성 혹은 마찰의 변화도 엄청나게 크게 느껴진다. 아마도 컴퓨터 키보드를 누를 때 지금보다 두 배 정도의 힘으로 눌러야만 하는 경우와 비슷할 것이다. 나는 이런 작업에 그다지 소질이 없고 깔끔하지도 못했고, 오히려 스스로도 다소 지저분하고 손재주가 없다고 생각해 왔다.

운이 좋았는지 전혀 할 필요가 없는 걱정을 했다. 주어진 종이는 가볍고 통풍이 잘 되고 다루기도 쉬웠다. 치즈를 얼마나 잘 지켜줄지는 알 수 없었지만 가게에서 사용하는 종이보다 더 다루기 쉬웠다. 포장을 마친 치즈를 일렬로 늘어놓고 마지막 테스트를 준비했다. 블라인드 테이스팅(Blind Tasting).

무작위로 선정된 세 개의 치즈를 맛보고 그 치즈의 이름, 원산지, 사용된 우유의 종류 및 숙성 방법 등을 정확히 맞추어야 했다. 작고 하얀 종이 상자를 열어 보고 웃음이 나오려는 것을 참았다. 보는 순간 두 개는 무엇인지 알 수 있었다. 하나는 퐁레베크(Pont-l'Évêque)로 노르망디 지역에서 생산되는 치즈였고 다른 하나는 블뢰 뒤 베르코르 사스나쥬

(Bleu du Vercors- Sassenage)라는 론 알프스 지역의 치즈였다. 마지막 하나는 세 가지 가능성이 있어 미각을 통해서 범위를 좁혀야 했다. 분명 비가열 압축 치즈인 껑딸(Cantal), 라기욜(Laguiole) 혹은 살레 중 하나였다. 맛을 보니 절대 타협할 수 없이 강한 농장의 톡 쏘는 맛이 없는 것으로 보아 살레는 제외할 수 있었다. 라기욜과 껑딸의 차이점을 찾기는 쉽지 않았다. 내 앞에 놓인 조각은 마치 숙성이 덜 된 체다를 떠올리게 하는 우유 같은 느낌이었다. 내 입맛으로는 라기욜은 좀 더 버터와 같은 질감에 강한 끝맛을 갖고 있다고 느꼈기에 최종적으로 껑딸이라 결정을 내렸다.

남은 시간을 확인하며 답을 적어 내려갔다. 여전히 5분이나 남아 있는 상황이었다. 더 먹더라도 도움이 되지는 않을 듯하여 자제하기는 했지만 대회 중이라는 것도 잊고 먹고 싶을 만큼 샘플로 주어진 치즈의 맛과 품질이 정말 좋았다.

그리고 모든 것이 끝났다. 다음 8명의 참가자들을 위해서 자리를 원래대로 정리해 두어야 했다. 박스를 나서면서 대기중이던 다음 참가자를 격려하고, 제럴딘에게 도마를 돌려준 후에 내 치즈를 밴으로 모두 옮겼다. 가슴속에 무거운 돌덩어리가 빠져나간 듯 마음이 가벼워지며 순식간에 온몸의 진이 완전히 빠졌다.

제럴딘과 로안은 모두 두 번째 그룹에 있었는데 그들이 어떻게 하는지 보고 싶었다. 그리고 다른 참가자들의 모습도 잘 보아 두었다. 참가자들 모두가 정말 최고였고 그들 중 몇몇의 아이디어는 굉장히 훌륭했다. 이런 수준의 참가자들을 본다는 것 자체가 기쁘면서도 한편으로 내가 상을 받을 가능성이 점점 더 희박해지는 것을 느끼고 있었다.

나를 제외하고는 모든 사람들이 예쁘게 플래터를 꾸몄다. 젠장! 그래도 여전히 전혀 장식이 없었다는 점에서 오히려 내 플래터가 조금 더 눈에 띄기를 바랐다. 하지만 그 점이 커다란 감점 요인이 될 수도 있을 것이라는 생각을 떨칠 수가 없었다.

두 번째 그룹은 정오 직전에 끝이 났고 오후 5시나 되어야 결과가 발표될 예정이었다. 발표를 기다리는 시간이 한없이 길게 느껴졌다. 보통 음식 관련 전시회를 가면 여기저기 볼 것이 많았는데 그날만큼은 다른 것이 눈에 들어오지 않았다. 나는 강렬한 아드레날린의 충격으로 휘청거리고 있었고 에너지가 거의 남아 있지 않았다. 전시회장의 뜨거운 열기도 한몫 거들고 있었다.

젠과 나는 미로같이 복잡한 전시회장을 돌아다녔고 여기저기 시식을 하면서 어딘가 앉을 곳을 찾았다. 결국은 정육 관련 대회장의 뒤편에 앉을 수 있었다. 지금 상태로라면 대회에 참가하고 있는 6팀의 정육상들이 내 몸을 자르고 다지고 속을 넣고 하더라도 알아차리지 못할 만큼 정신을 놓고 있었다.

❖

길고 길었던 5시간이 지나고 나는 젠과 함께 내 치즈 플래터를 시

상대 한쪽으로 옮겨 두었다. 진열을 위한 단상이 준비되어 있었는데 사람들이 점점 더 몰려들어 꽤 무거운 플래터를 옮기는 것이 쉽지만은 않았다.

MOF들이 들어왔다. 10명은 족히 넘어 보였는데 계속 움직여서 몇 명인지 가늠하기 쉽지 않았다. 꽤 많은 사람들이 낯이 익었다. 다들 프랑스 치즈 분야에서 상당히 유명한 사람들이어서 마치 인기 스타들을 보는 듯한 기분이 들었다.

에티엔과 세브린느가 도착을 했고 잘 했는지 묻느라 정신이 없었다. 에티엔은 내 플래터를 보면서 아무 표정이 없었다. 그가 어떻게 생각하는지 얼굴을 살폈지만, 도저히 속을 알 수 없었다.

내 플래터에 여기저기 빈 공간이 많다는 이야기를 군중들 속에서 들을 수 있었다. 다른 참가자들에 비하면 내 것이 좀 더 단순하다는 것은 확실한 사실이었다. 내 반대편에 있는 어떤 사람은 염소 치즈 세 개가 안에 있고 돛은 치즈 종이로 만든 치즈 보트를 조각하기도 했다.

스스로 괜찮다고 생각했다. 남들보다 월등히 뛰어나지는 않았지만 완전히 망치지는 않았으니 말이다. 운이 좋다면 3등 정도는 할 수 있지 않을까 기대해 보았다. 도전을 시작할 때는 그저 내 실력을 높이고 프랑스 치즈 업계에서 살아남을 수 있을지 알아볼 기회라 생각했다. 내가 원하는 것은 오직 꼴찌를 면하는 것이었지만 등수가 발표되기 시작하고 사람들이 웅성대자 단상을 부러운 눈으로 쳐다볼 수밖에 없었다.

드디어 결과를 발표하는 시간이 되었다. 빨간색, 하얀색 그리고 파란색의 칼라가 달린 하얀 유니폼을 입은 MOF가 서로 장난을 치며 무대 뒤에 섰다. 그들 사이에 에르브도 보였다.

젠과 함께 관객들 속에 서서 우승자와 인사를 나눈 후에 밤이 되기 전에 우아하게 떠나려고 생각하고 있었다. 발표 전에 진행하는 인사말도 길었고, 스폰서에 대한 감사의 말도 많았고 무대 위에서는 이 사람 저 사람 불러 끊임없이 악수를 했다. 그리고 갑자기 등수가 발표되었다. 3등은 가장 어린 참가자인 미리암(Myriam)이라는 이름의 예쁜 소녀였다. 그녀는 자기 이름이 불리자 완전히 놀라서 무대로 올라갔다. 얼굴에는 미소가 가득했다. 2등은 또 다른 여성 참가자인 래티샤(Laetitia)에게 돌아갔다. 그녀의 플래터는 우뚝 솟은 높은 치즈 뒤로 치즈 봉우리를 만들었고 앞에는 세심하게 자른 치즈들을 배치하고 보라색 꽃으로 생동감 있게 장식했다. 내 앞을 지나가는 이 플래터를 슬쩍 보았을 때 여성스럽고 인상적이라 생각했었다.

우승자를 발표하기 전에 심사위원과 발표자는 말을 빙빙 돌리며 점점 긴장감을 높이고 있었지만 발표 전에 나는 이미 기대를 버리고 있었다.

"올해의 1등은…"

이제 정말 긴장을 풀 수 있을 것이라 생각되었다. 계속 미소를 짓고 있자니 점점 얼굴 근육이 마비되어 가는 듯했다. 그래도 어느 카메라에 찍힐지 모르니 조금 더 버텨야 했다.

"…의심할 여지 없는 점수 차와 만장일치로…"

배가 고파왔다. 집 냉장고에 뭐가 있는지 떠올려 봤다. 오늘 저녁으로 먹을 게 뭐라도 있나?

"…매튜…"

나 말고 매튜라는 참가자가 또 있구나라고 생각하고 있었다.

"페로즈!"

잠깐, 뭐? 나라고? 말도 안돼!

THE Cheese AND I

20장
하루만 유명인으로 살아 보기

나는 그 자리에 얼어붙어 버렸다. 젠을 돌아보자 그녀는 함박웃음을 지으며 펄쩍펄쩍 뛰고 있었다. 관객을 가로질러 빅터와 세브린느를 보았다. 그들은 의자 위에 올라서서 손을 흔들며 환호하고 있었다. 그 짧은 순간 시간이 멈춘 듯했다. 나를 부른 게 정말 맞는지 혹시 착각은 아닌지 믿을 수 없었다. 그 순간 관객들이 양쪽으로 갈라지고 떠밀리듯 단상으로 올라갔다. 트로피와 증명서를 받고 선물과 상이 든 가방이 한아름 안겼다. 카메라 앞에서 멋있게 웃으려 노력하면서도 한 가지라도 떨어뜨릴까 조심해야 했다.

에르브와 에티엔은 어느새 내 뒤로 와서 나를 끌어안고는 프랑스식으로 축하 키스를 퍼부었다. 그리고 어느 순간 나는 프랑스의 주요 방송사 중 하나와 인터뷰를 하고 있었다. 그런 정신없는 상황에서 프랑스어가 제대로 될 리 없었다. 오죽하면 진행자가 "프랑스어를 할 줄 아는 사람은 맞아?"라고 했다. 결국 에르브가 마이크를 빼앗아 들고 내 말에 덧붙여 잘 대답을 했지만, 방송에는 아무것도 나오지 않았다. 내가 말을 더듬는 장면도 모두 편집되고 축하받는 장면만 나왔다.

나를 둘러싸고 있던 카메라들이 무대에서 하나둘 떠나고 드디어 젠, 에티엔 그리고 가게의 다른 친구들과 이야기를 할 수 있게 되었다.

"잘했어!"

빅터가 끌어안으며 크게 소리쳤다.

지금 무슨 일이 벌어진 것인지 어리둥절하면서도 드디어 고난의 시간이 끝나고 조금이라도 편히 쉴 수 있는 시간이 다가왔다는 것에 안도하고 있었다. 크리스마스 시즌에(치즈 업계에서는 언제나 그렇듯) 미친 듯이 바쁜 시간을 보냈는데, 그 이후에도 대회를 준비하느라 제대로 쉬지를 못했었다. 젠과 함께 조금 더 많은 시간을 보내고 싶었고, 우리의 약혼을 기념하고 싶었고, 친구들도 보고 싶었다. 그러면서도 아직 제대로 상황 파악을 못 했다. 여전히 나는 매번 발표 순간이 떠오를 때마다 그때처럼 똑같이 얼어붙는 느낌이었다.

대회장 밖으로 나와서 부모님께 소식을 전했다. 나만큼이나 놀라셨지만 정말 행복해했다. 내게 몰려든 사람들은 주위에서 떨어지지 않았다(내 생각에는 열심히 만든 치즈 플래터를 부술 기회를 노리는 듯했다). 그들과 계속 악수를 하고 축하를 받고 사진을 찍기 위해 포즈를 취하기도 했다. 나중에 보니 사진 속 모습이 정말 가관이었다. 그리고 사람들이 내 플래터를 부수는 것을 지켜보고 있었다. 열심히 조각한 플래터가 하나하나 부숴져 온 사방으로 내던져지고 있었다.

여러 MOF에게 축하 인사를 받았다. 인터뷰와 방송 등에 그들이 나온 모습을 오랜 시간 보아 왔다. 그런 사람들이 나게 인사를 건네고 앞으로의 일에 행운을 빌어 주고 있다는 사실이 도저히 믿기지 않았다. 그들의 친절함과 축하에 나는 감동을 받았다. 하지만 그들 중 몇몇은 나를 완전히 무시했다. 치즈 업계에서 잘 알려진 거물 중 하나는 굳이 나와 에티엔 앞을 지나가며 들으라는 듯이 '프랑스의 치즈 챔피언이 영국인이라는 게 솔직이 말이 안 되는 것 같다'고 떠들면서 지나갔다.

아무렴 어때. 언제나 모든 사람을 기쁘게 할 수는 없지 않은가?

❖

잠을 제대로 자지 못한 덕에 피로가 몰려와서 기쁨을 덮쳐 버렸다. 주최 측에도 감사의 인사를 전했고 나를 도와주고 옆에서 응원해 주던 모든 사람들과 이야기를 나누었으니 내가 할 도리는 다한 듯했다. 그러나 여전히 해야 할 일은 남아 있었다. 남은 치즈를 다시 가게로 가져가 팔 수 있도록 준비해야 했다. 플래터는 사냥감이 되어 버렸지만 여전히 레 알로 가져 가야 할 치즈들이 밴에 남아 있었다.

밴으로 여기까지 온 여행은 충분히 힘들었다. 힘이 완전히 빠져 버리기 전에 치즈를 옮기는 것이 매력적인 여정은 아니었다. 그런데 고맙게도 빅터와 그의 아내가 구원의 손길을 내밀었다. 그들은 젠과 내가 가게로 가서 치즈를 내리는 것을 함께 도와주었다.

❖

젠과 나는 둘 다 치즈가 온몸을 덮고 있었고 한바탕 전쟁을 치른 듯한 상태였다. 집에 돌아왔을 때는 이미 밤 9시가 넘었고 나는 어떻게든 깨어 있으려 발버둥치고 있었다. 내가 좋아하는 매운 양고기 카레에 넣을 재료가 모두 있는지 확인했다. 젠은 양파와 마늘을 썰기 시작했고 나는 소파에 푹 꺼져 있었다. 얼굴에 계속 웃음이 흘러나왔다. 내가 우승했다고! 내가!

그때 에티엔에게서 전화가 왔다.

"매트! 지금 바쁜 거 아니죠? 그렇죠?"

"음, 지금…"

"내가 15분 안에 데리러 갈게요. 라바예 드 콜롱쥬(l'Abbaye de Collonges)에 초대받았거든요. 깔끔하게 차려 입고 있어요!"

리옹에 1년 정도를 살면서 라바예가 폴 보큐즈 왕국 최고의 보물 중 하나라는 것은 알고 있었다. 미슐랭 스타를 받은 레스토랑은 아니었지만 화려하게 장식된 만찬 장소였다. 두 번을 물어볼 필요도 없었다. 카레는 버려졌고 당장 덜 지쳐 보이는 옷으로 갈아입고 치즈로 덮인 허물을 벗느라 정신이 없었다. 아마 평생에 한 번 있을까 말까 한 저녁 식사 경험이 될 것이었다. 세계에서 가장 좋은 레스토랑에 가면서 그뤼예르 조각을 얼굴에 붙이고 가는 실례를 범할 수는 없었다.

조금 늦게 도착하는 바람에 샴페인 리셉션을 놓쳤지만 호화로운 주변을 둘러보면 그런 것에 안타까워할 필요가 없었다. 기분 좋게 다이닝 룸으로 들어갔다.

우리를 보는 눈빛은 정말 환상적이면서도 특별했다. 음악에 맞춰 화려하고 우아한 다이닝 룸에 들어갔다. 그 음악은 쇼팽 혹은 드뷔시 음악이 아니라 거대하고 정교하게 만들어진 파이프 오르간에서 흐르는 전통 음악이었다. 상상을 초월했다. 한쪽 벽을 가득 채운 파이프 오르간은 다양한 색으로 화려하게 단장되어 있었다. 오르간에는 트럼펫이나 드럼을 연주하는 형상의 움직이는 조각들이 멋지게 들어차 있었고, 심지어 나무 숟가락으로 지휘하고 있는 보큐즈의 조각도 있었다. 눈으로 보면서도 믿기 힘들 정도였다. 나뿐만 아니라 저녁을 먹으러 온 모든 사람들이 멍한 눈에 웃음을 머금고는 테이블을 찾으러 다니고 있었다.

요리는 아주 작은 것 하나까지도 놓치지 않고 섬세했다. 음식은 예상대로 맛있었고 서비스도 배려가 가득했다. 디저트를 서비스할 때 요란한 팡파르가 울리며 스포트라이트가 환상적인 전망대로 연결되는 계단을 비췄다. 많은 스태프들이 둘씩 짝을 지어 전망대에서 내려왔다. 상체는 힘있게 세우고 있었고 계단의 손잡이에 가려져서 다리는 잘 보이지 않았다. 마치 미끄러져 내려오는 듯 어떤 요리 한 조각도 흐트러지지 않았다. 서빙을 마친 스태프는 내려오는 스태프를 스치며 계단을 올라갔다. 마치 공군의 에어쇼를 보는 듯했다.

테이블이 치워지고 있었지만, 우리는 여전히 앉아 있었다. 에티엔이 샴페인을 주문했고 우리는 그날에 대해서 이야기를 나눴다. 에티엔은 처음에는 내가 함께할 수 있을지 확신하지 못했지만 나의 끝없는 노력이 결국 성과를 만들어 냈다면서 처음 만났을 때 일을 해 보고 싶다며 귀찮게 하는 이 영국인을 어떻게 해야 할지 에르브에게 물었던 일을 회상했다.

"크리스마스 시즌 동안만 데리고 있으면서 일을 좀 시켜 보는 게 어때? 그러고 나면 지쳐서 포기하지 않겠어?"

에르브의 조언은 이랬다.

이야기 중에 난데없이 디스코 볼이 천장에서 내려왔다. 음악이 울리자 몇몇은 일어나 춤을 추기 시작했다. 이 화려하고 멋있는 라바예드 콜롱쥬에서는 어떤 음악이 나올까?

"오빤! 강남 스타일!"

정말 길고 비현실적인 밤이었지만, 끝내줬다. 그리고 새로운 프랑스의 치즈 챔피언을 소개하는 그 발표는 밤새 내 머릿속을 떠나지 않았다.

❖

다행히도 다음 날은 월요일이어서 쉴 수 있었다. 정말이지 휴식이 필요했다. 잠은 제대로 자지 못했다. 이 성공으로 무엇을 할 수 있을지 그리고 이것이 내 미래에 어떤 의미가 될지 알 수 없었다. 이번 우승은 한 번도 머릿속에서 그려 본 적이 없는 일이었다. 그 대회는 궁극적으로 더 배우고자 했던 기회였고 몇 주 동안 준비를 하면서도 내가 우승할 수 있을 것이라고는 조금도 생각해 보지 않았다.

진한 커피 한 잔에 크루아상을 먹고 나니 생각이 명료하게 돌아왔다. 먼저 나를 도와준 사람들에게 감사의 이메일을 보내고 이 좋은 소식을 친구들에게 알렸다. 사람들이 어떻게 생각하는지 알고 싶기도 하고 자랑하고픈 마음에 인터넷을 뒤져 보기도 했었다. 이미 페이스북에서는 꽤 많은 이야기들이 오가고 있었고 내 트위터는 팔로워 숫자가 갑자기 늘어났다.

젠은 몇 년 전에 인디펜던트(Independent, 영국의 신문사)에서 인턴십을 했었는데, 그들이 나와 인터뷰를 하고 싶어 한다고 했다. 긴장감과 압박감이 다시 돌아왔다. 내 이름을 알릴 좋은 기회였다. 인디펜던트에는 그 대회에 참가한 첫 번째 외국인이자 첫 번째 외국인 우승자라는 사실이 짤막하게 실릴 게 분명했다. 그렇다 하더라도 내가 치즈 사업을 하고 싶다면 은행에 제출할 수 있는 좋은 서류 중의 하나가 될 것이었다. 나는 아직 이런 변화에 적응이 되지 않았다. 내 이야기가 신문에서 다뤄질 만큼 흥미로운 이야기인지도 의심되었다.

젠의 도움을 받아서 질문에 대답을 하였고, 이야기가 너무 지루해서 기자가 다른 이야깃거리를 찾으러 가지 않게 하려고 노력했다. 내 자신보다 치즈 그 자체에 초점을 맞춰 왜 내가 치즈에 빠졌는지 그리고 내가 치즈를 얼마나 사랑하는지에 대해서 주로 이야기했다.

그 와중에 에티엔에게서 문자가 왔다. '매트, 내일은 바쁜 하루가 될 것 같네요. 새벽 5시까지 출근해 주세요.'

보통 화요일에는 그 주에 팔 치즈를 받고 레스토랑으로 몰려드는 주문을 감당하기 위해서 6시에 일을 시작했다. 하지만 국제 외식산업 식품 박람회(SIRHA)가 여전히 진행 중이어서 바쁜 일이 많이 생겼다. 다음 날 저녁에 열리는 300인분의 치즈 뷔페 준비가 그 대표적인 예였는데 모든 치즈를 미리 잘라 준비해야 해서 꽤 많은 시간이 필요했다.

✣

많이 바빴지만, 감당할 수 있었다. 사람들과 농담을 주고받기도 했고 모두가 즐거웠다. 오전 9시쯤 되었을 때 전화벨이 울리기 시작했다. 데일리 메일(Daily Mail)이었다. 그리고 비비씨 월드(BBC World), 텔레그라프(Telegraph) 그리고 더 원 쇼(The One Show)까지.

믿을 수 없었다. 인디펜던트는 지면의 세 페이지에 걸쳐서 내 이야기를 썼고(오히려 나보다 유명한 이란의 우주 원숭이에 대한 기사를 중간의 작은 공간에 조금 썼다), 크리스 에반의 아침 라디오(Chris Evan's Radio 2 morning show)에도 방송되었다. 전화벨은 끊임없이 울렸고 인터뷰 요청이 쇄도했다. 나는 이것들을 전부 제대로 처리할 자신이 없어 당황하기 시작했다. 나는 죽기살기로 일하고 있었고 내 전화와 가게의 전화는 온통 인터뷰 요청

전화뿐이었다. 젠에게 전화하니 그녀도 전화기만 붙들고 있다고 했다. 그래서 결국 젠이 나섰다. 원래의 일을 잠시 미뤄 두고 쇄도하는 질문들을 정리하고, 인터뷰 스케줄을 정하고, 소셜 미디어를 관리하고 이메일에 답장을 했다. 일에만 집중하고자 다른 팀원들에게도 전화는 모두 젠에게로 돌려 주기를 부탁했다. 아무래도 그녀에게 감사의 인사로 뭔가 반짝이는 것을 사 줘야 할 것 같았다.

딱하게도 에티엔은 젠을 이제 '언론 담당'이라고 부르기 시작했다. 그가 MOF를 취득했을 때에도 이런 상황이 발생되어 잠시 일에서 손을 떼고 언론에만 집중했었다고 했다.

"안타깝게도 지금 우리는 너무 바빠서 그렇게 해 줄 수가 없네요."

눈물나게 고마워요, 에티엔!

기자들과 인터뷰 하느라고 못다 한 일을 하려면 점심시간에도 쉬지 않고 일을 해야 했다. 그리고 곧 뷔페를 준비하러 출발해야 했다. 인터뷰를 십여 개나 하다 보니 누가 누군지 잘 기억이 나지 않아서 조금은 걱정이 되었다. 프랑스의 치즈 챔피언이라는 타이틀에 익숙해지는 데에는 시간이 조금 걸릴 듯했다.

마감된 기사를 보고는 싶었지만 일단은 꾹 참고 치즈를 진열하는 데 집중하기 시작했다. 몽스의 거물인 에르브도 왔다. 엄청난 양의 치즈를 준비해 와서 우유 박스나 나뭇가지 등과 함께 보기 좋게 배치를 했다. 그리고 우리가 알고 있는 가장 좋은 치즈 조끼를 입었다. 우리는 정말 그 일에 딱 어울려 보였다.

재미있는 저녁이었다. 많은 사람들과 이야기를 나눴고 프랑스 치즈 대회에서 영국인이 우승한 것을 사람들이 얼마나 흥미로워하는지 비로소 느끼기 시작했다. 대회에서처럼 몇몇은 인상을 찌푸리기도 했지만 대체로 사람들은 친절했다.

❖

사실 그 주 초반까지도 나는 언론에 대해 강한 반감을 갖고 있었다. 영국의 신문들은 워낙 빠르게 움직이기 때문에 내 이야기는 곧 어디론가 사라지고 고정관념에 박힌 이상한 국민성에 대한 이야기로 흘러가버릴 것이라 생각했다. 영국이 최고라는 자만감으로 프랑스 사람들 위에 오만하게 군림하는 듯한 모습으로 나를 그릴 것이라 생각했다.

그런데 기사를 읽고 나니 내가 완전히 오해하고 있었다는 것을 인정해야 했다. 물론 내가 우승한 것이 기분 나쁜 프랑스인들이 있다는 약간의 낚시성 기사도 있었지만 대체로 내 생각을 잘 반영하였다. 나는 내가 영국인이라는 점이 이 대회의 우승과는 전혀 상관이 없다는 것을 이야기했다. 나는 치즈가 좋아서 프랑스에 갔고 처음에는 전혀 경력도 없었다. 그런데 프랑스 치즈 업계의 경력자들로부터 받은 소중한 훈련을 바탕으로 지금의 성과를 이룰 수 있었다.

어쩌면 내 스스로의 노력을 완전히 무시하는 것이 쓸데없는 겸손일 수도 있다. 하지만 확실한 것은 주변 사람들의 도움과 지원 그리고 이 여행을 하는 동안 만난 모든 사람들의 가르침이 없었다면 결코 이룰 수 없었던 것들을 이루어 냈다는 것이다. 특히 에르브, 에티엔 그리고 프랑수아의 도움에 진심으로 감사한다.

이런 내 생각이 충분히 전달되었기 때문에 돌아보아도 크게 후회될 만한 것은 없었다. 미디어를 이해하기 위해 집중 훈련을 받은 것 같았지만 즐길 만했다. 하지만 딱 하나 아쉬운 점이 있었다.

나는 대회를 자신 있게 마친 후에 치즈 플래터를 들고 멋진 사진을 찍고 싶다는 생각을 했었다. 그래서 나중에 누군가 물어본다면 프랑스 전국 대회에서 상위 16명 안에 들었다고 자랑하고 스틸턴과 같은 치즈 이야기를 자연스럽게 하게 될 것이라 생각했다.

그런데 전혀 예상치도 못하게 그 대회에서 우승을 해 버렸다. 하지만 너무 놀라 흥분을 한 나머지 제대로 사진을 찍지 못했다. 아무리 샅샅이 뒤져 봐도, 친구들에게 물어봐도 이 책 뒤에 실린 사진이 플래터를 들고 찍은 사진 중에 가장 잘 나온 것이다. 그것마저 아무리 봐도 사진이 잘 나왔다고는 도무지 말할 수 없었다. 오히려 지치고 놀라 심각할 만큼 누렇게 뜬 얼굴이 찍혀 있었다.

이런 대회에 참가하는 모든 사람들에게 나와 같은 실수를 하지 말라고 조언하고 싶다. 아무리 지치고 땀이 나고 온 사방에 치즈가 튀었더라도 언제든 사진에 찍힐 준비를 해야 한다고.

21장
그리고 더 높이

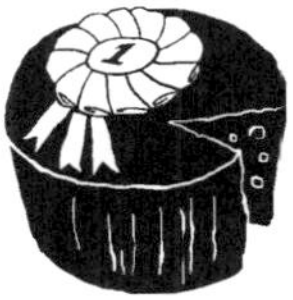

모든 것은 곧 제자리로 돌아왔지만 그 대회는 나에게 많은 변화를 가져다 주었다. 언론에 나오면서 연락이 오는 곳도 많아지고 책을 계약하기도 했다. 하루아침에 치즈 업계에서 대단한 영향력이라도 갖게 된 것 같았다.

그래도 다행히 쓸데없는 환상이나 자만에 빠지지는 않았다. '프랑스 치즈 챔피언(Champion de France des Fromagers)'이라고 부끄럽지 않게 말하려면 여전히 내가 배우고 경험해야 할 것들이 산더미같이 많았다. 다시 일터로 돌아가서 내게 주어진 일을 해야 했고, 일단 5월 말까지는 이 가게에 머물기로 했다. 그리고 적당한 때가 되면 몽스에 치즈를 공급하는 농장들을 여기저기 둘러보고자 했다. 이름하여 프랑스 치즈 기행.

젠은 4월 초에 런던으로 돌아가기로 결정했다. 원래 하던 일로 돌아가고자 하는 이유도 있었지만 내가 프랑스 여기저기를 돌아다니며 양, 소, 염소들과 어울리는 동안 혼자 남아 있고 싶지 않았고 그렇다고 가축들과 함께 뒹구는 것 역시도 그녀가 원하는 것은 아니었다. 안타깝지만 어쩔 수 없었고 이해했다. 그녀의 일 역시 내 일과 동일하게 중요한 것이었고 우리 모두에게 약간씩의 양보가 필요한 것은 당연했다. 우리는 앞으로 남은 시간을 최대한 함께하기로 하고 여전히 가 보지 못한 레스토랑과 떠나기 전에 만날 친구들과의 약속을 포함해서 빡빡한 스케줄을 짰다.

❖

아, 내가 승진되었다고 어디 썼었나? 크리스마스 기간에 나는 에티엔, 에르브와 면담을 했고 내가 가게에서 얼마나 행복한지에 대해서(어쩌면 지겨울 정도로) 그리고 내가 겪은 모든 좋은 경험에 대해서 이야기했다. 내가 단지 가게의 창고나 레스토랑의 주문만을 맡는 것이 아니라 이것저것 경험해 보고 아침 저녁으로 다른 일을 하면서 하루 종일 지하에 있지 않을 수 있어서 좋았다는 것을 강조했다. 회의를 한 지 1주일이 채 지나지 않아서 그들과 다시 만나 내년 사업 구상을 포함한 회의를 하였다. 나는 창고와 레스토랑 주문을 담당하게 되어 하루 종일 지하에서 일을 하게 되었다. 다만 판매에 대한 감각을 잃지 않도록 주말에만 빛을 볼 수 있도록 허락해 주었다. 휴.

❖

가게에서 고객들을 직접 응대할 일이 많지는 않았지만, 주 중이든 주말이든 시간이 날 때면 가게에 올라가 있는 것이 좋았다. 단골 손님 대부분은 내가 우승한 사실을 알고 있었고, 그 대회 이야기를 함께 하는 것은 정말 즐거웠다. 대회를 준비하는 내내 나를 지지해 주고 연습하느라고 초승달처럼 자른 푸름므 드 몽브리종과 조각이 된 미몰레트를 사 갔던 손님들과는 특히 더없이 즐거운 시간을 보냈다.

하지만 여전히 상대하기 어려운 고객들도 있었다. 영국식 발음 때문에 내가 골라 주는 치즈를 고객이 못 미더워하는 눈치가 보이면 옆에 있던 빅터가 "걱정마세요. 지금 골라 주는 사람이 올해 프랑스 치즈 챔피언입니다!"라고 말해 주었다. 나서서 자랑하고 싶지는 않았지만 그게 효과가 있을 때면 더욱 기분이 좋아졌다.

❖

눈 깜짝할 사이에 5월 중순이 되어 가게에서 일하는 마지막 주가 되었다. 대부분의 짐은 젠과 이미 런던으로 옮겼고 리옹의 집은 몇 개의 박스를 제외하고는 텅 비어 있었다. 그동안 내가 했던 일을 빅터에게 하나씩 넘겨주고 있었다. 내가 처음 일을 시작할 때 느꼈던 불안함을 그에게서 읽을 수 있었지만 내가 가기 전에 모든 것을 전해 주려고 열심히 했다. 그 역시 일을 잘 해낼 것이다. 그의 신선한 아이디어와 열정에서 느낄 수 있었다.

이 가게를 그리워할 것이 분명했다. 비록 눈물 젖은 인사를 나눴지만 나는 이들과의 인연이 이번이 마지막은 아닐 것이라고 확신할 수 있었다. 치즈 업계는 바닥이 좁고 다들 감성적이다. 정기적으로 어디선가 만나게 될 것이라 생각했다. 함께 좋은 시간을 보냈고, 훌륭한 성과를 이루었고 치즈와 함께하면서 다들 나에게 큰 영감을 주었다.

❖

어느덧 좋은 기억이 가득했던 리옹을 떠날 때가 다가왔다. 이른 일요일 아침에 오드리에게 집 열쇠를 돌려주고(그녀는 어떻게 이렇게 떠날 수 있냐며 부루퉁해 있었다) 집 보증금을 돌려받아 지갑에 넣었다. 리옹에서의 삶은 이렇게 끝났다. 이제 정신 없고 바쁜 미식가의 수도를 떠나서 산으로 향했다.

여름은 성큼 다가왔고 리옹 사람들은 여름을 만끽하고 있었다. 강을 따라 걸어다니고 쏟아지는 햇빛을 받으며 노천 카페의 테이블에 앉아 이야기를 나누고 있었다. 가게에서 일한 지 거의 1년이 다 되었다. 돌아보니 내가 생각했던 것보다 훨씬 많은 것들을 이루었고, 자신있게 얼굴을 들고 리옹을 떠날 수 있어 만족스러웠다.

하지만 아직 휴직 기간은 남아 있었다. 이제 레 알의 현란한 호화로움이나 치즈 동굴의 소란과는 거리가 먼 곳에서 내가 사랑하는 치즈를 피땀 흘려 만드는 치즈 생산자들을 만나러 갈 시간이었다. 어느 농장을 들를지는 아직 결정되지 않았다. 에르브가 나에 대해 좋게 이야기를 해 준 덕분에 꽤 유명한 농장 몇 군데에서 함께 일해 보고 싶다는 제안을 받았다.

결정된 일이 없다는 것은 신경쓰지 않았다. 나는 이미 길을 떠났고, 다시 농촌에서 프랑스가 나에게 보여 줄 또 다른 모습의 풍성함과 다양함을 기대하며 설레었다.

썬더탱크라는 이름이 붙은 내 작은 차는 중노동을 해도 충분한 옷을 신고 있었고 새로운 곳에서 일을 하기에 충분한 열정으로 가득 채워져 있었다.

THE Cheese AND I

이 책을 출판할 수 있도록 도와준 모든 사람들에게 감사드립니다. 너무 많은 사람들이 있어서 한 명 한 명 다 말할 수 없으나 여기에 이름이 빠졌다고 너무 서운해하지 마시길 바랍니다. 절대로 일부러 그런 것은 아닙니다.

먼저 에르브와 에티엔에게 치즈 업계에서 쓸 만한 사람이 되도록 기회를 주고 여러 가지로 도와준 것에 대해서 무한한 감사를 표하고 싶습니다. 그리고 또한 동굴에서, 매장에서 나를 가르쳐 주었던 모든 다른 몽스 식구들에게도 감사를 전합니다. 모두 감사합니다! Merci à vous tous!

대회를 준비하는 동안 도와주었던 프랑수아에게도 감사를 전하고 이곳 프랑스에 올 수 있도록 허락해 준 NAO에도 감사의 말을 전합니다.

그리고 루이즈 딕슨(Louise Dixon)과 마이클 오마라 출판사(Michael O'Mara Books)의 모든 사람들의 도움과 지원 그리고 조언에 감사드립니다.

물론 힘든 시간을 이겨 낼 수 있도록 그리고 나의 선택이 엄청난 실수라 여기지 않고 나를 응원해 준 가족들과 친구들에게도 감사를 표합니다.

마지막으로 이 모든 여정을 함께해 준 젠에게 고맙습니다. 당신의 끊임없는 지원으로 그 많은 것들을 할 수 있었습니다. 단언컨대 치즈보다 더 사랑합니다.

매트와 치즈 이벤트에 대해서 더 알고 싶거나 혹은 매트와 연락하거나 인사를 하고 싶다면 그의 블로그 www.thecheeseandi.blogspot.com에 방문해 주세요.

그리고 이 책이 즐거우셨다면 2014년 가을에 출판될 매트 페로즈의 치즈에 관한 또 다른 책을 기대해 주세요. 자세한 내용은 www.mombooks.com에서 확인하실 수 있습니다.

나는 치즈가 좋다

초판 1쇄 인쇄 2013년 12월 17일 | **초판 1쇄 발행** 2013년 12월 24일

지은이 매트 페로즈 | **옮긴이** 홍상현
펴낸이 이종률 | **디자인** 김해연 | **책임편집** 김석희

펴낸곳 이책 | **주소** (130-768) 서울시 동대문구 한천로55길 9, 204(이문동, 삼익아파트상가)
전화 02-957-3717 | **팩스** 02-957-3718 | **전자우편** echaek@gmail.com
출판등록 2013년 02월 18일 제305-2013-000006호

인쇄·제본 (주)상지사피앤비 | **종이** (주)에스에이치페이퍼

ISBN 979-11-950725-1-4 03840

_ 이 책의 국립중앙도서관 출판시도서목록(CIP)은
서지정보유통지원시스템 홈페이지(http://seoji.nl.go.kr)와
국가자료공동목록시스템(http://www.nl.go.kr/kolisnet)에서 이용하실 수 있습니다.
(CIP제어번호: CIP2013026582)
_ 잘못된 책은 구입하신 서점에서 바꾸어 드립니다.